CW01619415

PICKWICK

CARLA MARIA RUSSO

LA REGINA IRRIVERENTE

PIEMME

Realizzazione editoriale a cura di Conedit Libri Srl.

www.pickwicklibri.it
www.edizpiemme.it

La regina irriverente
di Carla Maria Russo
Pubblicato in accordo con Grandi & Associati, Milano

ISBN 978-88-6836-791-6

I edizione Pickwick aprile 2015

Anno 2017- Edizione 5 6 7 8 9 10 11

Dedicato agli innumerevoli lettori
che mi hanno chiesto una nuova storia medievale

Così va il nostro amore
come il ramo del biancospino;
che è sull'albero, tremante,
la notte alla pioggia e al gelo;
ma l'indomani il sole risplende,
sul verde fogliame, sul ramoscello.

Guglielmo IX il Trovatore,
duca d'Aquitania e conte del Poitou

1

Filippa osservò la sua immagine nello specchio.

Il risultato le piacque e calmò un poco il tremito che l'agitava: alta, di una bellezza forte come il suo carattere, indisponibile al ruolo di moglie docile e obbediente che tanto sarebbe piaciuto al marito Guglielmo, conte del Poitou e duca d'Aquitania, il feudatario più ricco e potente della Francia, i cui domini superavano di molte volte quelli dello stesso sovrano.

Si erano sposati più di cinque anni addietro, nel 1094, quando lei aveva diciannove anni e lui ventitré, entrambi reduci da un precedente matrimonio: l'una vedova del re Sancho Ramirez, l'altro unito alla bellissima e sensuale Ermengarda d'Angiò.

«Il duca aveva concepito per Ermengarda una passione folle. È stato un vero matrimonio d'amore» si era premurata di informarla con un sorrisetto beffardo la pettegola di corte, madame di Coutances, insinuando con sottile perfidia che il nuovo connubio fosse motivato da un preciso interesse: Guglielmo intendeva mettere le mani sulla ricca provincia di Tolosa, che Filippa avrebbe ereditato dal padre, in assenza di figli maschi. Quella maldicenza, sussurrata da tutti i cortigiani, la faceva soffrire sebbene lei, per orgoglio, non lasciasse trasparire alcuna emozione.

«Non di meno,» aveva replicato «il conte l'ha ripudiata ed è venuto a corteggiare me, vedova, in casa di mio padre. E con grande insistenza.»

«Purtroppo, mia signora,» aveva sospirato l'interlocutrice «ai potenti che reggono il destino dei popoli quasi mai è consentito di anteporre le ragioni del cuore a quelle dello stato e del bene collettivo.»

Se pensava di intimidire madame di Coutances, era servita: lei trovava il modo di ricordarle che solo la sterilità aveva condannato la sfortunata Ermengarda. Per tutta risposta, Filippa le aveva voltato le spalle e si era allontanata. Nessuna stupida dama di corte l'avrebbe indotta a credere che quella fragile fanciulla, per quanto avvenente, avesse potuto tenere avvinto il cuore di un uomo come Guglielmo IX di Aquitania, volubile, incostante, perseguitato da una lussuria insaziabile, e neppure che lui le fosse rimasto fedele, risparmiandole i tormenti che faceva patire alla seconda moglie: tradimenti continui e sfacciati, perpetrati con qualunque donna lo attraesse, serva o gran dama. Ostentati, sbandierati. E materia di ispirazione poetica: perché il duca, per quanto privo di qualsiasi freno o principio morale, era ciononostante... un poeta.

Dove fosse relegata la delicatezza e la sensibilità d'animo che ognuno immaginerebbe in un artista, Filippa se l'era chiesto molte volte invano. Eppure lo chiamavano *Il Trovatore* e le sue passioni o le smodate imprese amatorie di cui si rendeva protagonista venivano magnificate in versi, ora eleganti e commoventi ora sboccati e grevi – così le raccontavano, perché lei si rifiutava di leggerli – trasformandosi poi in melodiose armonie che i menestrelli eseguivano al suono della ribeca, della viola, del violino, degli archi, del flauto e del tamburello, allietando le chiassose e interminabili feste con cui la corte si intratteneva ogni sera fino all'alba.

Guglielmo era l'animatore di quelle riunioni, sempre pronto alla facezia, tanto più divertente quanto più scurrile, la bocca spalancata senza sosta nel riso. Sfrenato ed estremo, rozzo e triviale. E nello stesso tempo, senza alcuna apparente contraddizione, gentile, galante, generoso persino, dotato di una cultura vastissima e poliedrica, di un'attrazione istintiva per la bellezza, in ogni sua forma.

Un mistero inspiegabile, per Filippa.

Brillava anche lei, in quei conviti, era una protagonista, pur non partecipandovi mai di persona. Vi aleggiava il suo spirito, evocato di continuo nella mente dei convitati dalla narrazione delle mirabolanti avventure del marito: a volte compatita, molto più spesso derisa e schernita.

Per Ermengarda non poteva essere accaduto nulla di diverso, in barba alla sua gran bellezza. E madame di Coutances non diceva tutta la verità. Il ripudio della duchessa si era reso necessario non solo per la sua sterilità ma anche per i segni sempre più palesi di uno squilibrio mentale che aveva molto allarmato Guglielmo e dal quale sembrava essersi ripresa solo dopo la separazione: nella tristezza risiedeva la causa di quella follia, nell'esasperazione per il comportamento del marito. La stessa che animava lei, che le faceva ribollire il sangue di rabbia, di un desiderio di vendetta che non avrebbe mai potuto essere soddisfatto.

Roberto d'Arbrissel le suggeriva di volgere in ardore per Gesù quel fuoco che la divorava.

Le narrava che lui stesso, sebbene gli fosse proibito dalla condizione di prete, dormiva molto spesso in compagnia di donne proprio per mettere alla prova la sua forza di volontà e l'amore per Cristo: inspirava l'odore dei corpi femminili e sentiva il ventre e le tempie pulsare, le mani fremere dal desiderio di accarezzare quelle carni. Eppure resisteva e volgeva in preghiera il profondo turbamento. Una tortura, un'umiliazione per il corpo. E un trionfo per la mente, che vinceva la battaglia. Per questo, nonostante le violente invettive del vescovo Marbodo di Rennes, le infuocate lettere di condanna di Goffredo di Vendôme, le nascite piuttosto frequenti – a conferma che molti adepti non possedevano la tempra del maestro – Roberto d'Arbrissel si ostinava a mantenere nella sua congregazione la più completa e totale commistione dei sessi. La purezza e la castità dovevano essere perseguite non attraverso la privazione e fuggendo le tentazioni – dove stava il merito, in questo caso? – ma nella continua esposizione al richiamo di Satana, cui opporre la forza della fede, della preghiera, della volontà. Questo sì, era un sacrificio da offrire con orgoglio al Signore.

Filippa, secondo il consiglio di Roberto, avrebbe dovuto fare altrettanto: volgere in fervore religioso il suo desiderio di rivincita sul marito, in lode a Dio il dolore e l'umiliazione. Facile, per lui che era un santo.

Il pensiero di Roberto le fece tornare in mente la ragione per la quale si sentiva così agitata e si attardava allo specchio. Aveva chiesto al marito un colloquio per rivolgergli una supplica e sapeva bene che il confronto sarebbe stato tempestoso. Avrebbe dovuto subirne l'ironia, le insinuazioni volgari da cui quella natura traviata non sapeva prescindere in nessun momento della giornata. Doveva imporsi calma e pazienza, mettere in pratica le raccomandazioni della sua guida spirituale.

Percorse i corridoi poco illuminati per raggiungere la sala dei conviti, dove Guglielmo le aveva dato appuntamento. Vi trascorreva gran parte del tempo, quando si trovava a corte. Di rado riceveva nella sala delle udienze o nel suo studio. Luoghi tetri e ufficiali, sosteneva, che lo mettevano di cattivo umore e mal lo disponevano all'ascolto dei questuanti, chiunque fossero. La sala dei conviti, invece, gli infondeva buon umore. Era ampia e luminosa, arredata con gusto, i camini imponenti, il fuoco vivace. E poi gli strumenti musicali in essa raccolti e da lui tanto amati – era ottimo musicista, oltre che poeta – gli evocavano i momenti più piacevoli della giornata e gli rammentavano che, passato il tempo noioso del dovere, ben presto sarebbe tornato all'occupazione preferita: suonare, recitare, intrattenersi con musici, menestrelli, trovatori, studiosi ed esperti di innumerevoli discipline, dei quali la corte pullulava. Chiunque fossero, da qualunque parte del mondo provenissero, per quanto poveri, sudici e malandati, si poteva essere certi che avrebbero trovato in Guglielmo un protettore. Naturalmente i beneficati contraccambiavano il mecenate con una dedizione assoluta: non gli lesinavano spropositati elogi, rumorosi consensi alla sua produzione, appoggio in qualsiasi impresa, approvazione a ogni follia.

Si augurava solo che quella pletora di nullafacenti, di cortigiani prezzolati – così giudicava coloro che il marito chiamava con orgoglio artisti e uomini di cultura – non gli si affollasse già intorno, vista l'ora non ancora propizia per i bagordi. E che fosse sobrio, per una volta. Meglio ancora se irritato. Lo preferiva, rispetto a quando era di buon umore: nel primo caso sarebbe stato gelido, scostante ma silenzioso e attento. Nel secondo, compiaciuto della sua ironia e delle trovate beffarde, distratto e indisponente.

Il paggio le spalancò la porta, lei entrò nella sala: le bastò un'occhiata per capire che il marito era di umore eccellente.

«Sposa mia adorata, fiore del mio giardino, compagna fedele!» enfatizzò Guglielmo, un largo sorriso sulle labbra, sollevando gli occhi da un foglio che stringeva in una mano e accennando un inchino cerimonioso. Filippa non poteva impedirsi di provare un tuffo al cuore ogni volta che lo incontrava: alto, di fisico imponente ma asciutto, il volto maschio e armonioso, vestito come sempre con ricercatezza, i lunghi capelli ben curati, inanellati in riccioli stretti e impomatati, come imponeva la moda della Linguadoca. Come stupirsi che le donne fossero pronte a cadergli fra le braccia a frotte, senza che lui dovesse fare neppure lo sforzo di un corteggiamento?

«A cosa debbo il piacere di questa deliziosa visione mattutina?» le domandò, lo sguardo canzonatorio che tanto la infastidiva.

«Mattutina, mio signore?» replicò lei, inarcando il sopracciglio.

«Mi sono svegliato da poco. Dunque per me è mattino, anche se il sole mi smentisce. Momento della giornata quanto mai proficuo per creare, sebbene i più si professino increduli. E invece, vedete?» domandò, allungando il foglio. «Ho portato a compimento la canzone cui lavoravo da giorni. A voi, Ugo» affermò volgendosi verso il giovane al suo fianco e consegnandogli il testo. «Potete copiarla. Poi mettete subito mano alla musica e provate. Desidero che venga recitata questa sera. Fate attenzione. Il testo è piuttosto forte. Insomma, non si tratta di una delicata dichiarazione d'amore ma della narrazione vigorosa e realistica di una colossale sco... No. Niente volgarità al cospetto di una gran dama. Eccomi tutto per voi, mia affascinante padrona.»

«Sono qui per perorare una giusta causa, mio signore» esordì Filippa.

«Prima però assicuratemi – vi prego, vi supplico – che il vostro protetto, per il quale rubate tempo ai miei numerosi e inderogabili impegni, non è quello zotico e laido monaco, assetato di sesso a buon mercato, che risponde al nome di Roberto d'Arbrissel.»

Filippa avvampò.

«Roberto è un santo! Come osate rivolgergli simili oltraggi?»

Una scrosciante risata risuonò nel salone. Filippa, seguendo la sua natura sanguigna, avrebbe voluto affondare le unghie in quella gola palpitante ma si contenne: l'ira doveva essere volta in ardore per Dio, esortava il Maestro.

«Il *Maestro*...» fece eco Guglielmo, come se le avesse letto nel pensiero. «È così che vuole essere chiamato dai seguaci, non è vero? *Gran Fornicatore*, mi sembrerebbe un appellativo ben più adatto alla bisogna. *Puttaniere* ancora meglio...»

«Guglielmo!» gridò con forza Filippa, incapace di contenersi. «Dovevo saperlo che qualunque pacato confronto con voi è impossibile. Come cavare sangue dalle pietre. Il vostro cuore non può essere mosso a misericordia per nessuno, giacché neppure ne possedete uno. Attribuite agli altri le intenzioni peccaminose di cui pullula la vostra mente malata. Il sesso è la vostra ossessione...»

«Quanta passione, mia bella signora. Subite anche voi il fascino di quel cialtrone. Lo sapevo e ora ne ho piena conferma ma non me la prendo. Non sono geloso. Quale altro vocabolo, di certo più elegante e meno scurrile del mio, applichereste a un *religioso* – così lui si definisce, dico bene? – che viaggia in compagnia di una torma di donne di ogni risma, dalle più volgari e sconce baldracche recuperate in lupanari di infima categoria, alle signore di alto bordo, con le quali dorme, sulle quali si struscia, nelle cui nudità affonda le mani?»

Filippa arrossì. Si rendeva conto che il comportamento di Roberto prestava il fianco a simili equivoci e critiche. Non solo quell'esagitato del vescovo di Rennes ma persino il mite Pietro, vescovo di Poitiers, lo esortava a darsi una regola e, per amor di Dio, a cessare quella deprecabile e indecorosa promiscuità di sessi. Roberto però non era un depravato: aveva le sue ragioni, i suoi motivi. Alti e nobili. Ma come spiegarli a Guglielmo senza apparire ridicola? Non avrebbe mai compreso, solo riso a crepapelle.

«Voi non potete capire» mormorò, scuotendo il capo e avvertendo lei per prima la pochezza della risposta, pronta a subire il grossolano sarcasmo del marito.

«D'accordo. Basta così» si arrese invece con sua sorpresa il duca. «Abbraccio l'idea che sia un eunuco. Non vedo altra spiegazione. Cosa chiedete, per questo cialtrone che vi sta tanto a cuore?»

Era il momento di fare appello a tutta la sua determinazione e trarre profitto dal breve stato di grazia del marito.

«Un luogo in cui lui e i suoi seguaci possano trovare un rifugio e una pausa alle peregrinazioni. Un terreno sul quale vivere in povertà, secondo gli insegnamenti del Vangelo e l'esempio della chiesa dei primi secoli, con la semplicità e...»

«Che fervore. Me ne compiaccio» esclamò Guglielmo, esplodendo in una delle sue fragorose risate. «Uomini e donne assieme, immagino. In una bella ammucchiata. Secondo l'esempio della chiesa dei primi secoli, è naturale... Va bene, va bene. Non vi adirate. Sono un dissacratore, lo so, e voi non perdete occasione per rammentarmelo. Immagino abbiate già misurato palmo a palmo le mie proprietà, per quanto vaste siano, e individuato uno spazio che fa proprio al caso vostro.»

«È così, mio signore. Un pezzetto di terra arida, incolta e abbandonata. Rovi e spine a perdita d'occhio. Non ne sentirete mai la mancanza. Una generosità che vi costerà molto poco.»

«Non girateci intorno, madama. Giudicherò io. Sputate il rospo, invece.»

Filippa era troppo speranzosa per offendersi dell'irrispettoso linguaggio del marito, che in altra circostanza non avrebbe mancato di rimproverargli.

«L'estrema punta settentrionale della diocesi di Poitiers, al confine con Angers e Tours. Vi sgorga una fonte, proprio nei pressi del fiume Vienne: Fontevrault.»

«I miei territori di caccia preferiti, tanto per cominciare. In più, una posizione strategica, racchiusa fra principati e diocesi di cruciale importanza. Altro che rovi e spine. Comincio a rivalutare il vostro monaco. Incantatore di donne e abilissimo stratega. Sa quel che vuole e quali pedine muovere per ottenerlo. E ha scelto con lungimiranza il vescovo sotto la cui protezione porsi: il nostro mite e inoffensivo Pietro, un pusillanime che tollererà ogni arbitrio.»

«Posso contare sulla vostra bontà? Farete a vostra

moglie il dono di un lembo di terra che neppure sapevate di possedere?»

Guglielmo la fissò di sottecchi. Un sorriso crudele gli increspava le labbra. E ora, cosa stava macchinando?

«C'è un prezzo da pagare, mia cara. Esigo a mia volta due favori da parte vostra: uno immediato, nella vostra camera da letto. Ma questo, ne sono certo, è un balzello cui vi sottoporrete con gran piacere, anche se non lo ammetterete mai. L'altro vi troverà meno disponibile: parteciperete alla festa di questa sera e ascolterete il mio componimento poetico. Vedrete che ha una certa attinenza con i temi che abbiamo testé discusso. Se non vi sottrarrete a questa piccola penitenza, il vostro monaco avrà la sua sede.»

Nessuno badò a lei e fu un sollievo. Non partecipava mai a quelle orge e l'imposizione del marito l'aveva molto addolorata. Ma raggiungere l'obiettivo che le stava a cuore era di gran lunga più importante del proprio orgoglio. Cercò di mettersi in una posizione defilata, dalla quale osservare senza essere osservata. Conosceva più d'una delle dame presenti, tutte in abiti scollati per mostrare con generosità le spalle e l'attaccatura dei seni, dai colori sgargianti e dai tessuti preziosi, lavorati con elaborati tagli e aperture verticali, attraverso le quali occhieggiavano, acconciati con arte studiata, i candidi e delicati lini delle camicie e delle sottovesti: tutto secondo i dettami della moda più recente. Via via che l'atmosfera si riscaldava e le libagioni aumentavano, lievitavano le risa e le sconcezze. Guglielmo era, come sempre, il promotore e l'artefice di ogni iniziativa. Seguiva con partecipazione le esibizioni dei menestrelli, complimentandosi di volta in volta con l'autore della canzone. Alcuni di quei componimenti parlavano dell'amore in modo dolce e struggente, con ammirazione, rispetto e devozione sincera nei confronti della donna che l'aveva suscitato, tanto da farla sentire un angelo, un essere superiore. Guglielmo apprezzava, si mostrava partecipe e persino commosso. Ma poi il gusto per lo sberleffo, l'irriverenza, il riso sguaiato prendevano il sopravvento e se ne usciva con una delle sue provocazioni. Si poneva al centro della sala, reclamava l'attenzione e, accompagnandosi con lo strumento più adatto, prendeva a recitare lui stesso. Era un istrione nato. Ogni verso era enfatizzato da gesti, movenze e ammiccamenti con i quali alimentava fantasie, sollecitava approvazioni, suggeriva allusioni e tacite connivenze da parte del pubblico, soprattutto femminile. Le sue esibizioni suscitavano esclamazioni, gridolini, applausi di consenso. Si interrompeva a tratti, per distribuire alle ammiratrici più appassionate carezze e baci, a volte innocenti e appena accennati, altri audaci in modo deliberato.

Su un materasso, io so giocare
a tutti i giochi.
Ne so più del mio vicino,
chiunque sia.

Io ho nome «maestro infallibile».
Mai la mia amica una notte mi avrà,
che non mi voglia aver l'indomani.
Io sono in questo mestiere, e me ne vanto,
così abile
da guadagnarmici il pane
su tutti i mercati.

«Ora vi reciterò il mio ultimo componimento» dichiarò quando la serata sembrava essere giunta al culmine dell'eccitazione. «Che ci crediate o no, almeno in parte me l'ha ispirato mia moglie, il cui cuore è tormentato da una grande passione, un amore sfrenato e sensuale del quale non sono io l'oggetto!»

Un uragano di risa e di commenti sommerse la dichiarazione del duca. Filippa si sentì avvampare. Suo marito si accingeva a riscuotere il pedaggio che le aveva imposto. Qualunque fosse il contenuto della canzone, era certa che avesse in qualche modo a che fare con il suo protetto.

Dama non fa peccato mortale
che ama cavaliere leale.
Ma se ama monaco o chierico,
non ha ragione.
A buon diritto, la si dovrebbe bruciare
con un tizzone.

Guglielmo si interruppe, per dar modo al pubblico esilarato di calmarsi.

«Avete indovinato a chi alludo? Ma ascoltate il seguito» esortò «perché vedrete come mi sono vendicato della dama che mi offende e mi preferisce un monaco. Mie signore e miei signori, sto per raccontarvi un'avventura eccezionale, che mi è capitata nel corso del mio ultimo viaggio. Vi giuro sul mio onore che è vera. Ecco a voi la storia di una mirabolante... *sco-pa-ta!*» L'ultima parola venne gridata a squarciagola, con il preciso intento di suscitare scandalo e ilarità.

Ci volle del tempo prima che la recitazione potesse riprendere. Filippa se ne stava impassibile, come se quella gazzarra non la riguardasse. E così era. Sublimare il dolore e offrirlo al Signore. Trasformare la rabbia, il furore, la sete di vendetta, in ardore verso Dio.

In Alvernia, oltre il Limosino,
io me ne andai tutto solo, in libertà.
Nelle mogli mi imbattei di messer Guarino
e di messer Bernardo.
Mi salutarono con molta cordialità
nel nome di San Leonardo.

L'una mi disse, nel suo dialetto:
«Dio vi salvi, pellegrino.
Mi sembrate in tutto perfetto,
secondo la mia opinione.
Ché c'è più d'un malandrino
a osservare intorno con attenzione».

Io nulla ho replicato.
Né a, né ba, niente.
Né ferro né legno ho menzionato,
ma solo e solamente
ho blaterato:
«Bababa, bababa, bababa...».

«Sorella» disse donna Agnese
a donna Ermesente,
«abbiam trovato ciò che avevamo in mente!
Ospitiamolo, ché certo è muto.
E ciò che ognuna di noi di far si sente
per bocca sua, mai sarà conosciuto!»

Una mi prese sotto il manto
e mi portò nella sua magione,

al fuoco accanto.
Io mi trovai in sì piacevole condizione,
che mi scaldai proprio a puntino
nel fuoco che ardeva in quel camino.

A volte i versi del Trovatore le giungevano a malapena all'orecchio, sommersi dal frastuono della sala, quasi tutta in piedi per godersi meglio lo spettacolo. Lei perdeva il filo della narrazione ma non se ne dava pensiero. Cominciava a intuire come si sarebbe conclusa l'avventura.

«Sorella, se quest'uomo è astuto
e a causa nostra finge d'essere muto,
portiamo qui senz'altra mossa
la nostra feroce gatta rossa.
Ci penserà lei a farlo parlare,
se ci vuole turlupinare.»

Donna Agnese andò a prendere la bestiaccia rossa.
Che aveva lunghi baffi
ed era grande e grossa.
Quando la vidi fra noi,
tale fu lo spavento
che per poco non persi la forza
e l'ardimento.

Dopo aver mangiato e bevuto,
come mi chiesero, io mi spogliai nudo,
e loro mi misero sulla schiena
il gatto malvagio e di gran crudeltà
e poi lo tirarono,
dal fianco fino alle estremità!

Tirano il gatto e quello mi ferisce
più di cento piaghe mi impartisce,
durante tutte quelle ore!
Ma io, zitto... non un rumore
non avrei mosso un dito
neppure se mi avesse ucciso!

«È muto! È evidente!»
disse donna Agnese
a donna Ermesente.
«Sorella, prepariamoci a godere!»
Otto e ancor più giorni
me ne stetti con loro in quei dintorni.

Le fottei tante volte quante ascolterete:
cento e ottantotto volte, a più riprese
tanto che per poco i miei ammennicoli non ruppi
e il mio apparato.
E non so dirvi i malanni
che mi sono buscato!

Non so dirvi i malanni che mi sono buscato.

Alla clamorosa conclusione, il pubblico liberò la tensione in una fragorosa risata finale, con applausi e commenti d'ogni sorta.

Filippa si alzò. Aveva pagato il tributo. Lo scopo che il marito si era prefisso attraverso quell'indecorosa messinscena era stato raggiunto: era informata delle sue prodezze sessuali e dell'incredibile virilità. Che tuttavia nel suo letto esercitava in modo del tutto saltuario e con il solo scopo della discendenza. Ora poteva informare Roberto d'Arbrissel che la missione era stata coronata da pieno successo.

Fontevrault si sarebbe trasformata in un luogo di culto e di preghiera. Magari, col tempo e l'aiuto dei fedeli, in una grande e famosa abbazia.

Avrebbe accolto donne sole, disperate, abbandonate, deluse. In fuga da mariti crudeli. Roberto amava e stimava l'altro sesso.

«Sanno amministrare e gestire i patrimoni molto meglio degli uomini, che sopravanzano di molte lunghezze» dichiarava, suscitando scandalo e attirandosi nuove proteste e critiche. Sarebbero state loro – così aveva promesso – la guida e il faro di Fontevrault.

Un giorno – nemmeno troppo lontano, forse – sarebbe diventato anche per lei il porto sicuro in cui fuggire le brutture del mondo.

2

Sugero bussò con delicatezza alla porta dello *scriptorium*.

«Avanti» sollecitò qualcuno dall'interno.

Il giovane spinse la pesante porta, entrò e la richiuse alle spalle. Prima di presentarsi al frate *armarius*, inspirò il profumo di quel luogo: un misto di inchiostri, cere, essenze, carta. Il profumo del sapere. Il suo preferito, all'interno dell'abbazia di Saint-Denis. Dopo, si intende, quello dell'incenso che aleggiava nella chiesa.

Nella sala, illuminata da grandi finestre per assicurare una luce abbondante, numerosi frati chini sulle scrivanie tracciavano segni su fogli di pergamena. In bell'ordine, davanti a ciascuno, erano allineate penne appuntite con differenti angolazioni, barattoli di cenere, piccoli contenitori ripieni di liquidi o di polveri dai diversi colori, stracci: la varia e pittoresca attrezzatura dei copisti. Ognuno lavorava in silenzio e neppure alzò il capo all'ingresso del nuovo venuto. Addossate alle pareti, vaste scaffalature raccoglievano una grande quantità di volumi.

Il frate *armarius*, preposto alla cura degli scaffali, gli fece cenno di avvicinarsi.

«L'abate Adamo ti ha accordato il permesso di prendere visione del patrimonio culturale di questa antichissima abbazia. Io ti farò da guida e resterò a tua disposizione per ogni domanda o chiarimento.»

«Ne sono onorato, frate Giustino.»

«Guardati intorno. Cosa vedi?»

«Libri» rispose con semplicità l'interpellato.

«La vera ricchezza, il tesoro di uno *scriptorium*. Quanti sono, a tuo giudizio?»

«Duecento?»

«Quasi il doppio. Un buon numero, adeguato a un monastero prestigioso come Saint-Denis. Del quale tu, a partire da domani, dopo aver pronunziato i voti definitivi, entrerai a fare parte a pieno titolo. Sei consapevole dell'onore e della responsabilità?»

"Altroché! Più di molti di voi" avrebbe voluto replicare. Ma si limitò a chinare il capo, in segno di assenso e rispetto. Aveva atteso, desiderato quel momento con tanto ardore e così a lungo da farsene un cruccio. Non capiva perché l'abate Adamo, nonostante l'affetto che gli aveva sempre portato, avesse atteso dieci lunghi anni, prima di chiamarlo all'ambito passo. Ne aveva altrettanti – dieci – quando suo padre Elinardo aveva firmato con una croce, proprio nella mani di Adamo, il contratto che trasformava il figlio in *oblato,* donato per sempre all'abbazia, dalla quale non sarebbe mai più uscito. In quei due lustri, non se ne era allontanato un solo giorno.

Si rivide bambino, fare il suo ingresso nella chiesa buia del monastero, la mano in quella massiccia e callosa di Elinardo, accolto da due frati incappucciati, le cui sagome disegnavano ombre misteriose e spaventevoli sulle pareti. Aveva tremato di paura, tentato per un istante di sottrarsi alla stretta del padre, che lo aveva strattonato appena, per rammentargli l'obbligo dell'obbedienza. Ma si era subito calmato: inutile provare a fuggire. Elinardo non lo avrebbe riaccolto in casa. Non lo amava e sua madre meno ancora: che farsene, si lamentava di continuo, di quel figlio riuscito così male, minuto, gracile, molto più piccolo della sua età, unico di tutti i fratelli? Una bocca da sfamare che, in famiglia, non avrebbe mai potuto svolgere la sua parte di lavoro come gli altri. Meglio disfarsene e offrirlo ai monaci.

Quando il portone della chiesa si era richiuso per sempre alle sue spalle, aveva serrato gli occhi per non farne scendere neppure una lacrima e si era lasciato condurre senza reagire al cospetto dell'abate, ai cui piedi si era inginocchiato. Non avrebbe mai dimenticato la prima notte a Saint-Denis, i singhiozzi che gli squassavano il petto, il freddo che gli penetrava nel cuore, il tremito che scuoteva le ossa. Come immaginare, durante quelle ore di sofferenza, che proprio in quel luogo avrebbe trovato la completa felicità, in Adamo un padre vero, affettuoso e sollecito, e nei confratelli dei maestri, severi ma premurosi e giusti, nessuno dei quali lo umiliava per il fisico stentato o per l'altezza, tanto inferiore alla media? E poi un'opportunità inattesa, della quale aveva afferrato l'importanza fin dai primi giorni di frequenza all'Estreé, la scuola annessa al convento, situata a non molta distanza dal monastero e gestita dai frati stessi: la possibilità di studiare, di apprendere. Di trasformarsi da rozzo servo della gleba in dotto uomo di scienza, di fronte al quale anche i sovrani si sarebbero dovuti inchinare.

Era in debito innanzi tutto verso l'Onnipotente, che gli aveva mostrato la via senza che lui facesse nulla per meritarlo, e poi verso l'abate Adamo, così generoso da ignorare i difetti del corpo e intuire le qualità della mente: l'intelligenza vivissima, la memoria ineguagliabile, la volontà ferrea. L'unico piccolo dispiacere – ma così insignificante da non potersi neppure definire tale – era stata la lunga attesa che l'abate gli aveva imposto prima di chiamarlo ai voti definitivi, che lo avrebbero trasformato da semplice *oblato* in frate del convento a pieno titolo, occasione che, in genere, veniva offerta ai novizi intorno ai quindici anni e agli *oblati* persino prima. Adamo lo aveva fatto attendere fino a quasi venti e lui se ne era crucciato come per un demerito personale che non sapeva a cosa imputare.

Ma ormai il momento era giunto. E, quasi a rendere ancora più perfetta la gioia, lo attendeva anche una lieta sorpresa. L'abate gliene aveva accennato con fare molto circospetto.

«Si tratta di un grandissimo onore, tributato all'abbazia, è naturale, ma anche alla tua persona.»

Non aveva voluto aggiungere altro ma Sugero credeva di avere intuito di cosa si trattasse. O almeno così si augurava.

«I manoscritti sono ordinati per categorie» stava spiegando l'*armarius*. «Nello scaffale alla tua destra sono raccolte le opere che hanno per oggetto la lettura serale. Nel successivo, i Padri della Chiesa. Nel terzo gli autori latini. Nel quarto, opere di argomento storico. Sulla parete di fronte è raccolta la filosofia antica. Per oggi, ti dedicherai al settore di destra. Pulirai un volume dopo l'altro con la massima cura e prudenza, secondo le regole che ti sono state insegnate. Puoi sfogliarli, se ti fa piacere. Sono stato chiaro?»

«Chiarissimo, frate Giustino. Mi metto subito all'opera.»

Primo scaffale: letture serali. Sugero fece scorrere lo sguardo. Alcuni titoli suonavano molto familiari: *Le Etymologiae* di Isidoro di Siviglia. Le *Istituzioni* e le *Collazioni* di Cassiano, le vite di diversi Santi ed eremiti del deserto – fra cui quella famosissima di San Benedetto –, i *Sermoni* di Cesario di Arles. Ah, un titolo molto interessante: il *Diadema dei monaci* di Smaragdo di Saint-Mihiel. Il monastero di Saint-Mihiel apparteneva un tempo a Saint-Denis. Dunque quell'opera era stata realizzata da monaci che l'avevano preceduto in quel luogo. Che emozione accarezzare la *Storia*. E proprio accanto a esso, una perla rara: il *Commentario dei Salmi* di Cassiodoro, il manoscritto più antico che lo *scriptorium* vantasse, risalente al secolo VIII. Un testo che avrebbe dovuto essere oggetto di cure del tutto speciali.

Ma a Saint-Denis imperava la trascuratezza e il disordine.

Questa era la sua ferma convinzione, sebbene la tenesse per sé in quanto sarebbe suonata come una critica all'operato dell'abate Adamo, cui era tanto legato. In cuor suo, però, non poteva impedirsi di esprimere un giudizio severo sulla gestione di un'abbazia importante come Saint-Denis, una delle più antiche della Gallia.

I segni del degrado erano dappertutto: muri fessurati, vaste chiazze di umidità, intonaco caduto, affreschi scrostati e sbiaditi nei colori, lampadari e suppellettili a pezzi per mancanza di manutenzione. Per non parlare dei documenti contabili, che l'abate avrebbe dovuto conoscere a menadito e che invece giacevano abbandonati negli armadi a deteriorarsi, raccogliere polvere e muffa, mai consultati da nessuno per verificare con scrupolo pertinenze, proprietà e spettanze dell'abbazia. La conseguenza era il più totale disordine amministrativo e un'incredibile inefficienza nella riscossione delle decime. Ognuno, laico o ufficiale dello stato, poteva inventarsi diritti e accampare pretese senza che l'abate avesse gli strumenti per dimostrare gli errori e difendere il patrimonio del convento. Anche l'entità del tesoro dell'abbazia era del tutto sconosciuta, poiché mancava un inventario dei beni: al puntiglioso spirito di osservazione di Sugero e alla sua infallibile memoria non sfuggiva che molti pezzi pregiati – calici, ostensori, pissidi e altre suppellettili – dati in prestito o impegnati, non tornavano più indietro senza che i frati neppure se ne accorgessero. Una gestione delle risorse dissennata.

Ai tempi della scuola all'Estreé, era solito recriminare con il suo amico Luigi di queste mancanze che già allora, per quanto ragazzino inesperto, lo colpivano. E proprio in quei mesi aveva adottato un'abitudine divenuta una costante della sua vita: trascrivere su un libricino ogni riflessione, pensiero, progetto, evento che gli apparisse degno di nota. Solo Luigi era a conoscenza di quel segreto ma neppure lui sarebbe stato in grado di decifrare le annotazioni perché Sugero le redigeva con una particolare tecnica tachigrafica – appresa a scuola con molto impegno e fatica, a differenza degli altri allievi che si disinteressavano di quella vuota astruseria – cui aveva apportato alcune personali modifiche, per renderla ancora più criptica ai ficcanaso.

«Conosco la tua lungimiranza, signor tuttocervello» era solito commentare Luigi. «Ti affanni tanto perché già ti vedi alla testa di questa vecchia baracca che, sono pronto a scommettere, sotto la tua guida si trasformerà come per incanto nella più prestigiosa abbazia di Francia e funzionerà in modo così impeccabile da fare invidia al re in persona.»

«Non bestemmiare, Luigi» lo rimproverava Sugero, tentando invano di assestargli uno scappellotto, giacché arrivava a malapena al petto del suo alto e robusto compagno.

Quante volte l'aveva salvato dalle rampogne del maestro di latino. Luigi non era tagliato per lo studio. E non perdeva occasione per sottolinearlo e lamentarsene. Il latino poi, era la sua bestia nera. Sugero proprio non riusciva a comprendere il disinteresse per un argomento così avvincente. Il latino costituiva l'idioma universale, utilizzato dai sapienti di tutto il mondo: non esistevano più confini o barriere per coloro che lo conoscevano. Inoltre era come possedere la chiave di uno scrigno ricco di inestimabili tesori. Come faceva Luigi a non capire?

Uno dei peccati di cui si era macchiato da ragazzo era il furto di antiche opere latine dallo *scriptorium*, aiutato da Luigi che mai si sottraeva a imprese del genere, rivelandosi anzi di gran lunga il più abile e audace dei due. Il patto era che, di notte, allo stento lumicino di un mozzicone di candela trafugato anch'esso, Sugero avrebbe letto all'amico – e tradotto, visti i limiti – le bellissime storie delle quali il *Magister* faceva leggere in classe solo alcuni stralci, da imparare a memoria: Orazio, Lucano, Giovenale, Virgilio, il loro preferito. Avevano sbirciato persino qualche brano dall'*Ars amandi* di Ovidio.

Voi stesso tenete il suo ombrellino aperto,
voi stesso fatele strada nella folla,
affrettatevi ad avvicinare lo sgabello al suo letto elegante,
togliete o rimettete la calzatura al suo tenero piede...

Quanto avevano riso assieme, mimando i gesti del giovane ganimede.

Peccato che Luigi avesse abbandonato il convento un paio di anni dopo la loro conoscenza. Il padre sosteneva che aveva studiato abbastanza. Ora doveva far pratica nella sua futura professione: prossimo sovrano di Francia. L'arte della guerra e quella di trattare i vassalli sarebbero diventate, da quel momento in avanti, le materie di cui occuparsi.

Nel salutarlo, Luigi aveva raccomandato a Sugero di non crucciarsi.

«Verrò a trovarti con grande regolarità. E ogni volta voglio vederti cresciuto almeno di qualche pollice. E anche irrobustito. Altrimenti dovrò metterti dei pesi nelle tasche, per evitare che il vento ti porti via. Come farai a dirigere queste rovine con piglio autoritario, se resti uno striminzito nanetto?»

Aveva mantenuto la parola: era venuto a trovarlo molto spesso, raccontandogli tutti i particolari della sua nuova vita, i momenti belli ed esaltanti e quelli difficili. Che non erano mancati. Quando si congedava per tornare ai suoi impegni, Sugero trascriveva sul libricino tutte le informazioni apprese nella sua grafia veloce e preclusa agli altri. Un giorno, chissà, sarebbero potuti tornare utili per scrivere un'opera storica.

Per la cerimonia del voto perenne, che si sarebbe tenuta all'indomani mattina, la grande sorpresa nella quale confidava poteva essere proprio la presenza di Luigi, l'erede al trono di Francia.

Sugero si incamminò lungo la navata centrale della chiesa, in fondo a cui Adamo lo attendeva in piedi. Si sentiva molto emozionato. Per quanto tenesse gli occhi fissi a terra in segno di modestia, avvertiva intorno a sé la presenza di una grande folla, quasi come alla festa di Saint-Denis, il 9 ottobre, quando l'esposizione delle reliquie dei tre santi martiri richiamava torme di fedeli. Neppure per un istante cadde nel peccato d'orgoglio di interpretare quella partecipazione come un tributo a lui, oscuro *oblato* ammesso dopo dieci lunghi anni a prendere i voti. Era invece la conferma della presenza del principe Luigi, intorno al quale il popolo si accalcava per osservarlo e rendergli omaggio. Di certo era seduto in prima fila, sotto il baldacchino di seta.

L'abbazia, rifletté, era del tutto inadeguata a contenere la calca che vi si radunava in numero sempre maggiore: sarebbe stato necessario ampliarla, per prevenire i rischi di una moltitudine di persone compresse in uno spazio troppo esiguo. Se un giorno fosse diventato abate, quell'intervento avrebbe rappresentato una delle priorità.

Si morse la lingua: un grave peccato di superbia proprio quando ogni pensiero doveva essere dedicato solo a Dio. Proseguì il cammino con le mani giunte e gli occhi bassi. Nel silenzio generale qualcuno tossicchiava, un bimbo accennava un lamento, subito zittito dalla madre, mille occhi erano puntati su di lui.

Il sole, ormai alto all'orizzonte, penetrava nella navata centrale e la inondava di luce radente, conferendo solennità alla circostanza ma, per contrasto, metteva anche in risalto una vasta macchia di umidità e muffa dietro l'abside occidentale, dove si trovava la tomba di Pipino il Breve.

Giunto al cospetto dell'abate, si inginocchiò, ricevette la benedizione e si distese sul marmo freddo, il volto a terra, le mani aperte a croce. Tutta la comunità religiosa gli faceva corona, nel momento della promessa solenne.

«*Davanti a Dio e ai santi martiri Denis, Rustico ed Eleuterio, in presenza di mio padre Adamo e dei miei fratelli, prometto fedeltà, vita religiosa e obbedienza secondo la regola di san Benedetto.*» L'abate e tutti i confratelli intonarono il canto e le preghiere di rito. Quindi gli furono tolti gli indumenti dell'oblato, indossati fino a quel giorno, e consegnato l'abito conventuale.

Era un frate di Saint-Denis a tutti gli effetti.

La cerimonia era finita. Esclamazioni di giubilo si levarono dalla folla mentre, dalla prima fila, un giovanotto dal fisico imponente e persino troppo robusto si levò in piedi, sfiorando con la testa le frange del baldacchino sotto il quale era seduto. Sugero lo osservò con un sorriso: era facile comprendere perché, nonostante la giovane età, si fosse già guadagnato il soprannome di Luigi il Grosso.

«Vieni qui, nanerottolo tuttocervello. Fatti abbracciare. Una parvenza di barba fa capolino qua e là sulle tue guance implumi ma la statura non muta dai tempi della scuola. O quasi.»

Luigi sollevò Sugero e, senza alcuna difficoltà, lo issò fino ad averne il volto all'altezza del proprio. «Il primo passo verso la meta è compiuto» gli bisbigliò all'orecchio. «Ancora un paio di balzi e raggiungerai la vetta. Se Adamo non si fa accorto, gli sfilerai la sedia di sotto al sedere mentre è ancora in vita.»

«Mettimi giù e non pronunciare sconcezze simili in un giorno così sacro. Andiamo a salutare l'abate, invece. Non vede l'ora di abbracciarti.»

Solo in quel momento, occhieggiando sopra le spalle

del principe, che non voleva saperne di deporlo al suolo e continuava a trastullarsi con lui come fosse un pupazzo di stoffa, Sugero si accorse che Luigi non era solo: suo padre Filippo, il re di Francia in persona, sedeva sotto il baldacchino. Al suo fianco, Bertrade di Monfort, tutta impettita, lo sguardo sprezzante. Sugero ne provò sorpresa e imbarazzo. Per amore di quella donna – sottratta al marito Folco, conte d'Angiò, detto l'Accigliato, il quale, a onta del soprannome che avrebbe dovuto sancirne il carattere scorbutico e poco remissivo, subiva senza reagire la tresca reale – Filippo aveva allontanato la regina Berta, madre di Luigi, e sfidava da anni le critiche e le rampogne della chiesa al gran completo, dal Santo Padre, ai vescovi del regno, all'abate Adamo, che certo non doveva aver gradito, quella mattina, di ritrovarsi faccia a faccia con l'amante del sovrano.

«Quando sarò re, dovrai starmi al fianco, con la tua saggezza e sapienza. Me l'hai promesso e non voglio che te ne dimentichi, neppure da abate di Saint-Denis» insistette Luigi, ignorando il rimprovero dell'amico ma deponendolo finalmente al suolo. «Vorrà dire che lavorerai il doppio.»

«Primo consiglio. Gratuito. Smettila con questa sciocchezza di definirmi abate. Se giungesse alle orecchie di Adamo, verrei cacciato all'istante. Io sono un umile monaco e tale intendo restare.»

«No, bello mio. A Luigino tuo non la fai. Non atteggiarti a umile frate con me. Ti conosco da quando eri un moccioso. E possiedo anche informazioni fresche.»

Sugero lo guardò con una certa sorpresa.

«L'abate Adamo, che ho già salutato e con il quale anzi mi sono intrattenuto a lungo prima della cerimonia, mentre tu ti raccoglievi in preghiera e meditazione, mi ha riferito di averti appena affidato un compito di importanza cruciale. La revisione degli archivi dell'abbazia. Un grande onore» concluse Luigi con un inchino cerimonioso.

«Un grande lavoro, intendi dire, visto che da decenni nessuno mette mano a quelle carte» precisò Sugero. «Un'enorme responsabilità.»

«Te la sbrigherai in un batter d'occhio, come quando imparavi le tecniche tachigrafiche che nessuno capiva, e da quel momento avrai sotto controllo il tesoro dell'abbazia: decime, proprietà, pertinenze, terreni. Sarai il vero padrone. A furia di sentire il tuo fiato sul collo, al povero abate verrà una polmonite che lo spedirà al Creatore in men che non si dica.»

Sugero batté un piede per terra.

«Non prendere esempio da tuo padre, con le tue insolenze. Quando sarai re, se davvero mi vorrai al tuo fianco come consigliere, ti imporrò una politica di rispetto filiale verso la chiesa e il Santo Padre, e non di sfida, come fa l'attuale sovrano. Il regno di Francia ne ha tutta la convenienza, credimi.»

«Ne riparleremo quando io sarò re e tu il prestigioso abate di Saint-Denis. Manderò i miei figli a scuola all'Estreé, sotto la tua tutela. E tu li educherai e ne farai dei sapientoni. Ordine di sua maestà.»

Sugero allargò le braccia.

«Prego solo che non siano degli zucconi come il loro padre, che non ha mai imparato una parola di latino, nonostante i miei sforzi.»

«Tu, la testa. Io, la spada. Assieme faremo grandi cose, fratello mio.»

3

«Aliénore! Entra e vieni a darmi un bacio.»

La bimba spiccò una corsa fra le braccia del nonno, che la sollevò dal suolo, la lanciò verso il cielo e la riprese al volo, concludendo l'evoluzione con una capriola, fra i gridolini compiaciuti della piccola.

«Ancora, nonno, ti prego» implorò.

«No. Basta così. O ci attireremo le ire di tua madre. Non si fida della mia abilità e teme per la tua sicurezza.»

«Uffa! Allora voglio restare con te. Posso, nonnino caro?» e giù un bacino sulla guancia, le braccia strette intorno al collo.

Come resistere ai vezzi di quella bambina, alle sue mossettine accattivanti, agli occhi stupendi che brillavano di una luce birichina, al faccino delizioso? Incredibile che una mocciosa di quattro anni potesse già essere così esperta nell'arte della seduzione da irretire un uomo di cinquantacinque, rotto a ogni esperienza. Dove aveva appreso quell'abilità nel civettare? Forse avevano ragione i religiosi quando predicavano che Satana si insinua nell'animo della femmina fin dalla nascita e si serve di lei per indurre il maschio in tentazione e condurlo alla dannazione. Aliénore ne era una conferma.

Un giorno si sarebbe trasformata in un'adolescente dalla bellezza mozzafiato: gli pareva già di vederla. Pretendenti a frotte, strage di cuori maschili. Suo figlio Guglielmo – primogenito maschio e padre di Aliénore – avrebbe avuto un gran daffare a sorvegliarla. In compenso, con un opportuno matrimonio, ne avrebbe tratto grandi profitti personali.

«D'accordo, puoi restare» concesse il Trovatore, tornando al libro che aveva di fronte. «Se non mi disturbi nei miei studi.»

«Cosa leggi?» chiese Aliénore, accoccolandosi sulle ginocchia del nonno e tirando a sé il volume. «*A-r-ma, vir-um-que*» cominciò dalla prima pagina, ponendo il ditino sotto il rigo per non perdere il segno. Interruppe la lettura e volse il viso verso il duca.

«Che lingua è?»

«Latino.»

«Non lo conosco. Voglio studiarlo anch'io.»

«Benissimo. Ti cercherò un bravo maestro. Sarei molto felice se lo imparassi. Ti sarebbe ben più utile del nostro dialetto.»

«Certo che voglio. Quello che piace a te, piace anche a me, nonnino.» Altro bacino. «Posso venire alla festa, questa sera?»

Ecco a cosa miravano, quelle moine.

«Escluso, senza appello. Non provare neppure a insistere. Quante volte debbo ripeterti che non sono intrattenimenti adatti a una damigella della tua età?»

«E io vengo lo stesso. Anche se tu non vuoi. Di nascosto. Come faccio sempre quando non mi dai il permesso.»

«Tu sei una birichina disobbediente» alzò la voce il duca.

«Non m'importa. Voglio sentire la musica, le canzoni e i menestrelli. Marcabruno e Cercamon mi hanno invitata. Metterò un abito bellissimo, di colore rosso fuoco. E delle rose nei capelli. Forse li pettinerò all'insù, come le dame. Ormai sono grande. Sarò bellissima. Oh, concedimi il permesso, nonno, ti prego.»

Il Trovatore esplose in una delle sue famose risate, subito imitato dalla nipotina. Quella bimba era un vero demonio. Al grande patrimonio della bellezza, l'Onnipotente aveva aggiunto – di sicuro per un eccesso di zelo o forse per distrazione, anche se Dio non sbaglia mai, sostengono i preti – un'intelligenza vivissima e acuta. E anche estro, vivacità: l'elenco delle virtù della piccola Aliénore poteva essere infinito. Era forse accecato dall'orgoglio? Irretito dalle moine di quella streghetta? No, possedeva davvero doti notevoli. Lo confermava la sua incredibile capacità di apprendimento, la curiosità inesauribile di imparare. Il suo pedagogo si rivelava già inadatto ed era necessario affidarla a qualcuno più colto ed esperto. Aliénore non mentiva quando affermava che i migliori trovatori della corte erano suoi amici: lei li interrogava, sollecitava spiegazioni – le sue domande, i suoi mille perché erano ormai famosi – ascoltava estasiata i loro componimenti, giudicava, criticava, provava le canzoni accompagnandosi con alcuni strumenti musicali, dei quali cominciava a imparare i rudimenti.

«Pessima idea quella di assomigliare tanto a tuo nonno, mocciosa» commentò ad alta voce. «Come sta la tua sorellina Aelís?» domandò, per sviare la supplica della bimba.

«Non si chiama Aelís ma Petronilla.»

«D'accordo, se preferisci così.»

«Da qualche tempo riusciamo persino a giocare per qualche minuto. Sembra un poco meno stupida di come mi pareva all'inizio. Ma solo un poco.»

«Che maniera discutibile di esprimersi. Cosa ti aspetti, da una bimba di un anno?»

«Quattordici mesi. E parla pochissimo. La balia sostiene che io, all'età di mia sorella, ero molto più sveglia e parlavo alla perfezione.»

Vero. All'età della sorella, Aliénore si esprimeva in modo comprensibilissimo. Lui già allora perdeva ore ad ascoltarla. Mentre non degnava di uno sguardo la povera Aelís Petronilla, sebbene fosse quasi altrettanto graziosa della sorella. Ciononostante, non era proprio il caso di accrescere l'orgoglio già smisurato di Aliénore.

«Basta ruota di pavone, signorina. Sei una presuntuosa.»

«Deve essere proprio vero che ci assomigliamo molto, nonno. La mamma dice sempre la stessa cosa di te.»

«Ah, sì?»

«Sì.»

«Cos'altro dice di me, la mia affezionatissima nuora?»

«Che sei un arrogante.»

«Non darle retta. Ce l'ha con me.»

Quasi fosse stata evocata da quella conversazione, Aénore apparve sulla soglia. Sempre rigida, seria e compunta, vestita di uno scialbo abito grigio che ne mortificava la bellezza, ereditata, con smisurata fortuna, dalla madre Dangerosa, della quale non possedeva tuttavia il fascino, la grazia, l'eleganza che avevano stregato il Trovatore dal momento stesso in cui le aveva posato gli occhi addosso, al punto da indurlo a rapirla al suo legittimo marito quella notte stessa.

Peccato. Aveva sperato invano che con il tempo Aénore potesse migliorare. Forse suo figlio Guglielmo non aveva tutti i torti quando, all'inizio, aveva rifiutato con sdegno la proposta di sposarla.

«Osi respingere una fanciulla di tale bellezza?» lo aveva rimproverato lui. «Ti offro una fortuna del genere e tu la getti alle ortiche?»

«Non intendo sposare la figlia della tua amante.»

Un rifiuto pretestuoso, dettato solo dal desiderio di vendicare la madre Filippa, la quale, incapace di reggere il profondo innamoramento del marito per Dangerosa, era fuggita addolorata e umiliata a Fontevrault, dove era morta dopo qualche tempo. Suo figlio incolpava lui di quella perdita.

A quel punto, lo aveva costretto alle nozze. E aveva fatto benissimo. Imparasse il rispetto, il bestione. Certo, la coppia non si era mai amata e intratteneva solo i rapporti indispensabili ad assicurare la discendenza, per quanto fino a quel momento Aénore non aveva generato che femmine.

Il Trovatore non si sentiva simile in nulla a quell'orso del suo primogenito, né sul piano fisico né del comportamento. Guglielmo il Giovane non aveva alcuna cura per il suo aspetto e si rimpinzava di cibo fino a scoppiare, fino a mangiare da solo, così gli avevano riferito, un bue intero. Inoltre era rozzo e ignorante: nessun amore per il sapere, per l'arte e la poesia.

Era un miracolo che avesse generato quel gioiello di bambina, che sembrava aver rubato e racchiuso in sé, in una sintesi perfetta, tutte le migliori qualità della nonna Dangerosa e del nonno Guglielmo il Trovatore. E tanto peggio per il figlio, che di quella duplice, palese somiglianza era molto indispettito.

Quando la piccola gli era stata posta fra le braccia,

subito dopo la nascita, il novello padre, senza darsi pena di dissimulare la delusione per la nascita di una femmina – per la quale non aveva pronto alcun nome, sicuro com'era del maschio – in un guizzo di intelligenza e creatività così alieno dalla sua natura, aveva adottato una soluzione brillante, senza rendersene affatto conto.

«È identica a sua nonna e a sua madre» aveva commentato sprezzante, gettandole un'occhiata e restituendola subito alla balia. «Un'altra Aénore nella mia casa, come se non ne avessi fin troppo di una... Il nome? Sono tentato di chiamarla proprio così: *un'altra Aénore*. Almeno non devo spremermi il cervello.»

Alia Aénore.

Alia Dangerosa o Alia Guglielma sarebbe stato ben più appropriato. Nessuno dei due nomi, però, avrebbe avuto la dolcezza e la musicalità di *Aliénore*.

Ottima scelta, quella del figlio.

Per una volta, nella vita.

4

Sugero sedeva nella stanza di lavoro destinata all'abate del convento, sull'imponente sedia che, per tanti anni, era stata occupata da Adamo e alla quale aveva dovuto apportare alcune modifiche per adeguarla alla sua bassa statura. Nel febbraio del 1129, un mese dopo la morte del suo predecessore, i confratelli l'avevano all'unanimità elevato alla importante carica di capo della comunità. La procedura aveva offeso a morte Luigi VI: si chiamava così da quando era assurto al trono di Francia il 29 luglio del 1108, dopo la morte del padre Filippo e in barba al complotto ordito da Bertrade per mettere sul trono il suo bastardo.

I rapporti fra Luigi e Sugero, i due vecchi compagni dell'Estreé, erano sempre intensi. Tuttavia, ora che era sovrano, Luigi era investito di una dignità e di un ruolo che alle volte gli imponevano comportamenti in contrasto con la sua personale idea e volontà. Un re di Francia – giudicò quando gli venne comunicata l'elezione di Sugero – non poteva accettare che i frati di un convento fondato dai suoi antenati e da questi arricchito gli mancassero di rispetto ignorando la sua volontà e agendo in piena autonomia, anche se la loro scelta coincideva con quella auspicata dal sovrano.

Fatto un po' di strepito e salvate le apparenze, Luigi VI si era complimentato di cuore con l'amico.

«Per una volta ti ho battuto sul tempo e sono stato più celere di te, vecchio mio» aveva commentato. «Cominciavo a disperare di vederti sul gradino più alto di questa baracca. Ammetto che mio padre si è fatto perdonare i tormenti che mi ha inflitto da giovane togliendosi di torno quando avevo ventisette anni. Mi sarebbe seccato molto attendere fino a quaranta, come hai dovuto fare tu.»

«Non ho le tue ambizioni. Sono molto addolorato per la morte di Adamo e rimpiango che questa carica mi sia giunta a sue spese. Tuttavia, sia fatta la volontà di Dio.»

«Te l'ho già detto una volta, vent'anni fa. Non recitare la parte del frate modesto con me. Saint-Denis può ancora essere salvata dalla rovina, ora che reggi tu il timone. Tuttavia non pensare di poterti concentrare solo sui tuoi compiti di abate. Devi continuare a starmi al fianco come sempre. Una grave minaccia incombe sulla Francia. Se dovesse concretizzarsi, correremmo un pericolo mortale.»

«Ancora Enrico d'Inghilterra?»

«E chi altro? Temo stia progettando un attacco. Dovrò spedirti da lui in ambasceria, sperando che serva a qualcosa.»

Sugero scosse la testa.

«Il figlio di Guglielmo il Conquistatore si comporta con l'arroganza di suo padre. Deve decidersi una buona volta: tiene più al titolo di duca di Normandia, che è appartenuto ai suoi avi, o preferisce quello di re d'Inghilterra, che il padre gli ha conquistato con le armi?»

«Perché dovrebbe scegliere, se può tenerseli entrambi?»

«Perché è una vergogna. Per quanti decenni ancora dovremo subire le conseguenze della sciagurata conquista dell'Inghilterra da parte di un vassallo del re di Francia? Tutta colpa di re Harold, accidenti a quell'inetto d'un sassone. Ha sempre disprezzato i francesi considerandoli femminucce e poi capitola ad Hastings di fronte a un duca di Normandia qualunque. Grazie alla sua insipienza, oggi ci ritroviamo fra i piedi questa bella rogna: un feudatario di Francia che è anche potente sovrano di un paese straniero a un passo dalle nostre coste. Mille volte più potente del suo re, cui dovrebbe assoluta obbedienza. Assurdo. Che scelga da che parte vuole stare. E se non lo fa, dovresti privarlo del titolo e portargli via le sue terre.»

«Prova a proporglielo, quando lo incontrerai. Intanto sta complottando per ampliare ancor di più i suoi possedimenti francesi, a spese mie.»

«Non ti mancano i grattacapi, amico mio.»

«Fossero i soli.»

«Ancora tua moglie Adelaide?» domandò Sugero allargando le braccia in un gesto di impazienza.

«Sempre lei. Quella donna è una prepotente e un'impicciona. Pretende di ficcare il naso negli affari di stato e comandare a bacchetta. Per ricacciarla al suo posto, devo usare le maniere forti. E tenere alla larga da lei i figli maschi, prima che li trasformi in eunuchi privi di volontà. Spero che si temprino alla rude scuola dell'Estreé. Come sono i maestri, di questi tempi?»

«Validi, come sempre. Quando mi manderai il primogenito Filippo?»

«Presto. Ma non t'illudere. È tutto suo padre.» Luigi VI sghignazzò, mentre gli occhi si accesero di orgoglio. «Un diavolo è, quel ragazzo. Ha le mie stesse passioni ed è persino più bravo di me. Dovresti vederlo con il suo maestro d'armi. Un lottatore fatto e finito. Mi sa che, dal punto di vista scolastico, non ci caverai granché. Ma va bene così. Dovrà fare il re e dunque la tempra è indispensabile. Consolati. Ti regalerò il secondogenito. Tutto tuo.»

«Constato di persona che le voci che girano sono veritiere.»

«Di quali voci vai cianciando?»

«Che il re stravede per il figlio maggiore e lo vizia in modo vergognoso. In compenso ignora il secondo, che pure porta il suo stesso nome.»

Luigi VI scrollò le spalle.

«Ho troppo da fare per occuparmi anche di lui. Se proprio lo vuoi sapere...»

Si interruppe, notando lo sguardo severo di Sugero.

«Non ti provare a farmi la predica, nanetto. Quel moccioso è uno smidollato. L'ho bell'e capito, io. Timido, piagnucoloso, pavido. Si spaventa per un nonnulla e, alla sua età, ancora si rifugia dietro le gonne della balia. Una vergogna. Lo regalerò a te e alla chiesa. Non merita altro... Be', non sei contento? Ne faremo un Sugero in erba, tutto libri e cervello. Magari più alto e robusto.»

Clairvaux, 10 settembre 1132

...Solo l'affetto che nutro per voi, mio amatissimo fratello in Cristo, mi induce a mettere tanto fervore nelle mie rampogne. Ciò che vi rimprovero è un'eccessiva mondanità e una scarsa propensione per l'ascesi, per il trasporto mistico e la vita raccolta. La recente decisione di acquistare una casa a Parigi mi lascia addolorato e stupefatto. Un lusso molto discutibile. Inoltre, se ne deduce che diraderete ancora di più le cure dell'anima vostra e

del gregge a voi affidato, a favore delle lusinghe terrene e del servizio al sovrano...»

Sugero gonfiò le gote ed emise un sibilo, chiaro segno del suo fastidio. Buon per lui che non era tipo da lasciarsi intimidire neppure dai sermoni di Bernardo, da lui definito in segreto *l'issimo,* abbreviazione degli elogi – autorevolissimo, reverendissimo, eccellentissimo e così via – di cui veniva fatto oggetto il frate di Clairvaux, castigatore di costumi itinerante per le vie di Francia e del mondo, già in odore di santità per quanto vivo e vegeto, scrittore di innumerevoli testi le cui tesi erano legge della chiesa, missionario e ambasciatore di papi, vescovi e sovrani.

Sugero s'aspettava che l'acquisto di quelle due miserevoli stanze a Parigi avrebbe suscitato le sue rampogne, mentre sarebbe stato ignorato il fermo rifiuto opposto all'insistente offerta del re di trasferirsi a corte, godendo di agi e onori. D'altro canto, in barba alle recriminazioni di Bernardo – che non rinunciava a impicciarsi dei fatti altrui considerando suo inderogabile dovere ergersi a custode della morale di tutti –, non aveva altra scelta per poter continuare a svolgere i due lavori dei quali si era caricato: il suo convento e il regno di Francia. Una casa a Parigi gli avrebbe consentito di ospitare un giovane confratello, utilizzarlo per fare la spola con Saint-Denis e sbrigare di notte – mentre tutti riposavano, inclusi i santi – molto lavoro per l'abbazia. Più che i sermoni di Bernardo, lo addoloravano i mugugni sussurrati a volte dai suoi stessi confratelli, alquanto sorpresi dalle prolungate assenze dell'abate. Tuttavia, nei primi tre anni della sua conduzione, la gestione amministrativa e le finanze del convento erano rifiorite in misura così tangibile – un lavoro indefesso, a scapito del sonno – da zittire anche i più recalcitranti.

Gettò in un angolo la lettera di Bernardo di Clairvaux e, poggiati i gomiti sulla scrivania e la testa sul palmo della mano, cercò di concentrarsi sulla pila di documenti che giacevano minacciosi sotto i suoi occhi, quasi a volergli rimproverare, con la loro mole, di essere rientrato da appena tre giorni in abbazia, dopo due mesi di lontananza. Il priore Hervé – suo fidato sostituto nei lunghi periodi di assenza – attendeva con pazienza, seduto compunto di fronte a lui.

«Ecco qui i dati che mi avete chiesto» iniziò Hervé a un cenno del superiore. «Sulla destra troverete la situazione al momento della morte del reverendissimo Adamo. A sinistra, i risultati ottenuti in seguito alle modifiche da voi apportate.»

«È un lungo elenco» osservò Sugero sconfortato.

«Temo di sì, reverendo padre. Ma non è colpa mia. Ho solo eseguito i vostri ordini con scrupolo.»

«Certo. Cominciamo pure.»

«La signoria di Vernoulliet: era affittata da quarant'anni a tassi sempre uguali. Sono stati modificati, come quelli di Beaune la Rolande, nel Gatinais. La loro rendita è molto migliorata. A Louveciennes e Guillerval, effettuati i controlli, abbiamo rilevato un gran numero di irregolarità: fittavoli che imbrogliavano sui canoni, contadini che nascondevano i redditi delle piantagioni. A Yveline non solo l'abbazia aveva perduto il pagamento del diritto di caccia sulle sue proprietà ma l'abuso che ne è stato fatto dagli abitanti ha trasformato quella bella fustaia in uno striminzito bosco ceduo. Abbiamo ripristinato le nostre spettanze, atti notarili alla mano, secondo le vostre disposizioni.»

«C'è stato molto da faticare?»

«In generale la gente si è mostrata consapevole degli abusi ma ai recalcitranti è stato sufficiente spiegare che il vecchio abate era morto e il nuovo si chiamava Sugero.»

«Incuto tanto timore?»

«Rispetto, reverendo padre.»

«Veniamo al capitolo delle spese dei frati.»

«Anche in questo caso, ciascuna spesa è stata analizzata e, a tre anni di distanza, siamo in grado di fare un bilancio preciso. La voce relativa al vino è diminuita in modo vistoso, ora che le vigne, ripristinate tre anni or sono secondo la vostra volontà, hanno cominciato a fornire un adeguato raccolto. Se il Signore ci assiste e la vendemmia sarà buona, ritengo che quest'anno potremo raggiungere quel pareggio fra produzione e consumo che voi tanto auspicate, evitando gli acquisti dai mercanti di Lagny.»

«Eccellente» giubilò Sugero, battendo appena le mani. «Un grosso risparmio. Possiamo dunque sperare di riscattare i calici, le croci e le tappezzerie appartenenti al tesoro del monastero, che quella gente ha in pegno?»

«Con l'aiuto di Dio, sì. Passiamo ora...»

Un frate bussò alla porta e si precipitò all'interno dello studio senza neppure attendere il permesso.

«Scusate, reverendo padre. C'è un messaggero da Parigi con questo dispaccio. Urgentissimo.»

«Ma sono qui solo da tre giorni» protestò l'abate, con un gesto di stizza. Il confratello allargò le braccia. «Priorità assoluta, mi è stato detto.»

L'abate gli strappò il plico dalle mani, ruppe il sigillo e lesse.

«Sellatemi subito un mulo» ingiunse un istante dopo, impallidendo. «Sua maestà Luigi VI versa in gravi condizioni di salute e mi ordina di recarmi al suo capezzale. Pregate per lui, fratelli carissimi, perché riesca a vincere il dolore per il grave lutto che l'ha colpito. Le notizie che mi sono appena giunte sembrano pessime. Di tutto ha bisogno la Francia in questo momento, tranne che di perdere la forte guida che la regge.»

Mentre cavalcava verso la reggia, Sugero rabbrividiva al pensiero di quel giorno terribile: il 14 ottobre 1131. L'alba era sorta da poco e, anche in quell'occasione, lui era seduto alla scrivania del suo studio, il naso nei conti e nelle carte.

Luigi era piombato nella stanza come un uragano. Un istante prima che scardinasse la porta con un violentissimo calcio, Sugero aveva a malapena intravisto il volto atterrito del frate custode, che neppure aveva avuto il tempo di annunciarlo e accoglierlo con i dovuti onori. Livido in volto, i capelli scarmigliati, lo sguardo stravolto: sembrava un fantasma, uno spettro.

Senza ritegno, Luigi VI aveva preso a urlare, dibattersi, graffiarsi il volto. A inveire contro Dio e i Santi, maledicendoli.

«Sei fuori di te, Luigi. Calmati. Spiegami cosa è accaduto.»

Ma il re era prostrato da una disperazione che non riusciva a controllare e gli impediva di parlare. La sua furia cieca si abbatteva sui mobili, sulle suppellettili, su qualunque oggetto gli capitasse a tiro. Rivolgeva all'amico di una vita insulti e rimproveri senza senso, come se si fosse macchiato di qualche grave colpa ai suoi occhi. Pretendeva di conoscere da lui la ragione di *quella* punizione.

«Quale punizione? Parla, per carità.»

Ma non c'era verso di frenare quell'impeto dissennato: non gli arrivava neppure al petto e pesava meno della metà. Aveva atteso che il re, stremato, si accasciasse al suolo e si abbandonasse a un gemito lungo e convulso.

L'accaduto gli era stato riferito poco dopo, con brevi frasi concitate, dal priore Hervé, intrufolatosi nella stanza: il primogenito del sovrano, l'amatissimo Filippo, era morto all'improvviso a causa di un banale incidente. Percorreva al galoppo, con l'irruenza e la baldanza che gli erano proprie, le vie di un sobborgo o forse di un bosco – le notizie erano ancora confuse ma la sostanza non mutava, purtroppo – quando un cinghiale si era gettato fra le zampe del cavallo. Filippo, nonostante la sua proverbiale abilità di cavaliere, non era riuscito a controllare lo scarto improvviso dell'animale, che si era impennato sulle zampe posteriori. Il principe era ruzzolato a terra, restando imprigionato sotto il cavallo. Malgrado l'aiuto e le cure che gli erano state subito prodigate, era deceduto in serata.

Sugero si era accostato al vecchio compagno e l'aveva stretto a sé senza trovare – lui, prete – parole adatte a confortarne il dolore. Sapeva bene quanto Luigi amasse quel figlio: la luce dei suoi occhi, la realizzazione di tutte le sue ambizioni. Bellissimo nel corpo, forte, sicuro di sé fino alla spavalderia, con una spiccata predisposizione per ogni attività di tipo fisico, proprio come suo padre. Un talento naturale per le armi, un coraggio spinto fino all'incoscienza, già dimostrato sul campo di battaglia, sebbene non avesse ancora quindici anni. L'erede al trono ideale. Così sostenevano tutti.

Sugero non aveva mai condiviso fino in fondo quel giudizio così favorevole, quell'unanime, incondizionata ammirazione per il giovane spinta – di certo anche per compiacere sua maestà – fino all'idolatria. Pensava che in lui ogni tratto del carattere fosse eccessivo, tranne l'avvedutezza e la prudenza, le doti che meglio si addicevano a un re. Ma forse si sbagliava. Per questo aveva sempre tenuto per sé i suoi dubbi. D'altro canto, non poteva dire di conoscerlo bene. Lo aveva frequentato poco, visto che alla scuola dell'Estreé, a dispetto delle promesse del padre, non aveva mai messo piede.

Conosceva invece alla perfezione il secondogenito, il piccolo Luigi. Da quando aveva sei anni – ora ne aveva undici – era allievo del monastero. E fin dal primo giorno, aveva provveduto di persona alla sua educazione, persino quando era lontano, lasciando minuziose istruzioni a maestri di assoluta fiducia.

Lo amava come un figlio, più del padre naturale, che lo ignorava e non lo voleva intorno, accecato com'era dall'orgoglio per il primogenito. Proprio per questo era consapevole che il piccolo Luigi non era assolutamente tagliato per fare il re.

«Cosa facciamo adesso, frate?» gli aveva chiesto il re con voce irriconoscibile, biascicando le parole. «Il mio secondogenito è un imbelle, bravo solo a dondolare turiboli e recitare salmi. A chi affidiamo la Francia?»

Non aveva saputo rispondere neppure allora. Si sentiva lui per primo impotente di fronte alla tragedia improvvisa.

«Tocca a te informarlo del suo nuovo destino» aveva decretato il re. «È la punizione che ti infliggo per aver allevato mio figlio a tua immagine e somiglianza.»

L'accusa lo aveva mortificato. Era ingiusta. Luigi VI era stato il primo a dichiararsi persuaso che la strada più congeniale al secondogenito fosse il convento. E aveva visto giusto. La pace del chiostro, la sicurezza di quelle alte mura che chiudevano fuori il resto del mondo, il raccoglimento dello studio e della preghiera avevano conquistato e affascinato il principe. Sugero non gli aveva imposto nulla, solo assecondato le sue tendenze e valorizzato le doti naturali.

Si era subito rivelato un bambino schivo, chiuso, refrattario alle amicizie e ai giochi con i coetanei. Amava trascorrere il tempo da solo, in attività molto inconsuete per la sua età: studiare, leggere i testi sacri e soprattutto pregare. Trascorreva ore e ore in chiesa, inginocchiato davanti alla statua di Gesù o della Vergine Maria, fervido, appassionato, lo sguardo commosso rivolto verso l'alto. Un trasporto mistico che avrebbe fatto la gioia di Bernardo di Clairvaux. Si infliggeva anche una lunga serie di mortificazioni corporali, sebbene l'età lo dispensasse da pratiche così severe. Osservava con scrupolo maniacale i digiuni, le penitenze, le veglie e qualunque prescrizione la liturgia imponesse, come un monaco. Se ne inventava di nuove.

La compagnia che mostrava di preferire era proprio quella di Sugero. L'abate si rendeva conto della stranezza di quella preferenza ma non l'aveva combattuta, in parte per compiacimento, in parte per mancanza di alternativa. Ogni volta che aveva fatto un tentativo per spingere Luigi verso attività, comportamenti e compagnie più adatte, il fanciullo si era ritratto spaventato, sconcertato, convinto che l'abate volesse punirlo di qualche mancanza.

Quando chiacchieravano assieme e il discorso – che di solito verteva su argomenti di studio o religiosi – si indirizzava verso il futuro, Luigi mostrava di non vedere altra strada che quella del chiostro, rivelandosi ben più intransigente e drastico del suo maestro: povertà e clausura assolute erano le sue aspirazioni.

«Ti invierò a Bernardo» minacciava lui scherzando, ma anche un poco geloso che il suo protetto, a differenza del maestro, preferisse la contemplazione e la lontananza assoluta dal mondo, verso il quale mostrava disinteresse e paura.

Non sarebbe stato facile raccontargli la verità e strapparlo ai suoi sogni. E toccava a lui compiere quel gesto crudele: una punizione davvero severa.

L'aveva trovato in ginocchio ai piedi dell'altare. Gli si era avvicinato senza fare rumore, aveva atteso con pazienza che terminasse le orazioni. Solo dopo lungo tempo Luigi si era accorto della presenza dell'abate, tanto era concentrato.

«Devo parlarti. Puoi seguirmi nel mio studio?»

L'aveva visto irrigidirsi, impallidire appena. Per vie misteriose, aveva subito afferrato che qualcosa di serio doveva essere accaduto. Il ragazzo era tutt'altro che un inetto, checché ne pensasse il padre. Possedeva un'intelligenza molto viva, un fine intuito e una grande sensibilità. Troppa. Non gli avrebbe giovato, come re. E anche una certa arrendevolezza. Neppure quella era utile.

Aveva preferito non girare intorno alla notizia. Protrarre l'ansia alla ricerca di vie tortuose per infiorettare una tragedia era puerile e inutile. Informato dell'accaduto, le sue prime parole non erano state di pietà per il fratello morto – quasi non si conoscevano – ma l'immediata, lucida consapevolezza di ciò che l'evento avrebbe comportato nella sua esistenza.

«Questo significa che mio padre mi costringerà ad abbandonare il convento. È così?» aveva chiesto, la voce tremante e gli occhi già umidi di lacrime.

«Non ha alternative. Lo capisci anche tu. Sei il secondogenito maschio.»

«Esiste una possibilità, anche una sola, di una soluzione diversa?»

Era stato sincero.

«Nessuna. Il destino dell'uomo è nelle mani di Dio. Lui ti impone questa prova e tu devi rispondere senza esitare alla sua chiamata.»

Erano state le parole giuste, efficaci nella loro stringatezza e semplicità.

«Sia fatta la Sua volontà, allora» aveva risposto Luigi, chinando il capo.

Non era stato così semplice come quella resa senza condizioni lasciava supporre. Al momento di abbandonare il convento, erano stati pianti, lacrime struggenti e mille, reiterate promesse, da parte del maestro, di stargli sempre al fianco, di non abbandonarlo lungo i percorsi sconosciuti e infidi di un futuro che lo atterriva. Una prospettiva sembrava spaventarlo più di altre.

«Un re è obbligato a sposarsi, vero, Sugero?»

Aveva accordato al suo pupillo il permesso di chiamarlo per nome, ora che i ruoli si erano invertiti ed era l'abate a doversi inchinare di fronte al futuro re.

«Per forza. Non esiste altra strada per assicurare la discendenza.»

«Le donne mi fanno ribrezzo.»

Era trasalito, a tale affermazione. Non si sentiva in grado di affrontare in modo appropriato quegli argomenti, gli unici sui quali la sua preparazione fosse insoddisfacente. Scacciò il pensiero.

«Affronteremo la questione quando sarà il momento. Per ora non angustiarti. Vivrai a corte e avrai l'opportunità di frequentare molte gentildonne. E anche di sentirne parlare dai soldati: mi dicono che fra loro ci siano dei veri esperti.» Ma subito si pentì di quella sciocca osservazione. Se c'era qualcosa che proprio non si adattava al carattere di Luigi, erano le chiacchiere da bettola e le vanterie dei soldati. Rischiavano di sconvolgerlo ancora di più.

«Mi scacci per sempre dall'Estreé e dal monastero, Sugero?»

«Certo che no, come ti salta in mente? Ma è ovvio che tuo padre pretenderà di averti al fianco per educarti al mestiere di re. Dovrai imparare a combattere e a trattare con i feudatari.»

«Detesto le armi e ogni forma di crudeltà. È questa la mia vera casa: fra i calici, i turiboli e l'odore di incenso. Nel raccoglimento e nella preghiera. Sono stato così felice qui, assieme a te.»

«Sarò sempre al tuo fianco, se richiederai la mia presenza. L'ho promesso. Inoltre non dimenticare che la preghiera e il raccoglimento si possono perseguire in ogni luogo.»

«Mancano ancora molti anni al momento delle nozze, non credi?» domandò Luigi, senza apparente logica.

«Immagino di sì.»

Menzogna.

Il destino di un re è segnato. E il momento delle nozze sarebbe giunto molto prima di quanto lui sospettasse.

5

«Ti sei fatto attendere a lungo dal tuo sovrano, fraticello. Vergogna.»

«L'ampliamento di Saint-Denis mi assorbe molto, lo confesso. Attraversiamo una fase cruciale. La mia scrivania è ingombra di carte: decine di progetti dei più svariati architetti. Non manca qualche idea apprezzabile ma siamo ancora molto lontani da quello che ho in mente. Non vogliono capire che dobbiamo abbandonare i canoni tradizionali e costruire un'abbazia del tutto innovativa, nella quale la luminosità deve rappresentare il fulcro della soluzione estetica.»

«Quanta passione. La tua mente precorre i tempi e già si figura il nuovo monastero. Non ho mai capito, fin dall'epoca della scuola, come tutta questa energia possa essere concentrata e compressa in un corpo così minuscolo e insignificante. Non te la prendi, vero, mio caro tuttocervello?»

«E come potrei? Da più di trent'anni sono abituato alle tue insolenze.»

Luigi VI mostrava qualche apprezzabile miglioramento dalla grave malattia che, dopo la morte improvvisa di Filippo, lo aveva portato a un passo dalla tomba.

Sugero, accorso al suo capezzale, aveva disperato della salvezza. A un certo punto, in preda al panico, aveva scacciato in malo modo tutti i medici, convinto che i salassi continui ne avrebbero solo accelerato la morte. Aveva trascorso ore accanto al sovrano, in fervida preghiera, assieme al piccolo Luigi. Su suo ordine, erano state trasportate da Saint-Denis le reliquie dei santi martiri, con le quali aveva impartito al moribondo l'estrema unzione.

E poco dopo, senza alcuna plausibile spiegazione, il re aveva cominciato a riprendersi, fino alla guarigione.

Un miracolo, certo, ma incompleto. La malattia aveva lasciato conseguenze gravi e permanenti nel fisico e nell'animo: le crisi intestinali si erano ripetute da quel momento con crescente frequenza e virulenza, mentre il dolore per la perdita del primogenito lo angustiava fino a togliergli il sonno. Luigi non sarebbe mai più stato lo stesso.

Tuttavia gli restavano energie sufficienti per guidare la Francia, tenere a bada i feudatari riottosi e anche per incutere soggezione alla moglie, sempre intrigante e ambiziosa, tanto più ossessionata dalla smania di comandare quanto più il marito la costringeva a stare lontana dagli affari di stato.

«Spero che Adelaide muoia prima di me» gli confidava spesso il re. «Non perché le voglia male, quantunque sia un'insopportabile bisbetica, ma per il timore che mio figlio non sappia tenerle testa. Già ora lo circuisce per perseguire i suoi scopi e trasformarlo in un pupazzo nelle sue mani.»

«Come sta il futuro Luigi VII?» si informò Sugero.

«Come al solito. Un fraticello fatto e finito, tutto canti, preghiere e penitenze, per le quali trova sempre valide ragioni. Prima che ci riesca la madre, hai già provveduto tu a fare di mio figlio un fuco.»

«Luigi possiede una vocazione viva e profonda. E purtroppo non può seguirla. Ricordalo sempre, quando sei tentato di infierire su di lui. È la vittima, non il colpevole di questa situazione.»

«C'è dell'altro.»

«Non ne dubitavo. Altrimenti non mi avresti convocato in modo così imperioso.»

«A tutte queste ciance religiose si appella con vigore persino maggiore ogni volta che cerco di imporgli il contatto con una donna... carnale intendo. Non posso permettere che arrivi vergine al matrimonio, cristosanto, e ormai è giunta l'ora. Ha sedici anni. Ma lui sembra angosciato dalla prospettiva e io frenato dal terrore che... che...»

«Capisco benissimo. Non affannarti.»

«E se fosse impotente?»

«Non risolverai certo il problema costringendolo nel letto di qualche cortigiana. Gli creerà solo maggiore repulsione.»

«Ah, sì? Scopro che ti intendi anche di sesso, adesso? Neppure in questo campo posso fare da maestro a mio figlio?»

«Soprattutto in questo campo» ribatté Sugero imperturbabile.

«*Puah!*» replicò Luigi, agitando le due mani davanti a sé come per mandare al diavolo l'interlocutore. «Spiegami cosa dovrei fare allora, signor *sotuttoio*.»

«Dargli tempo.»

«Non ce n'è. Ha compiuto sedici anni, t'ho detto. Deve sposarsi. E mettere al mondo un maschio se non vogliamo che orde di belve fameliche tentino di azzannare alla gola il trono di Francia.»

«E soprattutto, aspettare che si innamori» insisté Sugero, come se non avesse neppure sentito. «In questo caso, sono certo che si risolverebbe ogni difficoltà.»

«Innamorarsi? E di chi? Non certo della moglie. La consorte di un re non viene scelta per amore o per bellezza ma per convenienza dinastica. Questo è l'unico criterio. E lui dovrà essere in grado di mettere incinta anche la più repellente fra le creature, se quella gli toccasse. Dunque, è bene esercitarsi su una cortigiana e allenare in questo modo l'appetito sessuale. Per fortuna, del sesso non puoi fare a meno, una volta assaggiato. Certo che se ti rifiuti persino di annusarne l'odore...»

«Preghiamo che, nel suo caso, convenienza politica e bellezza si fondano nella donna che Dio gli ha destinato.»

«Dio, Dio sempre Dio. Cosa c'entra Lui, nella ricerca di una moglie per mio figlio? Tu invece c'entri. Questo è sicuro.»

«Io?»

«Esatto. Tocca a te rimediare ai guai che hai combinato. Ti spedirò in missione presso alcune corti dove vivono fanciulle in età da marito. Ho stilato una lista precisa e minuziosa. Ti recherai in ambasciata e riferirai al tuo re. Inizieremo con questa damigella dallo strano nome: Aliénore o Eléonor... non so nemmeno come si scriva o si pronunci, nella sua lingua. È figlia del nostro vassallo Guglielmo X, duca di Poitou e d'Aquitania. Ha un paio d'anni meno di mio figlio e possiede...»

«Una corte del Sud?» lo interruppe Sugero, senza reprimere una smorfia di disappunto. «Mmm... Hanno un concetto di morale e di costumi molto rilassato da quelle parti, per quel che ne so. Su quella d'Aquitania poi, girano molte voci e nessuna edificante. Sai come era soprannominato il padre dell'attuale duca e nonno di questa duchessina che ti interessa tanto? *Il Trovatore*. Non so con precisione cosa significhi ma so per certo che trascorreva il tempo in gozzoviglie e a caccia eterna di donne. Immorale, blasfemo, sempre in antagonismo con la chiesa...»

«Non fare il difficile e preoccupati solo degli interessi della Francia» lo interruppe il sovrano. «Vale la pena di approfondire e ti mostro il perché.»

Luigi si avvicinò a uno scaffale, afferrò un rotolo di pergamena alquanto voluminoso e lo distese sul tavolo, fissandone i quattro angoli con gli oggetti che gli capitarono sotto mano, in modo da tenerlo aperto. «Quelli che vedi colorati in rosa sono i possedimenti del duca Guglielmo. Quelli in blu, i miei. Che te ne pare?»

Sugero si sporse ed esaminò con attenzione: una sproporzione impressionante.

«Guascogna, Perigord, Aquitania, Limosino, La Marche, Angoulème, Saintonge, Poitou» indicò il re, percorrendo con l'indice della mano destra i vasti possedimenti del duca. «Non sarebbe un bel colpo per la corona mettere le mani su tanto ben di Dio?»

«Non dobbiamo essere avidi e preoccuparci solo dell'interesse.»

Luigi VI sbuffò.

«Un noioso moralista, questo sei. Ho deciso che vale la pena di approfondire e così faremo. Non dico che manchino altri buoni partiti ma quello è il boccone più appetitoso. Guglielmo X è vedovo e non ha figli maschi ma solo due femmine. Dunque questa ragazzina, Alenor o come diavolo si chiama, potrebbe ereditare tutto il malloppo, in qualità di primogenita. A meno che Guglielmo non si risposi. Mi riferiscono che stia muovendo passi in tal senso. Desidera un maschio. Perciò è molto urgente che tu ti rechi da quelle parti come mio messaggero – ci inventeremo un pretesto che giustifichi la missione, tanto non ne mancano – indaghi e mi invii dispacci puntuali. Una volta ricevute le informazioni, ti farò sapere se avviare o meno una trattativa con Guglielmo.»

«Hai mai incontrato il duca?»

«Una volta, nel 1124, durante un tentativo di invasione della Francia da parte del re d'Inghilterra. Si presentò al campo, venne a rendermi omaggio e si dichiarò dalla nostra parte, pronto a inviare truppe, se necessario.»

«Che impressione ti ha fatto?»

«Un bestione molto più alto della media, con una corporatura immensa e una fame insaziabile. Da solo faceva fuori un capo di bestiame. Dicono che gli uomini del Sud siano tutti azzimati e preoccupati del loro aspetto, con le chiome inanellate e impomatate, eleganti e profumati come baldracche di lusso. Ma quello di sicuro sfuggiva al cliché.»

«Se la figlia dovesse assomigliare al padre, ci sarebbe da mettersi le mani nei capelli.»

«Incontrala e fammi sapere. Ma per nulla al mondo l'aspetto fisico influenzerà la mia decisione. Tanto peggio per mio figlio, se dovrà scoparsi una grassona. Vorrà dire che, se non ci riuscirà da solo, gli darò una mano io stesso.»

Sugero sobbalzò e fece per aprire bocca.

«Ah, l'ho detto solo per scandalizzarti, vecchio frate pruriginoso. Togliti dai piedi, ora, e tieniti pronto a partire in capo a una settimana.»

6

«Vieni via, Petronilla. Non stare ad ascoltare queste sciocchezze» proclamò con decisione Aliénore uscendo di corsa dalla stanza e trascinando per mano una fanciulla di due o tre anni più giovane. Prima di allontanarsi, sbatté la porta alle spalle con malagrazia.

«Nostro padre sarà molto contrariato quando saprà come hai trattato il canonico.»

«Non dedico un minuto di più a un ignorante che viene a raccontarmi che il dovere delle donne è di stare assoggettate al marito, in silenzio e umiltà. Ha proprio sbagliato persona.»

«Ma non lo dice lui, Lili. Sono gli insegnamenti di san Paolo.»

«Fa lo stesso. Il nonno non avrebbe mai permesso che simili assurdità venissero pronunciate sotto il suo tetto. Peccato che tu non l'abbia mai conosciuto. Che uomo.»

«Lo ricordi bene?»

«Ogni parola, sguardo, insegnamento. Tutto fisso qui, nella mente.»

«Eppure avevi solo quattro anni, quando lui è morto.»

«Quattro e mezzo. A quell'età tu eri piccola ma io ero

già grande.» Assunse una posa maliziosa. «A lui piaceva molto trascorrere il tempo con me. Ho imparato a leggere sulle sue ginocchia e a studiare sulle sue poesie. Ero la regina delle feste. Non ne perdevo una. E già allora i trovatori componevano canzoni in mio onore.»

Petronilla fissò con ammirazione la sorella, senza il minimo fastidio per tanta vanità. Viveva della sua luce. Non avrebbe potuto mai concepire l'esistenza fuori dalla sua protezione. Era abituata a non contraddirla mai e a obbedirle senza discutere, certa che ogni decisione fosse quella giusta. Da quando la madre e il fratellino erano morti, Aliénore era l'unico affetto terreno, lo scudo contro il mondo. E contro il padre, che le sembrava un grosso orco crudele. Sempre a criticare, a battagliare con Aliénore, che però non si faceva né intimidire né mettere nel sacco. Mentre lei correva a nascondersi o stringeva le mani sulle orecchie a ogni rimprovero, Aliénore lo sfidava, si batteva come una leonessa. E riusciva sempre a fare quel che le pareva: alla luce del sole o di nascosto. Più spesso di nascosto.

«Mi prenderò una nuova moglie che mi dia un figlio maschio» minacciava il padre. «E voi due finirete a Fontevrault, chiuse in convento, come le mie sorelle. Oppure vi regalerò in moglie a qualche oscuro vassallo del Nord, che è persino peggio. Così avrete finito di fare le gran dame e pretendere maestri e trovatori.»

Secondo Aliénore, era merito del nonno se la corte di Poitou e Aquitania restava la più famosa d'Europa per ricchezza, prestigio e cultura, il luogo in cui nascevano le mode e le tendenze letterarie che si diffondevano poi nel resto d'Europa: sempre apprezzata per la raffinatezza e il gusto, nonostante le bizzarrie e l'anticonformismo che a volte facevano gridare allo scandalo.

«A dire il vero,» precisava Aliénore con una smorfia «i tempi gloriosi del nonno non torneranno fino a quando non diventerò io duchessa di Poitou e Aquitania. Tuttavia, considerati i vistosi limiti culturali dell'attuale duca nostro padre – *rozzo bestione*, ammettiamolo, il nonno purtroppo aveva ragione – possiamo accontentarci. In definitiva, ci permette di chiamare a corte i migliori maestri in ogni disciplina, di studiare il latino e le lingue degli altri paesi, di conversare con i poeti più prestigiosi e di accogliere sotto la nostra protezione i giovani artisti di mezza Europa. Ti sei mai domandata il motivo di questa apparente contraddizione?»

«No» confessava Petronilla, tremante di fronte al drastico giudizio di Aliénore verso il padre.

«Glielo ha imposto il nonno. Se l'è fatto giurare sul letto di morte. E nostro padre nemmeno si sogna di disobbedire. Come mai, secondo te?»

«Come mai?» faceva eco Petronilla, temendo nuove invettive contro il duca.

«È uno sciocco superstizioso, che crede a un sacco di fandonie. Il nonno ne era consapevole. Per questo ha lasciato scritto nel testamento che sarebbe venuto a perseguitarlo ogni notte, se avesse disobbedito.» Aliénore si portava la mano affusolata alla bocca e soffocava il riso. «Era il nostro segreto. Lui aveva giurato di proteggermi da morto come faceva da vivo. E c'è riuscito. Non potrò mai ripagare il debito di gratitudine che ho nei suoi confronti.»

Petronilla non sapeva se credere davvero a quella storia. Le sembrava una delle tante buffe trovate di Aliénore. Inoltre non si sentiva animata dallo stesso sacro furore per lo studio che bruciava nella sorella, pur tenendoselo per sé, nel timore di essere annoverata anche lei nel suo bestiario, dove finivano senza pietà tutti gli insensibili e gli ignoranti. Trascorrere tante ore della giornata sopra quelle carte! Ma che ci trovava, di tanto divertente? E poi, accidenti, dopo ore di lavoro, non raggiungeva nemmeno la metà dei risultati della sorella, la quale era in grado di conversare con grande spigliatezza in latino, nella lingua *d'oil* – quella parlata dai francesi del Nord – e anche in altri idiomi. Così Aliénore brillava nelle feste, chiacchierando con i vari ospiti senza necessità di un traduttore. Lei invece li guardava ridere e divertirsi senza capire un'acca e faceva la figura dell'oca. Per il guadagno che ne cavava, avrebbe fatto meglio a trascorrere il tempo giocando e divertendosi. Ma poi, chi l'avrebbe sentita, Aliénore. L'avrebbe afferrata per un orecchio e ricondotta al tavolo di lavoro.

«Se le ore che dedichi allo studio non sono sufficienti per imparare, significa che ce ne vogliono di più.»

Figurarsi. Ecco uno degli svantaggi di essere la più piccola.

I vantaggi però erano superiori: starle al fianco le permetteva di godere di luce riflessa e di essere quasi altrettanto notata. I trovatori di molte regioni d'Europa, dal sud all'estremo nord, si disputavano i favori delle due duchessine. Poteva ascoltare gli emozionanti racconti di amore e di avventura che narrava Bledrhi, il cantastorie gallese, intorno a un re chiamato Artù e alla regina Ginevra, mentre Marcabruno, Cercamon o Bertran de Born, per citare solo i poeti più alla moda, le dilettavano con il loro *gai saber* e componevano versi in loro onore.

A ben vedere, era una fortuna possedere una sorella brillante come Aliénore. Per questo le stava appiccicata come l'ombra.

Poitiers, 22 gennaio 1137

Caro sovrano,
sono giunto a Poitiers attraversando il confine angioino e facendo una breve sosta a Fontevrault, che non avevo mai visitato.

Opulenta Aquitania, definisce questa terra Heriger di Lobbes. E non ha torto, a mio parere. Qui si respira il benessere e la prosperità. Le campagne sono floride, le città pulite e ordinate: niente a che vedere con le nostre, puzzolenti, misere e affollate.

Poitiers sorge su un vasto promontorio che domina dall'alto le valli della Boivre e del Clain e si collega al resto dell'altopiano tramite uno stretto peduncolo: una posizione davvero strategica tanto per il commercio quanto per la difesa militare, giacché può essere fortificata e tenuta con grande efficacia.

Mi dicono che, fra le numerose residenze a disposizione dei sovrani, la preferita resti proprio Poitiers, assieme al palazzo dell'Ombrière, amatissimo dalle attuali duchessine Aliénore e Petronilla, che vi hanno trascorso buona parte dell'infanzia, fino a quando è rimasta in vita la madre. Debbo ammettere che la reggia di Poitiers, con la sua eleganza e imponenza, offre al visitatore una sensazione di solidità e buongusto come è raro vedere da noi al Nord (non avertene a male).

La circonda un parco lussureggiante, con incantevoli giardini, nei quali è tutto un susseguirsi di alberi, siepi, fiori: un tripudio di colori e profumi che dura in pratica tutto l'anno. All'interno del palazzo, due particolarità colpiscono il visitatore: una stanza magnifica, dalle proporzioni strabilianti e dal nome misterioso: la Sala dei Passi Perduti. L'altra è la massiccia torre Maubergeonne, che deve la sua fama all'essere stata la residenza del Trovatore e della sua amante Dangerosa, la cui dissipatezza di costumi si ha l'impressione ancora trasudi da ogni parete. D'altro canto, nell'intera reggia, nonostante la robustezza architettonica, si respira un'aria frivola, leggera, festevole. Basti guardare i sorrisi civettuoli e ammiccanti delle donne insieme all'aspetto affettato degli uomini... Metto le mani avanti, prima di proseguire: preparati a leggere d'ora in poi considerazioni che, all'apparenza, non si addicono all'abito che porto e che ti sorprenderanno, forse ti scandalizzeranno. D'altro canto, mi hai chiesto, o meglio imposto, la massima sincerità per poter ponderare le decisioni in modo adeguato. E dunque mi perdonerai l'audacia, almeno tu (l'Onnipotente non so).

Ho incontrato la giovane duchessa Aliénore.

Su sua insistenza, ho persino partecipato a una festa di palazzo. Tranquillo. La virtù del tuo fraticello non è stata e non sarà mai intaccata. Non bastasse la mia personale disciplina, ora mi aiuta anche l'età. Ho accettato solo per meglio espletare il compito che mi è stato affidato.

Aliénore – quattordici anni, tre più della sorella Petronilla – è una fanciulla di bellezza strepitosa. Ripeto: stre-pi-to-sa.

Non è un'esagerazione. Perpulcra *l'ha definita anche un compassato ambasciatore di non so quale paese, ovvero "bellissima" (conscio del tuo zoppicante latino, traduco per te). A mio giudizio, in modo eccessivo, sconvolgente e pericoloso (così ti mostro subito il rovescio della medaglia). La prima sensazione che la sua vista mi ha suggerito è stata di forte apprensione. Una donna come lei può portare solo guai giacché accende passioni incontrollabili.*

Rifletti bene su questo monito.

È alta – ben più della media femminile – esile come lo stelo di un giglio, la vita così sottile che puoi stringerla tra i palmi delle mani. Eppure, nonostante la giovanissima età, le forme sembrano già piene e tondeggianti... Dio mi perdoni, sto eccedendo, me ne rendo conto. Ma – e qui veniamo alla seconda nota dolente, caro sovrano – queste donne del Sud (almeno quelle che ho incontrato io) sono una vera indecenza. Vestono in modo del tutto diverso dal nostro. Fogge ricercate, sfarzo, colori sgargianti. E soprattutto grande scostumatezza. Mostrano le loro grazie con incredibile impudicizia. I vestiti sembrano fatti non per nascondere e coprire – come accade da noi e come è giusto che sia – ma per esaltare, ornare e soprattutto esibire. Anzi, parliamo chiaro: per provocare gli uomini.

Inorridisco all'idea dei costumi che verrebbero introdotti a corte, nel caso fosse la prescelta. Senza contare che, raffinata ed elegante com'è, ci giudicherebbe degli zotici contadini.

Non è tutto.

Puoi non credermi se preferisci, ma possiede una cultura strabiliante.

Una donna, ti rendi conto?

Legge e scrive con assoluta padronanza non solo nella sua lingua – cosa già di per sé stupefacente – ma anche nella nostra e persino in latino. Hai capito bene: LA-TI-NO. *La lingua che tu stesso, pur essendo un uomo e avendoci provato per anni, non hai mai imparato. Dovevi vederla, durante la festa. Disputa con tutti: maestri, uomini di cultura, poeti di qualunque nazionalità e provenienza. Sembra saperne come loro, più di loro. E non solo d'arte e di poesia – i soggetti preferiti a corte – ma persino di filosofia. Pare che non esista argomento su cui non si faccia valere o non esprima proprie e motivate opinioni.*

Non credevo alle mie orecchie.

Una presuntuosa saccente, dirai tu. Altroché. Ama esibire le sue doti intellettuali con la stessa sfacciataggine con cui espone le sue forme provocanti. Eppure la gente la ascolta incantata perché lo fa con tale leggerezza e civetteria – tutta mossettine, sorrisi e vezzi – da non apparire mai petulante o boriosa. Spiritosa, brillante, adorabile: così la definivano i presenti, tutti catturati dal suo fascino. Lei, in tutta questa ammirazione, sguazza. Adora le feste, la musica, il canto. Batte le mani, incoraggia, si diletta con il tamburello, la cetra, il flauto, si compiace dei versi frementi di passione che le dedicano i numerosi corteggiatori.

Sì, perché l'occupazione principale dei signori del Sud, mio caro sovrano, non è l'arte militare ma... il «gai saber» *(spero di scriverlo giusto), attività così balzana che neppure esiste una traduzione fedele, nella nostra lingua. Definiamola "arte gioiosa". Insomma: poetare, comporre versi. Sei piegato in due dalle risa? O forse ti stai innervosendo?*

Non per farmi bello, ma t'avevo avvertito. È così fin dai tempi del Trovatore. Ricordi le dicerie che circolavano su di lui e sulla sua corte? Tutte vere. Bertran de Born, che mi dicono essere il trovatore più famoso della corte – trovatore significa poeta – celebra nei suoi componimenti i grandi occhi da cerbiatta della duchessina, color nocciola cangiante al verde, le lunghe ciglia scure che sbatte con maestria, i capelli castani, dagli stupendi riflessi ramati, il seno...

Basta, stendo un velo pietoso.

In conclusione: questi meridionali sono dei gran de-

pravati. Le loro melliflue manfrine sulla donna angelo e l'amore platonico – il «fin'amor» di cui cianciano da mane a sera – sono paraventi dietro i quali, come una cattiva padrona di casa che nasconde lo sporco sotto il tappeto pregiato, occultano adulteri, libero amore, corruzione di costumi.

No, amico mio.

Pensaci bene. Tutto, in questo paese, è eccessivo e sopra le righe. Non credo che la strepitosa bellezza di questa Salomé del Sud, la sua ampiezza di vedute – e uso una metafora – le sue arti già così smaliziate a soli quattordici anni, si addicano al nostro timido, pudico e religiosissimo Luigi, che trascorre i giorni nella preghiera e nella mortificazione della carne. Lei lo distruggerebbe, ne farebbe un boccone. E noi non vogliamo proteggerlo dalle grinfie della madre per consegnarlo in quelle della moglie. Dico bene?

Un'ultima postilla. Un dubbio malevolo, che solo la lealtà al mio sovrano mi induce a confessare: non giurerei sulla verginità della fanciulla. Non solo per la folla di ammiratori che le fa ressa intorno e che bisogna tener lontano dalla sua camera armi alla mano – me l'ha confessato il padre, che non vede l'ora di maritarla e ha fiutato all'istante il vero scopo della mia missione: quanti anni ha il figlio di Luigi VI? mi ha domandato – e neppure per la rilassatezza dei costumi che affligge l'intera corte, ma perché si mormora che nutra una folle passione per un uomo più anziano di lei di dieci anni. Non vorrei apparirti ancor più pettegolo svelandotene anche l'identità ma, dal momento che insisti – mi pare già di sentirti: devo sapere tutto, fraticello, altrimenti come faccio a giudicare? – mi faccio forza e te la confido: suo zio Raimondo di Poitiers, fratello del padre, un giovane che, mi dico-

no, ha concentrato in sé tutta la bellezza e la grazia che manca a Guglielmo e alle sorelle, finite in convento per carenza di pretendenti. Capito a che livelli? Siamo all'incesto, in queste corti meridionali. Per rispetto della mia coscienza, ribadisco che si tratta di una voce, intorno alla quale sarò più preciso nella mia prossima relazione. Ma forse hai già molto materiale per riflettere. Quanto a me, ti ho espresso il mio parere. Proseguirei senz'altro nella ricerca di una nuova candidata. Tuttavia, fino a quando non mi giungerà un tuo esplicito ordine, resto a Poitiers e qui mi troverà il tuo prossimo, spero celere, dispaccio.

Sugero

Postscriptum

Riapro questa lettera che avevo già sigillato per segnalarti un paio di notizie appena scoperte, che mi paiono interessanti.

Guglielmo X sta brigando per cercarsi una nuova moglie, come tu sospettavi. Sembra che la scelta sia caduta su Emma, figlia del visconte Aymer di Limoges e vedova del signore di Cognac. Se ritieni che questa mossa possa danneggiare gli interessi della Francia e pensi alla duchessina come a una possibile nuora nonostante la mia opinione contraria, ti consiglio di muovere le tue pedine. Il momento è favorevole: Gugliemo X è appena partito per una campagna militare ai confini nord del suo stato. Resterà lontano per un bel pezzo, temo. A corte qualche malevolo sussurra che, dopo il violentissimo scontro con Bernardo di Clairvaux verificatosi diversi mesi or sono, il duca non si sia mai del tutto ripreso né nel corpo né nello spirito e che ogni tanto si abbandoni a comportamenti molto strani.

Seconda informazione: uno dei bibliotecari di corte si

è premurato di farmi rilevare che un antico antenato di Aliénore ha sposato a suo tempo una Capetingia. Forse varrebbe la pena di verificare se fra il nostro Luigi e la donzella che tanto ti sta a cuore non corra un legame di consanguineità che, per quanto lontano, imponga un'apposita licenza della chiesa.

7

La gita lungo la Garonna era stata quanto mai piacevole, fino a quel momento. La giornata era limpida e il sole caldo come in primavera avanzata, sebbene si fosse solo agli inizi di marzo. Raimondo aveva rifiutato il barcaiolo.

«Remerò io stesso. Ho assoluta necessità di tenermi in allenamento, in questo periodo di forzata inattività. Molto ingeneroso, da parte di mio fratello, affidare a me la reggenza dello stato e la cura delle due figlie, andandosene a combattere da solo i ribelli del Limosino.»

Aliénore scoppiò in una fragorosa risata, scoprendo i denti perfetti e bianchissimi che i riflessi del sole rendevano ancora più abbaglianti.

«Non ridete in quel modo sfacciato, signorina» l'apostrofò Raimondo. «Mi ricordate troppo mio padre, o vostro nonno, se preferite. Ha ragione Guglielmo: gli assomigliate come una goccia d'acqua. Siete insolente e sfacciata come lui.»

«E voi non dite bugie così palesi, zio caro.»

«Bugie? Non capisco.»

Una nuova, scrosciante risata.

«Quell'aria da innocentino è proprio divertente, dovreste vedervi. Ma superflua. Avete allontanato il barcaiolo solo per non avere un testimone scomodo mentre corteggiate vostra nipote, incestuoso che non siete altro. E tutto rimpiangete fuorché la decisione del duca di partire per una guerra crudele e piena di incognite affidando a voi la tutela delle figliolette: l'agnello nelle grinfie del lupo. A conferma di quanto sia dissennato quell'uomo... Ah, non fate l'offeso, adesso.»

«Sospettate che sia un codardo? Che attenterei con deliberato cinismo alla virtù di una nipote quattordicenne, affidata alla mia tutela?»

«No, alla prima domanda. Senza dubbio, alla seconda. Ma non dovete prendervela...» Aliénore si alzò e si accoccolò accanto allo zio, che remava a possenti bracciate, mettendo in evidenza i muscoli del torso nudo. Gli pose una mano sulla spalla, accennando una lieve carezza. «L'agnello non è così ingenuo e sprovveduto come forse vi augurate e la sua cattura sarà tutt'altro che semplice» gli bisbigliò in un orecchio, con un sorriso civettuolo.

«Siete una ragazza terribile, Aliénore, e io commetto un grave sbaglio a trascorrere tanto tempo solo con voi.»

«Temete di non riuscire a resistere alle mie grazie?»

Raimondo le afferrò il polso e le allontanò la mano dalla spalla con gesto brusco.

«Siete un incanto» sussurrò in un tono basso e roco, che contrastava con la ruvidezza del gesto di poco prima. Chinò il capo e smise per un attimo di remare. La barca, abbandonata al suo destino, prese a girare su se stessa con pigra lentezza e a spostarsi verso il centro del fiume. «Starvi vicino è un tormento. Una volta o l'altra, potrei perdere davvero la testa.»

Questa volta Aliénore allungò l'intero braccio sulle spalle del cavaliere e gli si strinse appena contro.

«Anche voi siete bellissimo, zietto» sospirò. E subito si ritrasse, tornando al suo posto verso poppa, mentre Raimondo riprese il controllo dell'imbarcazione, mantenendola così vicina alla riva del fiume che, in qualche punto, Aliénore poteva carezzare i rami dei salici pendenti dall'alto o tuffare la mano per strappare un ciuffo d'erba guizzante nell'acqua come un serpentello a molte teste, trascinato ora di qua ora di là da piccoli mulinelli.

«Laggiù, verso quelle colline, vedo una grossa nuvola dall'aspetto minaccioso» osservò a un tratto puntando l'indice davanti a sé. «Se muovesse nella nostra direzione, potremmo correre qualche rischio. Siamo piuttosto lontani dal villaggio.»

Raimondo si voltò nella direzione indicata dalla nipote.

«Non c'è neppure un filo di vento. Non credo che vi sia alcun pericolo. Ma, per prudenza, invertiremo subito la rotta.»

Invece, a conferma dell'inaffidabilità di cui marzo viene accusato, d'improvviso si levò una corrente d'aria tesa e piuttosto forte che spinse il maltempo verso est fino a coprire del tutto il cielo, trasformandolo in una cappa plumbea e minacciosa. Ben presto una fitta pioggia mista a chicchi di grandine grossi come nocciole prese a flagellare il terreno. La barca dovette essere accostata alla riva e abbandonata mentre i due occupanti, cercando di ripararsi alla bell'e meglio con l'unico mantello a disposizione, fuggirono nei campi mano nella mano.

«Poco lontano da qui, vicino a La Réole, c'è un priorato benedettino. Ci rifugeremo lì» gridava Raimondo cercando di farsi udire in quel frastuono di tuoni e scrosci d'acqua.

Vi giunsero dopo aver attraversato il bosco, fradici

fino alle ossa e scarmigliati. Nessuno avrebbe creduto che la giovane dalle vesti infangate e i capelli appiccicati al volto, e l'uomo coperto di un pantalone strappato in più punti e un modesto giubbetto di pelle, soli e senza scorta, potessero essere la figlia e il fratello del duca d'Aquitania.

«Penseranno che siamo dei ladri» si lamentò Aliénore, considerando le sue misere condizioni «e non ci apriranno nemmeno.» L'intimità con lo zio, che quell'inattesa avventura prolungava e rendeva più intrigante, la eccitava e aumentava il buonumore, in barba al pericolo cui la esponeva. Durante la corsa nel bosco, si chiedeva se avrebbe trascorso la notte abbracciata a lui, cuore sul cuore, labbra sulle labbra... Quasi aveva sperato che il monastero non esistesse o fosse troppo lontano.

«Terremo nascosta la nostra identità» spiegò Raimondo. «Due comuni viandanti, sorpresi dalla tempesta mentre facevano ritorno a casa da un pellegrinaggio. Questo diremo.»

«Da dove? Ce lo chiederanno. E soprattutto: un uomo e una donna. Come si giustifica la nostra promiscuità?»

«Siamo marito e moglie.» Raimondo le sorrise e le strinse di proposito la mano. Lei rispose facendo aderire di proposito il corpo contro il braccio dello zio.

Se Petronilla l'avesse vista in quel momento, l'avrebbe coperta di rimproveri. Ogni volta che, in piena notte, ingannando la balia e tutte le sentinelle poste a guardia della sua stanza, sgusciava via attraverso un percorso segreto per incontrare l'ammiratore di turno, per quanto si muovesse con la leggerezza di una libellula, la sorella si svegliava e cominciava a sussurrare domande o a paventare pericoli e terribili punizioni, se fosse stata sorpresa. Ma Aliénore non si lasciva spaventare.

«Shhhh» bisbigliava a sua volta. «Dormi e non preoccuparti. Non accadrà nulla, se tu non fai la spia.»

«Ovvio che non faccio la spia. Però voglio venire anch'io.»

«Impossibile. Sei troppo piccola per queste cose.»

«Quali cose?»

«Amoreggiare con i ragazzi.»

«Che vuol dire *amoreggiare?*»

«Uff! Come sei petulante.»

«Mi metto a piangere se non me lo spieghi.»

«Vuol dire baciarsi e scambiarsi carezze.»

«È pericoloso?»

«Certo. Ma vale la pena rischiare.»

«È bello?»

«Bellissimo.»

«Allora perché non posso farlo anch'io?»

«Te l'ho spiegato. Sei troppo piccola. Non ti piacerebbe.»

«Ho solo tre anni meno di te. E tu, alla mia età, già fuggivi di notte.»

«Noi due siamo diverse. Io cresco più in fretta di te. Lo diceva anche il nonno. Non ti crucciare e fidati di me. Per ora, accontentati del mio bacio e della mia carezza... Così. E ora dormi.»

Sebbene non fosse una novellina, con Raimondo le effusioni si erano rivelate una vera scoperta. Aliénore era convinta di essere finalmente preda della passione vera, quella che cantano i poeti, che avvince un uomo e una donna togliendo loro la pace e la ragione. Quando, spossata e ansante dopo un convegno segreto, fuggiva nella sua stanza e ripensava a quanto fossero andati vicini al momento culminante dell'abbandono, a come, in quei momenti, dimenticasse ogni remora o freno, si chiedeva come avrebbe difeso di nuovo la sua verginità, all'incontro successivo. Se essa resisteva, lo doveva solo alla lealtà dello zio. Ma non poteva durare. L'intimità insoddisfatta era frustrante. A dispetto delle teorie dei trovatori, l'amore come semplice adorazione, come sentimento sublime che si compiace di sé mai raggiungendo la consumazione, non le bastava affatto. La passione era anche estasi della carne e lei bruciava dal desiderio di provarla sino in fondo.

Chi meglio di Raimondo, bello, abile, ardente, poteva iniziarla? Ma le circostanze congiuravano contro di loro. Non avrebbero mai potuto sposarsi: la chiesa vietava i matrimoni consanguinei fino al settimo grado di parentela. Nessuna possibilità di brigare, corrompere, aggirare l'ostacolo, con un parente stretto come uno zio. Inoltre, le sue nozze erano affare di stato, non scelta privata, e la verginità della sposa rappresentava una parte integrante dell'accordo, garantita e certificata al momento dell'acquisto. Meglio nascere umile contadina, soddisfare ogni voglia e rotolarsi in un fienile con chiunque le aggradava. Oppure assomigliare a sua madre Aénore, una donna mite, riservata, priva di qualunque slancio, invece di ereditare dal nonno Guglielmo, accanto ad altre qualità più nobili ed elevate, anche quell'appetito così materiale e terreno: l'esuberanza e la spiccata tendenza a trasgredire le regole sociali, di cui tanto la incolpava il padre.

Con sofferenza e di comune accordo con lo zio, aveva deciso di diradare gli incontri, anzi di annullarli. Entrambi si rendevano conto dell'impossibilità di amarsi alla luce del sole e dello scandalo insostenibile, se la relazione fosse stata scoperta.

Ma proprio quando si erano messi d'impegno a scansare i pericoli, il duca Guglielmo, verso la metà di febbraio, era dovuto partire in tutta fretta per domare una rivolta di feudatari nel Limosino. Con generale sorpresa, aveva deciso di affidare tanto la tutela delle figlie quanto la reggenza dello stato al fratello Raimondo, combattente e stratega eccellente, sempre in prima fila in ogni spedizione militare.

«Sono compiti che puoi affidare a uno dei tuoi mille consiglieri, non a me che sono un soldato» aveva protestato Raimondo. «In battaglia posso esserti mille volte più utile che nel chiuso delle cancellerie.»

«Non posso fidarmi di altri» si era giustificato il fratello. «Da qualche tempo, mi perseguitano dei fantasmi, dei brutti presentimenti. Faccio sogni orribili. Preferisco sapere che, mentre sono lontano, sei tu a vegliare sulle mie figlie.»

«Tutta colpa di quel maledetto Bernardo. Non sei più lo stesso, dal giorno del vostro scontro.»

«Forse. Non so. Passerà, prima o poi.»

A dispetto delle circostanze favorevoli, Raimondo e la nipote avevano resistito con molto impegno alle tentazioni e gli incontri non erano ripresi. Ma ecco che il destino aveva confezionato quella splendida giornata, con sole caldo e cielo così terso da mettere addosso una gran voglia di correre nei prati per annusare il profumo della primavera in agguato. Petronilla era rimasta con lei fino all'ultimo. Se quella sciocca non si fosse fatta spaventare dalle acque del fiume e l'avesse accompagnata nella gita, come suo dovere, tutto sarebbe filato liscio.

Ma il diavolo, quando ci si mette, fa le cose a puntino.

Si ritrovarono soli, in una piccola cella verniciata di fresco, a terra un semplice paglericcio, alla parete un crocifisso. Sul piccolo tavolo accanto a una finestrella erano stati posti un pane, un pezzo di formaggio e una brocca d'acqua.

Quando il frate custode si allontanò augurando un buon riposo, Raimondo fissò a lungo Aliénore incantato, le labbra socchiuse, senza neppure tentar di dissimulare l'ammirazione e il desiderio. Lei lo fissava a sua volta con un promettente sorriso, lo sguardo complice, in attesa ansiosa di qualcosa che di lì a poco sarebbe potuto accadere, più delle carezze e dei baci che erano soliti scambiarsi, molto di più. Il mistero si sarebbe finalmente svelato, il senso di frustrazione, appagato. Raimondo avrebbe trovato il coraggio di osare?

L'aveva baciata a lungo, le aveva accarezzato i fianchi, la vita sottile, stretto fra le mani i seni. Con dolcezza, senza smettere di carezzarla, l'aveva distesa sul pagliericcio.

«Satana s'è travestito da frate benedettino per indurre uno zio e una nipote all'incesto.» Aveva cercato di scherzare. Ma la voce e le mani tremavano. «Io ti amo, Aliénore. Lo sai da molto tempo ma è la prima volta che te lo confesso con chiarezza. Ti amo come mai era accaduto o potrà accadere con nessun'altra. Dio, che conosce il mio cuore, sa con quanta intensità desidererei sposarti e viverti accanto per sempre. Per te, invece, giovane e stupenda come sei, forse rappresento nient'altro che un capriccio, un modo per sperimentare la tua capacità di seduzione non su uno dei mille paggi che ti fanno le fusa ma con un uomo più vecchio di dieci anni. Neppure ti rendi conto, temo, di quanto il tuo gioco sia crudele e come mi abbia gettato in una passione folle.»

Aliénore sentì le lacrime pungerle gli occhi.

«Non è vero. Io ti amo con la stessa intensità» esclamò accorata. «Ti amerò per sempre, giuro che...»

«Non farlo» la fermò Raimondo, chiudendole la bocca con un bacio. «Una donna della tua bellezza non sarà mai fedele. Nel cocente dolore che mi dilanierà quando ti saprò sposa di un altro, mi conforterà sapere che, chiunque sia, insieme al paradiso, conoscerà anche l'inferno. Che mai godrà di un istante di pace o di completa felicità, divorato dalla gelosia per i mille occhi che ti frugheranno senza celare l'ammirazione, roso dal tarlo del dubbio, ossessionato dalla prospettiva del tradimento.»

«Se davvero ci amiamo e ci desideriamo l'un l'altro, perché non sfidare le regole del mondo e ricercare solo la nostra felicità? Tuo padre ha sempre vissuto la vita a modo suo, infischiandosi delle convenzioni. Ha rapito una donna sposata e l'ha imposta come una vera moglie. Contro tutti e tutto: la chiesa, la società, gli stessi figli. Perché non possiamo fare altrettanto?»

«Guglielmo il Trovatore era il più potente feudatario di Francia. Noi non possiamo permetterci una sfida così audace. Verremmo banditi, scomunicati.»

«E allora? Anche il Trovatore lo è stato. E non se n'è preoccupato, anzi ha reagito.»

«Inutile illudersi. Non saremo mai marito e moglie, Aliénore» proclamò Raimondo stringendole le mani. «Ci farebbero a pezzi. Ma, in un modo diverso, possiamo sfidare le convenzioni anche noi ed essere felici. Adesso, per cominciare. Qui, subito, se lo desideri quanto me. E anche in seguito, quando sarai sposata. Ti prometto che troveremo un modo.»

Intanto le baciava con passione le labbra. Poi scivolò verso il seno, abbassando le vesti sulle spalle, sollevandole la gonna e posando il palmo caldo della mano fra le cosce. Suadente, appassionato come sempre.

Che terribile fatica resistergli. Che dolore...

Con decisione, si sottrasse all'abbraccio. Si pose a sedere e riordinò le vesti.

«Se non posso essere vostra moglie» disse gelida, fissandolo negli occhi «non posso essere neppure la vostra amante.»

Si alzò, si avvicinò alla finestrella della stanza e guardò fuori.

«Visto? Ha smesso di piovere. Che ne dite di tornare a casa?» domandò con la gaiezza di sempre, ingoiando le lacrime di delusione.

Guglielmo X si svegliò di soprassalto, madido di sudore. Un incubo. Uno dei tanti che da due anni tormentavano i suoi sonni senza concedergli tregua. Questa volta le immagini erano persino più nitide e spaventevoli. Fuoco e fiamme, volti atterriti, sguardi disperati, braccia protese. Strida, ululati, lamenti da accapponare la pelle. E qualcuno che invoca il suo nome. Forse la moglie Aénore o il piccolo Raoul, morto poco dopo la madre.

«Pentiti. Salvati dalle fiamme dell'inferno...» ripetevano fra le lacrime.

Un tremito gli scuoteva il corpo, così intenso che per un momento temette di essere caduto di nuovo in deliquio, come due anni addietro. Forse una coperta sarebbe bastata a scacciare quel terribile ribrezzo. Si sollevò su un gomito.

Il guizzo incerto di un lumino a olio gettava una lama di luce giallognola nella tenda da campo. Il medico Odilone, seduto sulla sedia accanto al suo giaciglio, il capo reclinato sul petto, si era assopito e soffiava un filo d'aria dalla bocca dischiusa, gonfiando appena le gote.

Provò a lanciare un'occhiata al piede trapassato dalla freccia. Sempre gonfio e tumefatto. A parere del medico, gli incubi notturni sarebbero spariti con il procedere della guarigione. Una pietosa menzogna, nel vano tentativo di confortarlo. In realtà, entrambi sapevano che non era così.

Quella persecuzione era iniziata molto prima della guerra nel Limosino, e la vera causa di tante sofferenze non era da ricercare nella ferita, una sciocchezza di cui, in altri tempi, non si sarebbe curato, ma nella maledizione che incombeva su di lui dal giorno del drammatico scontro con Bernardo di Clairvaux.

«Non avrai più pace fino alla morte, che avverrà in breve tempo» aveva sentenziato Bernardo dopo averlo scomunicato per l'appoggio dato al papa scismatico Anacleto, invece che a Innocenzo II. «Pentiti, se vuoi salvare l'anima. Smetti di combattere, fa' testamento e parti in pellegrinaggio. Coperto solo di un saio e a piedi nudi. Forse Dio avrà pietà dei tuoi peccati e ti risparmierà l'inferno.»

Guglielmo, sentendosi oltraggiato dalla scomunica, aveva deciso di usare le maniere forti, come aveva appreso da suo padre. Una mattina, accompagnato da una nutrita scorta armata, era entrato a cavallo nella chiesa di Partheney, dove Bernardo stava celebrando messa.

Il frate non si era scomposto.

«Scendi da cavallo, slacciati la spada e prostrati davanti a Cristo» gli aveva intimato «o sarà Lui ad atterrarti ai suoi piedi. Scendi da cavallo all'istante e inginocchiati, ti dico.»

«Non ti temo, frate» aveva replicato lui con durezza,

timoroso di essere messo in ridicolo di fronte ai suoi uomini e alla moltitudine di fedeli accorsa ad ascoltare Bernardo. «E non obbedirò ai tuoi ordini. Tu invece mi toglierai subito la scomunica, se ci tieni alla vita.»

Bernardo però non era un uomo come gli altri. Lui era la mano stessa di Dio che ti schiaccia con la sua potenza. Alla spada sguainata, aveva risposto innalzando il Crocifisso e protendendolo verso di lui.

«Prostrati ai Suoi piedi e pentiti» aveva ripetuto con maggiore energia di prima. «E io rimetterò in Suo nome i tuoi peccati e ti libererò dalla scomunica. Inginocchiati e implora il perdono. O sarà Lui ad annientarti. In questo istante preciso. Fidati di me e obbedisci.»

«Mai» aveva urlato a sua volta.

Cosa fosse accaduto a quel punto, restava avvolto nel mistero. Intorno a lui tutto aveva cominciato a ondeggiare: le pareti, i fedeli presenti, gli uomini che lo circondavano. Un terremoto scuoteva la chiesa dalle fondamenta, la faceva tremare, gli rintronava le orecchie con un assordante boato. Solo il frate lo fissava immobile e sembrava ingigantire, assieme alla croce che stringeva fra le mani, sino a schiacciarlo...

Il resto gli era stato raccontato da Odilone, quando aveva ripreso conoscenza. Nessun terremoto: i muri erano rimasti immobili, stabili e sicuri. Nessun boato: lui solo lo aveva udito. Un tremito aveva cominciato a scuoterlo all'improvviso, così forte e incontrollabile che la spada gli era caduta a terra con gran fragore e lui stesso era scivolato dal cavallo, la bava alla bocca, lo sguardo privo di espressione, il corpo squassato dalle convulsioni. Si era acquietato solo quando *il santo*, come la gente chiamava Bernardo, era venuto a visitarlo e l'aveva sfiorato con le dita.

«Quando si riprenderà, ricordategli il mio ammonimento: la morte è vicina, per lui. Abbandoni il mondo, si penta prima che sia troppo tardi, e si rechi in pellegrinaggio a Santiago di Compostela. A piedi nudi.»

Da quel giorno, gli incubi si erano presentati ogni notte, fino a rendere quasi impossibile il riposo. Sempre più cupi e spaventevoli. In quello che l'aveva appena destato, aveva visto con i suoi occhi l'Inferno: fuoco, fiamme, pianto e stridore di denti. Il luogo dove sarebbe finito per l'eternità.

Rabbrividì. Dio gli additava la sua sorte, se non avesse obbedito al frate e fatto penitenza. Doveva agire subito. Forse era già tardi. Scosse Odilone, che si svegliò di soprassalto, biascicando delle scuse.

«Prepara il necessario. Partiamo all'istante» lo interruppe Guglielmo.

«Per andare dove, mio signore?» domandò sorpreso il medico.

«A Santiago di Compostela.»

«Prego, mio...?»

«Hai capito. In pellegrinaggio. A piedi nudi.»

«A nessun costo, con quella ferita. E poi,» si affrettò a precisare, sospettando che il duca fosse di nuovo preda di una delle improvvise, inspiegabili amnesie di cui soffriva dalla tragica circostanza del deliquio «in questo momento ci troviamo nel Limosino, mio signore, nel bel mezzo di una rivolta che siamo lontani dall'aver domato. Non potete allontanarvi senza avere nominato un sostituto. Manderemo a chiamare vostro fratello e poi partiremo. Ma con un carro perché non siete in grado neppure di cavalcare, figurarsi camminare.»

«Raoul!» gridò per tutta risposta Guglielmo, gettando all'aria la coperta e alzandosi. «Invia un dispaccio urgentissimo a Raimondo: deve accorrere qui e assumere il comando delle operazioni. Convoca gli ufficiali per stabilire un piano fino all'arrivo del nuovo comandante. E preparati a seguirmi insieme a Orri, Goffredo e Folco di Berry. Niente armi né viveri. Mendicheremo. Un saio come vestito. Piedi nudi. Un solo cavallo, per inviare dispacci urgenti, se fosse necessario.»

«Dove siamo diretti, mio signore?» domandò lo scudiero, cercando di imprimere alla voce il tono più normale che riuscì a trovare.

«Santiago di Compostela.»

In un baleno, la novità si diffuse nel campo. Il duca era del tutto impazzito: si accingeva a piantare la guerra e partire per un pellegrinaggio.

8

Aliénore si guardò nello specchio.

Asciugò con cura le lacrime, pizzicò le gote per toglierne il pallore, ravvivò il rosso naturale delle labbra sfregandole più volte fra loro. Quindi rassettò con cura il vestito, esaminò la pettinatura e stese le mani davanti a sé per controllarne il tremito. Infine inspirò più volte per imporsi la calma e il controllo assoluto delle emozioni.

Nessuno doveva sospettare in lei la minima incertezza o paura. Ora era la duchessa del Poitou e d'Aquitania, padrona di uno stato immenso, depositaria di un grande potere, ma prima ancora il simbolo vivente di una dinastia che annoverava un antenato della tempra del Trovatore, il cui genio aveva influenzato l'Europa intera e i cui fasti lei era chiamata a ripetere.

La vita di fanciulla si era conclusa quel giorno, poche ore prima, all'arrivo di Folco di Berry, giunto inatteso al palazzo dell'Ombrière, a Bordeaux, dove si trovava con sua sorella.

Recava la terribile notizia della improvvisa morte di suo padre, il duca Guglielmo X, deceduto durante il pellegrinaggio a Santiago di Compostela. Nell'informarla, Folco piangeva come un bambino, e appariva molto scosso.

«La decisione del duca di recarsi fino a Santiago di Compostela nelle sue condizioni aveva lasciato perplessi tutti noi. Era molto agitato, in preda a una febbre che lo stremava. Il piede ferito si era infettato. Non riusciva più a riposare a causa del dolore e degli incubi che lo perseguitavano. Quando si assopiva, si lamentava nel sonno e si svegliava dopo poco, tremante e sudato.»

«Avreste dovuto opporvi in ogni modo a una decisione così insensata.»

«Neppure il medico è riuscito a fermarlo, mia signora. Parlava di dannazione, di inferno. Non siamo riusciti nemmeno a farlo montare a cavallo, sebbene zoppicasse in modo vistoso. *A piedi nudi, ha imposto Bernardo,* ripeteva. Morirete, mio signore, per carità, gli rispondevamo noi. E lui: *solo se questa è la volontà di Dio. Ma io sono pronto alla sua chiamata.*»

«Raccontatemi della sua morte.»

«Abbiamo traversato i Pirenei al passo di Roncisvalle. Quando vi siamo giunti, infuriava una terribile tempesta di neve. La nebbia era così fitta che ci saremmo smarriti tutti, se le campane del monastero non avessero suonato in continuazione per indicare ai pellegrini la direzione. Camminavamo attraversando boschi di pini e faggi che sembravano non dover finire mai, affondando nella neve fino ai polpacci. Neppure allora il duca si è convinto a indossare degli stivali. È giunto all'ostello stremato, divorato dalla febbre, i piedi piagati, violacei. Un frate glieli ha medicati con cura e l'ha ammonito a desistere da quel folle proposito. *Dio non vuole il martirio dei suoi figli*, ha detto. Ma lui era accecato da un'ostinazione folle. *A piedi nudi, ha imposto Bernar-*

do: non ripeteva altro. Ha trascorso una notte insonne e tormentata, come ormai era triste consuetudine. Prima dell'alba, si è prostrato ginocchioni in chiesa, per recitare la preghiera del pellegrino. Pregava con fervore, gli occhi colmi di lacrime, che rotolavano lungo le guance scavate dalla fatica: *sii per noi guida nelle difficoltà, sollievo nella fatica, difesa nel pericolo, luce nell'oscurità, conforto nello scoraggiamento, fermezza nei propositi.* Pregava e piangeva.» Folco si interruppe, il tempo di asciugarsi gli occhi e recuperare la fermezza della voce. «Contro ogni logica e prudenza, abbiamo proseguito, come il duca ordinava.»

«Non ha mai provato rimorso per le figlie che lasciava orfane?» chiese Aliénore.

Folco arrossì.

«Ripeteva spesso una frase, che riguardava voi.» Tacque.

«Così negativa che vi imbarazza ripeterlo?»

«"Aliénore è spregiudicata come suo nonno. Saprà cavarsela."»

«Proseguite nel racconto» ordinò la duchessa, in tono duro.

«Il nove aprile, venerdì santo, eravamo ormai in vista della cattedrale, mancava un ultimo sforzo. Ma il duca si è accasciato sul bordo della strada. Era in agonia. Tendeva la mano verso quella meta che intravedeva ma che non aveva la forza di raggiungere, gli occhi colmi di lacrime. Pregava, invocava il perdono. Poi ci ha dettato il testamento e impartito le ultime disposizioni. A Goffredo è stato ordinato di recarsi subito da Sugero, ambasciatore di Luigi VI, per porre sotto la tutela del sovrano di Francia le figlie e i beni della famiglia e per offrire all'erede al trono Luigi la vostra mano, mia signora, con la viva esortazione a celebrare al più presto le nozze. A me ha ordinato di portare a voi l'annuncio della vostra successione al titolo e l'ordine di sposare l'erede al trono di Francia, se il padre acconsentirà alle nozze. È spirato poco dopo. Sereno, almeno alla fine. In grazia di Dio... Ci teneva che ve lo dicessi.»

«Vi ringrazio. Ora andate a riposare.»

Il cavaliere si inchinò fino a terra, baciò l'orlo della gonna di colei che era ormai la nuova duchessa e si congedò.

Aliénore scosse il capo. Lacrime di dolore e dispetto le solcavano le guance.

Spregiudicata, l'aveva definita suo padre. Un giudizio ambiguo, come spesso gli accadeva di essere. Segno di apprezzamento o di disprezzo?

Ammise, in tutta onestà, di non averlo amato. Aveva riservato tutto l'affetto e l'ammirazione al nonno. Non gli perdonava la rozzezza dei modi, la grossolanità e l'ignoranza. Forse nemmeno quell'aspetto fisico così corpulento, volgare, trasandato, quasi uno specchio dell'animo. Ciononostante, lui l'aveva protetta e viziata, soddisfacendo qualunque capriccio: i migliori maestri, per quanto li disprezzasse tutti, feste, balli, ricevimenti. Non si era mai rifiutato di ospitare e mantenere gli artisti accolti e protetti dalla figlia: la reggia pullulava di studiosi e poeti provenienti da tutta Europa, persino dalle più remote terre del Nord, proprio come ai tempi del Trovatore. E poi abiti a profusione, di ogni genere e foggia, senza mai immischiarsi o rimproverarla, neppure di fronte ai più audaci, sebbene in quest'ultimo caso lei avesse l'accortezza di sgusciar via il più possibile inosservata, tanto il duca non le badava e non prendeva mai parte ai conviti.

Ora che lo aveva perso, ne sentiva la mancanza e ne rammentava solo gli aspetti migliori. Temeva la solitudine e le responsabilità che le piombavano sulle spalle. Doveva essere forte, però, come suo padre si aspettava, mostrare che il denaro impiegato a coltivare la sua intelligenza e cultura non era stato speso invano.

Non doveva più preoccuparsi di se stessa.

Prima di lei venivano l'interesse dello stato e Petronilla, appena dodicenne e abituata a vivere sotto la sua ala. Toccava a lei informarla dell'accaduto e prepararla al profondo cambiamento che la loro vita era in procinto di subire: le nozze quasi certe della sorella maggiore e il suo trasferimento nella corte del marito, a Parigi.

L'infanzia era finita per entrambe: i giochi nel palazzo dell'Ombrière, le corse lungo le rive della Garonna, le feste nella *Sala dei Passi Perduti*, il *gai saber* dei trovatori, le intese fra dame e cavalieri, celate dietro i versi del *fin'amor*... Forse stavano per perdere tutto.

Come sarebbe stata la corte francese? Triste, tetra? Si parlava così male del Nord, dalle sue parti. E quello sposo di cui non possedeva neppure un ritratto e con il quale ora avrebbe dovuto condividere l'intimità che tanto aveva sognato con Raimondo? Forse le avrebbe causato repulsione, disgusto.

Bussò alla porta di Petronilla. La sorella le volò tra le braccia, singhiozzando.

«Cosa succederà ora?» le domandò, il volto spaurito.

Frugò nella mente alla ricerca di qualche espressione spensierata, come faceva sempre.

«Mi danno in sposa» le riuscì solo di dire, dopo qualche tempo. «È la volontà di nostro padre, imposta nel testamento. Una donna non possiede un cuore abbastanza fermo né una mente così lucida per governare da sola uno stato. Ha necessità di un uomo al suo fianco, che la protegga.»

Agli occhi del padre, lei altro non era che un *avere,* come la terra, i campi, le città, gli animali, i servi della gleba. E, come tutti gli altri beni, veniva posta sotto la tutela del re di Francia fino a quando non fosse maritata. Quella offesa alla sua intelligenza la umiliava persino di più del matrimonio cui doveva sottostare contro la sua volontà.

Sugero ripose con cura il testamento di Guglielmo X.

In un certo senso, la lunga sosta presso la corte di Poitiers nella vana attesa di una risposta da parte del sovrano, che tanto l'aveva fatto adirare, si era rivelata un prezioso vantaggio: la proposta di Guglielmo gli era pervenuta con la massima tempestività.

Chino sulla scrivania, i fogli tra le mani, non vedeva alcun motivo di compiacimento nella piega assunta dagli eventi. Innanzi tutto da Parigi giungeva la pessima notizia di un nuovo, preoccupante peggioramento nello stato di salute di Luigi VI: le crisi di dissenteria, che lo affliggevano con virulenza sempre maggiore, ne stavano ormai distruggendo la fibra.

«*Il mio precario stato di salute*» gli scriveva Luigi VI dal castello reale di Béthisy, dove lo avevano raggiunto i messaggeri di Sugero «*mi induce ad accelerare la soluzione del problema che tanto mi angustia: il matrimonio dell'erede al trono. Conosci bene le ragioni della mia ansia e dunque posso essere sincero fino alla brutalità: vorrei chiudere gli occhi con la certezza che mio figlio è in grado di assicurare un erede al trono di Francia. Mi tormenta il timore che non... Basta. Hai compreso benissimo. Da quando sei partito non è stato fatto alcun passo avanti, in quel senso. Il ragazzo non mostra la benché minima propensione per il sesso. A dirla tutta, ne è spaventato e disgustato. Del tutto insoddisfacente anche l'addestramento militare: i maestri d'armi non sono stati teneri con lui, riuscendo a forgiare muscoli di tutto rispetto nel suo corpo alto e magro, è vero, ma non a infondergli quella bellicosità, quella ferocia che un re deve mostrare ai suoi feudatari, se non vuole esserne travolto. Luigi è intelligente, te ne rendo atto, è colto come io non sono mai stato, vero anche questo, ma è delicato e tutto buone maniere: scusi, prego, mi spiace, chiedo venia... E siccome io detesto questi atteggiamenti da donnicciola, lo rimprovero con durezza. Allora lui cosa fa? Piange. Piange, capisci! Mi tira gli schiaffi dalle mani, quel ragazzo... Tranquillo, mi controllo e non sono ancora arrivato a tanto ma non giuro sul futuro.*

Solo in qualche raro caso perde d'improvviso il suo rigido controllo e si abbandona a scoppi d'ira che stupiscono tutti per la loro asprezza ma non spaventano nessuno perché, anche in questo caso, non denotano forza d'animo ma fragilità e paura: un imbelle, ecco cos'è. Appena giro gli occhi, fugge. Dove? In chiesa. L'attività preferita resta la preghiera, nella quale investe un tempo spropositato. Per non parlare delle mortificazioni che continua a infliggersi, dei divieti di ogni sorta. Se dovesse applicarli anche al sesso – ammesso e non concesso che un giorno ne vinca la repulsione e lo pratichi – la Francia attenderà un pezzo il nuovo erede.

Dovrai parlargli, caro mio, e rimediare al mal fatto. O, se preferisci, disfare l'opera che hai condotto a termine con tanto zelo.

Sono addolorato per l'improvvisa morte di Guglielmo. E non sottovaluto affatto le tue perplessità sulla figlia quindicenne. I diciassette anni di mio figlio sono pochi per domare una puledra che, a quel che dici, è quanto mai focosa e abituata a una vita di agi, mollezze e vizi. Ci sarebbe voluto un uomo navigato, una mano ferma. Ma mettiti nei miei panni. La mia salute vacilla, a te non intendo mentire. Se dovessi andarmene prima di avere trovato la sposa adatta per l'erede al trono, correremmo un rischio ben peggiore. Luigi non è in grado di provvedere da solo e tu, perdonami, in questo campo almeno, non avresti buon fiuto. Sceglieresti la più pudica e bacchettona fra tutte le aspiranti, meglio ancora se priva di qualunque attrattiva, perché la bruttezza garantirebbe ai tuoi occhi della sua moralità. Così è sicuro che, al primo sguardo, lo sposo scapperebbe a gambe levate. Ho idea invece che una ragazzetta sveglia e disinibita faccia meglio al caso suo. Se poi fosse davvero quella strepitosa bellezza che decanti – ma c'è da fidarsi del tuo giudizio, nanerottolo? – tanto di guadagnato. Il pericolo che mio figlio ne diventi succube non mi preoccupa affatto: ci penserebbe quella vipera di Adelaide a renderle la vita un inferno. Sapessi come strepita per non essere stata coinvolta nella decisione.

Ci sono anche altre considerazioni che mi inducono ad accettare questo partito, nonostante le tue titubanze. Già te le avevo espresse a suo tempo: la duchessina eredita una fortuna, sulla quale ho l'opportunità di mettere le mani. Perché dovrei gettarla al vento, con il rischio di vederla finire nelle grinfie di uno dei mille avvoltoi che stanno già affilando gli artigli contro di me, pronti a muovermi una guerra spietata? Il duca di Poitou e d'Aquitania, con i suoi immensi possedimenti, ha rappresentato per la corona di Francia una spina nel fianco altrettanto pungente del duca di Normandia. Ora ci viene offerta su un piatto d'argento l'opportunità di risolvere almeno uno dei due grattacapi. Vogliamo lasciarcela sfuggire? No, bello mio.

Ti dirò io cos'è urgente fare:

1) diffondere all'istante la notizia che il re di Francia accoglie la supplica rivoltagli in punto di morte dal suo vassallo Guglielmo d'Aquitania e concede la mano del figlio alla nuova duchessa, in modo da sedare sul nascere ogni manovra di palazzo.

2) Infilare quanto prima questa bella figliola nel letto di mio figlio: compito al quale provvederai di persona tornando all'istante in Francia, prelevando lo sposo e accompagnandolo a Poitiers, dove verranno subito celebrate le nozze.

3) Pregare che tutto vada bene fra i due sposi (hai capito a cosa alludo).

4) Riportare qui i due ragazzi.

No, anzi, prima del punto quattro, fa' a tuo fratello una bella sorpresa. All'indomani della prima notte di nozze, mandami il corriere più veloce a tua disposizione con la bella notizia che la consumazione è avvenuta: sarebbe un balsamo per la mia malandata salute.

Spero di essere ancora vivo quando tornerai a corte. Anzi, sono certo che sarà così. Tuttavia, siccome un re ha il dovere di guardare lontano, se Dio mi chiamasse a sé prima del tuo ritorno, giurami che veglierai sempre sul mio ragazzo come fosse carne della tua carne. E sul regno di Francia, come fosse la tua amatissima Saint-Denis.

Tuo fratello Luigi

PS

Dimenticavo: me ne infischio altamente della paventata consanguineità dei due ragazzi. Non mi passa nemme-

no per il capo di andare a indagare e tanto meno di stuzzicare la morbosa curiosità della chiesa con una domanda di licenza. E guardati bene dal sollevare il problema anche tu.»

Sugero sorrise e si asciugò gli occhi umidi. Quel tono di proposito leggero e la volontà di sdrammatizzare lo preoccupavano di gran lunga di più che se il re avesse ecceduto in lamentele, come gli accadeva spesso, per sollecitare premure e costringerlo a precipitarsi a corte abbandonando l'abbazia.

Rilesse il testamento del duca di Aquitania. Si era comportato da vassallo d'onore offrendo la mano della sua erede al figlio del suo sovrano. Ma aveva imposto una condizione tanto inderogabile, quanto astuta: il futuro genero non sarebbe mai stato incoronato duca del Poitou e d'Aquitania. Il titolo spettava ad Aliénore la quale, alla sua morte, poteva trasmetterlo solo a un erede maschio. Una difficoltà che non sembrava impensierire Luigi VI, il quale si sentiva forse sicuro di poterla aggirare. Ma prima di allungare davvero le mani su quelle immense proprietà, sottraendole alla legittima padrona, era necessario verificare di che pasta fosse fatta la giovane duchessa.

9

Aliénore aveva già incontrato una volta l'abate Sugero, un paio di giorni dopo l'arrivo a corte: non le arrivava al petto e le suscitava un'ilarità che a malapena riusciva a dissimulare.

Per divertirsi un poco alle sue spalle, lo aveva invitato al banchetto serale, già pregustando il suo scandalizzato rifiuto. Con sua grande sorpresa invece, l'ambasciatore aveva accettato, trattenendosi alla festa un tempo ridotto ma osservando ogni dettaglio con scrupolosa attenzione. Lei l'aveva stuzzicato con atteggiamenti deliberatamente sfacciati e irridenti ma, nonostante i suoi sforzi, lui non le aveva concesso la soddisfazione di mostrarsi adirato o scandalizzato.

Questa volta, però, l'incontro era ufficiale, nella sua veste di duchessa, e dunque il contegno era d'obbligo. A scanso di imbarazzi, aveva ammonito anche Petronilla.

«Sii rispettosa. Siamo sotto la sua tutela, almeno fino a quando non giungerà il mio futuro sposo.»

«Perché lui? Abbiamo uno zio paterno che può prendersi cura di noi fino alle tue nozze. A proposito: si può sapere dove si è cacciato?»

Un'altra verità difficile da confidarle. Dopo un'aspra battaglia con se stessa e con il suo cuore, aveva preso la difficilissima decisione di allontanare Raimondo dalla corte. L'addio era stato crudele, straziante e pubblico. Gli aveva negato persino l'intimità di un ultimo incontro privato.

«Obbedisco al vostro ordine. E vi auguro ogni bene» aveva affermato Raimondo sprezzante, congedandosi con un freddo inchino, senza neppure baciarle la mano. Ma lei, che riusciva a leggergli nel cuore e a decifrare ogni piega del volto, intuiva lo strazio per quel congedo che doveva sembrargli una vendetta, una punizione.

Purtroppo, non aveva alternative. La passione era così forte in entrambi che si sarebbe ritrovata in sua completa balìa se gli avesse permesso di vivere a corte, incapace di resistergli. Impossibile, ora che era in procinto di sposarsi. Un altro sacrificio al suo ruolo di duchessa, alla responsabilità che, da un giorno all'altro, le era piombata sulle spalle. Raimondo aveva abbandonato la corte con la morte nel cuore, forse detestandola. Meglio: l'odio l'avrebbe aiutato a dimenticarla. D'altro canto, gli era stata concessa un'opportunità e lui non aveva avuto il coraggio di osare. Anzi aveva dichiarato che il loro amore non aveva un futuro.

«Gli ho ordinato di lasciare l'Aquitania e ritornare alla corte di Enrico I d'Inghilterra, che desidera molto riabbracciarlo. O meglio ancora, di trasferirsi in Oriente, a Gerusalemme, dove il re Folco ha sollecitato la sua presenza.» Si schiarì la voce, che non era così ferma come avrebbe voluto.

Petronilla sgranò gli occhi.

«L'hai scacciato? E lui? Ha obbedito senza protestare?»

«Cos'altro poteva fare? Sono la duchessa ora, e lui è

un mio suddito... No, zitta. Non azzardarti a recriminare. Soffro già abbastanza senza che tu rigiri il coltello nella piaga con le tue inopportune lamentele.»

«In questo modo non abbiamo più nessuno della famiglia a proteggerci.»

Aliénore sollevò le spalle in un gesto di fastidio.

«Si consolerà quanto prima, come farò io. Non avrei trovato la forza di concentrarmi sui miei doveri, se non avessi allontanato Raimondo.»

«Così siamo costrette a dipendere da un monaco francese che neppure conosciamo.»

«Sono riuscita a carpirgli parecchie informazioni, durante il nostro incontro. E tutte molto sorprendenti. Non è stato facile, visto che non ho potuto usare nessuna delle arti che mi sono più congeniali: con lui non sortiscono alcun effetto. Inoltre ho preferito mostrarmi riservata e un po' ingenua. Non voglio che scopra subito con chi ha a che fare. È molto astuto e anche piuttosto colto, mi è parso. Per quanto si mostri condiscendente, mellifluo e gentile, sento che avrò in lui un rivale dal quale attendermi una guerra spietata. Per questo preferisco che mi reputi un'oca, una damigella fragile e spaurita, che può manovrare a suo piacimento.»

«Chi diavolo è costui, per doverlo temere?»

«Il consigliere preferito del re. Ma soprattutto colui che ne ha allevato il figlio. L'erede al trono è cresciuto all'Estreé, la scuola annessa al monastero di Saint-Denis, di cui è abate. Il più prestigioso di Francia, ci ha tenuto a precisarmi gonfiando il petto e sciorinandomi tutto l'elenco delle tombe di re e regine che vi sono raccolte. Luigi è vissuto al suo fianco per anni senza mai lasciare il convento. Sugero ha vegliato su di lui come un vero padre, più che come un precettore.»

«Fiiuu!» sibilò tra le labbra Petronilla. «Il re non lo amava?» Aliénore rispose con un'occhiata severa. «Non fischiare come un maschiaccio. Dovremo rivedere alcuni nostri comportamenti un po' troppo disinvolti, prima di presentarci alla corte di Francia.»

Petronilla scrollò le spalle senza dissimulare il fastidio.

«Detesto la gente del Nord. Ignoranti e bacchettoni. Così diceva il nonno. Non dobbiamo concedere loro soddisfazione, modificando le nostre abitudini. Abbiamo tutto da insegnare a quella gente, e nulla da imparare. Dimmi cos'altro hai scoperto.»

Aliénore avrebbe voluto rintuzzare lo sbrigativo giudizio della sorella ma, in tutta onestà, lo condivideva nel profondo del cuore e sapeva che lei per prima non si sarebbe mai adeguata. Si accinse a fornire a Petronilla nuovi dettagli che l'avrebbero sconcertata ancora di più.

«Luigi è il secondogenito del re di Francia. Perciò non era lui l'erede al trono ma il fratello Filippo. Lui aveva deciso di...»

«Di...? Non centellinarmi le informazioni, Aliénore!»

«Di prendere i voti» svelò d'un fiato, traendo un sospiro: il peggio era fatto.

«Non ci credo» replicò la sorella con sorprendente calma. «Forse intendi dire che il re suo padre lo costringeva a prendere i voti per toglierselo di torno. E anche così, sarebbe un pessimo segnale.»

Aliénore si chiese se fosse giusto condividere le sue ansie con Petronilla. In fondo era ancora piccola. Ma tra loro non c'erano mai stati segreti e certo non avrebbe cominciato a tenerne ora che erano diventate l'unico affetto l'una per l'altra.

«No. Era proprio lui a desiderarlo. Con la più ardente vocazione. Così sostiene Sugero. Me lo ha spiegato con tale chiarezza da darmi l'impressione che, dietro tanta insistenza, volesse farmi pervenire anche altri messaggi, inespressi ma sottintesi.»

«E tu li hai afferrati?»

«Credo, anche se non posso giurarlo» aggiunse, per attenuare i timori della sorella, nei cui occhi spalancati leggeva apprensione e sollecitazione a proseguire.

«Primo avvertimento: le grazie su cui puoi contare e le arti della seduzione, di cui sei così esperta, non sortiranno alcun effetto su tuo marito, perché Luigi ha già consacrato il suo cuore a Dio e all'abate Sugero. Secondo: non metterti fra me e il mio protetto. Sta' al tuo posto di moglie: umile, silenziosa, sottomessa e defilata. Terzo: se disobbedisci, troverai in me un nemico.»

«Fiiuuu!» fischiò di nuovo Petronilla, dimentica del rimprovero di poco prima. «Ha detto proprio così: che sei esperta nelle arti della seduzione? Secondo me ha delle spie a palazzo.»

«Non ha usato queste parole, logico. È abile, cosa credi? Il nostro è stato un duello di sguardi. All'apparenza voleva solo fornirmi ragguagli sulla corte di Francia. Per aiutarmi, ha precisato. Ma ogni sottolineatura conteneva un implicito avvertimento. Quello che troverai, ragazzina, è ben diverso da ciò cui sei abituata qui. Ecco cosa intendeva.»

«Gli obbedirai?»

«In che senso?»

«Sarai la moglie che lui desidera? Ho molta paura del futuro, Aliénore.»

Con la punta del dito indice sollevò il mento dell'adolescente accoccolata ai suoi piedi e la costrinse a guardarla.

«Mi ci vedi nel ruolo di moglie dimessa, silenziosa e defilata?»

«Proprio no. Per questo ho paura. Perché ti conosco.»

«Sono la duchessa d'Aquitania e del Poitou, padrona di uno stato dieci volte più grande, ricco e prestigioso di quello del mio futuro sposo. Pretendo il rispetto dovuto al mio rango e alla mia posizione. Se consentissi a un oscuro abate di umiliarmi, l'offesa sarebbe rivolta non solo alla mia persona ma al nome che porto, ai miei avi e al mio popolo. Non posso permetterlo. E neppure che faccia da terzo incomodo fra me e mio marito. Lui sostiene che Luigi è insensibile alle grazie femminili. Lo vedremo. Dopo il colloquio con quell'intrigante, smentirlo e avere ai miei piedi il timido e religiosissimo principino francese è divenuto una sfida cui non potrei sottrarmi nemmeno se volessi. La battaglia è fra le armi di Sugero e le mie. E sarà memorabile.»

«Luigi potrebbe essere brutto e repellente. Ci hai pensato?»

«La sfida resta. Non l'ho lanciata io ma lui.»

«Se te lo inimichi, la nostra vita alla corte di Francia potrebbe diventare un inferno.»

«No, non accadrà. In fondo, l'abate è un uomo onesto e buono. La sua ostilità è motivata non dall'ambizione personale – allora sì, che sarebbe un problema – ma dalla lealtà e dal cieco affetto per Luigi, che considera un figlio. Scommetto che non mi considera la moglie adatta. Teme che possa corromperlo, esercitare un'influenza negativa. Lotterà con tutte le forze e userà tutti gli argomenti di cui dispone per mantenere il potere sul principe. Tuttavia saprà accettare un'eventuale sconfitta senza ricercare vendette. Solo i meschini sono da temere davvero.»

«E se fossi tu a perdere?»

«Considero questa eventualità così remota da non essere degna neppure di considerazione.»

Sarà un'avversaria spietata, questo è sicuro. È molto più intelligente, astuta e abile di quanto avessi già intuito. Ha idee chiare. È dura e decisa. Ama apparire agli altri volubile, capricciosa, indolente, refrattaria a qualunque regola. E in parte è così. Ma se lo ritiene utile a perseguire un obiettivo o un vantaggio personale, sa imporsi disciplina e volontà di ferro e puntare dritta allo scopo senza tentennamenti, in modo fermo e persino crudele – come ha fatto con Raimondo di Poitiers, suo zio, allontanato dalla corte da un momento all'altro, senza una spiegazione – oppure con astuzia, soffocando la vittima nel miele della sua dolcezza, dei sorrisi, dello sguardo che cattura e attira come la calamita il ferro. Armi delle quali si serve con consumata abilità: durante il colloquio, ha recitato la parte della fanciulla timida, riservata e un poco sprovveduta: una cortina di fumo per confondere le idee dell'interlocutore. La realtà è ben diversa. È necessario essere più che forti, più che fermi, per resistere alle sue lusinghe. Chi stiamo per porre sul trono di Francia? Una novella Messalina? Tremo all'idea di quello che attende un giovane inesperto, nobile di cuore e puro di pensieri quale il mio Luigi.

Dio mi perdoni ma quasi mi ritrovo a sperare che si avverino i timori di suo padre e che, al cospetto della moglie, prevalga in lui la spiritualità, la repulsione per la carne, il disgusto per il sesso, come è accaduto con le al-

tre. Perché, se così non fosse, se sarà sedotto come tutti dalle sue grazie, Luigi sarà perso: un fantoccio nelle mani di lei, un cagnolino al guinzaglio. Lotterò con tutte le forze per impedirlo.

Qual è ora il mio dovere? Inviare questa lettera al sovrano o tenerla per me?

No, fratello mio, la terrò per me. Contiene confessioni che ti getterebbero nell'incertezza, nel dubbio e nel dolore, ti graverebbero di una preoccupazione che, nel tuo stato di salute, non puoi sopportare. È una decisione che non prendo a cuor leggero. Rischio di essere schiacciato io, in futuro, dal rimorso di non aver impedito un tragico errore. Aliénore non è la donna giusta per il nostro Luigi. Lo farà soffrire in modo atroce, se non riuscirò a proteggerlo. E non è la regina giusta per la Francia: lungi dal rafforzarsi, la nostra patria rischia di precipitare nella rovina.

A meno che io non riesca a domarla.

10

«*Opulenta Aquitania, dolce come il nettare grazie ai suoi vigneti, disseminata di foreste, traboccante di frutti, provvista con sovrabbondanza di pascoli...* È così che si esprime il monaco di cui mi leggevate ieri sera, non è vero, Sugero?»

«Heriger di Lobbes. Mi complimento per l'eccellente memoria, Luigi.»

«Merito dei lunghi esercizi cui sono stato sottoposto all'Estreé. Gli elogi di Heriger sono meritati, a quel che vedo. Magnifiche terre. Fertili, prospere. Peccato solo che sia così caldo. Giungerò a destinazione disfatto.»

Luigi manteneva il suo cavallo al passo, per restare affiancato al maestro e poter scambiare alcune impressioni. Di tanto in tanto si passava un panno di lino sulla fronte, sul viso e sulle mani, per detergere il sudore e la polvere.

«Mi sento un privilegiato, a viaggiare in un carro che offre il vantaggio dell'ombra» confessò Sugero. «Una mollezza che mi concedo per via dell'età e del mio fisico macilento. Non la si potrebbe mai perdonare a un diciassettenne che sta per ereditare la corona di Francia.»

«Preghiamo perché questo evento si verifichi il più tardi possibile.»

Il frate fece un cenno di assenso e si ritirò nel carro, rammaricato per la considerazione sfuggitagli, che non suonava né opportuna né felice, anche se innegabile: solo un nuovo miracolo poteva salvare il re dalle disperate condizioni di salute in cui versava. L'ultimo incontro con l'amico – che non vedeva da quando era partito per il Poitou – gli aveva spezzato il cuore: la pelle secca, il colorito grigio, le occhiaie profonde e scure, le labbra riarse, uno sfinimento invincibile, il corpo gonfio e obeso come non lo aveva mai visto, al punto che ogni movimento si trasformava in un'impresa.

Solo l'orgoglio e la sua dignità di sovrano non potevano essere scalfite dal male. Al momento di comunicare al figlio l'importante decisione assunta e le conseguenze che avrebbe comportato, Luigi VI l'aveva ricevuto assiso su una poltrona di velluto – il trono non riusciva più a contenere il suo corpo deformato – vestito di tutto punto, ignorando le rimostranze dei medici che si disperavano per quell'inutile dispendio di energie: imparasse, il suo erede, che il dovere di un re era mostrarsi più forte della malattia e della morte stessa. Respirava con un sibilo, come dopo una lunga corsa, la voce era un rantolo e ogni parola usciva dalla bocca con incredibile lentezza. A parte le labbra, evitava qualunque altro movimento per non accrescere lo sforzo, mantenendo una fissità innaturale che straziava il cuore.

«Ti ho procurato una buona moglie» l'aveva informato senza preamboli, attendendo una domanda che non venne. «Non hai nulla da domandarmi?» aveva quindi chiesto, alquanto stizzito dal silenzio del giovane e dall'improvviso pallore che gli leggeva sul volto.

«La vostra volontà è legge per me, padre. Sono pronto a eseguire ogni vostro comando.»

«Zelante come sempre. Me ne compiaccio» aveva commentato, accennando una smorfia. «Non l'ho scelta da solo, se ti può confortare, ma con il tuo adorato maestro.»

«Con Sugero?» domandò il principe, ravvivandosi e mostrando un poco di entusiasmo. «Non lo vedo da quando ha abbandonato Parigi, mesi ormai, per andare in missione.»

«Possiamo rimediare» aveva replicato il sovrano, aspirando l'aria con uno sforzo doloroso.

Un servo aveva aperto la porta della stanza e Sugero aveva fatto il suo ingresso, dirigendosi a passo lesto verso il suo pupillo. Aveva frenato l'impulso di abbracciarlo per fissarlo prima a lungo, mentre gli occhi brillavano di soddisfazione.

«Signore benedetto, non ti riconosco più. Sei cresciuto in modo impressionante. Un uomo. Altissimo, ma soprattutto robusto e forte. Mi ricordi tuo padre da giovane. Se non che, rispetto a lui, sei molto più slanciato e bello.»

«Hai visto, prete? So fare o no il mio mestiere di genitore del prossimo re di Francia?»

«Riconosco che, per alcuni aspetti, hai lavorato in modo apprezzabile.»

«Tignoso come sempre. Ho già informato Luigi delle sue prossime nozze e di come tu stesso le approvi. Tocca a te ora descrivergli la prescelta.»

«Non occorre. È prematuro. Preferisco pensarci a tempo debito» si affrettò a precisare il principe, impegnato a fissarsi la punta delle scarpe.

«Concordo in pieno» lo rassicurò Sugero, ignorando

l'occhiataccia del sovrano. «Viaggeremo assieme per raggiungere l'Aquitania. Durante il cammino avremo tutto il tempo di chiacchierare. Preparati: partiremo entro una settimana.»

«Così presto?»

«Così tardi» lo corresse il sovrano. «Dalla morte del padre la duchessa vive sola a corte, senza protezione e in balìa di feudatari con propositi animosi. Le nozze con un francese suscitano invidia e rancore. Temono di perdere la loro indipendenza e vedono sfumare la possibilità di occupare quel trono tanto ambito. Uno stato d'animo che alimenterà intrighi e congiure. Non siamo affatto tranquilli.»

«Confermo, purtroppo» si intromise Sugero, interrompendo il sovrano, che vedeva molto affaticato. «Da precise informazioni in mio possesso, posso affermare che Goffredo d'Angiò, il peggiore e più intrigante fra i nostri nemici, si sta dando molto da fare e...»

«Il Plantageneta...» commentò a mezza voce Luigi VI, con sprezzo. «Lo chiamano così, adesso.»

«Se credi di offenderlo con quel soprannome, sei in grave errore. Il rametto di ginestra è sempre lì, appuntato sul cappello. Anzi, ora che è stato coniato quel nomignolo con l'intento di deridere lui e il suo vezzo, lo ostenta con compiacimento persino maggiore. Dicono che nelle missive si firmi così: Goffredo il Plantageneta. Quell'uomo brucerà all'inferno per la sua cupidigia senza limiti.»

Luigi VI scosse appena il capo e si concesse un rapido sogghigno, vincendo la fatica che quel semplice gesto gli costava.

«Peccato che tu non riesca a sbarazzarti del moralismo. Diventeresti il più grande uomo di stato di tutti i tempi. Goffredo si preoccupa dei propri interessi, come faccio io. La moglie Matilde non sarà bella ed è anche molto più vecchia di lui, però è l'unica figlia di Enrico I, figlio di Guglielmo il Conquistatore, duca di Normandia e re d'Inghilterra. Nozze che valgono oro: Folco d'Angiò ha lavorato bene per il figlio Goffredo, proprio come io cerco di fare per il mio... Adesso che Enrico I è morto, il figlio di Matilde e di Goffredo potrebbe ereditare i ducati di Normandia e di Angiò in terra francese e in più il regno di Inghilterra. Dio non voglia dovesse incamerare anche i possedimenti di Guglielmo d'Aquitania, farebbe di noi un sol boccone e diventerebbe il padrone di due stati: la Francia e l'Inghilterra. Buon per noi che il figlio di Goffredo è piccolo... quanti anni ha?»

«Cinque o sei.»

«Tiro un sospiro di sollievo. Ti risulta che Goffredo abbia incontrato la nuova duchessa?»

«Non l'ho mai visto alla reggia di Poitiers. Ma so per certo che l'improvvisa decisione di Guglielmo X di offrire la mano della figlia al nostro Luigi lo ha molto contrariato.»

«Ne ho piacere. Pretendeva di sposarla lui? O forse di darla in moglie a un bimbo di sei anni?»

«Ti assicuro che l'avrebbe fatto, se non l'avessimo preceduto. Non ti ho detto che è privo di scrupoli?»

«Ragione in più per affrettarci a sventare i suoi piani. È indispensabile disporre di eccellenti spie alla corte d'Aquitania, specie ora che tu ne sei lontano.»

«Mi sono permesso di provvedere, anche in assenza di tue precise disposizioni in tal senso. Goffredo di Leves, vescovo di Chartres, sta svolgendo questo compito per noi e terrà sotto stretta osservazione ogni movimento della duchessa.»

«Eccellente. È la persona giusta. Mi hai preceduto con il solito tempismo. Ritiro quello che ho detto poc'anzi. Nonostante l'orpello del moralismo, resti un eccellente statista.»

«Troppo buono.»

«Non basta, però» frenò subito il sovrano. «È urgente sostenere con ogni genere di appoggi – mi hai capito bene, nanerottolo? *Ogni-genere-di-appoggi*, le pretese al trono d'Inghilterra del nostro vassallo Stefano di Blois.»

«Buono, quello. Un'altra serpe in seno, la cui famiglia ha sempre detestato voi Capetingi» fece rilevare Sugero.

«Vero. Ma l'inimicizia fra lui e sua cugina Matilde d'Inghilterra ci fa molto comodo. Più Stefano terrà Goffredo e Matilde sotto pressione con i suoi eserciti in terra inglese, meno occasioni avranno per tramare ai nostri danni. Prima di tutto, però,» proseguì fissando dritto negli occhi il figlio «devi sposarti in tempi rapidi e prendere in pugno tu le redini del comando. Sugero ti informerà di ogni dettaglio. Mi aspetto che...» si interruppe, per riprendere fiato e forze. O forse solo per cercare le parole giuste. «La tua sposa dovrebbe piacerti e dunque spero che ti dimostrerai all'altezza. Intendo dire che... ah, basta! Ci penserà il tuo pedagogo. Sono troppo stanco. Avvicinati. Ti abbraccio e ti benedico, figlio mio. Ora puoi andare.»

«Padre...» domandò il giovane Luigi in un soffio. «Vi ho deluso, vero?»

Luigi VI non aveva replicato. Aveva solo allungato una mano e posato sul capo del figlio una lieve carezza. Poi l'aveva seguito con lo sguardo fino a quando era scomparso dietro la porta richiusa alle sue spalle.

«Avresti dovuto rispondere alla domanda con un

chiaro e inequivocabile no» borbottò Sugero. Ma il re parve non udirlo.

«Sono riuscito a sopravvivere fino al tuo ritorno» osservò. «Lo considero un dono di Dio. Ti chiedo un ultimo servigio, per quanto mi riguarda: voglio essere sepolto a Saint-Denis. Prima di partire, lascia disposizioni per la tomba e il funerale. Per il resto, pensa solo al ragazzo e non abbandonarlo mai. Non è pronto per regnare. E non so se mai lo sarà. Lui e la Francia sono nelle tue mani. Supplicherò l'Onnipotente, quando sarò al Suo cospetto, che ti mantenga in vita per tutto il tempo necessario... Sugero?»

«Sono qui, fratello mio.»

«Abbracciami per l'ultima volta. E... grazie.»

«Obbedendo all'impegno preso con tuo padre, vorrei fornirti alcune informazioni sulla futura sposa, Luigi.»

«Sono spossato, maestro. Cavalcare tante ore con temperature elevate è faticoso. Abbiamo tutto il tempo, mancano ancora diversi giorni di cammino. Ora vorrei dedicarmi alla preghiera e poi riposare qualche ora. Domani ci attende una lunga tappa.»

«Dovrò decidermi a cavalcare al tuo fianco rinunciando alla comodità del carro, allora. Ho preso un impegno con sua maestà e intendo rispettarlo. Guardami negli occhi, Luigi. Perché sfuggi il discorso?»

Il silenzio ostinato e le guance imporporate del principe rendevano superflua qualunque risposta.

«Mi imbarazza. Non voglio pensare a lei e a quello che tutti vi aspettate da me. Concedimi ancora un poco di tempo... Per favore.»

Sugero trasse un sospiro.

«Allora comincerò col parlarti dei territori che, in virtù del matrimonio, entreranno sotto il tuo controllo, della gente del Sud e degli usi e costumi presso la corte d'Aquitania. Una conoscenza preziosa, per te. Anche per evitare brutte figure.»

«Dovrò sottrarre ore al sonno, visto che non intendo privarmi della preghiera» sospirò il principe. Sugero sorrise di quell'ingenuo tentativo di farlo sentire in colpa.

«Alla tua età, è un sacrificio sopportabile. Dunque... credo tu abbia compreso che i domini della duchessa d'Aquitania, del Poitou e della Guascogna sono ben più estesi di quelli della corona di Francia e molto più ricchi, sia nella produzione agricola sia nei commerci, grazie alla presenza di almeno due porti di primaria importanza: Bordeaux, che vedrai con i tuoi occhi, e La Rochelle, dove si esportano...»

«Lei com'è?» chiese a bruciapelo Luigi

«Bellissima» rispose con prontezza Sugero, afferrando al volo l'occasione. «Non è un modo di dire ma l'opinione che sento ribadire di continuo. Ho un suo ritratto. Posso mostrartelo.»

«No, intendo dire com'è *lei*» insistette il principe, insoddisfatto.

«Credevo di aver risposto. Forse non riesco ad afferrare il senso della domanda.»

«Se è bella come dici, avrà frotte di corteggiatori. Quando mi vedrà, si farà beffe di me. Io sono impacciato, non so da che parte affrontare la questione. Vorrei che il momento di incontrarla non giungesse mai. Men che meno quello di restare soli. Capisci a cosa alludo? La paura mi renderà goffo, ridicolo. Vorrei fuggire a gambe levate. Oppure che Dio mi chiamasse a sé in questo stesso istante, risparmiandomi l'ignobile figura che mi attende. Mio padre mi disprezzerà ancora di più. Sono un fallimento, ai suoi occhi.»

«Basta così. Non intendo ascoltare oltre simili bestemmie. Ritirati in preghiera, come già avevi in mente, e chiedi perdono per questo peccato di superbia e sfiducia. Dio non pone sulle nostre spalle croci che non siamo in grado di portare.»

Dopo avergli imposto la benedizione, Sugero si distese sulla branda a lui riservata, spense la candela e fece il segno della croce. Non il suo protetto, ma lui avrebbe dovuto confessarsi e implorare il perdono del Signore per aver mentito: comprendeva e, soprattutto, condivideva le apprensioni del giovane Luigi e il suo desiderio di fuga. Ne avesse avuto la possibilità, avrebbe mandato a monte quelle nozze sbagliate, destinate a portare solo sofferenza. E forse tragedia: era il triste presagio che gli suggeriva l'intuito, senza che sapesse spiegarsene la ragione. Restava fermo nella sua idea: Luigi non era il marito adatto per quella sfacciata fanciulla. Corrotta com'era, non ne avrebbe apprezzato il candore, la purezza del cuore, la verginità del corpo e della mente, qualità che lei non poteva di sicuro offrire a sua volta. Il rischio che ne deridesse l'inesperienza, la pudicizia, la profonda e sincera religiosità era, più che una possibilità, una certezza.

E tuttavia, non trovava il coraggio di confessarglielo né di indicargli un comportamento per prevenire il clamoroso fallimento che lui stesso paventava. Si sentiva altrettanto sprovveduto e impacciato al pari di quel ragazzo che amava più di se stesso. Che tuttavia possedeva almeno il vantaggio della giovinezza: forse la natura avrebbe fatto il suo corso.

11

Dall'alto dell'Arbalesteyere, la massiccia torre rettangolare che dominava le rive della Garonna e proteggeva il palazzo ducale dell'Ombrière a Bordeaux, Aliénore e Petronilla osservavano la ressa di imbarcazioni sull'altra sponda del fiume e l'affaccendarsi di soldati, cavalli e carriaggi che, tra grida e rincorrersi di ordini, tentavano di disporsi in file ordinate per l'imbarco.

«Dunque sono arrivati. Questa volta sono proprio i francesi» bisbigliò Petronilla, senza distogliere lo sguardo dal brulicare di attività. «Fra breve scoprirai come è fatto il tuo principe. La sola idea mi fa sudare più di questo caldo soffocante...» La voce tremava e si incrinava in modo pericoloso verso il pianto. «E se lui mi proibisse di accompagnarti a Parigi? Se ci costringesse a separarci? Io non penso ad altro. Mi ucciderò, se dovesse mostrarsi un tale bruto.»

«Smettila di essere così nervosa e spaventata. Fidati di me. Nessuno potrà mai impedirmi alcunché. Guardami...» ingiunse. «Adesso, per cortesia, sfoggia il tuo sorriso più radioso... Così, brava. Voglio vedertelo impresso sul viso notte e giorno. È un ordine. Mi sono spiegata?»

«Ci proverò» promise Petronilla, voltandosi di nuovo verso il fiume.

«Come mai una scorta così imponente, signor vescovo?» domandò con affettata indifferenza Aliénore a Goffredo di Lèves, vescovo di Chartres, che le teneva compagnia sulla cima della torre. «Forse il re di Francia temeva per l'incolumità del figlio, nelle lontane e sconosciute terre del meridione?»

«Non credo proprio, mia signora. È il fior fiore della nobiltà di Francia. Un omaggio all'alta dignità dei due sposi.»

«Capisco. Siete ben informato. Non ne dubitavo, visto il fitto scambio di lettere e di corrieri che avete intrattenuto con il vostro padrone in queste settimane...»

«Padrone? Lettere? Non capisco, mia signora» si schermì il prelato sorpreso, mentre un leggero rossore gli imporporava le guance.

«Suvvia, eminenza. È giunto il momento di giocare a carte scoperte. Nonostante tutte le vostre precauzioni e leziosaggini, non potete credermi tanto stupida da non aver compreso che Sugero, alla sua partenza per Parigi, vi ha posto al mio fianco per spiarmi oh, scusate: per proteggermi. Compito che avete svolto con uno zelo persino eccessivo. Io però ve l'ho semplificato attenendomi a un comportamento irreprensibile. *Ir-re-pren-si-bi-le*» sillabò, per rafforzare il concetto. «Sono certa che l'avrete apprezzato e che non mancherete di mettermi nella giusta luce presso il reverendissimo abate Sugero e il principe, mio futuro sposo. È così?» domandò, sorridendo con grazia ma fissandolo con occhi di ghiaccio. "Ecco qui, spione," diceva quello sguardo "sei servito. Prova a sostenere il contrario e il mondo intero saprà che non vali un fico secco come spia... Sai quante risate alle tue spalle. Se invece fingerai di non aver badato a qualche piccolo eccesso e riferirai che mi sono comportata come una brava sposa deve fare, coprirò la tua dabbenaggine e fingerò di non aver sospettato neppure per un momento la ragione vera della tua presenza a corte, ammantata da mille insulsi pretesti."

Petronilla, attratta da quella silenziosa sfida, aveva distolto l'attenzione dalle manovre lungo la Garonna e fissava ora l'uno ora l'altra. Da quando il doppio gioco del vescovo di Chartres era stato scoperto, aveva ammonito molte volte la sorella a evitare le feste notturne e, ancor di più, gli incontri galanti che si protraevano fino a tarda ora. Ma Aliénore non se ne era mai data per intesa.

«Al momento opportuno, lo rimetteremo al suo posto» replicava tranquilla.

Per questo, ora attendeva ansiosa la risposta di Goffredo di Lèves alle spudorate affermazioni della sorella, temendo rappresaglie.

«Ma certo, mia signora, del tutto irreprensibile» confermò invece quello, non senza un cerimonioso inchino, uscendo sconfitto dalla battaglia di sguardi intrecciata con la duchessa e dissimulando – quasi fosse davvero un'abile spia – il furore che gli agitava il petto: quella sgualdrina aveva trascorso le notti fra mille divertimenti, sebbene fosse in lutto per la morte del padre e in procinto di maritarsi, ritirandosi a ore indecenti nelle sue stanze, ballando e cantando, sempre circondata da compagnia maschile di ogni genere. Sugero aveva ragione di scandalizzarsi e non esagerava affatto sulla depravazione dei costumi del Sud: le dame in particolare si comportavano in modo vergognoso e la loro duchessa si distingueva fra tutte. Non avrebbe scommesso una mela bacata sulla verginità della sposa.

E tuttavia avrebbe taciuto, proprio come lei desiderava. Non per timore di essere svergognato ma perché il compito che l'abate di Saint-Denis gli aveva affidato era chiarissimo: non di vegliare sulla moralità della duchessa bensì di riferire su corteggiatori insistenti e trame pericolose per gli interessi francesi. E questo lui aveva fatto. Sugero era stato ragguagliato in modo circostanziato: a palazzo era giunto in gran segreto Goffredo d'Angiò, detto il Plantageneta. E la duchessa lo aveva ricevuto.

Si mormorava di un lungo colloquio fra i due, tempestoso secondo alcuni, piacevolissimo secondo altri. I primi sostenevano che Goffredo le avesse proposto di rifiutare le nozze francesi e promettersi in sposa al figlio Enrico, attendendo a celebrare le nozze non appena fosse stato in età di consumare il matrimonio. Ma la duchessa – a sentir loro – aveva respinto con sdegno la proposta, cacciato in malo modo l'ospite e proclamato che mai avrebbe disatteso la volontà paterna. I secondi, invece, tra i quali si annoveravano molte donne, affermavano che, pur respingendo con garbo le proposte di matrimonio, fosse rimasta molto colpita – sedotta, si arrivava a sussurrare – dal grande fascino del Plantageneta, con cui si era intrattenuta in *grande intimità*. Goffredo il Bello lo chiamava, ridendo a piena gola delle sue argute osservazioni e giocherellando con il ramo di ginestra che il duca portava sempre appuntato sul cappello, origine del nomignolo che ormai era divenuto il suo secondo nome.

«Preferisco questo soprannome, Goffredo *il Bello*, a quello per il quale siete più noto» sembrava che avesse proclamato al momento del congedo, sbattendo gli occhioni e lasciandosi accarezzare la mano offerta da baciare. «Vi si addice alla perfezione. E spero di incontrarvi spesso, quando sarò alla corte di Parigi.»

«Mi piacerebbe, mia affascinante signora, ma non so se ne avremo l'opportunità» aveva replicato lui. «Tra la mia famiglia e quella dei Capetingi, reali di Francia, non corre buon sangue, sebbene io sia un vassallo del re. Ma pregherò perché la sorte ci conceda quanto prima un nuovo incontro, privato e segreto. In ogni caso, sappiate che troverete sempre in me un amico sincero, pronto a fornirvi aiuto e protezione in qualunque difficoltà.»

«Terrò bene a mente le vostre parole e la vostra offerta. La vita è spesso strana, amico mio» aveva replicato Aliénore.

Forse le dame di corte, come loro abitudine, avevano ricamato sulla vicenda, arricchendola di dettagli del tutto inventati. Le chiacchiere sulla bella e disinvolta Aliénore si sprecavano e, a onor del vero, a quanto gli constava, spesso esagerate, sebbene il comportamento della duchessa offrisse molto materiale alle maldicenze e sembrasse studiato apposta per alimentarle, anziché sopirle. Ma non vi era dubbio che suscitasse una forte attrazione intorno a sé. Per questo, secondo il vescovo di Chartres, le nozze con Luigi di Francia andavano celebrate in tutta fretta o l'opportunità sarebbe sfumata per sempre, con il rischio quanto mai concreto che l'immensa eredità del duca Guglielmo andasse a rimpinguare proprio i già smisurati possedimenti del peggiore nemico del re di Francia: Goffredo il Plantageneta.

Una volta strappata all'ambiente malsano del Sud e trasferita a Parigi, ci sarebbe stato tutto l'agio di domare quella puledra *focosa*, come molti ambasciatori presenti a corte la definivano nei loro dispacci.

Furono necessari diversi giorni prima che la scorta del principe – cinquecento persone, oltre a un gran numero di animali e carriaggi – venisse traghettata al completo sulla riva occidentale della Garonna, dove sorgeva la città.

Sugero, durante una lunga e affollata assemblea, presentò alla duchessa i vassalli più prestigiosi che facevano ala al principe. Due di essi la colpirono in modo particolare: Teobaldo di Blois, conte di Champagne e, ancor di più, il fiero e bellissimo Raoul, conte di Vermandois e siniscalco di Francia, che Petronilla si era mangiato con gli occhi per tutto il tempo della seduta, sussurrando apprezzamenti nelle orecchie di Aliénore.

«Taci, Petronilla. Che cosa ci trovi di tanto interessante in un uomo sposato e, soprattutto, molto più vecchio di te?» l'aveva rimproverata lei, bisbigliando a sua volta e lanciandole occhiatacce.

«Anche lo zio Raimondo lo era, ma questo non ti ha impedito di innamorartene.»

«Di dieci anni. Ma Raoul di Vermandois ne ha molti di più, sciocchina. Non è adatto a te e, soprattutto, tu non lo sei per lui. Cosa se ne farebbe di una tredicenne?»

«Io lo trovo il più bell'uomo che abbia mai conosciuto» insistette Petronilla con occhi sognanti.

«Oh smettila, per favore!» aveva sbuffato Aliénore. Quindi si era rivolta a Sugero.

«Mi domando se una scorta così numerosa e agguerrita al seguito del principe possa aver arrecato danni alla popolazione delle mie terre.»

«Avete la mia parola d'onore che i vostri sudditi non

sono stati molestati in alcun modo. Avevamo generi alimentari in tale abbondanza che ancora ne avanzano. D'altro canto, il principe trasportava con sé anche una grandissima quantità d'oro e di preziosi, che era necessario proteggere. Quasi tutti doni per voi.»

«Vuole fare bella impressione.»

«Proprio così, mia signora. Tutto il possibile, per compiacervi.»

«Tranne che incontrarmi. È l'unico francese che non sia ancora venuto a rendermi omaggio. Non sembra mostrare alcuna ansia di conoscermi.»

Sugero tossicchiò, il volto appena imporporato per l'imbarazzo. Ma si riprese subito: una buona occasione per svelare alla duchessa alcuni aspetti della personalità del futuro marito.

«Luigi è un ragazzo timido, pudico e molto timorato di Dio. Forse ritiene più rispettoso attendere il giorno delle nozze, per fare la vostra conoscenza.»

«Non afferro il motivo di tanto riserbo. Forse non riuscirebbe a controllare i suoi istinti, se mi incontrasse?» domandò Aliénore con un sorriso dolce e beffardo allo stesso tempo, carico di malizia e sottintesi.

«Riferirò a sua Altezza il vostro desiderio» si limitò a replicare Sugero, dopo un breve inchino di congedo, lasciando cadere la provocazione. Dentro di sé però si sentì avvampare di dispetto. Quella ragazza riusciva a fargli perdere le staffe, sebbene proprio la calma e l'imperturbabilità venissero annoverate fra le sue maggiori doti di politico. Gente di ogni rango e condizione, inclusi principi e sovrani, lo trattavano con la massima deferenza e riguardo. E quell'insolente osava sbeffeggiarlo, celando la sua perfidia dietro tale candore e innocenza da non poterla neppure rintuzzare a muso duro, ricacciarla al suo posto, a meno di cadere nella sua trappola.

Se giungeva a tanto con lui, cosa ne sarebbe stato del povero Luigi?

La febbrile agitazione per le nozze reali esplose a Bordeaux già diversi giorni prima della domenica 25 luglio 1137, data del grande evento. Nelle vie della città le guardie ducali ebbero un gran daffare per mantenere sotto controllo l'euforia dei cittadini, convenuti in gran numero anche dalle campagne circostanti e in lotta fra loro per guadagnarsi un posto in prima fila.

La sala da ricevimento del palazzo ducale dell'Ombrière e il parco sul quale essa si affacciava risuonavano dell'andirivieni di un gran numero di servi, paggi, ufficiali, soldati a piedi e a cavallo, ciascuno affaccendato nel compito che gli era stato affidato. Una fila ininterrotta di carri entrava a passo d'uomo dalle porte secondarie del castello scaricando ogni genere di mercanzia: quarti di animali macellati, cacciagione, pollame, botti di vino, formaggio, granaglie, pane, verdura, frutta e molto altro ancora. Sparivano a uno a uno nel ventre del castello per poi uscirne vuoti, come se all'interno si annidasse un insaziabile mostro che li divorava. Lunghe scie di fumo ondeggiante alla leggera brezza di luglio fuoriuscivano dai numerosi comignoli del tetto, lasciando indovinare che i focolari delle cucine fervevano di attività.

Sul retro del castello, lontano dal palcoscenico principale e proprio in corrispondenza dell'area delle cucine, le guardie tolleravano che si formassero assembramenti di mendicanti cenciosi, pronti a raccattare gli innumerevoli scarti che i cuochi gettavano via per assicurare agli ospiti di prestigio solo merce di primissima qualità. La duchessa in persona aveva imposto quella concessione: le nozze reali dovevano rappresentare un momento di festa anche per l'ultimo e più indigente dei sudditi. Tutti avevano il permesso di entrare nel cortile del banchetto, ammirare gli sposi e servirsi del cibo avanzato nei piatti dai convitati.

La cattedrale di Sant'Andrea, presso la quale si sarebbe officiata la cerimonia nuziale, offriva uno spettacolo sontuoso, addobbata di una profusione di fiori e di teli di seta multicolori, così sottili e impalpabili che si gonfiavano e oscillavano lievi a ogni refolo d'aria. La città era pavesata di drappi, arazzi, stendardi dai brillanti colori che adornavano le finestre e i balconi, creando lungo il percorso nuziale un'ininterrotta e vivace macchia di colore.

La plebe che gremiva le strade pareva sopportare con apparente disinvoltura il sole cocente e osservava ammirata il fastoso corteo di cavalieri, dame e paggi, inneggiando alla duchessa e agitando fazzoletti in segno di buon augurio. Mentre la coda del corteo ancora sfilava per le vie, la chiesa era già gremita di una folla che si assiepava ai due lati della navata centrale, lasciando libero a malapena lo spazio necessario alla sposa per raggiungere l'altare, ai piedi del quale, sotto un sontuoso baldacchino, erano collocati due scranni coperti da un cuscino di velluto porpora.

L'arcivescovo, piccolo e pingue, con indosso la tiara e il mantello delle grandi occasioni tempestati di pietre preziose, attendeva l'arrivo della duchessa offrendo di tanto in tanto la fronte e le gote a un diacono che ne detergeva l'abbondante sudore con un panno di lino e gli faceva un poco di vento con un ventaglio quadrato collocato alla sommità di un'asta. Per quanto si sforzasse di sorridere ai presenti che gli porgevano omaggio, il volto appariva paonazzo per il caldo e la fatica.

Luigi fece il suo ingresso per primo e raggiunse il baldacchino scortato da Sugero e dal siniscalco di Francia, Raoul di Vermandois, che presero posto a pochi passi da lui, nella fila più vicina. Rigido nella persona, pallido in volto, fissava ora l'ingresso della chiesa, dalla quale, da un momento all'altro, sarebbe comparsa la sua sposa, ora Sugero, dal cui sguardo non riusciva a trarre alcun incoraggiamento. Quegli occhi, di solito sereni e rassicuranti, si aggiravano inquieti a osservare i presenti e ogni tratto del volto esprimeva disapprovazione.

Come non comprenderlo? Lui stesso era esterrefatto dal comportamento delle genti del Sud, eccessivo in ogni manifestazione. All'esterno il popolino, ammassato in un'indescrivibile ressa, sbraitava, urlava frasi che volevano essere augurali ma che suonavano volgari, sghignazzava in modo sguaiato. Il frastuono riecheggiava persino in chiesa, sovrastato solo dal chiacchiericcio incessante dei presenti, che si agitavano in modo scomposto, si facevano cenni l'un l'altro con le mani, spesso ridevano in modo grossolano e inappropriato. Nessun raccoglimento, nessun rispetto per la sacralità del luogo.

L'attesa si prolungava e diventava un tormento. Il raffronto con gli altri uomini presenti, lungi dall'aiutarlo, accentuava il suo senso di inadeguatezza, giacché tutti gli parevano molto più prestanti e curati di lui. L'abbigliamento, pur avendovi profuso ogni impegno per renderlo distinto e regale, risultava così semplice e severo da apparire rozzo, paragonato ai fronzoli e alle ricercatezze dei cavalieri del Sud. I capelli biondi, sotto la corona, gli ricadevano lunghi e lisci ai lati del capo come stoppie. Al contrario, i gentiluomini del luogo sfoggiavano fluenti riccioli scuri, inanellati e impomatati con cura.

Per non parlare delle donne: lanciavano occhiate maliziose, bisbigliavano commenti nell'orecchio l'una dell'altra e poi ridacchiavano fra loro. Lo canzonavano, era evidente – qualcuno si era persino premurato di confermarglielo – per il suo atteggiamento composto, più consono a un novizio di clausura che a un giovane principe.

Non osava pensare al giudizio della sposa ma lo temeva al punto che, con mille pretesti, aveva ritardato l'incontro fino al momento delle nozze e, con l'immaginazione, non si era mai avventurato più in là, negli infidi e sconosciuti spazi successivi alle celebrazioni, quando sarebbe rimasto solo con lei. Se l'avesse fatto, sarebbe fuggito subito a gambe levate.

D'improvviso, un accentuarsi dei mormorii, uno sgomitare dei presenti per guadagnarsi una miglior visibilità, un accendersi di sguardi nella direzione dell'ingresso, gli fecero intendere che l'evento cruciale stava per compiersi.

Mentre il cuore batteva all'impazzata, volse anche lui gli occhi in quella direzione: una macchia scarlatta – *scarlatta?* – incedeva verso di lui. A ogni passo se ne precisavano i contorni. Per quanto sentisse le guance infiammarsi dalla vergogna, non riusciva a distogliere lo sguardo dalla visione, come incatenato da un incantesimo. Lo spettacolo lo lasciava senza parole: la dama di fronte a lui era alta e slanciata. La macchia scarlatta era l'abito... possibile indossare un colore così sfacciato e appariscente il giorno delle nozze? O in qualsiasi altro giorno? Sembrava tutto tagliuzzato nel senso della lunghezza e dalle fenditure fuoriuscivano sbuffi bianchi. Possibile che fossero la camicia e la sottogonna? E da quando la biancheria intima veniva messa in mostra in modo così esplicito?

E le spalle?

Fuoriuscivano del tutto dalla scollatura. Si indovinava, anzi no... ora che era più vicina si distingueva in modo chiarissimo l'attaccatura dei... dei... Non osava neppure pronunciare quella parola, in un luogo sacro. Per un istante chinò gli occhi, avvertendo un forte disagio, come se la sfrontata impudicizia di colei che stava per divenire sua moglie svergognasse anche lui. Ma subito li rialzò, attratto da una forza misteriosa.

Lei sorrideva. Non un sorriso casto e modesto ma radioso, smagliante e... come definirlo? Eccessivo. Impudico. E gli occhi? Non li teneva bassi, come fanno le fanciulle timorate di Dio, in segno di modestia. Li volgeva sui presenti, accennando ora all'uno ora all'altro con il capo, con la mano. Come fosse a un ricevimento, a un convito. Distolse lo sguardo e si fece il segno della croce. Cercò con affanno gli occhi di Sugero: chi è costei, avrebbe voluto chiedergli? La mia sposa o una peccatrice tratta da un bordello? Ma Sugero fissava compunto il pavimento e lui non sapeva cosa fare, a chi rivolgersi, mentre il viso gli bruciava e quella donna si avvicinava sempre più.

Ecco: era al suo fianco. Doveva imporsi di fissarla in viso, mormorare appropriate parole di saluto, baciarle la mano con un inchino e guidarla accanto a sé. Le regole dell'etichetta gli erano state spiegate molte volte dai maestri di palazzo: non poteva infrangerle senza apparire uno zotico e tuttavia, seguendole, gli occhi si sarebbero posati di nuovo sulle spalle nude e... sul resto. Avrebbe commesso peccato. Peccato mortale.

La dama lo scrutava a sua volta e di certo si stava facendo beffe del suo palese imbarazzo. Si stava rendendo ridicolo. Serrò forte i pugni, come per imporsi di placare la tensione e dissimulare l'ansia.

Aliénore procedeva lungo la navata sforzandosi di mantenere l'espressione di maestosa imperturbabilità – *ieratica,* veniva definita – cui, traendo ispirazione da alcuni sbiaditi ritratti di principesse bizantine, aveva imparato ad atteggiare il volto, dopo ore di prova davanti allo specchio, tra le divertite risate di Petronilla. Ma ci metteva scarso impegno e i risultati dovevano essere modesti. Mille attrattive sollecitavano il suo interesse e la inducevano a volgere a destra e a manca gli occhi, che avrebbe dovuto mantenere fissi davanti a sé. Qui uno spasimante ammiccava con lo sguardo e le soffiava di nascosto un bacio sulla punta delle dita, là un cavaliere sconosciuto – di certo un francese – le scoccava un'esplicita occhiata di ammirazione, accolta con una smorfia di compiaciuta civetteria, più avanti un'amica le bisbigliava qualche impertinente apprezzamento sulla riservatezza del futuro sposo – sembra un novizio di clausura! – strappandole un risolino e vanificando d'un colpo i suoi buoni propositi.

Al diavolo il regale distacco, decise alla fine.

Si sentiva frizzante, di buon umore, con una voglia prepotente di stupire e provocare: una tentazione cui non sapeva resistere, quando si trovava al centro dell'attenzione, e anche una difesa, una sfida, cui faceva ricorso d'istinto, quando si sentiva minacciata o temeva di apparire fragile: il suo personale modo di reagire al nervosismo, alla stanchezza – più di mille invitati da ricevere e intrattenere – ma soprattutto alla paura. Per quanto si sforzasse di tenerla sotto controllo, le invadeva il cuore. Di lì a pochi minuti la sua vita sarebbe stata sovvertita. Avrebbe abbandonato il *noto* – il suo paese, la sua casa, le stanze e i giardini dell'infanzia, gli amici, le abitudini, le feste – per l'*ignoto*: un baratro che si spalancava sotto i suoi piedi, da affrontare da sola, senza alcun aiuto. Anzi, con Petronilla da proteggere, da imporre come presenza irrinunciabile al suo fianco. Almeno lei, se non l'intera corte di amici, poeti e cantori. Ma non si sarebbe fatta sopraffare dall'ansia. Non l'avrebbe nemmeno lasciata trasparire. Era la nipote preferita di Guglielmo il Trovatore e gli somigliava come una goccia d'acqua. Per questo, in un momento così solenne, non avrebbe contrastato l'irresistibile desiderio di commettere una delle sue birichinate e riderne a crepapelle: farsi gioco di tutta quella pomposa magnificenza e, soprattutto, della bigotta compunzione che leggeva sul volto dei francesi.

Proprio per questo, in barba alle prediche della nutrice che l'ammoniva a scegliere per le nozze un abito *adeguato* – nel Nord la moda è molto castigata, bimba mia – lei aveva convocato le sarte e se n'era fatto confezionare uno non solo rosso scarlatto – il suo colore preferito, che si sposava così bene con i capelli castani dai meravigliosi riflessi ramati – ma talmente scollato da mettere in mostra le spalle e buona parte dei seni. Chissà che faccia avrebbero fatto i francesi, vestiti come uomini primitivi.

Avvicinandosi all'altare intravide Luigi di Francia, il suo sposo: anche lui la stava osservando ma, non appena i loro occhi si incrociarono, abbassò i propri. Smise di ammiccare alle amiche che facevano ala al suo passaggio e si concentrò su di lui, incuriosita. Le erano giunti innumerevoli pettegolezzi e anticipazioni ma lo osservava di persona per la prima volta.

Molto alto, più di lei.

Un corpo magro e slanciato, dal portamento elegante, con muscoli ben delineati ed evidenti: guizzano sotto il tessuto dell'abito perché lui, palesando la propria tensione, li contrae. Lunghi capelli biondi, lisci e ben puliti ma trasandati: ricadono in due bande ai lati del viso nascondendolo, dal momento che si ostina a tenerlo chino.

Finalmente lo solleva e la guarda... Begli occhi azzurri ma sguardo sbigottito: questo la fa subito sentire forte e sicura, padrona assoluta del gioco. Viso fine, belle labbra, naso un poco lungo ma gradevole, un accenno di barba, che stride con l'aria timida ed educata, da *novizio di clausura*: definizione azzeccata.

Un po' scialbo, è vero, ma nel complesso niente male. Merita uno smagliante sorriso di approvazione.

Lui esita, poi accenna a rispondere stiracchiando appena le labbra. Molto impacciato. Non sa dove posare lo sguardo, anche perché si sforza di evitare la scollatura e, data la loro vicinanza, non è facile. Ora le tende una mano. Dita lunghe e affusolate, che sembrano non aver mai provato la durezza del combattimento. Dio, come trema. Per poco non esplode in una delle sue fragorose risate. Si controlla e continua a sorridergli, di proposito in modo sfacciato e malizioso. Prima di porgergli a sua volta la punta delle dita da baciare, l'ultima e più audace provocazione: finge di sistemarsi la scollatura dell'abito ma in realtà l'abbassa ulteriormente, raddrizzando il collo e le spalle, consapevole che i seni usciranno ancora di più.

Lui ora la fissa con aria attonita, scandalizzata, come se non credesse a quel che vede, la mano tesa verso di lei dimenticata a mezz'aria... Com'è buffo. Sembra scoprire solo adesso che, sulla faccia della terra, esistono anche le donne, dotate, per imperscrutabile volere divino, di misteriose protuberanze. Quanto le piacerebbe esplodere in una scrosciante risata, di fronte a quelle labbra socchiuse per lo stupore, e dargli un buffetto sulla guancia, per riportarlo sulla terra.

Prevede una prima notte di nozze davvero spassosa, con quel tenero, ingenuo, timidissimo passerotto, da iniziare con ogni riguardo alle delizie del sesso.

Aliénore è inginocchiata al centro del letto nuziale. Indossa una deliziosa camicia da notte, leggerissima e trasparente, che solleva sulle ginocchia come se le desse noia, mettendo in mostra parte delle cosce. Sul davanti, i lacci tutt'altro che severi sembrano non riuscire a contenere i seni, che occhieggiano da ogni fessura e premono contro la stoffa sottile, i capezzoli rosei e irti quasi a trapassare l'esile barriera.

Luigi è in piedi, le mani lungo i fianchi, lo sguardo al pavimento. Indossa un camicione bianco, ampio, grezzo e sgradevole, chiuso dalla gola alla punta dei piedi, che mortifica il fisico armonioso invece che esaltarlo, come a lei sarebbe piaciuto. Lo prende per mano e lo costringe a inginocchiarsi sul letto, di fronte a sé. Ma lui resta rigido e sospettoso, racchiuso nell'impenetrabile saio da frate come dentro una cintura di castità e indietreggia con il busto, non appena la sente avvicinarsi troppo.

«Luigi» sussurra lei d'un tratto, con una dolcezza infinita, come per scoprire il suono di quella parola, la bocca atteggiata a un sorriso angelico, gli occhi ombreggiati dalle lunghe ciglia con finto pudore, in realtà per celarne il guizzo divertito e po' beffardo, di cui Luigi, in ogni caso, non si accorge nemmeno, agitato com'è.

«E ora, tocca a voi. Il mio nome...» impone. «Voglio sentirlo dalle vostre labbra.»

Lui si schermisce, biascica scuse incomprensibili. Lei, per tacerlo, gli sfiora le labbra con il polpastrello dell'indice, facendolo sobbalzare ancor più all'indietro.

«Sss... Il mio nome» bisbiglia suadente, avvicinandosi a lui con le ginocchia e annullando d'un colpo tutti i suoi sforzi di porre una distanza fra loro. «Io vi ho chiamato Luigi. Ora tocca a voi... Fatemi contenta» supplica, la voce appena un poco roca, la bocca stretta a cuore, gli occhi da cerbiatta.

«Eléonor!» bisbiglia lui, frettoloso, paonazzo.

«E-lé-o-nor!» ripete lei con studiata lentezza, come se quel rantolo inespressivo suonasse musica alle sue orecchie. «Oh, com'è dolce, pronunciato nella vostra lingua. Dolce e musicale. Ripetetelo, vi prego.»

Luigi esita: sta forse facendosi beffe di lui? Quel tarlo lo rode fin dal mattino. Ma lo sguardo è tenero e invitante, senza traccia alcuna di derisione.

«Eléonor» ripete.

«Oh, d'ora in poi, tutti dovranno chiamarmi in questo modo: Eléonor! Sussurratelo qui, nel mio orecchio. Voglio coglierne bene la pronuncia.»

«Non ne avete bisogno. Parlate già benissimo la mia lingua.»

«Bugiardo! Vi burlate di me. E cattivo, anche. Mi negate un favore, la prima notte di nozze.» Aliénore mette il broncio, la voce si incrina in un accenno di pianto.

«No, vi prego... vi prego!» implora Luigi, le mani tese verso di lei, come per sfiorarla. «Non volevo dispiacervi, ve lo giuro. Non piangete, per favore. Non saprei cosa fare» confessa. «Vorrei che tornaste a sorridere, come prima...»

«Non vi piaccio. Ecco perché mi respingete e vi rifiutate di avvicinarvi a me» insiste lei, accentuando il pianto. «Vi ripugno. Siate sincero, almeno.»

«Ma cosa dite? Ripugnarmi, voi. Sono io, caso mai, che mi sento impacciato e inadeguato, al vostro confronto... disgustoso, devo sembrarvi. Voi siete così, talmente... Non so come dirlo» sussurra sconsolato, afflosciandosi sulle ginocchia e lasciando ricadere le braccia.

«Volete dire bella?» suggerisce Aliénore, fingendo di asciugarsi gli occhi e tornando all'istante a sorridere. «Intendete dire che vi piaccio almeno un poco?»

«Un poco? Ah, non so spiegarvi quanto. Magari lo potessi. Ma non trovo le parole, mi sembrano tutte così inadatte e ridicole.»

Aliénore accentua il sorriso e tende le mani verso di lui. Con prudenza, per non farlo fuggire di nuovo.

«Allora accostatevi a me. Sono vostra moglie, sapete? Più vicino ancora, non fatevi pregare. Così, bravo. Appoggiate la vostra guancia alla mia, accostate le labbra al mio orecchio e bisbigliate il mio nome... Coraggio! Non morde, sapete? L'orecchio, voglio dire. Ho capito: non è di vostro gusto. Vi sembra troppo grosso?»

«Oh, no. È delizioso.» La voce di Luigi è un soffio. Un leggero affanno la rende appena un poco roca, un tremito gli scuote il corpo. Aliénore riconosce i segni che attendeva. È sulla strada giusta.

«Allora, obbeditemi. Ecco, così... Sento il vostro respiro. È caldo e piacevole. Ora, ripetete il mio nome.»

«Eléonor» bisbiglia Luigi nell'orecchio di lei, rimanendo poi nella posizione in cui si trova, guancia contro guancia, le labbra sull'orecchio.

Ne percepisce il profumo.

Intenso, inebriante.

Gli penetra in ogni fibra del corpo, lo stordisce.

Il cuore martella in petto come impazzito mentre una parte del suo corpo, laggiù in basso, gli procura una tensione dolorosa che non sa come controllare, placare... La stanza sembra oscillare. Che fare, adesso? Forse deve allontanarsi. Lei è troppo vicina.

«Se accostate il vostro cuore al mio, li sentiremo battere all'unisono» propone invece lei. «È sufficiente che vi stringiate ancora un poco a me.»

No, non più di così... Lei si accorgerebbe di sicuro del suo stato pietoso. Neppure il tempo di pensare e già le braccia di lei gli cingono il collo. Ora la sente aderire a sé con tutta la persona, in un susseguirsi di rigonfiamenti e avvallamenti che sembrano trovare una corrispondenza perfetta nelle forme del suo corpo. Ecco il seno, sodo e morbido allo stesso tempo e...

No, no, Signore, bisogna allontanarsi, così è male, male...

Ma lei niente, lo stringe ancora di più e per giunta non sta ferma: gli si preme addosso, si muove, rinnovando ogni volta il contatto, rafforzandolo.

Dio mio... Non riesce a trattenere un rantolo.

Perdono, Signore, perdono. Quello che sta facendo è peccato, anche se nel sacro vincolo del matrimonio. L'unione fra un uomo e una donna è stata concepita per perpetuare la vita non per rotolarsi nel fango della lussuria. Satana lo sta tentando. I sacri testi sono chiarissimi: l'uomo cade nel peccato sempre per colpa della femmina. E lui, per la prima volta nella vita, avverte il richiamo dei sensi con una forza che lo annichilisce.

Perché Sugero non lo ha illuminato su ciò che sarebbe accaduto? Forse avrebbe potuto preparare una difesa. E invece lo ha abbandonato in balìa degli eventi, preda di quella donna così abile, così irresistibile che, prima di entrare nella stanza nuziale dove lui la attendeva, ha scacciato tutti i testimoni, pretendendo e ottenendo di restare sola con il marito, dopo aver serrato la porta della stanza a doppia mandata.

Dovrebbe scacciarla con decisione e invece non osa staccarsi da lei, anzi avverte l'impulso di stringerla ancora di più. Un bisogno prepotente. Chiude gli occhi. Forse non vederla l'aiuterà a respingere la tentazione. Ma ecco che di nuovo accade un evento inatteso e sorprendente. Nel suo orecchio penetra qualcosa... la punta umida della lingua? Rovista, accarezza, solletica. Il suo desiderio si accentua, invece di placarsi. Vuole afferrare quel corpo, stringerlo, divorarlo...

Ma cosa sto dicendo, Signore? Perdono, perdono!

Quanti incantesimi conosce, quanti trucchi? Verso quali perversioni lo trascina? Fuggire. Fuggire subito, finché ancora può...

Accenna a ritrarsi. Ma lei non gli concede tregua. Non appena lo sente incerto, pronto a ravvedersi, ecco che lo incalza con nuove sorprendenti tentazioni... Gli impedisce di pensare, di riflettere, di difendersi dal Maligno.

Ora le labbra di Eléonor sfiorano le sue. Con un tocco leggerissimo, prima. Poi con una pressione più forte e prolungata. La piccola lingua è di nuovo al lavoro: gli accarezza le labbra, le separa, gli sfiora i denti. Mai avrebbe immaginato che quella minuscola, insignificante parte del corpo umano potesse servire a tanti molteplici scopi, oltre a quelli cui Dio l'ha preposta.

Il suo profumo... così intenso di fragranze sconosciute e inebrianti. Solo lei lo possiede. Il seno continua a palpitare come vivesse di una vita propria, a premere contro il suo petto e lui vorrebbe tanto sfiorarlo, toccarlo.

Quasi gli avesse letto nel pensiero, proprio questo ora lei lo costringe a fare: gli prende le mani con le proprie e le guida in quel punto. Che sia un'indovina? Non si può mai dire, di una donna.

Le sue dita sorreggono i seni di Eléonor, come in una coppa. Poi li stringono, li accarezzano. Che confusione, nella testa. E il corpo? Non ne controlla le reazioni. Un fuoco gli attraversa ogni fibra eppure è squassato da un tremito inarrestabile, come se avesse freddo.

Ancora...

Non si accorge di bisbigliare in modo udibile quell'ultima invocazione, che crede racchiusa solo nella mente, né di protendersi verso di lei, ricercando adesso con tutto se stesso quel contatto che fino a un istante prima fuggiva. La tensione dolorosa lo tormenta in modo insostenibile.

Il sollievo può venire solo da lei. Lo sente ma non sa come prenderlo. Avverte tutto il peso della sua goffaggine. Non possiede un briciolo della grazia di lei, della sua leggerezza e abilità. Lo coglie il timore che a ritrarsi possa essere lei, ora, indispettita da tanta inettitudine.

No. Non glielo permetterà. Vorrebbe afferrarla con tutta la forza di cui è capace. Le braccia dolgono, contratte nello sforzo, nell'incertezza.

«Non mi spezzerò» sussurra lei fissandolo, il sorriso che abbaglia con la sua luce, gli occhi due stelle del firmamento, la bocca lì, a un niente dalla propria: una fragola rossa, sugosa e profumata. Avrebbe voluto morderla... Che pensieri assurdi.

«Intendo dire che potete usare più forza» lo invita.

Eléonor... Morbida, carica di promesse, di delizie, come nel giardino dell'Eden... Che importa se mi dannerò l'anima...

Chissà se queste parole le ha pronunziate o solo pensate. Posa le labbra dischiuse sulla spalla di lei, percorre la curva del collo, risale sulla guancia, sfiora la fragola rossa. Chi gli ha insegnato quei gesti? In quale angolo recondito della mente dormivano sepolti, in attesa di essere rivelati, portati alla luce, come un fiore che apre i suoi petali al richiamo del sole?

«Ho paura di farvi male» bisbiglia.

«Mi piacerà molto, invece. Potete anche succhiare e mordere le mie labbra come fossero un frutto maturo. So che è un vostro desiderio» insiste lei con un sorriso malizioso. Quella voce, una carezza essa stessa.

«Vi piace accarezzarmi?» gli domanda, mentre lui la percorre in ogni direzione, con sicurezza sempre maggiore, ora che l'attrazione e il turbamento sono più forti della timidezza e della ritrosia.

«Perché non sollevate la camicia e sfiorate la pelle?» domanda lei, in un soffio.

Lui risponde con un lamento, forse una supplica a non tentarlo ancora, a non valicare anche quell'estremo confine del pudore.

«È un sì?» domanda lei, sfilandosi l'indumento con un gesto rapido. Velluto, seta finissima, quel contatto.

«Com'è ruvido e grezzo il saio che indossate» si lamenta a quel punto. «Finirete per graffiarmi. Fuggirò, se non lo togliete all'istante.»

A malapena ha udito quelle parole e neppure si è accorto di essersene liberato. Ormai, senza sapere come, non è più in sé ma dissolto in lei. Non più in quella stanza, in quel momento, ma in uno spazio etereo e immateriale in cui cade ogni barriera, si annulla ogni confine e tutto è luce, sazietà e pienezza. Dove l'essere umano cessa di essere piccolo, fragile, insignificante e diventa lui stesso una scintilla del fuoco di Dio. È nel Paradiso degli angeli e dei santi...

Molte ore dopo, giace accanto al corpo della moglie e ne ammira la nudità, lo sfiora, lo percorre con i polpastrelli delle dita, ancora incapace di credere che in quelle carni femminili risieda la fonte dell'estasi che ha conosciuto quella notte.

Ora che la mente è ritornata un poco più lucida, due considerazioni lo assillano. La prima: sarebbe ancora capace di vivere lontano da lei e dai piaceri appena assaporati o è già schiavo di quella bellezza che lo acceca e tremante all'idea che gli venga strappata? La seconda: Sugero approverebbe il trasporto dei sensi cui si è abbandonato per ore e, soprattutto, che non pensi ad altro che a riabbandonarvisi al più presto? No, non comprenderebbe. Non esistono parole per spiegargli quello che ha provato e che prova. L'avrebbe solo deluso, addolorato.

Meglio non confessarsi, al mattino. Avrebbe cercato un pretesto. Gli impegni assillanti.

Di colpo, il suo maestro gli sembra lontanissimo: un altro mondo.

E lui: un altro Luigi.

12

Raoul di Vermandois strizzò l'occhio a Petronilla, che sorrise con grazia birichina, aggiungendo un cenno della mano ma ritraendosi poi nella penombra del carro che la stava trasportando a Poitiers, al seguito del corteo degli sposi i quali, dopo giorni di festeggiamenti a Bordeaux, si recavano ora nella capitale del ducato, per nuove celebrazioni e impegni altrettanto fitti.

Aliénore le aveva proibito con molta fermezza di civettare con il conte di Vermandois, non solo per l'inopportunità di quella simpatia, ma anche perché, se scoperta, avrebbe impressionato in modo sfavorevole il suo sposo, al quale aveva appena strappato il permesso di portare con sé a Parigi non solo la giovanissima sorella ma la sua corte al gran completo: damigelle, cavalieri, paggi, musici e trovatori.

Quanto avevano gioito, lei e Aliénore, di quella vittoria. Per non parlare dell'incontenibile entusiasmo degli amici artisti, che già si piangevano disoccupati e itineranti per l'Europa alla ricerca di un'altra corte, ben consapevoli che, ammesso di trovarla, non sarebbe mai stata munifica, colta e raffinata come quella d'Aquitania, e men che meno ornata di una nobildonna bella come la duchessa.

Aliénore, con non poca civetteria, si vantava di non aver dovuto insistere più di tanto presso il marito per ottenere una concessione tanto importante.

Petronilla era riuscita a carpirle molte confidenze un paio di giorni dopo le nozze, non appena le era stato possibile strappare qualche breve momento da sola con lei. Non aveva nemmeno dovuto insistere: Aliénore era raggiante di gioia e non vedeva l'ora di sfogare la sua soddisfazione con una persona fidata.

«Cosa ti dicevo, Petronilla? Il principe è in mia completa balìa. Soggiogato. Posso farne ciò che voglio anche se, per ora, mi muovo con una certa prudenza. Anela ai miei favori come un cucciolo affamato alla mammella della madre. Se per un attimo non mi vede al suo fianco, già teme di avermi perso. È gelosissimo e vede in qualunque cavaliere un possibile rivale.»

«E lui, com'è? Intendo dire...»

«Ho capito benissimo. Bello e forte. Molto appassionato anche. Gli impacci della sua educazione monastica sono ancora molto evidenti, non lo nego. Spesso lo frenano. Ieri, ad esempio, non ha voluto concedersi alcun piacere, pur desiderandolo molto, per infliggersi una mortificazione a maggior gloria di Dio, essendo domenica.» Aliénore era scoppiata in una fragorosa risata, coprendosi la bocca con la mano, quasi a mitigare la sua impertinenza. «E lo stesso intende fare al venerdì, giorno di preghiera e di digiuno a pane e acqua. Per lui, non certo per me.» Altra scrosciante risata. «Dunque ci restano cinque giorni alla settimana, sempre che non saltino fuori altre solennità religiose a imporre la castità. Mi chiedo come facciano, nel Nord, a concepire bambini, se tutti sono ossequiosi e morigerati come il principe. Peccato, perché l'intimità con lui non è affatto spiacevole. Impara in fretta, è dolcissimo e pieno di premure. Inoltre è così innamorato che, soprattutto in alcuni momenti, potrei avanzare qualunque richiesta. Non mi negherebbe nulla. Specie se fingo di mettere il muso, di dispiacermi o, peggio che mai, piangere. Proprio non sopporta di darmi un dolore...»

«E tu ne approfitti in modo scandaloso.»

«Ovvio. Ti comporterai allo stesso modo, un giorno. Dobbiamo usare le armi in nostro possesso senza alcuno scrupolo di decenza o di opportunità. Gli uomini non se ne fanno, quando usano le loro. Io poi, ho una giustificazione inoppugnabile: Sugero, il grande nemico. Fin dalla mattina successiva alle nozze, ha afferrato che non solo aveva perso il duello ma che ora Luigi non è più del tutto suo. Forse non è più *affatto* suo, anche se non mi illudo certo di essermene sbarazzata. Tornerà alla carica. Mi fissa con uno sguardo gelido, ostile, carico di disapprovazione, di rimprovero, come se gli stessi arrecando un torto personale e non esercitando il mio preciso diritto di moglie. Ma anch'io affilo le unghie, pronta a piantargliele negli occhi, a quel vecchio gufo intrigante, se si metterà sul mio cammino. Non mi lascerò strappare ciò che è mio. Tuttavia Sugero non sarà l'unico avversario dal quale guardarmi.»

«Davvero?» domandò Petronilla, spalancando gli occhioni. Gli intrighi di palazzo, specie se avevano per protagonista la sorella – e, dunque, lei – le mettevano sempre addosso un misto di paura, eccitazione e curiosità.

«Luigi spesso accenna a sua madre con affermazioni che non lasciano presagire nulla di buono. È come se cercasse di prepararmi al peggio. Temo che sia ben più pericolosa di Sugero, più disonesta e intrigante. Vedrai se non si alleeranno per farmi la guerra. Per fortuna, nessuno dei due può avere accesso al talamo coniugale. Ed è là che si vincono o si perdono le battaglie, con gli uomini.»

«Lo terrò ben presente» promise Petronilla.

«Non solo per la ragione che pensi tu. Bisogna anche saperli incantare, tenere sulla corda... Ah, per ora sei ancora troppo giovane. Ti spiegherò al momento opportuno.»

«Oh, Aliénore, smettila con questa sciocca fissazione. Tu, alla mia età, avevi più fidanzati che capelli in testa, sebbene la tua chioma sia la più folta che abbia mai visto. Ho tredici anni, accidenti. Sono una donna. Ho diritto anch'io a un fidanzato.»

«Che non sia Raoul di Vermandois, però. Sta' alla larga da quell'uomo. È troppo anziano per la tua età, sposato a una donna molto potente e con figli ben più grandi di te. È siniscalco di Francia e la sua condotta è sottoposta a continua sorveglianza. Sono stata chiara?»

«È meraviglioso. Ne sono innamorata. Che posso farci?»

«Disamorartene. È un ordine, Petronilla.»

Una parola. Ogni volta che incrociava il bel Raoul, provava un tuffo al cuore e un improvviso flusso di sangue le imporporava le guance. Come non sorridergli, quando lui le faceva un inchino tanto cerimonioso e le dedicava un'occhiata così particolare...

Raoul di Vermandois non aveva ancora deciso se compiacersi o scandalizzarsi di tanta disinvolta civetteria in una tredicenne. Lo lusingava l'aver suscitato un'ammirazione così esplicita in una fanciulla di quell'età, soprattutto considerando la gran quantità di giovani cavalieri al seguito del principe e la già prorompente leggiadria della fanciulla, che certo prometteva di avvicinarsi molto a quella della sorella.

Raggiungerla, no, ma d'altro canto, la duchessa d'Aquitania era inarrivabile: la più bella e sensuale femmina che avesse mai visto, quella che ciascun uomo sogna nel suo letto come amante. Come moglie, no: troppo esuberante. Grattacapi a non finire. Tutti se la mangiano con gli occhi, e lei, dal canto suo, ama civettare e mettersi in mostra. Un povero marito sarebbe costretto a vivere sempre con il coltello in mano, roso dall'ansia e dalla gelosia.

Ciononostante, che fortuna, il giovane Luigi. La meritava, quel monaco mancato? Fra i soldati dell'esercito – ma anche fra i più fedeli feudatari, per quanto con maggior circospezione e prudenza – la castità e morigeratezza del principe, la sua vita claustrale e soprattutto la profonda repulsione per le donne erano arcinote e fonte di un'incalcolabile quantità di battute volgari. All'annuncio delle nozze, non uno che avesse scommesso sulla capacità dello sposo di onorare gli impegni matrimoniali. Una volta incontrata la sposa, poi, tutti paventavano un tale smacco da coprire d'onta e di ridicolo qualunque francese. Chissà quanto li avrebbero sbeffeggiati, quelle disinvolte e scollacciate dame del Sud. E come sarebbe rimasta male la sposa, al cospetto di un marito incapace di apprezzare tutto quel ben di Dio, esibito e messo in mostra con tanta grazia e generosità.

E invece, erano rimasti tutti con un palmo di naso.

La prima notte di nozze, qualcosa di sorprendente doveva essere accaduto nella stanza nuziale, giacché all'indomani, quando Luigi era apparso in pubblico – in fortissimo ritardo sugli orari fissati, tanto che numerosi appuntamenti erano stati annullati – al fianco della sposa, della quale reggeva con grazia il braccio, tutti avevano intuito che, come per incanto, il matrimonio era stato consumato con grande e reciproca soddisfazione di entrambi gli sposi.

Il principe sembrava irriconoscibile. Un uomo nuovo, nato dalle ceneri del vecchio. Si muoveva con una sicurezza sconosciuta, esibiva uno sguardo diverso. Persino la proverbiale timidezza sembrava in parte dissolta. Guardava la moglie con un'ammirazione così esplicita e palese da far sorridere più di un ambasciatore straniero, che si era affrettato a segnalare quella stranezza al proprio sovrano. Ma anche Eléonor, come il marito la chiamava – e come lei aveva preteso di essere chiamata da tutti, da quel momento in poi – appariva fiera, compiaciuta e, se possibile, ancora più esuberante del giorno prima, non lesinando al consorte sguardi languidi e sensuali, cui il principe rispondeva con complici ammiccamenti e sorrisetti maliziosi, che nessuno gli aveva mai conosciuto prima. Due piccioncini felici e lontani dal mondo, sembravano.

Merito di lei, sussurravano tutti. Sa quel che vuole e come fare per ottenerlo. Ma bravo anche lui: dopo aver fatto naufragare in modo miserevole ogni tentativo del padre di iniziarlo al sesso, scappando a gambe levate di fronte alle più affascinanti cortigiane e correndo in chiesa a chiedere perdono a Dio – di cosa, nessuno lo capiva, visto che neppure le sfiorava con lo sguardo –, superava con onore una prova difficile, che certo avrebbe messo in ansia anche uomini ben più navigati di lui.

A Raoul di Vermandois – e non solo a lui – non sfuggì neppure un'altra circostanza, ancor più clamorosa della precedente: dal giorno delle nozze – per la precisione, dalla mattina successiva – il principe aveva trascurato, i più malevoli dicevano *ignorato*, Sugero, senza la cui approvazione e aiuto non muoveva un passo, non compiva un gesto, non assumeva una decisione. Ora, al contrario, sembrava sfuggirlo, come se ne provasse fastidio. O ne temesse le rampogne, giacché – come recitava una maldicenza che furoreggiava fra i militari – il giovane marito passava molto più tempo con Aliénore che con Gesù.

Insomma, a essere sincero, Raoul di Vermandois invidiava Luigi, tanto che a volte si domandava se non fosse il caso di alimentare la passioncella della giovanissima Petronilla, per godere di prelibatezze quasi altrettanto appetitose.

Il messaggero balzò da cavallo e ingiunse all'ufficiale di guardia, che lo aveva fermato al ponte levatoio del castello di Poitiers, di essere introdotto all'istante alla presenza dell'abate Sugero.

«Debbo consegnare questo plico nelle sue mani» spiegò in una pessima lingua locale, mostrando una pergamena arrotolata. «Ordine del re di Francia.»

«Impossibile» replicò l'ufficiale. «Vedete da voi la ressa che invade il castello. Non saprei dove trovare la persona che cercate. Non la conosco nemmeno.»

«Sugero è l'ambasciatore di Francia e il maestro del principe Luigi» replicò quello, impermalito dall'inammissibile ignoranza. «Non potete non conoscerlo. Reco una notizia di estrema gravità che deve essergli comunicata con la massima urgenza. Questi sono gli ordini. Vi assumerete voi la responsabilità di ogni istante di ritardo.»

Di fronte alla determinazione del francese, l'ufficiale sbuffò, facendo un cenno a uno dei suoi uomini e parlottandogli nell'orecchio. Cercare qualcuno a Poitiers, in quei giorni, fosse pure l'ambasciatore di Francia, era come cercare l'ago nel pagliaio. Da quando, all'incirca una settimana addietro, il corteo nuziale era giunto da Bordeaux a Poitiers, la più ingovernabile confusione si era impossessata della città e proseguiva ininterrotta, giorno e notte.

I sudditi della duchessa si erano riversati a frotte nelle strade, inondandole di petali di fiori lasciati piovere dalle finestre e dai balconi, riempiendole di musica e allegria. Il suono dei flauti e dei tamburini proseguiva incessante a tutte le ore, mentre per ogni dove la gente ballava, cantava, beveva e mangiava in modo spropositato, approfittando a man bassa degli scarti provenienti dai sontuosi banchetti al castello e delle distribuzioni gratuite di vino e carne che, su ordine della duchessa, venivano elargite a chiunque si recasse a chiederne. Spesso, come quando gli sposi si mostravano per le vie, il frastuono era accentuato dagli zoccoli di legno che percuotevano il selciato battendo il tempo della musica e creando un assordante rimbombo.

Nonostante dubitasse di riuscire a scovarlo, l'ufficiale di guardia ingiunse al subordinato di frugare il palazzo e cercare l'abate di Saint-Denis. Gli suggerì di gettare prima un'occhiata nella cappella. Magari, con un po' di fortuna, l'avrebbe trovato a pregare: questi francesi sembravano così religiosi, a cominciare dal principe. Altrimenti, si facesse consegnare l'elenco degli alloggiamenti degli ospiti e provasse a cercare quello dell'abate.

«Ci sono migliaia di persone...» si lamentò il malcapitato, scelto per quella fastidiosa incombenza.

«Sbrigatela tu. E non metterci troppo tempo. Il messaggero sembra molto agitato e io non voglio grane con gli stranieri. Prova anche nella sala del banchetto. Magari ha deciso di imitare le usanze del Sud e si è unito alla bisboccia. Prendi qualcuno che ti aiuti ma fa' in fretta.»

Dal suo angolo, Sugero osservava la famosa *Sala dei Passi Perduti.* Un nome poetico e suggestivo, suggerito senza dubbio dalla impressionante vastità dell'ambiente e perfetta per lo scopo cui era adibita: banchetti, conviti e feste, come quella che si stava celebrando.

Lui, che aveva potuto ammirarla anche deserta e silenziosa – circostanza non frequente, vista la propensione dei duchi d'Aquitania per i bagordi – sapeva che essa poteva essere fresca anche in pieno agosto. Ma tale era la ressa dei convitati, in quei giorni, che l'aria si manteneva afosa, irrespirabile anche a notte fonda, satura dell'afrore degli uomini e del fumo denso delle carni che sfrigolavano sui girarrosti all'aperto, nel grande parco che circondava il palazzo ducale: maiali, capretti, agnelli, quarti di bue, cacciagione di vario tipo venivano arrostiti senza interruzione da quando gli sposi erano giunti a Poitiers.

Sugero deplorava tutta quella munificenza, che lui definiva in cuor suo spreco. Da giorni ne era spettatore inerme. Non osava recriminare in modo esplicito ma la coscienza gli ripugnava, come se il suo silenzio equivalesse a una connivenza e lo rendesse comunque complice agli occhi del Signore.

Ma forse Dio, che conosceva le ragioni profonde di ogni sua azione, l'avrebbe perdonato. E anche per essersi abbandonato – lui uomo di chiesa, i cui occhi e la cui mente avrebbero dovuto posarsi solo su immagini e pensieri casti – a quelle gozzoviglie, a quegli spettacoli eccessivi, spesso sconci: le donne scollacciate, come imponeva la moda di quelle terre, la rumorosa esuberanza dei convitati, le risa sguaiate, le battute salaci – ormai comprendeva piuttosto bene la lingua *d'oc,* anche nelle sottigliezze e nei doppi sensi, di cui i *gai conversari* degli ospiti erano infarciti – tutta quell'atmosfera scomposta di cui non si sentiva di imputare la colpa solo ai vini della Guienna, che servi e serve, succinte anche loro, il seno adorno di fiori, mescevano in abbondanza, bensì proprio ai costumi di quelle genti, alla loro mentalità. Da dove derivava tanta spensierata gaiezza? Come poteva, il clero locale, accettare senza reagire che dilagasse una concezione così epicurea, materiale, terrena dell'esistenza? Nessuno, da quelle parti, si preoccupava della salvezza dell'anima?

E poi quella stucchevole consuetudine ai canti e alle poesie. I trovatori non facevano altro, da mane a sera: pagati, mantenuti nel lusso, negli agi, perché componessero le insulsaggini in rime che tanto divertivano la signora duchessa. Immorale, leggera, vanesia: questo era. Egoista e innamorata solo di se stessa. Esperta di tutte le arti più turpi: quelle con le quali aveva sedotto Luigi.

Il *suo* Luigi.

E tuttavia, mai come in quel momento rimanere a fianco del suo pupillo diventava una scelta irrinunciabile, almeno nel poco tempo che gli era concesso: rispetto al passato – meno di due settimane addietro: perché gli parevano due secoli? – poche briciole. La moglie lo teneva avvinto a sé. A bella posta prolungava a dismisura le ore trascorse in perfetta solitudine con lui. Come guidarlo e vigilare, se non imponendogli – a tanto era giunto – la sua presenza in tutti i momenti disponibili? E anche allora, non erano mai soli: lei non lo abbandonava un istante. O per meglio dire: sembrava fosse lui a non poter più fare a meno di sentirla sempre al suo fianco.

Esisteva solo Aliénore, ormai.

O *Eléonor*, come chiedeva di essere chiamata, per compiacere lo sposo.

Luigi non si consultava più con nessuno. Del vecchio maestro pareva provare addirittura fastidio e lo evitava di proposito. L'influenza di quella donna era assoluta e devastante e i guai che ne derivavano, sotto gli occhi di tutti.

Luigi, il timido fanciullo timorato di Dio, che amava solo la pace del chiostro, il profumo dell'incenso e l'impalpabile bisbiglio delle preghiere, d'improvviso si comportava in modo incomprensibile, come se lo divorasse la segreta brama di scrollarsi di dosso quella immagine di sé, la fama di austerità, il nomignolo – *novizio di clausura* – che qualche cortigiana gli aveva appiccicato addosso e mostrare al mondo – o forse solo alla moglie? – di racchiudere in sé tutti i requisiti che le convenzioni sociali richiedevano a un vero uomo, di rispondere a tutti i canoni della mascolinità, incoraggiato da lei che non perdeva occasione per vantare la gagliardia dello sposo *in molti campi!* affermava con spudorata malizia, il sorriso grondante doppi sensi e compiacimento.

Menzogne. Falsità.

Lui, che era il suo padre spirituale e ne conosceva ogni piega dell'animo come quella donna mai avrebbe potuto fare, mai avrebbe neppure *desiderato* fare, vanitosa e frivola com'era, lui sapeva che Luigi stava indossando una maschera che non aveva alcun riscontro con la realtà del suo cuore, con l'intimo della sua coscienza, solo per compiacere la moglie...

Le foglie che, in autunno, si depositano ai piedi dell'albero, possono ammantarlo di uno strato a volte così spesso da nasconderne la vera forma. Ma questa resta intatta e si rivelerà di nuovo nella sua interezza non appena il vento e la pioggia avranno disperso quella patina ingannevole. Allo stesso modo l'essenza profonda di Luigi sarebbe rimasta intatta sotto la viscida melassa che, per qualche tempo, ne avrebbe soffocato l'anelito: peccato che il suo ragazzo – questo sopra ogni cosa Sugero temeva – non possedesse la dura scorza dell'albero, la sua altera indifferenza. Era uno spirito sensibile, delicato. Il giorno in cui il suo sguardo e il suo cuore fossero tornati puri e si fosse reso conto di aver recitato una pessima commedia, di essere stato vittima e artefice di una menzogna che ripugnava alla sua coscienza, sarebbe stato un gran brutto momento. E allora, solo Sugero avrebbe potuto salvarlo dal baratro, dall'abisso del rimorso che può uccidere le persone dotate di un forte senso del dovere e della coerenza.

Per questo il suo compito era stargli vicino anche ora che lui lo respingeva, che sembrava trovare fastidiosa e ingombrante la sua presenza. In silenzio. Nell'ombra. Ma presente. Questo era amore vero, pronto a dimenticare ogni offesa, a sacrificare la vita. Aliénore – o Eléonor – non lo amava: era solo un'intrigante senza scrupoli, senza freni morali, che gli avrebbe succhiato l'anima, usato, piegato ai suoi scopi, per poi un giorno – chissà – sputarlo via, liberarsene come l'ape regina si libera del fuco.

Uno scudiero si chinò e gli bisbigliò qualcosa nell'orecchio, facendolo sussultare e distraendolo dalle sue tetre considerazioni.

Si alzò e percorse l'immensa sala nel senso della lunghezza, fino a una delle porte d'ingresso, dove lo attendeva un messaggero. Costui si inchinò e gli offrì una pergamena.

«Un dispaccio urgentissimo per vostra eminenza» lo informò.

Un brivido percorse la schiena di Sugero. Una fortissima emozione lo costrinse ad appoggiarsi alla colonna. Notizie sulla salute del re: lo sentiva con assoluta certezza.

Supplicò Dio che fossero buone, che un nuovo miracolo si fosse verificato e il suo amato fratello, con cui aveva diviso gli anni della scuola, le birichinate dell'adolescenza e le responsabilità dell'età matura, avesse superato la crisi.

"Non mi lasciare, fratello mio. Non caricare sulle mie spalle un peso che non posso reggere da solo" pregò in cuor suo con fervore.

La lettera proveniva non dalla reggia ma da Saint-Denis. La scriveva l'abate Hervé, suo degno e fidato sostituto. Furono sufficienti le prime parole, per spegnere ogni speranza.

Reverendissimo abate,
sua maestà Luigi VI di Francia è deceduto quest'oggi, nella pace dell'anima e nella gloria di Dio Padre. La morte lo ha liberato da sofferenze che, rispetto alla vostra ultima visita, si erano aggravate in modo insostenibile.

Sua maestà è rimasto sempre lucido e ha sopportato il

dolore delle piaghe che lo martoriavano con ammirevole fermezza. Ha chiesto di essere trasportato nella sua amata Saint-Denis, per spirare in quel luogo che gli è tanto caro. Ma il corpo era ormai così gonfio e obeso che esaudire il suo desiderio si è rivelato impossibile. Gilduino, abate di Saint Victor, e il nostro vescovo Stefano gli hanno fatto con dolcezza comprendere che il trasporto avrebbe richiesto molto tempo e che forse sarebbe giunto tardi. Ha compreso e si è rassegnato. Allora ha ordinato di stendere un tappeto, segnarvi sopra una grande croce con la cenere e deporlo lì, sulla terra, dove, poco dopo, ha chiuso gli occhi per sempre.

Il corpo è stato traslato a Saint-Denis e, come da vostro ordine, deposto nella tomba scavata nel punto esatto che mi avete indicato prima della partenza: la cripta alla destra dell'altare della Santissima Trinità. Ogni cosa è stata compiuta nello scrupoloso rispetto delle disposizioni da voi impartite.

Viva il nuovo re, Luigi VII di Francia.

Congedò il messaggero. Trasse un profondo respiro. Aveva bisogno di qualche momento di solitudine, per placare l'intensa emozione.

Si inoltrò nel parco, schivando sguatteri e cuochi grondanti sudore, il via vai dei questuanti, i militari di guardia. Pochi, in quel confuso affannarsi, si accorsero delle lacrime che gli rigavano il volto e le attribuirono al fumo acre degli spiedi.

Dovette addentrarsi per un tratto nella vegetazione, prima di trovare tranquillità e silenzio. Proseguì fino a quando suoni e odori si furono del tutto dissolti.

Si accoccolò ai piedi di una grande quercia che protendeva verso il cielo forti rami nodosi, volse le spalle al castello e si concentrò sullo squarcio di campagna che, dal punto in cui si trovava, cadeva sotto i suoi occhi.

Lì, finalmente, la natura tornava a far sentire i suoi profumi, una fragranza di terra, erba, foglie e fiori, qualcuno in boccio, altri in decomposizione: la vita e la morte che si alternano e si compenetrano. Afferrò una manciata di humus e la portò alle narici, come per purificare l'olfatto, ne aspirò l'aroma forte, umido, pungente: un buon odore, semplice e vivifico.

Sollevò lo sguardo all'incanto del cielo. Il manto scuro e profondo della notte era tempestato da una miriade di pietre preziose che brillavano di mille riflessi e disegnavano figure irregolari, misteriose. La luna, tonda e piena, posava il suo impalpabile velo d'argento sulle creste delle colline in lontananza, sui casolari, sugli alberi del parco: in controluce ne poteva osservare il profilo irregolare, irto di foglie dal bordo iridescente. Scoprì, acquattata su un ramo, una civetta: lo fissava da lontano, restando perfettamente immobile. Poco distante, una lama di luce rivelò un nido, nel quale mamma rondine si agitava, cercando di tenere a bada l'insaziabile appetito dei rondinini che protendevano al cielo le loro bocche spalancate in un grido muto, soffocato dal frinire di mille cicale.

Tese l'orecchio a quei rumori. Li riconobbe. Suoni familiari, anche se di una regione diversa dalla propria. In lontananza gli parve di percepire il gracidio di una rana, forse da uno dei piccoli stagni che ornavano qua e là il parco. Nei cespugli dalle folte chiome scure, dove i raggi della luna non riuscivano a penetrare, brillavano fitte le lucciole. Si accendevano e si spegnevano, in continuazione: che lavorio, quanto affannarsi. A che pro, veniva da chiedersi, se tutto ha un termine fissato, ineluttabile e sconosciuto?

Il senso profondo della vita era racchiuso in quella domanda, intorno alla cui risposta gli uomini si arrovellavano da secoli, lottando e disputando. In realtà, è così semplice, per chi voglia vederla. È scritta a caratteri cubitali proprio in quella natura che ci avvolge e ci avviluppa, è contenuta in quella apparente insensatezza, che tale non è ma solo profondità abissale che la mente umana non è in grado di percepire, fino a quando è impacciata dai ceppi della materia, dalla sua limitatezza.

Ogni creatura, anche la più minuscola, la più insignificante all'apparenza, come la lucciola, svolgendo la funzione che Dio le ha assegnato, fornisce il suo contributo di bellezza e di utilità all'arazzo che Lui sta tessendo dalla notte dei tempi. Senza domandarsi perché, senza cercare un senso al suo effimero andare, accontentandosi di compiere il proprio dovere con impegno, consapevole per istinto, nella sua pochezza, nella sua fragilità, di essere parte indispensabile di quel disegno, il particolare senza il quale esso perderebbe la sua perfezione. Lieta di sapere che Dio ha bisogno anche di lei, *proprio di lei*, insignificante lucciola che un colpo di vento o la crudeltà di un bambino può annientare in un istante, della sua grazia eterea e passeggera, della sua evanescente luminosità, che vince il buio della siepe. Un giorno – anche questo sa la lucciola – Dio ripagherà l'impegno ammettendola al Suo cospetto, rivelandole il mistero della sua peregrinazione terrena, perché l'abbia voluta in quel modo, in quel tempo, in quel luogo, le ragioni della gioia e della sofferenza, mostrandole il diritto di quella trama di cui su questa terra non ci è dato vedere che il rovescio, l'intrico dei fili, i nodi, le linee contorte, all'apparenza prive di logica: in questa scoperta è racchiuso il senso della vita.

A Luigi di Francia questo privilegio era già concesso. Lui, ora, era un punto preciso nell'arazzo del Signore, forse quella stella lassù, che brillava di una luce più vivida delle altre.

Si asciugò le lacrime, continuando a fissare la stella che ammiccava.

Addio, fratello mio, compagno di giochi. Ti ringrazio della tua amicizia, dell'affetto sincero che mi hai donato. Possa l'Onnipotente accoglierti nella gloria dei beati e assegnarti il posto riservato a te, fin dalla notte dei tempi. Veglierò sul nuovo re, per quello che le mie forze e la mia inadeguatezza mi consentiranno. Ma tu, ora che puoi molto di più di quando eri null'altro che un sovrano, prega, ti scongiuro, prega per questo tuo fratello.

Rientrò nella sala. Il fumo gli feriva gli occhi, arrossati di pianto. Il gozzovigliare lo infastidiva. Una dama, mezzo ubriaca, lo afferrò per la tunica e tentò di stringerlo al seno, che fuoriusciva inverecondo dall'abito succinto.

«E questo nanetto, da dove sbuca fuori?» commentò, facendosi beffe della sua bassa statura. «È forse un nuovo buffone di corte?» Lui la ignorò, anzi sfogò per un momento il suo disappunto su di lei, allontanandola con uno strattone che la fece barcollare. Ma quella, senza prendersela, continuò a ridere in modo sguaiato e a fare commenti volgari.

Ora doveva avvicinarsi a Luigi e informarlo dell'accaduto. Con lo sguardo lo cercò tra la folla. Era assiso al centro di un tavolo posto sopra un'ampia pedana ricoperta di velluto porpora, la sposa al suo fianco. Lei gli sorrideva e gli parlava. Lui la fissava rapito, in estasi: lo sguardo che, un tempo, dedicava all'immagine della Vergine.

Mentre si guadagnava a fatica la strada fra i convitati, Aliénore batté le mani, imponendo il silenzio. Per un momento Sugero si illuse che si trattasse di un gesto di riguardo rivolto a lui: forse l'aveva notato fra la folla, ne aveva colto lo sguardo addolorato, il viso pallido e correva in suo soccorso.

Nulla di più errato. Aliénore chiedeva silenzio per l'ennesima frivolezza: concedere la parola ai suoi musici e poeti.

«Fatevi avanti, Cercamon. Siamo tutti ansiosi di ascoltare il vostro nuovo componimento... Era un segreto, lo so. Ma come vedete, mio caro amico, ho buoni informatori. E ora non potete esimervi dal renderne partecipi anche noi. Il mio sposo in persona lo pretende.»

La richiesta della duchessa venne accolta da un boato di approvazione, seguito, come per incanto, da una quiete carica di attesa.

Doveva approfittare del momento.

Uscì lesto dalla folla e si avvicinò a Luigi, cercando di bisbigliargli una frase nell'orecchio. Ma lui, sollevata una mano, lo fermò.

«Caro maestro» proclamò a voce alta, in lingua *d'oc*, sebbene la parlasse in modo stentato, a differenza di Aliénore, che si esprimeva in modo impeccabile nella lingua *d'oil*. «Vi prego, riferite pure a voce alta ciò che avete in animo di dire. Desidero che la mia sposa possa udire. Non vorrei che pensasse a un nostro complotto.» Una risata argentina fece eco a quell'osservazione. Luigi baciò la mano che la moglie aveva allungato per posargli una carezza sul volto.

No, non riconosceva più il suo Luigi. Mai aveva osato rivolgere al maestro quello sguardo irriverente, apostrofarlo con quel tono di proposito canzonatorio.

«È una questione della massima delicatezza e importanza, che preferirei confidarvi in privato.»

«Non ho segreti per mia moglie. Parlate, ve ne prego» ingiunse in tono più secco.

Sugero allora si inchinò al suo cospetto, fino a posare un ginocchio per terra. Luigi, all'inconsueto gesto di deferenza, si drizzò nella persona. La bocca si fece seria, finalmente sgombra dal sorriso vacuo e irritante che ormai esibiva per la maggior parte del tempo. Lo sguardo tornò quello di una volta: attento, consapevole. Anche nella sala si fece un silenzio assoluto.

«Come la *maestà vostra* desidera. Ho appena ricevuto l'annuncio che il re vostro padre è morto. Viva il nuovo re, Luigi VII di Francia. Viva la regina» si limitò ad affermare, in tono pacato e privo di ogni emozione.

Poi, con un ultimo inchino ai nuovi sovrani di Francia, si allontanò.

13

Clovìs fiutò l'aria.

Ritrovarsi in un bosco lo eccitava. Gli metteva addosso una voglia incontenibile di concedersi qualche ora di libertà, esaltato dagli odori familiari, quelli della foresta nella quale era nato e cresciuto per qualche tempo, che gli giungevano alle narici evocando squarci improvvisi di ricordi: le corse dietro una preda, il sangue della bestia ferita, il sapore della carne fresca... Come gli sarebbe piaciuto ritrovare le sensazioni di quella fase della sua esistenza.

Si guardò intorno con circospezione. Gli uomini erano distesi sull'erba. Dormivano, provati dall'afa e dal caldo della giornata, emettendo un lieve sibilo o un russare discreto. Si avvicinò a ciascuno di loro e li annusò, sfiorandoli appena. Nessuna reazione. Per maggior sicurezza, frugò anche fra le armature, disseminate qua e là sul terreno circostante. L'unghia di una zampa gli restò impigliata nelle maglie di una cotta di ferro e lui la trascinò per un breve tratto, provocando un lieve tintinnio che lo mise in apprensione. Ma non accadde nulla. Così, dopo un'ultima occhiata circospetta, liberò con calma la zampa, aggirò i cavalli che certo avrebbero scalpitato se l'avessero fiutato, e mosse verso il buio fitto del fogliame, nel grembo stesso della foresta. Quanto più si inoltrava, tanto più il suo olfatto si purificava e i diversi odori, all'apparenza mescolati e dissolti in un'unica essenza, giungevano a lui separati e distinti, accentuati dalla profondità della notte, che li manteneva puri, densi e incorrotti, non ancora evaporati dal calore del giorno o contaminati dalla presenza umana.

Com'erano buoni, caldi, eloquenti. Alcuni intensi, altri delicati. Ciascuno raccontava una storia. Funghi in decomposizione. Altri che stavano nascendo. Terra umida, smossa di fresco da un topo o da una talpa. Peli di animali: una volpe o una lepre. Su quel ramo era appollaiato un uccello: quante prede... Ah, questo era odore di sangue. Forte e deciso. Da qualche parte, una madre stava partorendo i cuccioli o qualcuno consumava il pasto che si era appena procurato.

Un brivido percorse Clovìs, le vibrisse fremettero. Affondò gli artigli nella terra, annusò, raspò più volte, come per attenuare l'impazienza. Rizzò l'orecchio, mettendone a nudo l'interno roseo, a forma di calice delicato come quello di una campanula. Si concentrò sui suoni, altrettanto chiari e illuminanti degli odori: lo scorrere della linfa sotto la corteccia dell'albero, l'erba nuova che faceva capolino tra le foglie, il pigolare degli uccelli, il fruscio di foglie appena mosse...

Si appostò in agguato, attento e silenzioso.

D'improvviso, come ebbro, spiccò alcuni balzi in avanti, decisi e sinistri. Poco dopo tornava recando in bocca una piccola lepre o forse uno scoiattolo. Si acquattò in un minuscolo slargo tra due tronchi di querce, sul quale, come per miracolo, la luna riusciva ad aprirsi un varco e a riversare un minuscolo cono di luce.

Depose la preda al suolo e la trattenne con la zampa, guardandola contorcersi negli ultimi spasimi della morte. Con voluttà, prese a leccare il sangue caldo che sgorgava dalla ferita inferta proprio nella gola, sentendola palpitare. Poi vi penetrò con il muso e le zanne, rovistando, aprendo, disserrando.

Mangiò la vittima senza fretta, si leccò i baffi, agitò la coda da un lato all'altro, accarezzandosi i fianchi. Poi prese a danzare una sorta di danza selvaggia, ruotando su se stesso, sbuffando dalle narici. Quindi, sazio e soddisfatto, si accucciò sulle zampe e iniziò a pulirsi, leccando con meticolosa precisione le tracce e i rimasugli di cibo. Che peccato vivere con gli umani e perdere tutto questo.

Nella radura in cui si era rifugiato, il cono di luce andava impallidendo, messo in fuga da un lucore ancora rattenuto nel cielo. Allungò il collo, fiutò di nuovo l'aria e subito balzò sulle zampe. Con circospezione esplorò lo spazio circostante, muovendo intorno lo sguardo e premendo appena il suolo con movimenti felpati.

Li vide poco più avanti: numerosi, armati, a cavallo. Si affannavano a trattenere le bestie, carezzandole sul collo per tenerle calme, e parlavano fra loro a cenni. Ciononostante, facevano un baccano assordante, per le orecchie raffinate di Clovìs.

Uomini.

Sconosciuti.

Nemici.

Dietrofront.

Ripercorre correndo il cammino da lui stesso tracciato, piomba nel campo con furia e comincia a guaire, ad abbaiare, a leccare il volto dei dormienti.

«Clovìs, calmati. Va' a cuccia...» L'uomo sbuffa. «Cosa c'è? Perché sei così agitato?» Il cane abbaia ancora, gira su se stesso.

Sono tutti svegli, ora, e lo guardano perplessi mentre si affanna da un capo all'altro del piccolo accampamento, spicca grandi balzi e abbaia in direzione del bosco, da dove teme che la visione si materializzi.

«Raoul! Muoviamoci. Clovìs è troppo nervoso, forse fiuta qualcosa. L'alba sta per spuntare.»

Raoul di Vermandois scatta a eseguire il comando del re. Anche gli altri hanno inteso e sono già tutti in piedi. Clovìs fa un baccano assordante. Anche i cavalli, cheti per tutta la notte, hanno preso a scalpitare, a sbuffare. Pessimo segnale. Che ingenuità: nessuna sentinella, le armi sparpagliate in giro. Se subissero un attacco improvviso, verrebbero massacrati senza poter ferire un colpo.

«Indossate le armi. Subito» ingiunge Raoul di Vermandois, ormai in apprensione più degli animali. «Anche voi, maestà, se mi posso permettere.»

Ma nessuno ha tempo di eseguire l'ordine. Il terreno trema sotto i loro piedi e, d'improvviso, il buio della foresta vomita un'ondata di cavalieri, la spada sguainata, i cavalli schiumanti.

Guglielmo di Lazy, castellano di Talmont, luogo di caccia preferito dei duchi d'Aquitania, giace in ginocchio ai piedi di Luigi. Gli occhi bassi, l'aria spaventata e supplice di chi sa di aver rischiato ogni suo avere, inclusa la vita, in un gioco pericoloso e di aver perso. Il terreno circostante è disseminato di cadaveri.

«Imploro la vostra misericordia, sire. Mi sia fatta grazia della vita, in nome della lunga e fedele militanza della mia famiglia al servizio dei duchi d'Aquitania.»

«Avete disonorato i vostri avi, con questo tradimento» replica secco il re.

«Sono stato accecato dalla paura.»

«Dall'invidia. Dalla gelosia nei confronti del francese che, ai vostri occhi, veniva a sottrarvi la mano della duchessa, cui voi ambivate, come molti altri avvoltoi, profanando le ultime volontà del duca Guglielmo, che vi ha sempre beneficato. Ingrato, ma soprattutto stupido. Pensavate forse di essere il pretendente più titolato, quand'anche il prescelto non fossi stato io? Siete poco più che l'ultima ruota del carro. Feudatari molto più potenti e agguerriti di un oscuro castellano di Talmont si sarebbero fatti avanti. Avete mai sentito parlare di un certo Goffredo, detto il Plantageneta? Possiede già l'Anjou e la Normandia, suo figlio Enrico erediterà la corona d'Inghilterra. Eppure lui, mostrando molta più saggezza e lungimiranza di voi, si è ritirato dalla contesa e ha accettato la volontà del duca, mentre il signore di Talmont» proclama Luigi con sprezzo «osa offendere la duchessa con la sua assenza alla festa di nozze. Non contento, le ruba i suoi girifalchi preferiti, ben sapendo di infliggerle un dolore. E infine, attenta alla vita del marito. Ho ricostruito con precisione le vicende, signor castellano?»

Guglielmo di Lazy si limita a sollevare uno sguardo implorante verso il vincitore.

«Invoco la vostra pietà. Ho sbagliato. Concedetemi la possibilità di pentirmi e ravvedermi. Il mondo intero loda la vostra fede profonda. Perdonatemi, come Cristo ha perdonato...»

«Basta così. Vi siete fatto di me un'idea del tutto errata» lo rintuzza Luigi, alzando la voce. «Avete pensato di potermi umiliare, dando credito alle dicerie che circolano sul mio conto, secondo le quali sarei un imbelle, incapace di battermi, di difendere l'onore di una donna e infliggere una lezione ai traditori. In più, vi siete permesso di spiare i miei spostamenti e, saputo che attraversavo i vostri territori, invece di gettarvi subito ai miei piedi, implorare pietà e spalancarmi le porte di casa, mi avete teso una trappola con il preciso intento di uccidermi» grida Luigi, il volto paonazzo, la spada minacciosa levata in alto.

Raoul di Vermandois e gli altri cavalieri si scambiano occhiate e stentano a riconoscere in quel rude soldato dall'aria truce, che ha appena mostrato in battaglia un ardimento stupefacente non solo per i nemici ma per i suoi stessi compagni, il principe partito da Parigi un paio di mesi addietro.

«Riconosco i miei errori» sussurra Guglielmo di Lazy «e imploro dalla maestà vostra la grazia della vita e delle mie sostanze. Nel nome di Gesù nostro Signore, che tutto ha perdonato.»

Luigi scaccia con fastidio un'ape che gli ronza attorno. Nel suo cuore si sta combattendo una battaglia ben più aspra di quella appena conclusa. Ogni fibra del corpo e dell'anima si ribella all'idea di colpire l'uomo inerme prostrato ai suoi piedi. Parole come *punizione* e *vendetta* sono estranee al suo vocabolario e alla sua prassi, repellenti alla sua coscienza. Suonano dure e affilate come il ghiaccio o la lama di un coltello. Ma oggi è un uomo nuovo. Un uomo che possiede Eléonor. Che ha gustato il miele delle sue carni e del suo amore e per nulla al mondo intende perderle: cosa accadrebbe se lei scoprisse che il marito ha tentennato, ha mostrato pietà – o paura? – di fronte al traditore che l'ha insultata, e si è mostrato incapace di proteggere il suo onore, di vendicarla?

«Andrò io stessa» aveva minacciato altera, mentre singhiozzi di dispetto le agitavano il petto. «Quell'impudente! Come ha osato arrecarmi un'offesa così grave e immaginare di farla franca?»

Conservare il favore di Eléonor: questo il primo pensiero, lei amata, lei adorata, lei fonte della sua forza e di ogni gioia.

È giunto il momento di completare la palingenesi, di mostrare alla moglie e al mondo intero che il vecchio *novizio di clausura* non esiste più. Al suo posto c'è *il re*. Capace di misericordia, certo. Ma anche di fermezza e severità. Non avrebbe ucciso Lazy. Ma l'avrebbe punito in modo esemplare.

Chiama a sé Raoul di Vermandois e gli sussurra qualcosa in un orecchio.

«Come comandate, maestà» replica quello, affrettandosi a eseguire l'ordine dopo un'impercettibile esitazione. Guglielmo di Lazy comprende che il suo destino è deciso e che non è favorevole. Gli occhi si dilatano per la paura.

Lo afferrano e lo fanno inginocchiare accanto al tronco di una quercia caduta. Gli legano entrambe le mani con una corda e lo costringono a posarle sul piano di quel ceppo improvvisato. Un cavaliere lo afferra per le spalle, mentre Raoul tira la corda, per mantenere le braccia tese e le mani ferme.

Il re si avvicina, dominandolo dall'alto della sua cavalcatura.

«Guglielmo di Lazy, conte di Talmont, vi faccio grazia della vita ma vi privo dei vostri beni, per punirvi del tradimento. Inoltre vi metterò nell'impossibilità di levare ancora le vostre mani sacrileghe contro la mia sposa.»

La spada si leva in alto. La lama luccica al sole. Il

colpo devasta il silenzio. Un istante dopo, entrambe le mani di Guglielmo di Lazy penzolano dalla corda alla quale erano legate.

Un grido di dolore satura l'aria, stormi di uccelli acquattati fra i rami degli alberi disegnano nel cielo trame impazzite. Intorno si diffonde l'odore dolciastro e nauseante del sangue.

Luigi, pallidissimo in volto, fissa la propria mano che ancora impugna la spada, come per convincersi che ha davvero colpito l'uomo ai suoi piedi. Un conato di vomito gli squassa il petto, ma deve reprimerlo, controllarlo. A qualsiasi costo. Distoglie lo sguardo dal rivolo rosso che cola fino alla punta della lama e gocciola a terra. Si sente imbrattato dagli schizzi. Sporco. Il conte Guglielmo piange ai suoi piedi. Tende al cielo i moncherini sanguinanti, come a mostrare a Dio l'assurdità di quanto è accaduto.

Luigi scaccia con un gesto di fastidio l'immagine di Sugero, lo sguardo corrucciato, la ruga verticale tra le sopracciglia, profonda come un taglio. Pensa con intensità a Eléonor, al modo in cui lo accoglierà al suo ritorno: il sorriso raggiante, la voce suadente, gli occhi densi di promesse.

«Siete stato valoroso, mio amato» avrebbe sussurrato, dedicandogli uno sguardo che rappresenta da solo il premio alle fatiche. «Meritate un'adeguata ricompensa.»

Per un istante ripensa al padre, ai suoi disperati e infruttuosi tentativi di trasformarlo in un vero uomo.

«Oggi sareste stato fiero di me, padre. In ogni campo.»

14

Adelaide di Savoia, moglie del defunto re Luigi VI di Francia, ascoltava il resoconto di Sugero sedendo impettita sul trono reale perché fosse ben chiaro chi, di fatto, avrebbe comandato a corte d'ora in poi, in barba al fatto che il titolo di sovrano sarebbe spettato al figlio e alla nuora.

Se quell'insopportabile arrogante di suo marito – pace all'anima sua – fosse morto un paio di mesi prima, quelle nozze inopportune non avrebbero mai avuto luogo e lei, di nome e di fatto, sarebbe rimasta la regina incontrastata di Francia, vista l'inguaribile inettitudine dell'erede al trono. Invece, a causa di quella scriteriata decisione, una ragazzetta quindicenne baciata in fronte dalla sorte usurpava il titolo che le spettava e, in teoria, minacciava di mettersi sulla sua strada: almeno a prestar fede alle sorprendenti affermazioni di Sugero, secondo il quale la duchessa d'Aquitania, per quanto molto giovane, era bellissima e di gran temperamento e suo figlio Luigi ne subiva a tal punto l'influenza da sembrare *irriconoscibile.* Cos'altro aspettarsi, da quell'incapace?

Ah, ma ci avrebbe pensato lei a rimettere in riga la

nuora. Sottomissione assoluta, con le buone o con le cattive. Quella scostumata ragazza del Sud – come diavolo si chiamava? – non osasse nemmeno comparirle davanti, a importunarla con la sua presenza o l'avrebbe costretta in quattro e quattr'otto a riprendersi le sue carabattole e tornarsene a Poitiers, con la coda fra le gambe.

Quanto all'abate di Saint-Denis, era bene fargli sentire fin da subito tutto il peso della sua contrarietà: era colpevole quanto il marito di quelle nozze scriteriate.

«Nella sua ansia di mostrarsi rude e virile agli occhi della moglie,» stava aggiornandola Sugero «Luigi ha affrontato persino il suo primo scontro armato. Con molto onore, a quanto mi riferiscono.»

«Il motivo?»

«Vendicarla nei confronti di un feudatario che l'aveva offesa.»

«Ha ceduto ai capricci di una ragazzetta viziata» commentò lei, senza dissimulare il disprezzo, tanto che, per un breve istante, Sugero avvertì una fitta di compassione per quella giovanetta di quindici anni costretta a fronteggiare una simile megera. «E voi dove eravate, mio caro abate? Perché non glielo avete impedito?»

«Dal giorno del matrimonio non godo più delle confidenze del sovrano, mia signora» sospirò Sugero, cercando di dissimulare l'amarezza. «Ora ascolta solo Aliénore, anzi Eléonor: lei chiede di essere chiamata così, alla francese, per un omaggio a Luigi. La giovane regina si è mostrata molto fiera del comportamento del marito, del quale durante i conviti serali non tralascia di elogiare la gagliardia e il valore, attribuendo a se stessa il merito di aver saputo disseppellire doti che, fino ad allora, lui stesso non sapeva di possedere. Il che, a ben vedere, corrisponde a verità.»

«Verità, un corno! Ambiziosa e corrotta: questo è. Non poteva capitarci di peggio. Ed è regina di Francia, vi rendete conto? Più potente di me e di voi. Almeno in teoria. E per quale motivo? Perché io sono stata tenuta all'oscuro dei piani per il matrimonio di mio figlio. Non recriminerò mai abbastanza, non tanto nei confronti di mio marito – pace all'anima sua – quanto verso di voi, Sugero» accusò, puntandogli contro l'indice. «Un uomo di chiesa e di cultura che acconsente alle nozze con una... una... ma sì, parliamo chiaro, una volta per tutte... una baldracca.»

Sugero si morse la lingua e represse la protesta per non esasperare la regina madre, alla cui esuberanza anche verbale era purtroppo abituato. Forse era stato un errore, a conti fatti, fornirle tanti dettagli sulla prima notte di nozze e sulle arti di Aliénore. Tentò invano di aprire bocca.

«Ah, no, silenzio...» lo fermò Adelaide, sempre più infervorata. «So bene cosa state per dire ma queste scuse con me non attaccano. Non pensate di scaricare la responsabilità su mio marito buonanima. Se vi foste opposto con energia, vi avrebbe dato ascolto. E io mi sarei schierata dalla vostra parte, se mi aveste informato. Invece avete preferito assecondare la follia del re, pur sapendo in cuor vostro che stava commettendo un errore. Ed ecco il bel guaio che avete combinato. Il pudico e religiosissimo Luigi abbindolato da una volgare cortigiana, pupazzo nelle sue mani. Ma tenete bene a mente quello che vi dico: questa situazione finirà. *Deve* finire. E voi...» ora incombeva sul minuscolo abate come una Erinni. «Voi mi aiuterete a riparare il malfatto. Dobbiamo strappare quel ragazzo all'influenza della moglie. Perciò non azzardatevi a lasciare la corte» ingiunse, incamminandosi tutta impettita verso la porta e voltando le spalle all'interlocutore. «Ho bisogno della vostra assidua presenza. Sollecitare la verecondia del re, il suo forte senso del pudore – non può averlo perso del tutto, santoddio! – soffiare sul timore del peccato mortale, da cui Luigi è terrorizzato. Inoltre inventare tutti i pretesti, tutti i divieti possibili, per indurlo all'astinenza e allontanarlo dal talamo nuziale. Perché lì la nostra influenza non può arrivare.»

Sugero tossicchiò: un segno quanto mai discreto per far comprendere alla regina madre che ciò che gli veniva chiesto non era né giusto né santo.

«E non permettetevi di contraddirmi!» strillò quella con una nota acuta della voce, ritornando sui suoi passi. «Non rompetemi il capo con il vostro moralismo fuori luogo. Dovevate pensarci prima. Ora, per raggiungere lo scopo, non ci resta che un percorso stretto e irto di ostacoli, in cui sarà forse necessario barare, mentire, sporcarsi le mani. Farete anche quello. Non consentirò che mio figlio diventi un burattino nelle mani della moglie solo per salvare i pruriti della vostra coscienza. Luigi deve tornare quello che era: un monacello timido e remissivo, tutto libri, chiesa e preghiere. Non possiede la stoffa per diventare un buon re.»

«È solo giovane e immaturo. Ma se mi sarà possibile guidarlo in questi primi anni di governo, sono certo che diventerà...»

«Dovremo governare noi la Francia. Anzi...» corresse, con uno sguardo gelido: «Io. E questo farò».

Uscita la regina, Sugero raccolse i libri, il mantello, le carte e si avviò a passi rapidi verso il carro che lo attendeva fuori del palazzo reale. Fino a pochi istanti prima, il pensiero che, di lì a poco, avrebbe ritrovato la sua amata abbazia, la cella che profumava di incenso e di pane fresco, i confratelli e l'ottimo abate Hervé che si faceva carico di tante fatiche, lo riempiva di gioia e attenuava i dispiaceri. Ma il drastico ordine della regina lo privava anche di quel piacere, procrastinandolo a una data indefinita, visto che gli sposi erano ancora in viaggio.

Li aveva lasciati a Poitiers, per volere del sovrano.

«Vi prego di precedermi a Parigi e preannunciare a mia madre l'arrivo ormai prossimo della mia sposa» gli aveva imposto Luigi. «Desidero che Eléonor venga accolta con tutti gli onori e la dovuta cortesia.»

Ordine ambiguo: voleva solo sbarazzarsi di lui, del suo sguardo che gli frugava l'anima, specie dopo l'episodio di Guglielmo di Lazy? Oppure, dietro il senso letterale delle parole, si celava una richiesta di aiuto: preparare la madre all'incontro, tentare di smussare gli spigoli e ammorbidire l'impatto, come avrebbe fatto il padre, se fosse stato vivo?

Se queste erano le sue intenzioni, non sarebbe certo rimasto soddisfatto del lavoro svolto dal suo precettore. Adelaide sembrava più agguerrita che mai, pronta certo ad accogliere la nuora, ma non nel senso che il sovrano auspicava. E pensare che, nel raccontarle gli avvenimenti, aveva moderato i toni e omesso molti particolari, per non esasperarla. Per esempio, che il figlio, senza consultare nessuno, aveva concesso alla sposa di portare con sé non solo la sorella – e passi – ma la sua corte al gran completo. Le austere e vetuste stanze della reggia capetingia, oppresse da un silenzio tetro e plumbeo da quando Luigi VI, l'unico che si arrogasse il diritto di sbraitare, non c'era più, sarebbero state invase da una folla chiassosa e scollacciata di dame di compagnia, cavalieri, musici e cantori.

Sugero si sentì venir meno al pensiero della reazione di Adelaide a quella vista. Fece a mente due conti: una settimana, dieci giorni al massimo, prima dell'arrivo della coppia reale. Avrebbe tanto desiderato trascorrerli a Saint-Denis, per ritemprasi nella pace del chiostro, prima di essere rigettato di nuovo nella bufera.

Meditò se non fosse il caso di infischiarsi di Adelaide e dei suoi capricci e tornarsene a casa.

Aliénore bagnava un fazzolettino di lino nell'acqua profumata del bacile che una serva reggeva, passandolo poi sulla fronte, sulle guance e sui polsi. Da giorni ormai percorrevano la lunga strada, quasi rettilinea – vestigia dell'antica via romana – che congiungeva Orléans a Parigi, rumorosa, polverosa, affollatissima di una variegata umanità: gruppi di pellegrini in marcia verso Santiago di Compostela, frotte di mercanti in movimento da un mercato all'altro, chierici e monaci in cammino da uno *Studium* all'altro, il carico dei libri sulle spalle, infervorati in dispute filosofiche oppure, soprattutto nei momenti di sosta, in scherzi e battute.

Ormai però Parigi era a un passo, celata solo dal fitto manto di foreste che la avviluppavano. Aveva imposto lei stessa al corteo una sosta in un'accogliente radura, rallegrata da una fonte di acqua sorgiva, dopo ore di cammino sotto il sole.

I soldati stavano allestendo una piccola tenda per proteggere l'intimità della regina, che intendeva lavarsi e cambiarsi d'abito, prima di giungere a corte.

«Non posso presentarmi a vostra madre in queste condizioni. Voglio ripulirmi e indossare un abito adatto alla solenne circostanza. E poi, sono così stanca... Vi prego, Luigi» aveva supplicato.

«Mia madre è una donna molto austera, Eléonor. È meglio che non vi attendiate da lei lodi e approvazioni di carattere estetico. A essere sincero, forse ne otterreste di più se vi mostraste affaticata per il viaggio e coperta di polvere. Lei apprezza molto lo spirito di sacrificio e...»

«Ragione di più per chiarirle fin dal nostro primo incontro che la penso in modo diverso e che voi concordate con me, non vi pare, amor mio?»

Amor mio.

Quelle due parole facevano tremare il cuore di Luigi il quale, a un mese dalle nozze, ancora non riusciva a capacitarsi che fossero dirette proprio a lui.

«Tuttavia,» proseguì Aliénore con aria imbronciata «se voi siete abituato a mostrarvi sottomesso agli ordini di vostra madre e ritenete più giusto persistere in questo atteggiamento, non posso che obbedirvi, mio signore.»

«No. Per nulla. Non è questo che intendevo» si affannò a precisare il re, arrossendo fino alla radice dei capelli. «Non sono mai stato succube di mia madre e non intendo cominciare ora.»

«Ah, molto bene» approvò Aliénore, smettendo all'istante il broncio e gratificandolo di un largo, ammaliante sorriso. «Nulla risulta più dolce a una donna innamorata della consapevolezza che il suo amato l'approva e la difende con coraggio e fermezza di carattere. Dunque mi accordate una piccola sosta e il permesso di mutare abito?»

«Naturale» confermò Luigi, baciando la mano che lei gli porgeva e allacciandone poi fra le proprie le dita sottili e affusolate. Una parte remota di sé si stava domandando con apprensione quale abbigliamento avrebbe scelto Aliénore per quel primo, cruciale impatto con

Adelaide di Savoia, dalla cui reazione sarebbe dipeso tutto il futuro andamento dei rapporti fra le due donne. Ma scacciò con decisione l'inopportuna curiosità e anche la tentazione, che per un attimo l'aveva sfiorato, di fornirle qualche consiglio, qualche dritta sulla scelta più opportuna per compiacere la rigorosa morale della regina madre: le concezioni della moglie erano così lontane da quelle della suocera – e di tutte le donne francesi – che ogni raccomandazione avrebbe solo deluso e indispettito Eléonor, solleticando il suo spirito ribelle.

Trasse un sospiro: poteva solo sperare che Sugero avesse fatto un buon lavoro e che sua madre fosse in qualche modo preparata all'impatto.

Il cielo splendeva su Parigi incontaminato di nubi, una brezza fresca temperava la calura e manteneva l'aria tersa e limpida.

Aliénore se ne compiacque, sebbene la città, dal punto in cui Luigi l'aveva condotta per uno sguardo d'assieme, la deludesse alquanto. Nulla di speciale, per essere la capitale di un regno. Più piccola e modesta di Orléans, niente a che vedere con la prediletta Bordeaux.

Il fiume, imponente e sinuoso, solcava la piana circondato su entrambe le rive da un susseguirsi di colline di modesta levatura. Piccole isolette verdeggianti ne punteggiavano il corso: la più ampia si ergeva proprio laddove l'acqua descriveva un'ansa e pareva l'unica fittamente popolata, a giudicare dal numero di torri e campanili.

«L'isola che vedi al centro della Senna si chiama *Île de la Cité*. Il palazzo reale si innalza in quel punto» spiegava Luigi con entusiasmo. «La chiesa a sinistra, circondata da coltivazioni, si chiama *Notre-Dame-des-Champs*. L'abbazia in cima alla collina è *Sainte-Geneviève*... la famosa *Sainte-Geneviève*» precisò con un orgoglio che fece sorridere Aliénore. «Per quanto fuori dalle mura, ospita uno degli *Studia* più importanti di Parigi.»

Sul fiume si distinguevano due ponti, fitti di casupole e protetti da due possenti fortezze. «I bastioni che noti a protezione dei ponti sono vecchi di duecento anni, costruiti per difenderci dalle invasioni normanne: a sinistra il *Petit Châtelet,* a destra il *Grand Châtelet.*»

Luigi circondava con un braccio le spalle della moglie e teneva l'altro teso, con l'indice puntato, indicandole via via i diversi edifici dei quali le parlava. «La chiesa di *Saint-Séverin* e, da quella parte, *Saint Julien*. Il piccolo borgo che si intravede laggiù si chiama *Saint Germain des Prés.* Quella invece è la *rue Saint Jacques*, l'antica via romana.» La strada si snodava fra le colline e appariva, come tutta la riva sinistra del fiume, densa di abitazioni addossate le une alle altre in una matassa intricata, sulla quale svettavano con la loro mole imponente alcune grandi abbazie – *Saint Victor, Saint Médard, Saint Marcel* – all'ombra dei cui chiostri, spiegò Luigi, proprio come a *Sainte-Geneviève*, gli allievi disputavano di teologia e filosofia.

«In questo campo, le nostre scuole sono le più famose d'Europa. Io stesso mi considero un discreto conoscitore della materia. Non per mio merito. Devo tutto a Sugero.»

Aliénore represse un sospiro di compatimento, che certo sarebbe dispiaciuto al re. Nelle settimane trascorse con lui, aveva intuito che la cultura non gli difettava: ma così pedante e monotona. Nulla a che vedere con la varietà e il brio della propria. Nessun gusto, nessuna sensibilità estetica o apprezzamento per l'arte. Impossibile coltivare simili tesori quando si possiede una visione della vita tanto cupa, ossessionata dal peccato e dalla paura dell'aldilà, come accadeva alle genti del Nord: comporre versi, suonare, divertirsi e, naturalmente, innamorarsi e amarsi erano considerate le più pericolose tentazioni di Satana, il cammino verso la dannazione eterna.

Una distanza immensa la separava da Luigi, rifletté. L'attendeva un impegnativo lavoro per ribaltare dalle fondamenta quei convincimenti, disfare l'opera di Sugero e introdurre non solo nella mente di Luigi ma anche nella tetra corte di Francia una sensibilità nuova e comportamenti meno retrogradi. Condizione indispensabile per creare una vera intesa con il marito e scongiurare che, nonostante il promettente avvio, il matrimonio naufragasse. Perché lei non avrebbe mutato le proprie vedute e abitudini e non si sarebbe lasciata sopraffare. Poco ma sicuro.

Se non ci fosse riuscita?

Una prospettiva orribile, che non voleva nemmeno prendere in considerazione. Guai se avesse permesso al futuro di spaventarla, di inquinare la fiducia in se stessa, l'ottimismo e la determinazione che l'animavano quando si prefiggeva un obiettivo. Doveva impegnarsi. E riuscire. Le premesse erano ottime: Luigi era innamorato perso. Ai suoi occhi, lei era una divinità da venerare, compiacere, vezzeggiare, l'unica il cui favore e approvazione gli stesse a cuore.

«Parigi pullula di bettole, come tutte le località che ospitano torme di studenti» stava spiegando Luigi, distraendola dalle sue riflessioni. «Con tanti giovani in giro, la confusione nelle vie non si placa quasi mai, a volte neppure la notte.»

«In quale fra queste cattedrali insegnava Pietro Abelardo?» chiese Aliénore con un sorriso malizioso, cambiando bruscamente argomento.

«Abelardo?» domandò Luigi arrossendo e fingendo stupore. «Mai sentito nominare.»

«Non sapete proprio mentire, mio caro. Non dovreste nemmeno provarci» lo rimproverò, esplodendo nella sua risata fragorosa ma attenuando l'impertinenza con una lieve carezza.

«Intendevo dire che quell'uomo immorale e lascivo non rientra nel novero dei maestri che apprezzo e pertanto non ne seguo le vicissitudini» si corresse Luigi.

«Bugiardo. Dal vostro imbarazzo deduco che ne siete al corrente fin nei minimi dettagli. Una storia così intrigante e avvincente, una passione così incontrollabile per la dolce Eloisa...»

«Abominevole e immorale, intendete dire» replicò con stizza Luigi.

«Abominevole è la vostra durezza» lo rintuzzò Aliénore, piccata. «Non vi capisco» proseguì addolcendo il tono. «Non siamo bambini, bensì una coppia sposata e noi per primi consapevoli di quale intensa passione d'amore possa esplodere fra un uomo e una donna e trascinarli alla follia. Non è così? Non siete anche voi folle di passione per me?» domandò accostandosi carezzevole e languida.

«È vero. Non penso che a voi» ammise lui a voce bassa, lanciandole un'occhiata carica di desiderio ma sforzandosi di non assecondare l'impulso di stringerla a sé e baciarla: erano sotto gli sguardi dei militari di scorta, che già si scambiavano sorrisini maliziosi. Non si trovavano più in Linguadoca, dove qualche tenerezza era consentita e non suscitava né critiche né curiosità. D'ora in poi era necessario un controllo ferreo, che certo gli sarebbe riuscito frustrante e tutt'altro che semplice. Tremò all'idea dei commenti di sua madre, se lui o la moglie si fossero abbandonati a un'effusione in sua presenza. Non si sentiva di essere ottimista sull'andamento delle relazioni fra le due donne.

Giunto nel cortile d'ingresso della residenza reale, notò subito l'assenza della regina madre fra la schiera dei notabili radunati per rendere omaggio ai nuovi sovrani di Francia.

Adelaide di Savoia aveva scelto di appostarsi dietro una delle finestre della sala del trono, dalla quale godeva di una vista perfetta. Per nulla al mondo si sarebbe abbassata a dare il benvenuto alla nuora accogliendola sulla soglia del palazzo. Si umiliasse lei, facendosi annunciare e attendendo di essere ricevuta.

«Aliénore è la regina di Francia, mia signora» le aveva rammentato Sugero quella mattina, con il tono paziente e conciliante che gli era proprio, dal quale traspariva tuttavia la disapprovazione per quella decisione.

«Solo di nome. Di fatto, non conterà nulla. È bene che lo comprenda fin da subito. Non avevamo concordato di mantenere un atteggiamento duro, signor abate?»

«Vorrei anzi appellarmi alla vostra saggezza» aveva proseguito Sugero, come se neppure avesse udito «e suggerirvi di deporre ogni animosità preconcetta. Si tratta pur sempre di una fanciulla quindicenne, sulle cui spalle si sono abbattute in pochi giorni responsabilità così gravose che voi e io, con la nostra esperienza, faticheremmo a fronteggiare. Ha perso il padre ed è stata costretta a lasciare la terra in cui è nata e cresciuta, per trasferirsi in un ambiente e in una famiglia sconosciute. Non pensate che meriti un gesto di disponibilità e amicizia? È la moglie di vostro figlio, in fin dei conti.»

«La sottomissione va imposta dal primo momento e i concetti importanti chiariti fin da subito. Può sembrare crudele ma lo faccio per il suo bene. Crearsi false aspettative genererebbe, alla lunga, dissapori e incomprensioni ben più spiacevoli. D'altro canto, stando alle vostre informazioni, non stiamo certo parlando di una ragazza timida e indifesa, mi pare.»

«Su questo non so darvi torto» aveva confermato Sugero, arrendendosi con un inchino.

Adelaide, dall'alto del suo appostamento, osservò il corteo reale fare il suo ingresso in uno sferragliare d'armi e scalpitare di zoccoli. Non distingueva ancora il re fra i cavalieri che si disperdevano nell'androne. Forse aveva viaggiato nel carro, per stare accanto alla moglie, della quale Sugero lo definiva tanto innamorato. Scrollò le spalle: per quanto si sforzasse, non riusciva proprio a figurarsi una dirompente passione carnale in quel monacello spaurito.

Eccolo, ora riusciva a vederlo.

Cavalcava un bellissimo palafreno, addobbato con una preziosa gualdrappa... Da quando in qua dava tanta importanza a quelle esteriorità? Appariva tutto lindo, pulito e pettinato. Non un capello fuori posto, come se uscisse da un bagno profumato e non da una lunga e faticosa cavalcata. Dunque, prima di mettere piede a palazzo e presentarsi a sua madre, si era attardato a ripulirsi, curarsi e azzimarsi. Non certo per lei. Luigi sapeva bene che quelle mollezze la infastidivano. Un omaggio alla moglie. Non poteva essere che quella vanitosa senza cervello, a pretendere simili smancerie. E lui? Obbediente, sottomesso... Ah, figurarsi se non era urgente rimetterla al suo posto. Una priorità assoluta, era.

Luigi ora sostava presso il tronco d'ulivo coperto di muschio, sul quale da secoli i re capetingi posavano il piede per smontare da cavallo con agilità. Un premuroso palafreniere si prendeva cura dell'animale, mentre un carro si accostava a sua volta al ceppo.

Luigi ne apriva di persona la porta, come un paggio qualunque, e tendeva il braccio. Dall'interno dell'abitacolo spuntava un'affusolata manina, offerta con grazia. Poi la punta di un piede, che si posava con delicatezza sul tronco. E quindi un braccio... *nudo... Nudo?!* Possibile?

Proprio così. Nudo fino all'avambraccio.

E il collo, anche! E le spalle!

Da non credere.

Infine apparve lei, in tutta la persona, avviluppata in un abito color... color...

Adelaide si stropicciò gli occhi, pensando che il riverbero del sole la traesse in inganno.

No, nessun inganno. Era proprio rosso... rosso scarlatto!

Ah, questa poi!

Dov'era il copricapo che indossano le donne sposate, in segno di modestia?

Nessun copricapo. Solo una assurda pettinatura, tutta vezzi, riccioli e pendagli tintinnanti...

«Incredibile. Incredibile» ripeteva fra sé Adelaide di Savoia, le mani robuste serrate fra loro, gli occhi sbarrati e le labbra atteggiate alla smorfia di maggior disgusto che le riuscisse di assumere. «Non ci crederei, se non lo vedessi con questi occhi.»

Dunque, se fosse scesa ad accoglierla sulla soglia di casa, come pretendeva Sugero, quella spudorata le si sarebbe parata davanti conciata in quel modo, come la peggiore delle cortigiane, senza alcuna vergogna o imbarazzo. E il marito glielo consentiva, incurante di quella grave mancanza nei suoi confronti.

Doveva scendere all'istante.

All'istante.

Forse era stato un errore non farsi trovare all'arrivo. L'avrebbe ricacciata subito nella carrozza, quella svergognata. «Fuori di casa mia, fino a quando non indosserai un abito decente» le avrebbe gridato.

Mentre il dispetto e l'indignazione le arrossavano le gote e facevano sobbalzare i grossi seni, si incamminò per le scale, pronta a scatenare una furiosa battaglia.

Adelaide di Savoia si catapultò come una furia nello studio privato del re, dove questi era riunito con i suoi consiglieri, senza neppure attendere che il paggio annunciasse il suo ingresso, anzi, allontanandolo con malagrazia e spalancando la porta da sé. Tutti scattarono in piedi tranne Luigi, che non nascose il suo disappunto per quell'intrusione scortese e non richiesta.

«Vedo che la mia sola vista vi indispone» rilevò subito Adelaide. «Non possiedo le grazie di vostra moglie, me ne rendo conto. E neppure la sua audacia nell'esibirle. Ciononostante, pretendo di parlare con voi. Dal giorno del vostro arrivo, ricorrete a ogni trucco per evitare il confronto con me. Non mi resta che imporvelo con le maniere più rudi. A tanto siamo giunti. Vostro padre si rivolterebbe nella tomba, se sapesse che vengo fatta oggetto di affronti così umilianti da parte di due ragazzini.»

«Non ne sarei così sicuro, madre» replicò Luigi calmo e gelido.

«Un ignobile burattino» gridò Adelaide, fuori di sé per quell'insolenza. «Questo siete diventato, nelle mani di quella volgare sgualdrina di vostra moglie.»

«Lo ero un tempo. Adesso, grazie a lei, sono diventato un uomo. E questo...»

Sugero strinse il braccio del sovrano, per impedirgli di proseguire. In fondo, Adelaide non aveva tutti i torti: Luigi era succube di Aliénore. Le ubbidiva in tutto e per tutto. Nondimeno, l'abate si andava convincendo sempre più che la trasformazione del suo pupillo non mancava di risvolti interessanti: il timido e spaurito bamboccio aveva imparato a tirare fuori gli artigli ed esibito una grinta e una determinazione davvero insospettabili. E il merito era di Aliénore. Solo per compiacere lei Luigi aveva indurito il carattere e fatto affiorare, dalle profondità dell'animo dove giacevano sepolte, doti di cui lui, il colto abate di Saint-Denis, con tutta la sua esperienza del mondo e degli uomini, non si era accorto. Per questo, in cuor suo, si andava ricredendo su Aliénore e si asteneva dal condividere la riprovazione generale nei confronti della giovane regina.

Anzi, nel caso in cui lo scontro fra Adelaide e i due giovani sovrani fosse sfociato in un'insanabile rottura – ipotesi sempre più realistica – avrebbe preso le parti del suo pupillo, non solo per affetto o per senso del dovere – non aveva giurato al padre di vegliare su di lui? – ma anche perché questo gli imponeva la sua coscienza: Adelaide parlava solo per ambizione personale, non per il bene della Francia o del figlio. Da sempre ambiva al potere e pensava di averlo finalmente agguantato con la morte del marito, giacché considerava l'erede al trono un inetto. Vi sarebbe riuscita con grave detrimento per tutti, se non fosse comparsa Aliénore sul cammino del giovane sovrano.

Non che gli risultasse facile mantenere con costanza quella generosa disposizione d'animo. Aliénore restava la più indisponente e irritante creatura che mai avesse conosciuto. Vezzi e moine in quantità, ma guai a mettersi sulla sua strada. Doveva farsi forza per vincere il furore e la gelosia – sì, la *gelosia* – che gli agitavano il petto quando la vedeva soggiogare il marito con le armi del demonio e con tale sottile astuzia da non fargli neppure percepire di essere uno strumento nelle sue mani bensì il contrario: che fosse lui a comandare e lei, docile, a obbedire.

Tuttavia, il bene della Francia e della famiglia reale veniva prima dei suoi sentimenti personali e, in questa prospettiva, la presenza di Aliénore poteva rivelarsi, al momento, più utile che dannosa, a patto di mantenersi vigile, non abbandonare mai il sovrano e cogliere ogni occasione propizia per suggerirgli riflessioni e ammonimenti appropriati, che controbilanciassero l'influenza deteriore della moglie.

Una goccia scava anche la pietra.

Prima o poi, la passione si sarebbe affievolita. E allora il profondo senso morale e religioso del Luigi di un tempo si sarebbe fuso con la tempra energica e volitiva del nuovo, dando vita al perfetto uomo e sovrano. Quello sarebbe stato il momento giusto in cui sconfiggere quella donna e ricacciarla al suo posto.

Aliénore si ammirò nello specchio, aggiustando con le dita un ricciolo.

«Potreste sistemare meglio questa ciocca, Marie?

Non scende con la stessa rotondità delle altre, vedete... Così va meglio, grazie. Un velo corto e trasparente, mi raccomando, che non nasconda il collo e le spalle. Sì, direi che questo va bene. Ora per cortesia prendete la spilla di rubini e puntatela proprio qui, dove ho posato il dito. Brava... Ah! Un effetto magnifico, non trovate?»

«In Francia le donne maritate usano coprire il capo con tessuti molto più spessi di questo impalpabile velo, mia signora» replicò la serva, in tono asciutto. «Come segno di modestia e verecondia. Per lo stesso motivo non indossiamo mai abiti scollati ma sempre chiusi alla gola.»

«Una moda orribile, vero? Sono desolata per le francesi. Proprio non ne comprendo le ragioni. Dobbiamo forse vergognarci della nostra femminilità? Non ho mica scelto di fare la suora di clausura.»

«È palese che no, mia signora.»

"Uff!" sbuffò fra sé Aliénore. «Potete andare» le ingiunse.

Le serve francesi erano insopportabili, tutte succubi della suocera. Si sentivano in dovere di esprimere la loro riprovazione, imitando quella strega e le vecchie carampane che le fungevano da dame di compagnia. Fortuna che, di lì a breve, sarebbe giunta da Bordeaux la sua corte al completo: fantesche, balie, amiche e, soprattutto, musici e trovatori... Gesù, non vedeva l'ora!

Avvertì una breve fitta di rimorso: in quello stesso momento, Luigi stava scontrandosi con la madre proprio a causa dell'arrivo della sua nutritissima corte. Chissà quanti improperi e offese gli stavano piovendo sul capo, povero Luigi. Lei invece, tranquilla e beata, si dedicava alla toilette per la festa serale, un'abitudine imposta dal giorno in cui aveva messo piede a Parigi. Adelaide aveva fatto fuoco e fiamme a quella novità ma lei niente, dura e inflessibile. E il marito l'aveva accontentata e difesa.

Doveva essere ancor più bella e provocante del solito, quella sera, un paradiso di promesse e allettamenti, per compensare lo sposo dello sconforto nel quale di sicuro sarebbe precipitato.

«Imporre a mia madre di abbandonare la reggia e ritirarsi nella sua proprietà di Compiègne sarà tutt'altro che facile» aveva obiettato, quando lei gli aveva prospettato quella possibilità come l'unica risolutiva di tutti i problemi che li affliggevano.

«Non c'è scelta, se volete vivere felice al mio fianco» aveva replicato lei. «Lo sapete anche voi. Dal giorno del mio arrivo, la vita si è tramutata in una sequela infinita di discussioni, recriminazioni e rimproveri. Non le va bene nulla: come sono, come vesto, quello che faccio, che dico e che penso. Siamo diverse come il giorno e la notte. Mi detesta con tutte le sue forze, è gelosa e intrigante: se non le sbarrassi il passo, detterebbe legge anche nella nostra camera da letto. L'arrivo della mia corte non potrà che moltiplicare i motivi di scontro e peggiorare le condizioni di tutti noi. Inoltre, nella reggia non c'è spazio per tutti. Vostra madre pretende di occupare da sola più della metà del palazzo e costringe noi, che siamo i sovrani, ad accontentarci di poche camere anguste *perché siamo giovani e possiamo ben fare qualche sacrificio*. Dove metteremo i nuovi arrivati, se non la persuadiamo a restituirci la disponibilità dell'intero edificio? E, per finire, riuscite a immaginare le sue reazioni, alla vista delle mie damigelle?»

L'argomento si era rivelato risolutivo.

«Sì, è meglio persuaderla a ritirarsi in campagna. Per il suo e il nostro bene.»

«Vostra moglie è una pervertita come le cortigiane che le fanno corona, definizione che suona ancora come un elogio. Non oso neppure sporcarmi la bocca con il termine che davvero si adatterebbe a persone del genere.»

Nel corso del tempestoso colloquio con il figlio, Adelaide di Savoia non si era lasciata persuadere, né con le buone né con le cattive, ad abbandonare la reggia. Informata del prossimo arrivo della numerosissima corte della nuora, furibonda, aveva giurato di non cedere neppure un pollice di spazio ai due sposi: mancavano le stanze in cui alloggiarli? Si accampassero all'aperto.

Luigi le aveva tenuto testa con grande fermezza ma non aveva trovato il coraggio di infliggerle l'ordine definitivo di esilio. Lo avevano frenato le rampogne di Sugero, che lo esortava a mantenere il rispetto filiale, nonostante le divergenze. Quanto ad Aliénore, aveva raccolto la sfida e promesso che alla fine sarebbe stata la suocera a cedere.

Adelaide preferiva che dormissero all'aperto?

«Contenta lei» commentò, tra il divertito e il minaccioso.

La corte della duchessa d'Aquitania, una volta giunta a Parigi, aveva accettato l'insolita sistemazione come un piacevole ed eccitante diversivo, trasformando il severo e ovattato cortile della residenza reale in un immenso bivacco, in una rumorosa sala di conviti a cielo aperto, dove le risa, le musiche, la baldoria non avevano mai fine.

Impossibile riposare. Inutile inveire. Gli ospiti nemmeno ci badavano, perseverando imperterriti nella loro follia e facendosi beffe delle rimostranze. Persino il tempo sembrava congiurare contro Adelaide, regalando un inizio di autunno quanto mai mite e asciutto.

Le damigelle, con il pretesto di cambiarsi d'abito, si spostavano da una tenda all'altra in un andirivieni continuo e in abbigliamento molto succinto, senza alcuno scrupolo di decenza. I soldati di guardia strabuzzavano gli occhi e si davano un gran daffare per sbirciare, ridendo e dandosi di gomito.

Poi, raggianti e profumate, davano inizio alle danze e ai divertimenti d'ogni genere, vestite – o, per meglio dire, svestite – di abiti di seta e di broccato che assomigliavano molto a quelli della loro duchessa: scollati fino all'attaccatura del seno, le camiciole esibite in piccoli sbuffi lungo i tagli verticali dell'abito – che moda, quella di tagliuzzare gli abiti per mettere in mostra la biancheria intima – i lunghi strascichi che sollevavano nubi di polvere.

E Luigi?

Partecipe e connivente di quella depravazione. Cieco, sordo e muto. Occhi e orecchie solo per la moglie, perso nella sua ammirazione. Le scodinzolava attorno come un cagnolino, anelando ai suoi sorrisi, alle moine civettuole, ai baci che quella spudorata gli elargiva persino in pubblico.

«Dove andrà a finire questo paese? Vi rendete conto che il re è impazzito a causa di una donna e non ragiona più?» aveva domandato a Sugero, spaventata, consapevole ormai che il suo ambizioso progetto di sottomettere il figlio e regnare al suo posto era naufragato. Sugero, lungi dall'aiutarla, la indisponeva ancor di più.

«Luigi è giovane e per la prima volta innamorato» lo giustificava. «Essendolo della propria moglie, la sua felicità dovrebbe compiacervi. Che male c'è a provare le gioie dell'amore coniugale, alla sua età?»

«Ero una bambina quando mi è stato imposto un marito. E nessuno mi ha chiesto se ne ero innamorata.»

«Ragione di più per rallegrarvi della fortuna di vostro figlio. Neppure a lui è stato domandato un parere. Solo imposto una sposa. Quanto ad Aliénore, ha subito la vostra stessa sorte, mi pare.»

«Questo non mi conforta e nulla toglie al comportamento dissennato del re. Vi sembra che il paese possa essere guidato da un imbelle che obbedisce in tutto e per tutto a una vanitosa e stupida ragazzetta?»

«Imbelle, no davvero. Voi siete la prima vittima, a quanto dite, della durezza e della determinazione del sovrano. Sono entrambi molto giovani e immaturi, lo ammetto, e l'impulsività, unita alla mancanza di esperienza, può condurli a errori. Aliénore è vanitosa, ama sorprendere gli altri e mettersi in mostra: convengo anche su questo. Ma sarebbe un grave errore ignorarne o sottovalutarne le doti. La regina è persona di grandissima intelligenza, cultura e carattere. Possiede un intuito finissimo e sa vedere lontano. Non fatevi ingannare dalla civettuola superficialità che ama esibire: è una recita che le conviene. In realtà, è accorta, astuta e molto lungimirante. Contrapporsi a lei con tanto cieco impeto, come voi fate, forse non è la tattica giusta.»

«Mi state suggerendo di umiliarmi ai suoi piedi? Di mendicare i suoi favori, come fa mio figlio?»

«Di vegliare sulla loro impulsività e inesperienza con tatto, amore e pazienza.»

«Non se ne parla nemmeno. Vi dirò io cosa farò. Mi

costringono ad abbandonare la corte per sfuggire alla loro arroganza e depravazione? Bene. Mi ritirerò a Compiègne. Ma sappiano che tesserò ogni trama possibile per nuocere al re, per sollevargli contro congiure e nemici. Sentirà ancora molto parlare di sua madre.»

Rifugiatasi nella sua camera, chiamò a sé lo scrivano, mettendo subito in atto il suo proposito.

Ad fratrem Bernardum, Claraevallis vocatum abbatem.

Reverendo fratello in Cristo,

la fede in nostro Signore, mi impone di mettervi al corrente dei gravi fatti che si vanno verificando presso la corte di Francia, da quando vi è giunta...

15

«Novità?» domandò Petronilla.

Aliénore fece una smorfia e gonfiò le gote, sbuffando fuori l'aria.

«Sono arrivate.»

«Accidenti. Non avevi detto che forse era la volta buona?»

«Erano in ritardo di quasi una settimana... Cominciavo a sperarci. Invece niente.»

«Non prendertela, Aliénore...» la consolò Petronilla, correndo ad abbracciarla. «Il bambino arriverà. Non vedo motivo di preoccuparsi.»

«È passato più di un anno, Petronilla.»

«Luigi ti fa pesare la situazione?»

«No, in alcun modo, anzi è ancora più tenero e premuroso di prima. Io però comincio a crucciarmene.»

«Dipende da lui, non da te.»

«Questo è vero» replicò Aliénore, raddrizzando le spalle. «Proprio a me doveva capitare uno sposo che è un modello di virtù. Niente sesso al venerdì, niente alla domenica, niente alle feste comandate o nelle ricorrenze religiose... Insomma, come faccio a concepire, se i giorni di astinenza sono più numerosi di quelli in cui è possibile provarci?»

«Sei proprio sicura che Luigi bruci sempre d'amore per te?»

«Oh, Petronilla, ne ho una certezza assoluta. Il marito più innamorato che una donna possa sognare. Non tollera di infliggermi la più piccola sofferenza, il minimo dispiacere.»

«In effetti ti copre di regali e soddisfa ogni tuo capriccio. E tu sei parecchio capricciosa ed esigente, Aliénore.»

«Per questo vorrei offrirgli la gioia di una gravidanza» replicò la regina, rabbuiandosi. «Lo renderei pazzo di gioia e di gratitudine. Lui è così dolce e generoso. Io invece sono spregevole, hai ragione.»

«No, non è vero» corresse subito Petronilla, carezzando la mano della sorella.

«Lo sono, ti dico. Le maldicenze sulla sua scarsa propensione per il sesso e sul maniacale rispetto verso i divieti sono bugie che metto in giro io stessa, solo per difendermi dalle male lingue che già spettegolano sulla mia sterilità. In realtà lui è così preso dalla passione che solo di rado riesce a rinunciare all'intimità con me, anche nei giorni proibiti.»

«Davvero?» domandò Petronilla spalancando gli occhi e già pregustando odore di intrigo. «E poi si confessa a Sugero?»

Aliénore non trattene un sorriso.

«Mentre stiamo *peccando* – così si esprime, nei giorni vietati – si abbandona con grande trasporto alla *lussuria*, altro termine che gli piace molto. Dopo si pente e si colpevolizza con pari ardore, tanto che a volte mi spaventa. Mi accusa di tentarlo a bella posta, di fargli perdere il bene dell'intelletto e il senso del pudore, di portarlo alla dannazione. Ogni volta giura che sarà l'ultima che il demonio la spunta e corre in chiesa a pregare per la salvezza della sua e della mia anima. Non so se vada a confessarsi da Sugero. In ogni caso, ricade con grande regolarità *nel peccato*» assicurò Aliénore, ridendo di gusto.

«Insomma non è vero che lui diserti il tuo letto per i suoi pruriti religiosi. Come mai, allora, tollera che tu metta in giro questi falsi pettegolezzi?»

«Per amore» sospirò lei. «Sa quale disagio mi procuri la mancata gravidanza e quali feroci critiche possa scatenare nei miei confronti e così preferisce che si incolpi lui, per proteggere me.»

«Come sei fortunata, Aliénore. Oh, quanto vorrei trovare anch'io un uomo che mi ami con tanto fervore e cieca devozione.»

La regina la strinse a sé.

«Te lo auguro di cuore, tesoro. Di sicuro esisterà, tra i mille corteggiatori che ti assillano.»

«Posso rivolgerti una domanda, Aliénore?»

«Deve essere molto impertinente, se prima mi blandisci.»

«Se lo incontrassi anch'io un amore così grande, mi aiuteresti a realizzare il mio desiderio?»

«Farei tutto ciò che è in mio potere.»

«Anche per un amore impossibile, che ti costringesse a sfidare il mondo intero?»

Un sospetto attraversò la mente di Aliénore. Ma il faccino spaurito di Petronilla, che la fissava con occhi imploranti, la dissuase dal formularlo ad alta voce. Il legame con lei era troppo forte e profondo per poterla deludere.

«Anche contro il mondo intero» promise, abbracciandola.

L'area nella quale sorgeva il palazzo del sinodo, a Sens, appariva in grande subbuglio. Gigantesche impalcature in legno delineavano il profilo di un imponente edificio di pianta rettangolare, mentre la gran quantità di materiale da costruzione disseminata in giro – immensi blocchi di pietra, travi di legno di varie dimensioni e lunghezza, cumuli di polvere bianca e sabbia, attrezzature e utensili di muratori, falegnami, carpentieri, scalpellini – lasciava intuire un gran fervere di attività. Le maestranze tuttavia avevano interrotto il lavoro e si erano messe in fila, il cappello tra le mani, in segno di omaggio alle insigni personalità che, in una lunga teoria, si erano date appuntamento per l'occasione nel piccolo e grazioso paese sulle rive della Yonne.

«La nuova cattedrale» spiegò Sugero ad Aliénore, additando la sagoma della struttura. «È solo agli inizi ma si distinguono già le tre poderose navate. È difficile invece farsi un'idea dell'altezza ma vi posso garantire che sarà ragguardevole. In ogni caso, ci vorranno ancora molti anni prima che giunga a compimento.»

«Posso rivolgervi una domanda impertinente, signor abate?» lo interruppe Aliénore.

«Come impedirvelo, mia signora? Chi, fra i due protagonisti della disputa odierna, vi incuriosisce di più? Abelardo o Bernardo?»

«Detesto Bernardo, quel monaco saccente» si intromise Petronilla, che viaggiava di fianco alla sorella e aveva di fronte Sugero.

«Perdonate la scortesia di mia sorella, signor abate, anche se la sua animosità non è del tutto ingiustificata. È responsabile della follia che ha colto nostro padre e l'ha condotto alla morte. Desideravo interrogarvi su

Abelardo. È vero che, per qualche tempo, è vissuto presso la vostra abbazia, a Saint-Denis?»

Sugero chinò il capo in segno di assenso.

«Dunque l'avete conosciuto.»

«Sì, ma non ho un buon ricordo di lui, se posso essere franco, e non ne parlo volentieri. Per altro, vostro marito non approverebbe che lo facessi, soprattutto in presenza delle orecchie verginali di vostra sorella.»

«Non fatevi alcuno scrupolo per la verginità delle mie orecchie» lo rassicurò Petronilla.

«In effetti mio marito rifugge l'argomento» confermò Aliénore «sebbene lo abbia interrogato più volte. Quanta ansia di tutelare la purezza altrui attraverso il silenzio, in questo paese. Lasciate che ciascuno scelga in libertà. Se neppure voi vorrete soddisfare il mio legittimo desiderio di sapere, dovrò interrogare le cortigiane. Come potete sperare che io riesca a seguire la disputa che sta per avere luogo, se non conosco l'oggetto del contendere? Perché mi guardate con quell'aria accusatoria, Sugero?»

«Perché, con tutto il rispetto, non sono così sicuro che la vostra curiosità sia di ordine intellettuale e verta sulle dotte questioni teologiche che dibatteremo oggi.»

«Uff, quante storie. Raccontateci questa vicenda piccante, una volta per tutte» sbottò Petronilla, facendo spallucce all'occhiataccia della sorella.

«Abelardo si è rivelato una spina nel fianco del nostro abate Adamo fin dal giorno in cui ha messo piede in monastero» sospirò Sugero. «Superfluo sottolineare che la sua presenza ci è stata imposta dopo che... dopo che...»

«...aveva sedotto Eloisa?» lo anticipò Petronilla, stanca dalla reticenza che tutta la corte – serve incluse – osservava su una vicenda tanto più avvincente ai suoi occhi quanto più ammantata di riserbo. «È così, vero? Hanno scoperto che loro due erano amanti e lei...»

«Il signor abate non ha bisogno dei tuoi suggerimenti, Petronilla» la redarguì ancora una volta Aliénore. «Conosce i fatti per filo e per segno.»

«Errato, mia signora. Non so e non voglio sapere nulla della vicenda privata di quell'individuo. Posso solo dire come si è comportato a Saint-Denis, dove fu inviato nel 1121, dopo la condanna subita nel concilio di Soissons per le sue teorie blasfeme.»

«O per l'invidia suscitata dal grande successo che riscuoteva presso i giovani come professore?» insinuò Aliénore, con un sorriso malizioso. «Dalle poche informazioni in mio possesso, mi risulta che alle sue lezioni si accalcava un'autentica folla. Il seguito e la venerazione che riscuoteva fra gli studenti hanno infastidito i cattedratici più anziani, uomini potenti che hanno fabbricato false accuse contro di lui.»

«Quanto più grande è il successo, tanto maggiore è la responsabilità. Abelardo si è fatto promotore di teorie che io stesso, pur considerandomi persona di grande moderazione, giudico al limite dell'eresia. Ha osato metter in dubbio il principio della *auctoritas*, sul quale si fonda la tradizione della chiesa, la sua dottrina, tutto il sapere dell'uomo. Pretende di giustificare la fede attraverso l'intelletto. Molto rischioso perché, con questo procedimento, viene attribuita alla logica un'importanza eccessiva, superiore alla fede stessa. E a quel punto, cosa accade per quelle verità che l'intelligenza umana, per i suoi limiti, non può comprendere o dimostrare, oppure nei casi in cui si determini un contrasto tra fede e ragione? Le teorie razionalistiche di Abelardo possono confondere i giovani, traviarli, condurli sulla via della perdizione. Era indispensabile privarlo della cattedra, porlo nell'impossibilità di nuocere...»

«A Soissons l'avete costretto a bruciare il suo libro» protestò Aliénore con energia, mentre gli occhi si velavano di lacrime. «Un'azione inconcepibile. Voglio incontrare quell'uomo e mi adopererò con tutte le forze perché questo abominio non si ripeta qui a Sens. Parlerò con il re, lo costringerò a riflettere. Bernardo non la spunterà.»

«Dobbiamo interrompere qui il nostro dialogo, mia signora» fece rilevare Sugero con indicibile sollievo, vista la piega presa dalla discussione. «Siamo giunti a destinazione.»

La sede del sinodo era costituita da un lungo rettangolo pavimentato con mattonelle quadrate, le cui pareti erano tappezzate da tre ordini di scranni in legno scuro. All'insufficiente luce che pioveva all'interno attraverso finestre troppo piccole, supplivano grandi lampadari circolari che pendevano dalle travi del soffitto sorretti da massicce catene e alcune torce fissate alle pareti. L'ingresso alla sala si apriva nel centro di uno dei lati corti del rettangolo mentre sull'estremo opposto, sopra un piedistallo ornato di un semplice tappeto, poggiavano due piccole poltrone destinate al re e alla regina.

Quando Luigi VII fece il suo ingresso, l'aula era già gremita. Tutti gli scranni disponibili erano occupati dai prelati di grado più elevato, chiamati a emettere il giudizio sulla vertenza in atto. Una ridda di teste accostate le une alle altre sussultava in una frenetica agitazione, sollevandosi, ondeggiando, voltandosi nelle diverse direzioni. Nella sala già satura degli odori di tanti corpi, una fluttuante coltre di fumo avviluppava i presenti con un velo sottile e ristagnava poi a una certa altezza, appesantendo l'aria.

Aliénore avanzava al braccio del marito, seguita da Petronilla, cui faceva da cavaliere il cugino del re, Raoul di Vermandois. Su un lato della sala, Teobaldo di Blois, potentissimo conte di Champagne, osservava con attenzione questa seconda coppia, domandandosi se le continue lamentele della sorella, moglie di Raoul, a proposito di un eccessivo interesse di Petronilla verso suo marito, che lui aveva sempre considerato noiosi capricci di donna, non avessero qualche fondamento.

«Che interesse può provare una quindicenne bella, corteggiata e ambita, per un uomo di più di cinquant'anni?» si chiedeva scettico. Tuttavia, ora che li aveva sotto gli occhi, non poteva negare che le occhiate complici che i due si scambiavano – soprattutto che lei dedicava a lui – inducessero a qualche perplessità. Forse non sarebbe stata una cattiva idea scambiare due chiacchiere con suo cognato Raoul, tanto per schiarirgli le idee. I rapporti fra i conti di Champagne e la famiglia reale dei Capetingi erano sempre stati molto difficili: non era proprio il caso che ci si mettesse anche lui ad acuire la tensione con comportamenti lesivi dell'onore del casato.

Teobaldo provava un disprezzo profondo verso le due sorelle meridionali, licenziose e irresponsabili, che avevano gettato lo scompiglio nella corte di Francia senza che nessuno riuscisse ad arginare quel degrado, né Adelaide, sconfitta dalla nuora e costretta ad abbandonare la corte, né Sugero, nonostante il suo sapere e la sua lunga esperienza. Quanto a Luigi, era passato dalla ottusa sottomissione ai maestri di Saint-Denis alla cieca passione per la moglie, che lo manovrava a proprio piacimento.

Eccola, l'onnipotente regina: incedeva lungo lo stretto corridoio lasciato libero dalla folla ostentando un sorriso compiaciuto, guardandosi intorno come per accertarsi che tutti la ammirassero, eretta e fiera nella persona, per valorizzare al meglio il fisico alto e sottile.

Indossava un abito di seta nero trapunto da fitti ricami in fili d'oro come scintille catturate al sole, con i tradizionali tagli verticali e i larghi sbuffi della camicia drappeggiati con sapienza, in perfetto stile aquitano. Sul seno e alla vita sfoggiava fermagli tempestati di pietre preziose, sul polso e sull'avambraccio, entrambi nudi, tintinnava un gran numero di bracciali, mentre dalla vita esilissima la gonna ricadeva in morbide pieghe fino a terra, formando un lunghissimo strascico e terminando – ecco un'altra stravaganza aquitana! – con un ricercatissimo orlo intagliato a figure ora tondeggianti come piccole sfere ora sporgenti come lingue puntute, che sembravano danzare e guizzare a ogni movimento della dama.

Sui capelli, fissato da un diadema di pietre preziose, era posato un velo trasparente che accarezzava appena l'omero destro, passava con un morbido e ampio drappeggio sotto la gola e ricadeva sul sinistro con un lungo angolo ricamato, che sfiorava il gomito. Lo scopo per cui il velo veniva indossato – celare con modestia capo, gola e spalle di una donna sposata, secondo l'usanza del Nord – non solo non era raggiunto ma suggeriva anzi l'effetto opposto: esaltare la purezza delle linee, lo splendore dei capelli ramati e la perfezione delle orecchie, ornate da due preziosi pendagli che, a ogni movimento del capo, emettevano un bagliore e un lieve tintinnio.

Quell'abbigliamento, che Teobaldo di Blois, conte di Champagne, osservava con tanto sprezzo, era il frutto di un lungo studio e rappresentava, nell'opinione di Aliénore, un compromesso – cui si era piegata dopo una trattativa serrata, quasi una discussione con Luigi – tra le sue opinioni in materia di eleganza e *la serietà della circostanza, i severi costumi del Nord, il rispetto verso la castità del clero* cui si appellava il marito per indurla a uno stile più morigerato del solito.

«I *costumi* di un popolo possono mutare, mio amato» replicava lei. «Apprezzare e coltivare il bello non può essere fonte né di immoralità né di traviamento. Altrimenti dovremmo ammettere che Nostro Signore ha commesso uno sbaglio, donando all'uomo un universo di tale incanto. Mentite forse» aveva domandato dedicandogli una lunga occhiata languida «quando mi sussurrate che sono l'essere più perfetto del Creato?»

«Vi pare possibile?» domandò Luigi, arrossendo al pensiero delle circostanze nelle quali si abbandonava a quei commenti appassionati. «Ma non capisco cosa c'entri questo discorso con la mia preghiera di vestirvi in modo più composto almeno in un'occasione solenne come un sinodo.»

«C'entra. Considerate immorale la mia bellezza?»

Sì, la considero tale, avrebbe confessato Luigi, se fosse stato sincero. Immorale perché eccessiva e fonte di perdizione per un uomo. Ma si era guardato bene dal rispondere con franchezza.

«Non in sé, certo, ma per il vostro compiacimento e per l'esibizione che ne fate» replicò invece.

«Dunque i doni che il Signore mi ha elargito sono

una colpa di cui provare vergogna e da nascondere?» aveva domandato lei, con tono indispettito. «Mi spiace ma la pensiamo in modo opposto. In ogni caso» aveva proseguito senza concedergli il tempo di replicare «sapete che detesto subire imposizioni. Vi preme più rendere felice vostra moglie o cedere alle pretese del clero? Siete o non siete il re?»

«Non posso ignorare le opinioni dei vescovi, Eléonor. E loro sostengono che le vostre abitudini... *innovative* potrebbero rappresentare un pessimo esempio per le altre donne. Se ne lamentano con me, inviandomi continui messaggi. Per questo vi sarei molto grato se, per questa volta, vi uniformaste alle usanze di queste terre: velo lungo fino alle spalle e abito di colore scuro.»

«Il nero va bene?»

«Perfetto» aveva assicurato Luigi, stringendola subito a sé e baciandola con foga, intimorito che quelle rampogne potessero indisporla e renderla scostante. Non sopportava che gli mettesse il broncio e lo punisse rifiutandogli la sua dolcezza e i suoi favori.

Facendo il suo ingresso nella sala del concilio, Aliénore esibiva il sorriso sicuro e sereno di chi sa di avere la coscienza a posto, per nulla intimidita dall'espressione contrariata che leggeva sul viso del re: l'abito era nero, come aveva promesso. Dunque? I ricami d'oro? Non le erano stati proibiti.

Quanto al velo, arrivava o no fino alle spalle, come da ordini di sua maestà? Se poi, di fronte allo specchio, era riuscita a inventarsi una soluzione che salvava la forma senza mortificare la bellezza, anzi esaltandola e creando un nuovo stile, di cosa la si voleva incolpare: di avere gusto, fantasia, originalità? Ben presto in tutte le corti d'Europa non si sarebbe parlato che della nuova moda lanciata dalla duchessa d'Aquitania, che le nobildonne più raffinate avrebbero imitato all'istante.

Era o no, la nipote di Guglielmo il Trovatore?

Il re e la regina avevano preso posto da poco. Al loro fianco, appena un poco defilati, sedevano Petronilla e il siniscalco del re, Raoul di Vermandois. Alle spalle dei sovrani, negli scranni di legno, erano assisi i più insigni teologi di Francia e della cristianità, chiamati a giudicare se le teorie di Pietro Abelardo fossero blasfeme e contrarie alla ortodossia della chiesa e se l'accusato dovesse rinnegarle, pena la sua condanna per eresia. Due folti drappelli di persone, separati in modo netto l'uno dall'altro, confabulavano in modo acceso e concitato, scambiandosi occhiate truci.

«Potete indicarmi Abelardo?» chiese Aliénore a Sugero, che si era scelto un posto defilato e cercava di mantenersi ai margini di una contesa che prevedeva aspra e dolorosa, ben felice che nessuno avesse ritenuto opportuno inserirlo fra i giudici.

«Non ha ancora fatto il suo ingresso. Come, d'altro canto, Bernardo, incaricato di sostenere l'accusa. I due gruppi che vedete sono i seguaci dell'uno e dell'altro. L'individuo a sinistra, quello con la barba scura, il più alto del gruppo, è Arnaldo da Brescia, il sostenitore più acceso delle tesi di Abelardo e anche il più esagitato e rissoso fra i suoi difensori. Sull'altro versante» proseguì spostando lo sguardo a destra «tale ruolo è ricoperto, con minor gloria, da Guglielmo di Saint-Thierry. Gli difetta la corporatura imponente di Arnaldo, come potete vedere, cui supplisce con la lingua affilata e l'ingegno acuto. È lui che ha studiato a fondo i testi di Pietro

Abelardo e formulato le dodici proposizioni eretiche per le quali oggi è chiamato a giudizio.»

«Come mai allora l'accusa contro di lui è sostenuta da Bernardo?»

Un sorriso malizioso attraversò il volto di Sugero.

Perché vogliono essere certi di poterlo condannare, avrebbe dovuto rispondere.

«Avete mai incontrato Bernardo?» si limitò invece a domandare.

«Non di persona. Purtroppo questa infelice esperienza è toccata a mio padre.»

«Quando lo vedrete, capirete.»

Sugero aveva da poco cessato di parlare che un monaco fece il suo ingresso nella sala, preceduto dal fitto ripetersi del suo nome, che correva di bocca in bocca.

Aliénore lo fissò e, senza una ragione, avvertì un brivido lungo la schiena. Era molto più alto della media, emaciato nella figura e nel volto, le guance scavate, gli occhi infossati in orbite profonde e scure. Dalle maniche lacere e sfilacciate del saio fuoriuscivano polsi ossuti e braccia scheletriche. Eppure dalla persona spirava un'aura di maestosità e di forza. Gli occhi frugavano i presenti come se potessero leggere nel cuore e nella mente di ognuno, anzi, come se già ne conoscessero i segreti più inconfessabili. Gli astanti, subito ammutoliti, chinavano il capo o si inginocchiavano, di fronte a quello sguardo che imponeva deferenza e timore.

Bernardo – il santo di Clairvaux, come lo definivano, il castigatore dei costumi – senza ricoprire alcuna carica, restando anzi il più povero e umile dei frati, tuonava contro tutti coloro che, a suo giudizio, tralignavano dall'insegnamento del Signore, inclusi papi, re e imperatori, i quali, come tutti, chinavano il capo di fronte alle sue terribili invettive e lo eleggevano a loro messaggero dovunque ci fosse una missione delicata da compiere.

Percorso l'uditorio con lo sguardo, il monaco indugiò per alcuni istanti su Aliénore d'Aquitania.

«Figlia di Satana è colei che, più simile a una vipera che a una donna, se ne va in giro trascinandosi dietro metri di stoffa preziosa che solleva nuvole di polvere» esordì in modo all'apparenza incoerente, la voce così vigorosa da rendere arduo credere che provenisse da quel corpo consumato dalle mortificazioni e dai digiuni. «Colei che incede a testa alta e passi brevi, il collo proteso, adorna come solo i templi di Dio dovrebbero essere, le braccia cariche di monili, le orecchie adorne di pendenti che tintinnano a ogni passo, il capo ricoperto di pietre preziose. Costei assomiglia a una cortigiana più che a una regina.»

Dall'uditorio si levò un mormorio di stupore, subito quietato in un silenzio assoluto. Ora il bersaglio delle rampogne era chiaro e inequivocabile.

Aliénore si alzò in piedi, liberando con uno strattone il braccio che suo marito le tratteneva per impedirle di replicare.

«Bernardo di Clairvaux, tenete a freno la vostra lingua» lo apostrofò, mentre un nuovo mormorio di stupore si levava dall'assemblea, scandalizzata da quell'insolenza.

«Vergogna a una bellezza che si indossa al mattino e si depone alla sera» gridò il frate. «Non ha paragone con la grazia angelica di una fanciulla modesta e timorata di Dio, che si fregia solo del rossore delle sue guance pudiche e cela il resto agli sguardi indiscreti.»

«Vergogna a colui che giudica la probità di un essere

umano dal rossore delle guance e non dalle intenzioni del cuore» ribatté Aliénore con pari veemenza.

«Gioielli, seta, porpora: orpelli di Satana. Vistose apparenze. Nulla aggiungono, molto tolgono. Castità, pudore, modestia: virtù umili e schive come le violette sulle prode dei fossi, ma queste sì, illuminano il volto di beltà ineffabile, gli occhi di luce celestiale e diffondono il profumo inebriante della purezza.»

Uno scontro frontale: questo cercava il monaco di Clairvaux. Se fosse caduta nella trappola, lui avrebbe riportato una schiacciante vittoria. Meglio l'arma della leggerezza, dell'ironia.

«Questi criteri valgono anche per gli uomini, Bernardo?» si informò Aliénore, la voce soave, il sorriso gentile, la posa vezzosa. «Perché, in tutta franchezza, sebbene voi di sicuro pratichiate la castità – non mi pronunzio sul pudore e sulla modestia – non vedo in voi traccia alcuna delle qualità cui accennavate poc'anzi: né luce ineffabile, né sguardo celestiale... No» ribadì, fissandolo e scuotendo il capo. Quindi scese dal piedistallo sul quale era posto il trono, si avvicinò un poco al suo interlocutore e inspirò appena con il naso, facendo fremere le piccole narici. «Men che meno sento emanare dalla vostra persona alcun profumo. Di purezza o di qualsiasi altro genere.»

Petronilla represse a fatica una scrosciante risata: Aliénore era impagabile! Ben gli stava, a quel monaco fanatico.

Luigi invece, in fortissimo disagio, combattuto com'era tra l'amore per la moglie, che l'avrebbe portato ad approvare quella tagliente risposta, e il rispetto per il monaco più venerato della cristianità, si alzò in piedi a sua volta, per sedare quell'incresciosa disputa.

«Non siamo qui riuniti per sottoporre a giudizio la regina ma per...»

Bernardo lo fermò, sollevando un braccio, gli occhi implacabili fissi su Aliénore.

«Adelaide mi aveva informato del vostro carattere arrogante e del comportamento sconsiderato. Porterete lutto e tragedia alla casa di Francia» profetizzò.

«Non temo le vostre profezie di ciarlatano. Con me non vi riuscirà l'impresa che vi è riuscita con mio padre. Io sono di un'altra tempra: quella del Trovatore. Mi infischio di tutti voi: preti, vescovi, papi e sedicenti santi.»

Il re, paonazzo in volto, tentò ancora di interrompere quello scontro increscioso, ma di nuovo Bernardo lo frenò con una sola occhiata.

«Tenete a mente quel che vi dico, Aliénore d'Aquitania» intimò, la voce calma e sicura, il braccio teso in alto, l'indice della mano puntato al cielo, quasi a chiamare Dio stesso a testimone. «Il desiderio più grande del vostro cuore – e voi sapete a quale alludo – non si realizzerà fino a quando non intercederò *io*, presso l'Onnipotente. E non lo farò fino a quando non mi avrete dato prova di umiltà e di pentimento. E ora» ingiunse, rivolgendosi all'uditorio «possiamo dare inizio alla disputa per la quale siamo qui riuniti.»

«La regina e sua sorella portano scandalo e dissolutezza a corte con il loro comportamento» gridò all'improvviso una voce dal folto di un gruppo, sovrastando il bisbiglio che si era levato dall'uditorio.

«Di quali colpe mi sono macchiata ai vostri occhi, Teobaldo di Blois, per meritare anche le vostre rampogne?» lo rintuzzò Aliénore, riconoscendo la voce del conte di Champagne nonostante il tentativo di celarsi fra i presenti. «E cosa c'entra mia sorella? Avete ragioni personali per lamentarvi anche della sua moralità?»

Teobaldo di Blois uscì allo scoperto.

«Si circonda di frotte di ammiratori, si compiace dell'audacia con cui i cavalieri si disputano i suoi favori e gode nel vederli l'uno contro l'altro. Non contenta, ha la spudoratezza di civettare anche con uomini sposati...»

«Ne possedete le prove? Altrimenti si tratterebbe di una pesante, volgare calunnia, della quale risponderete al sovrano.»

Teobaldo di Blois accentuò l'aria sprezzante sul volto. «Per ora, nutro sospetti. Pregate che restino tali. Altrimenti sarò io a pretendere soddisfazione dai reali di Francia» rispose gelido, voltando le spalle alla sovrana e allontanandosi senza degnarla neppure di un inchino.

Aliénore si sedette, calma all'apparenza. Teobaldo di Blois avrebbe pagato per quella pubblica offesa alla sua dignità di donna e di sovrana.

"Lo giuro" promise a se stessa.

16

Luigi non potrà assistere alla fiera di Lendit, quest'anno. È lontano, impegnato a difendere ancora una volta l'onore della moglie. Poitiers, la terra dei padri, con grande sorpresa di Aliénore, si è ribellata alla sua duchessa e ha proclamato il libero comune. Per un attimo il dolore e la delusione l'hanno sopraffatta: non avrebbero mai osato tanto, se il trono fosse stato nelle mani di un uomo. Ma c'è una donna: debole, fragile, tremebonda, a loro giudizio. Quindi può essere pugnalata alle spalle.

Calcolo errato e denso di gravi conseguenze.

Avrebbe punito in modo esemplare gli ingrati, che tanto dovevano alla sua famiglia. Fino a quel momento avevano conosciuto solo la sua liberalità e l'affetto: ora avrebbero scoperto anche la durezza di cui era capace. Aveva supplicato il marito di portarla con sé: voleva combattere in prima linea, incutere lei stessa terrore ai suoi concittadini, punirli con le sue mani. Ma Luigi era stato irremovibile nel desiderio di proteggere la sua sicurezza. Aveva messo insieme un esercito ed era partito all'istante per domare la rivolta.

«Ti chiamerò non appena avrò ottenuto la loro resa.

E accadrà molto presto. Non prenderò alcuna iniziativa senza averti al mio fianco. È una promessa.»

Per il momento però le invia solo lettere quotidiane, grondanti passione e ottimismo.

Mia amata Eléonor,
non so dirti quale tormento sia per me starti lontano. Te lo ripeto ogni sera, lo so, ma questa mancanza mi tortura il corpo e mi assilla la mente ogni istante della giornata, anche quando sto combattendo. Ritrovarmi solo nel letto senza poterti stringere fra le braccia, bearmi della tua fragranza, percorrere con le labbra la curva gentile del tuo collo, baciare, esplorare il tuo corpo, mi getta nella prostrazione più profonda.

Mi par di sentirti, in questo momento: non ti avevo supplicato di portarmi con te?

Eppure, preferisco patire le pene dell'inferno ma saperti al sicuro, lontana dai campi di battaglia, mia bellissima, amata, desiderata moglie, più necessaria dell'aria che respiro, più cara della mia stessa vita, perché il giorno in cui, per qualunque ragione, dovessi perderti, prego Dio di chiudermi gli occhi per sempre in quello stesso istante.

Unico conforto in tanta desolazione è che le operazioni procedono più rapide e spedite di quanto io stesso immaginassi. La resa di Poitiers è ormai questione di giorni. A quel punto, potrò chiamarti al mio fianco, affinché la duchessa d'Aquitania in persona decida la sorte dei ribelli che hanno osato infliggerle un così grande dolore. Non dimentico la tua esortazione a mantenermi inflessibile verso questi ingrati, sebbene Sugero si adoperi molto per spingermi verso atteggiamenti più misericordiosi, mostrandomene i vantaggi politici, tanto che a volte mi do-

mando se non sia la soluzione più giusta. Ma non preoccuparti: sarai tu a decidere e io obbedirò.

Nel frattempo, però, ti supplico di comportarti bene e non civettare con i cavalieri che ti fanno corona: non infliggere anche il tormento della gelosia a questo cuore già così straziato.

Sugero, sebbene i lavori di ampliamento dell'abbazia di Saint-Denis siano in pieno svolgimento, non si è lasciato sfuggire l'occasione per trascorrere alcune settimane a fianco del suo pupillo senza la presenza della sposa. Non lesina i suoi pareri, nonostante sia stato esortato a non interferire in faccende che non lo riguardano.

Teobaldo di Blois, conte di Champagne, invece, ha osato sfidare i sovrani di Francia con una seconda, grave offesa, rifiutandosi di appoggiare la spedizione in Aquitania e fornire truppe, come sarebbe stato suo dovere di vassallo e come gli altri suoi pari hanno fatto. Ormai il dissenso fra la famiglia reale e i conti di Champagne appare così insanabile che Aliénore ha smesso di rimproverare Petronilla ogni volta che la vede rivolgere occhiate languide a Raoul di Vermandois, marito della sorella di Teobaldo.

Una fortuna che Luigi non possa assistere al torneo che si disputerà per la fiera di Lendit, uno dei più famosi e affollati di Francia. Le avrebbe rovinato il divertimento, con la sua ossessionante gelosia. In ogni uomo adombra un rivale, pronto a sottrargli il favore della sposa. I cavalieri poi sono la sua ossessione: la prestanza fisica, il valore di cui fanno mostra lo costringono a un confronto incessante, a un perpetuo esame. Molto spesso si sente obbligato a scendere in lizza di persona nei tornei, perché non può accettare che uno di loro esibisca qualità superiori a quelle del re. Allora Luigi lo sfida e getta in quella tenzone, che dovrebbe essere solo un gioco, l'impeto e la violenza di uno scontro all'ultimo sangue, quasi preferisse perdere la vita che l'ammirazione e l'amore della moglie.

I cavalieri iscritti a gareggiare quest'anno sono davvero numerosissimi e prestanti. Ognuno è andato a renderle omaggio, sussurrandole complimenti e brucianti parole di ammirazione, baciandole la mano, a volte osando trattenerla un istante fra le proprie. Ognuno l'ha supplicata di sceglierlo come *Cavaliere della Regina,* dichiarandosi pronto persino a sacrificare la vita, in cambio del privilegio di difendere i suoi colori.

Lei, approfittando in modo spudorato dell'inconsueta libertà, si è guardata bene dallo scoraggiare quelle effusioni, sorridendone compiaciuta e divertita: quanto ardore nel dichiararsi pronti a morire. Le piacerebbe ridere un poco di tanti pomposi proclami... Le viene un'idea, una tentazione sulle cui conseguenze non si sofferma a riflettere.

«Sarà mio cavaliere» proclama con voce squillante «colui che accetterà di battersi contro un avversario che indossi l'armatura, coperto solo di... di... una mia camicia!»

Dai presenti si levano mormorii e sguardi di riprovazione. Non hanno compreso le sue intenzioni: non desidera affatto e neppure si aspetta che qualcuno raccolga la sfida. Intende solo smascherare la loro millanteria e sorriderne con il pubblico.

Invece uno di essi sprona il cavallo e avanza.

«Se dovessi morire, sarò lieto di farlo nella biancheria che ha sfiorato la vostra pelle, mia signora.»

Ohhhh!

La folla esplode in un grido di stupore e poi ammutolisce, gli occhi fissi sulla regina.

Aliénore è già pentita. Ha spinto il gioco troppo oltre.

«Come vi chiamate, cavaliere?» chiede, in tono pacato.

«Saldebreuil, mia signora.»

«Non posso accettare il vostro sacrificio. Perdonatemi, vi prego. Sono stata sciocca e impulsiva e vi chiedo scusa» afferma, mortificata.

«Non infliggetemi un insulto così grave, mia regina» supplica lui in tono appassionato. «Non infangherò il vostro onore, avete la mia parola di cavaliere. Mi batterò fino alla morte e sarete orgogliosa di me, anche se dovessi uscire sconfitto.»

Quella è la legge e lei ne era consapevole quando ha lanciato una sconsiderata provocazione solo per compiacere la sua vanità. Ritirarla ora equivarrebbe a mostrare sfiducia nel suo campione e disonorarlo, per quanto mantenerla significhi condannarlo a morte. Per un attimo, il volto scarno e severo di Bernardo le compare davanti agli occhi e la fa trasalire.

«Portate una mia camicia» ordina quindi alla serva che le sta alle spalle.

«Qui non ne abbiamo, mia signora. È necessario tornare alla reggia.»

«Allora aiutatemi a togliermi la mia» ordina in tono brusco.

La regina si assenta per qualche minuto, poi torna recando nelle mani un panno immacolato e di fine tessuto. Lo bacia e lo porge a Saldebreuil.

Questi lo stringe fra le mani come una reliquia, lo

porta alle labbra, ne inspira il profumo, gli occhi socchiusi... Poi saluta la sua dama con un inchino e si prepara allo scontro.

I due cavalieri sono in lizza, uno di fronte all'altro, il primo armato di tutto punto, il secondo solo della sua lancia e del bianco tessuto di lino sottile, che gli aderisce al corpo in maniera buffa, lasciandolo in parte scoperto. Persino i piedi nelle staffe sono nudi, come ha promesso.

Nell'arengo è sceso un silenzio innaturale, una tensione palpabile: nessuno del pubblico grida o incita i due campioni. Gli sguardi rivolti alla regina non sono benevoli. Lei deve fingere indifferenza ma il cuore è in tempesta. Senza avvedersene, stringe forte le dita. Vorrebbe chiudere gli occhi, mentre i due cavalieri divorano la distanza che li separa con un galoppo sempre più incalzante. Pochi istanti ancora e poi l'urto, il fragore delle lance che cozzano...

Il suo campione è a terra.

È stato molto valoroso: nessuna esitazione, tentennamento o paura nel momento cruciale dell'impatto. Addirittura si rialza, impugna la spada, pronto a proseguire il combattimento ma lei alza un braccio per interrompere la tenzone.

Saldebreuil si accascia al suolo. Sulla camicia candida una vasta chiazza di sangue si allarga a vista d'occhio. Gli inservienti lo sollevano per condurlo via. Aliénore si alza, fa cenno al medico di corte di seguirla e corre nella tenda dove il cavaliere è stato ricoverato. Attende il verdetto serrando i palmi delle mani in una muta preghiera. Fosse stato presente il marito, mai avrebbe osato abbandonarsi a un comportamento così imprudente e sfrontato. Di nuovo le sovviene lo sguardo tagliente di Bernardo, le parole di condanna per la sua vanità: il desiderio più caro al suo cuore non si sarebbe avverato fino a quando non si fosse mostrata umile e pentita. Così ha minacciato quel frate arrogante. E fino a ora, ha avuto ragione. Le chiacchiere sulla sterilità della regina ormai dilagano e nessuna menzogna riesce più a frenarle.

Scaccia quei pensieri. Non deve lasciarsi spaventare o tiranneggiare da una sciocca profezia, come era accaduto a suo padre. Deve essere più forte di lui proprio perché è una donna: se esita, se palesa la sua ansia, verrà travolta in un momento.

Drizza le spalle e punta il mento in fuori, di nuovo fiera e padrona di sé. Il medico esce in quell'istante.

«Respira. E possiede una forte fibra. Preghiamo. Non possiamo fare altro.»

«Questo lo dite voi.»

Entra nella tenda e congeda tutti i presenti. Poi si avvicina al giovane, ne prende una mano e la stringe fra le sue.

«Potete sentirmi, cavaliere?»

Lui apre gli occhi con fatica e, quando scopre chi sia la visitatrice, ha un breve gesto di sorpresa, muove le pupille in un tentativo di omaggio.

«Rimanete fermo e tranquillo. Dovete riposare. Soffrite molto?»

Le labbra si muovono appena senza che ne esca alcun suono.

«Siete stato molto valoroso» gli bisbiglia nell'orecchio. «Il più valoroso cavaliere che io abbia mai incontrato. Al punto da persuadermi a concedervi un privilegio di cui nessun altro mai potrà gloriarsi.»

China il viso fino a sfiorare con le proprie le labbra del giovane. Ve le mantiene per un poco, con una leggera pressione. «Sarà il nostro segreto... In cambio, vi chiedo di guarire e tornare a corte, dalla vostra regina.»

Frena un sorriso, di fronte all'aria incredula, estatica del giovane.

Una fortuna che il marito sia lontano.

«...*Poitiers si è arresa ed è stata occupata dalle nostre truppe senza che una sola goccia di sangue dei suoi cittadini sia stata versata. Sono certo che l'epilogo vittorioso e incruento della guerra rechi anche a te, mia dolcissima, la gioia che ho provato io, così come immagino che mi approverai se ti dico che, disattendendo un tuo preciso ordine e la promessa che ti avevo fatto, mi sono astenuto dal punire con durezza i cittadini. Ci ho provato, sai, sebbene mi si stringesse il cuore a infierire su una popolazione che si è dimostrata così volenterosa, obbediente e mite. Tuttavia, consapevole del tuo rancore nei loro confronti, in un primo momento avevo ordinato che i figli e le figlie di tutti i maggiorenti della città – i ricchi e colti borghesi che avevano capeggiato l'insurrezione e costituito il comune – venissero radunati nella piazza principale per essere deportati in Francia, al tuo cospetto, come ostaggi o forse vittime innocenti della protervia dei loro genitori, se così ti fosse piaciuto. Ma avresti dovuto vedere la scena. Sono certo che ne saresti rimasta scossa e addolorata quanto me. Le madri gridavano disperate e stringevano al petto le loro creature, incuranti dei brutali tentativi dei soldati di allontanarle. I padri, in ginocchio, imploravano la misericordia del re oppure di punire loro e risparmiare i giovani... Una terrificante confusione, nella quale, in tutta sincerità, non sapevo come districarmi, se non con una prova di forza che mi avrebbe costretto a macchiarmi del sangue di molte vittime, ragazzi, fanciulli, cittadini inermi... No, non potevo...»*

Aliénore è furibonda. Sarebbe tentata di strappare la lettera in mille pezzi, ma la lettura non è ancora terminata.

Misura la stanza a passi rabbiosi, sfoga la sua ira in astiosi soliloqui.

Sciocco e codardo.

Sono i *miei* sudditi, è il *mio* popolo. So io come trattarli, non ho bisogno delle lezioni di pietà e di morale di un imbelle reuccio di Francia. Dov'eri tu, vanitoso cialtrone, quando i miei avi concedevano alla città munificenze e privilegi, rendevano i suoi abitanti i più ricchi d'Occitania, elargivano vantaggi e onori a quegli stessi individui che oggi osano sfidarmi perché mi credono una femminuccia incapace, buona solo per i piaceri dell'alcova? Intendevo farmi vendetta da sola, guidare io stessa l'esercito. Sospettavo che ti saresti rivelato un inetto. Ma tu hai voluto decidere per me, come tutti gli uomini amano fare, ammantando dietro nobili ideali e appiccicosi paroloni – l'amore, la protezione e insulsaggini del genere – la loro vanità, la loro meschina brama di potere e di dominio sulle donne.

«In quel parapiglia, compare Sugero. In mano reca una pila di petizioni che migliaia di famiglie e cittadini di Poitiers gli avevano fatto pervenire, supplicandolo di intercedere, di placare l'ira del re e della duchessa. Di fronte a quella folla disperata di bambini che singhiozzano e madri che supplicano, mi rimprovera con asprezza, mi domanda

come posso tollerare di essere la causa di tanto dolore e poi accostarmi ancora ai Sacramenti: non sento che è la Vergine Celeste in persona che invoca la mia pietà? Avrò il cuore di negare un atto di umanità a colei che è Madre di dolore?»

Sugero.

Sempre lui.

Il maestro, la guida spirituale... Un impiccione, un arrivista, un vecchio ambizioso e insaziabile che non vuole lasciare il campo ai giovani, non vuole abbandonare il potere che esercita da quarant'anni. Se il re ha ceduto alle sue pressioni, l'abate non metterà più piede a corte. Luigi scelga una volta per tutte: o la moglie o il maestro.

«Avrei tanto desiderato che tu fossi al mio fianco, amor mio, quando ho annunciato di avere revocato gli ordini e che ogni figlio sarebbe stato restituito ai genitori. Avresti dovuto udire con le tue orecchie le acclamazioni di gratitudine, le benedizioni rivolte a te, la loro duchessa. Ti avrebbero colmato il cuore di una sensazione di pace, di pulizia e candore: le stesse che provano gli innocenti che non hanno ancora conosciuto il male o quanti, avendolo conosciuto, lo evitano e operano il bene...»

Basta sciocchezze. Basta stucchevoli sermoni e melense insulsaggini.

Questa volta strappa davvero la lettera in mille pezzi. Si è arrogato il diritto di decisioni che non gli spettavano, dopo averle imposto di restare a casa e giurato di comportarsi da semplice esecutore dei suoi ordini. Ha tradito l'impegno, mancato a una promessa.

Questa volta si vendicherà.

Fino a oggi Luigi ha conosciuto della moglie solo l'amore, la pazienza, la disponibilità ai giochi d'amore. Ora avrebbe sperimentato il gelo e la collera.

Petronilla lancia di tanto in tanto brevi occhiate alla sorella Aliénore, cavalcandole a fianco nelle vie di Poitiers, incapace di decifrarne i pensieri. I concittadini si scansano al loro passaggio e si scappellano in profondi inchini e saluti, che Aliénore ignora in modo ostentato, fissando un punto diritto davanti a sé, sempre lo stesso. È davvero strano, riflette Petronilla, il persistere della sorella in un atteggiamento cupo e scontroso, del tutto insolito per il suo carattere sempre allegro, irriverente, incapace di rancore. Le rare volte in cui fa la preziosa, è solo per strappare un vantaggio, averla vinta su un capriccio: raggiunto l'obiettivo, torna il sorriso, o meglio la sua scrosciante risata. È in dubbio se scalfire la riservatezza di Aliénore o tacere.

Opta per la prima soluzione.

«Ti vedo ancora imbronciata. Avevi detto di aver fatto la pace con Luigi.»

«Pace è una parola grossa.»

«Eppure l'abate di Saint-Denis è stato allontanato per sempre dalla corte, come hai preteso. Una vittoria strepitosa, di cui dovresti compiacerti. Deve essere stato straziante per Luigi mettere alla porta una persona che ama e che gli ha dedicato la vita.»

«Così impara. Questa volta non ha osato fare di testa sua. Ho preteso di essere presente al colloquio. Era molto agitato, la voce gli tremava ma, di fronte al mio atteggiamento irremovibile, ha trovato la fermezza per comunicargli che il sovrano lo ringraziava per la sua lunga militanza ma riteneva di avere raggiunto sufficiente esperienza per prendere da solo le decisioni. *Perciò vi esorto a ritirarvi presso l'abbazia, i cui splendidi lavori sono entrati nella fase cruciale e dunque richiedono la vostra assidua presenza.*»

«E Sugero, come l'ha presa?»

Aliénore ha un moto di fastidio.

«Non bene, ovvio. A un certo momento non è riuscito a trattenere le lacrime. Ma ha mostrato grandissima dignità e saggezza. Non ha protestato, non ha inveito. *Vi ritengo ancora immaturo per regnare con la necessaria prudenza e saggezza, mio signore,* ha replicato. *Anzi, mai come in questo momento avreste necessità di una guida ferma che temperi l'impulsività vostra e della vostra sposa. Ma comprendo che il mio destino è segnato in modo irrevocabile e dunque obbedisco, dichiarandomi pronto a riprendere il mio posto in qualunque momento la maestà vostra lo ritenesse opportuno.*»

«Una brava persona» riflette Petronilla. «Era proprio necessario essere così drastici?»

Aliénore le rivolge uno sguardo furioso.

«Grazie molte» protesta ironica. «Mi conforta sapere di poter contare sulla tua approvazione.»

«Scusa» borbotta Petronilla, pentita.

Aliénore trae un sospiro.

«Hai ragione. È una brava persona. Dispiace anche a me dargli il benservito. Ma esercita un'influenza nefasta sul re. Lo frena in ogni iniziativa, intralcia i miei progetti.»

«Ma almeno, è tornato il sereno fra voi?»

«Sono di nuovo gentile con lui e l'ho riaccolto nel mio letto. È così felice e grato che non sa più cosa fare per compiacermi. Mi lascia libera di sbizzarrirmi in qualunque follia. Se solo riuscissi a dargli un figlio...»

Gli occhi di Aliénore si velano di lacrime. Ma è un momento. Detesta lasciar trasparire a chiunque, anche alla sorella cui confida ogni segreto, il dispiacere per la sua sterilità. Assume invece un'aria di sfida.

«Il suo comportamento però resta sotto osservazione. Prima di dimenticare il fallimento di Poitiers, pretendo da lui una prova di fermezza: punire Teobaldo di Blois per l'inaccettabile comportamento tenuto a Sens, durante il sinodo. Rivolgere a me e a te accuse così rozze e infamanti di fronte a tutta l'assemblea e a quel fanatico di Bernardo... Ha offeso a morte la mia dignità di regina, non deve farla franca.»

Petronilla tossicchia, portandosi la mano alla bocca.

«A ben vedere, Teobaldo non stava mentendo. Sai bene quali rapporti intercorrono fra me e il marito della sorella, Raoul di Vermandois.»

Aliénore scrolla le spalle.

«Non possiede alcuna prova concreta della vostra relazione, pertanto le sue restano illazioni ingiustificate e volgari. Pretendo che mio marito tuteli il mio e il tuo onore. Senza contare che Luigi stesso è stato oltraggiato dal rifiuto di Teobaldo a fornirgli truppe per la spedizione contro Poitiers. Perderebbe la faccia di fronte agli altri vassalli, se non punisse tanta arroganza.»

«Sarà la guerra?»

«Inevitabile. Non vedo altra strada per dare a quell'insolente la lezione che merita.»

Petronilla tace, cercando di celare il suo compiacimento.

«Questo favorisce i tuoi piani, Petronilla?» domanda Aliénore, lanciandole un'occhiata.

«Raoul intende ripudiare la moglie e chiedere al vescovo l'annullamento del matrimonio. Desideriamo sposarci, Aliénore. Confido in te. Mi avevi promesso di perorare la nostra causa presso Luigi.»

«Devo cogliere il momento opportuno. Conosci bene i suoi pruriti religiosi. Inoltre...» si ferma e costringe anche la sorella ad arrestarsi, per guardarla negli occhi. «Questa vicenda scatenerà conseguenze funeste, ne sei consapevole, vero? Dunque ti chiedo: sei del tutto certa dei tuoi sentimenti? Non si tratta dell'infatuazione di una giovanetta viziata?»

«Amo Raoul di Vermandois, anche se ha molti anni più di me. E ne sono riamata. È stato così fin dal primo momento in cui ci siamo incontrati e non te l'ho mai nascosto. Se le convenienze sociali non ci costringessero al riserbo, griderei al mondo intero la mia felicità. Prima o poi dovremo uscire allo scoperto: quando accadrà, ne sarò sollevata. Sono consapevole delle conseguenze ma non ho paura di affrontarle, per pericolose che siano. Quanto a Raoul, è pronto a sfidare le ire della moglie e la vendetta del cognato. Ma non la disapprovazione di Luigi. Per questo il nostro destino è nelle mani del re. O meglio, della regina. Tu sola puoi aiutarmi» confessa, la voce rotta dall'emozione.

Aliénore stringe a sé la sorella.

La sua piccola bimba da proteggere è una donna innamorata e, ormai, non le appartiene più.

Una parte della sua vita finisce per sempre.

17

Luigi avvertì il respiro di sua moglie divenire calmo e profondo e comprese che si era addormentata. Riposava distesa sopra di lui. Non osava muoversi per non rischiare di svegliarla. Adorava sentire sopra di sé il suo peso leggero, pelle contro pelle, la massa setosa dei capelli fra le mani, gli avvallamenti e i rilievi del corpo che percorreva con lieve tocco delle dita.

Dopo quasi quattro anni di matrimonio, la folle passione che lo aveva avvinto a lei fin dal primo sguardo, lungi dall'attenuarsi, si era rafforzata. Pur di non perderla, era pronto ad acconsentire a qualunque richiesta, fosse pure un'azione che ripugnava alla sua coscienza, un'ingiustizia, una bassezza. Se tale non appariva agli occhi di Aliénore, lui tacitava i suoi scrupoli e si gettava a capofitto nell'impresa solo per vederla sorridere, sentirle pronunziare parole di elogio e di approvazione, saperla pronta a placare il suo desiderio con il miele del suo amore, di cui non poteva fare a meno.

La dura lezione che gli aveva inflitto dopo la resa di Poitiers, quando si era permesso di disattenderne gli ordini, era servita e ora non osava più prendere alcuna iniziativa personale. Si atteneva alle sue direttive in modo scrupoloso, anche perché Sugero non gli era più accanto, a instillargli dubbi e a tormentarlo con le sue osservazioni. L'abate si dedicava ormai a tempo pieno all'abbazia di Saint-Denis, i cui lavori, grazie alla sua assidua presenza, avevano subito un forte impulso. Non serbava alcun rancore nei confronti del discepolo prediletto. Gli inviava anzi lettere affettuose in cui si dichiarava pronto a porgere il suo aiuto in qualunque momento, se l'avesse richiesto. Persino verso Aliénore, artefice di quell'esilio, mostrava dolcezza e disponibilità: mai una parola di rimprovero, mai un'accusa. Tanta generosità acuiva i rimorsi della sua coscienza. Ma ormai da tempo aveva smesso di darle ascolto.

Aveva anche sperato che l'allontanamento del maestro influisse in modo positivo sul carattere di Aliénore, rendendola più mite, meno agguerrita e litigiosa. E in effetti, dopo i giorni dell'ira e del furore, ora si stavano concedendo una lunga e piacevole vacanza in Aquitania, in visita ai vassalli della duchessa.

Tuttavia non si illudeva di poter eludere ancora a lungo la spinosa questione della punizione di Teobaldo di Blois.

Sua moglie si mostrava inflessibile nel pretendere la guerra: non vi era altra strada, a suo parere.

Lui, invece, si sarebbe accontentato di pubbliche scuse e di un atto di sottomissione. Non che quell'arrogante non meritasse una dura lezione. Ma le conseguenze di un conflitto armato sarebbero ricadute solo sulle popolazioni della Champagne. Impossibile evitare gli eccessi cui sono soliti abbandonarsi i soldati durante una campagna militare: raccolti distrutti dopo mesi di lavoro, violenze, stragi e lunghi anni di carestia e fame. Era proprio necessario infliggere una simile tortura a poveri contadini inermi?

Per questo temporeggiava e si sforzava di prolungare la permanenza nel castello di Talmont, con il pretesto che il tempo era clemente e le battute di caccia troppo divertenti. Non rinunciava a sperare, contro ogni logica, che un evento eccezionale stemperasse l'ira della moglie e la distraesse dai propositi bellicosi. Una gravidanza, ad esempio. Mai come in quelle settimane si era adoperato per favorire l'evento.

Un figlio da Eléonor: la gioia più grande, se Dio gliela avesse concessa.

La sorella di Teobaldo di Blois e moglie di Raoul di Vermandois piombò nel castello di Talmont che era ancora notte fonda, accompagnata da una ridottissima scorta. Alle sentinelle che non la conoscevano e la guardavano sospettose per quell'insolito orario, presentò le sue credenziali di moglie del siniscalco del re, sufficienti per ottenere l'ingresso senza ulteriori diffidenze.

Senza indugi, la contessa scese dal carro e imboccò la porta d'ingresso, rifiutando con malagrazia l'aiuto della sentinella che si offriva di accompagnarla: nell'ombra la attendeva Eude, che la salutò con un breve inchino. La serva appariva molto pallida. Con un gesto nervoso stringeva lo scialletto al seno come per difendersi da un pericolo.

«Portami da loro» le intimò in tono secco la contessa, senza preamboli e cerimonie.

«Mia signora, prima volevo...»

Lei l'afferrò per un braccio e glielo strinse fino a farle male. Una smorfia le deturpava il volto affilato e metteva in mostra i denti irregolari.

«È troppo tardi per ripensarci.»

«Desideravo solo essere certa che il conte vostro fratello manterrà l'impegno di proteggermi e ricompensarmi per quello che sto facendo. Tra breve la mia vita sarà in grave pericolo.»

«Sta' tranquilla. Ti porterò via con me, se mi avrai servito come si deve» la rassicurò. «Ora conducimi da loro. Il piano di mio fratello è stato eseguito in ogni dettaglio?»

«Con il massimo scrupolo» confermò l'altra, cercando di controllare il tremito che l'agitava. All'inizio la proposta del conte Teobaldo di spiare Petronilla e informarlo dei suoi incontri galanti le era parsa vantaggiosa e quasi eccitante: un modo per vendicarsi di quelle due sorelle capricciose, volubili e immorali, cui l'Onnipotente aveva concesso tutto, inclusa la bellezza, accentuando la loro superbia. Ma ora che il tradimento stava per consumarsi, rimpiangeva la sua imprudenza e temeva per la vita. Lo sguardo indemoniato della dama che aveva di fronte, la sua smorfia sprezzante promettevano un imminente, drammatico scontro del quale lei poteva essere la prima vittima.

Giunta di fronte a un uscio, Eude si fermò.

«Sono qui dentro. La porta non è chiusa a chiave» bisbigliò appena. «Ma prima giuratemi che...» provò a insistere.

«Togliti di mezzo, stracciona» sibilò la contessa, strappandole la torcia dalle mani e spingendola via in malo modo. Quindi spalancò d'un sol colpo la porta e cercò di illuminare la stanza.

La scena che si presentò ai suoi occhi non si prestava ad alcun equivoco. Suo marito giaceva prono sul letto, coperto solo in parte da un lenzuolo, una delle gambe fra quelle dell'amante distesa supina contro il suo fianco, un braccio sul seno di lei, l'altro penzolante al lato del letto.

«Lurido verme bastardo!» gridò la contessa, scagliando nel contempo la torcia sul letto con tutta la forza. «È vero, dunque. Schifoso. Con una ragazzina molto più giovane dei tuoi figli...»

Si scatenò il putiferio.

La contessa continuò a urlare raffiche di improperi mentre Raoul di Vermandois saltò giù dal letto, gettò lontano la torcia e poi cercò qualcosa con cui coprirsi, senza riuscire a trovarla al volo. Allora afferrò il lenzuolo che Petronilla, terrorizzata, si stringeva addosso ma, così facendo, denudò le stupende grazie della fanciulla, alimentando l'ira e il furore della moglie, che tanta beltà non aveva mai posseduto neppure da giovane, e accentuando in lei, per quanto paradossale potesse sembrare, la determinazione a ricondurlo a casa con qualsiasi mezzo, solo per il gusto di privarlo di tanto piacere.

«Svergognato» continuava a ripetere a gran voce la contessa. «Ti coprirò di ridicolo in tutto il paese, scatenerò contro di te i vescovi e il papa in persona. Tornerai da me in ginocchio, con la lingua sul pavimento, supplicandomi di riprenderti. Quanto è vero che sono la sorella del conte di Champagne. Non provarti a fuggire, codardo che non sei altro, o strozzo con le mie mani quella baldracca. Chiamate il re. Voglio che veda con i suoi occhi la tresca che si consuma con il suo beneplacito... il nostro religiosissimo sovrano... *Puah*!»

Destato da tanto baccano, il castello stava piombando in un'indescrivibile confusione. I servi accorrevano sulla scena del misfatto ma poi, di fronte allo scandaloso spettacolo del siniscalco e della giovane cognata del re seminudi e in flagrante adulterio, si allontanavano imbarazzati restando nei paraggi a bisbigliare, commentare e, in qualche caso, ridacchiare. Ben presto sopraggiunse anche la regina, avvolta in una vestaglia, i magnifici capelli sciolti sulle spalle. Dietro di lei il re, anche lui vestito in modo sommario. Entrambi intuirono all'istante l'accaduto.

I due amanti si stavano rivestendo in modo calmo e composto. All'apparenza, sembravano non prestare alcuna attenzione alle scalmanate proteste della moglie di Raoul, che continuava a inveire come un'ossessa e che, al cospetto del re e della regina, raddoppiò la foga.

«Mi rifugerò da mio fratello con i figli. Attenderò lì che mio marito invochi il perdono e decideremo assieme se concederlo o se, come ritengo più probabile, lavare nel sangue l'offesa che ci ha arrecato. Sua Santità sarà informato oggi stesso del vergognoso adulterio che si è consumato fra una persona più che cinquantenne, marito e padre, e una ragazza di sedici, con la piena approvazione e complicità dei sovrani di Francia.»

«Moderate il linguaggio, signora» le ordinò il re in tono secco. «Rivolgere un'accusa tanto grave non vi è consentito neppure per il nome che portate.»

«Vostra moglie...» sibilò la contessa, gettando su Aliénore uno sguardo persino più offensivo delle parole «è al corrente della tresca da molto tempo, l'ha protetta e incoraggiata perché detesta mio fratello Teobaldo e perché è una donna senza morale, senza...»

«Fuori da questa casa» ordinò il re, paonazzo in volto. «Non vi permetto di fermarvi un istante di più. E riferite a vostro fratello che questa volta nulla potrà salvarlo dall'ira del re.»

Il cardinale Ivo, legato del papa e da questi incaricato di presiedere il concilio ecclesiastico di Lagny-sur-Marne per tentare di comporre il dissidio tra Luigi VII e Teobaldo di Blois, si grattò il cranio pelato facendo oscillare il copricapo a punta: considerata l'imponenza delle truppe schierate dai due contendenti intorno all'abbazia di Saint Pierre, c'era da domandarsi se la guerra non fosse già iniziata, a insaputa del santo padre.

«Come si giustifica una tale concentrazione di uomini in armi?» domandò al segretario. «Rischiamo che la guerra scoppi sotto i nostri occhi, altro che tentare di sedarla.»

«Luigi di Francia incolpa il santo padre, visto che ha acconsentito a tenere il concilio nei feudi del suo avversario, arrecandogli offesa.»

«Al confine fra i due stati» corresse il legato, calcando la voce sulla parola *confine*.

«Ma pur sempre all'interno della Champagne, motivo per cui, sostiene Luigi, la scorta armata era una precauzione per lui indispensabile. Teobaldo, però, ribatte che le truppe che la compongono sono così numerose da lasciar presupporre un'aggressione in piena regola e dunque ha ritenuto di doversi a sua volta premunire. Luigi VII ritiene che il santo padre non sia imparziale e favorisca Teobaldo in modo scandaloso. Non ha digerito il commento di Sua Santità, che i suoi ambasciatori si sono affrettati a spifferargli: *Luigi VII è un ragazzo cui dovreste insegnare le buone maniere. Per il futuro, raccomandategli di non comportarsi come uno sciocco scolaretto.*»

Il cardinale scrollò le spalle.

«Peggio di uno sciocco scolaretto. Un pupazzo nelle

mani della moglie. Stando così le cose, sono pessimista. Non credo che si possa sperare in un suo ravvedimento.»

«Ne dubito. Anzi, Raoul e la sua amante Petronilla vivono ora come marito e moglie e tali si proclamano, con l'approvazione del sovrano. Luigi osa affermare che la scomunica verso i due adulteri e l'interdetto papale sui suoi territori sono provvedimenti ingiusti e faziosi, che aggraveranno la situazione piuttosto che indurlo a recedere dalle sue posizioni.»

«La colpa è di quei tre vescovi idioti che si sono piegati a proclamare nullo il matrimonio di Raoul per consanguineità – un pretesto ridicolo – e a celebrare le nozze con Petronilla. Corrotti e blasfemi. Leccapiedi del sovrano, privi di morale. Giuro che usciranno da questo concilio scomunicati e destituiti per sempre dalla loro carica.»

«Luigi pretende l'esatto contrario: che venga approvata la loro decisione e annullato sia l'interdetto sia la scomunica. Ha fatto sapere che si è scomodato a venire di persona solo per questa ragione.»

«Senti, senti... Se questo è il suo obiettivo, non l'otterrà.»

«Dunque verranno accolte le pretese di Teobaldo, che grida allo scandalo?»

«Per forza. Questo impone Bernardo, che si è pronunciato a favore di Teobaldo e contro Luigi VII. Sulla scrivania del santo padre giace un pacco di sue missive, zeppe di anatemi contro il re di Francia e la moglie. Il comportamento dei due amanti è del tutto indifendibile. Questo concilio si concluderà con una decisione a favore di Teobaldo. Chiaro come il sole.»

«Luigi la prenderà molto male. Temo che la disputa si surriscalderà.»

Ivo gonfiò le guance, sbuffando. Si tolse il copricapo e lo usò per farsi vento.

«Come se non bastasse il caldo di questa giornata. Mai visto un giugno così afoso e torrido. Se continua così, il 1141 sarà ricordato come uno dei più torridi degli ultimi trent'anni. Luigi si è portato dietro la moglie, immagino.»

«Non muove un passo senza di lei. La porterebbe anche in battaglia, se non temesse per la sua sicurezza.»

«È lei l'artefice di questo scempio. Se scoppierà una guerra – e scoppierà – l'avrà sulla coscienza. Ha corrotto quel bravo giovane che godeva fama di santo, tanto era pio e virtuoso. Il papa riponeva in lui molte speranze. E invece, sembra aver venduto l'anima a Satana. Nemmeno una scomunica riesce a placarlo e indurlo a un atteggiamento più sottomesso e rispettoso. La duchessa d'Aquitania ha trasferito alla corte di Parigi i comportamenti del nonno Guglielmo, che della chiesa si è sempre fatto beffe e l'ha sottoposta a ogni genere di angherie.»

Il giudizio sprezzante del legato papale era condiviso da molti dei partecipanti al concilio di Lagny.

Anche gli ambasciatori stranieri, presenti in numero elevato, nei dispacci ai loro sovrani indicavano nella duchessa di Aquitania la vera artefice della grave crisi esplosa in Francia. Aveva protetto e difeso a spada tratta i due amanti per amore della sorella, aveva scovato i vescovi disponibili ad annullare le precedenti nozze di Raoul e a celebrare le nuove, aveva istigato il marito a infischiarsi dei moniti del papa e rispondere colpo su colpo ai suoi provvedimenti.

«Secondo lo stile appreso in famiglia» commentava Giovanni di Salisbury al suo re. *«Quanto ai due uomini, Raoul di Vermandois è sempre dominato dalla lussuria,*

Luigi VII pronto solo ad assecondare le pretese della regina, che ama tanto da sembrare quasi puerile.»

Quando l'assemblea ebbe inizio, in una sala gremita fino all'inverosimile, la tensione si respirava nell'aria più opprimente persino dell'afa.

Teobaldo e Luigi di Francia si guardavano in cagnesco, oppure si ignoravano, fingendo di discutere con i propri consiglieri. Solo la regina sfoggiava un'aria soddisfatta, compiaciuta, quasi allegra. Chiacchierava e rideva con la sorella, spesso scambiandosi effusioni. A tratti le si avvicinava Raoul di Vermandois e le sussurrava qualcosa all'orecchio, cui la regina rispondeva con un cenno d'assenso o un sorriso.

All'ingresso del cardinale Ivo, legato papale, Teobaldo si inchinò e gli baciò l'anello. Luigi VII rimase seduto nel suo scranno, impassibile come la regina.

Il cardinale Ivo trasse un sospiro. Non intendeva polemizzare, non aveva più l'età. Avrebbe tanto desiderato che tutto fosse già finito. Si fece il segno della croce e, con un cenno del capo, ordinò al segretario di dare il via alla discussione.

18

Le stelle sono ancora ben visibili, sebbene il cielo già cominci a trascolorare verso il lucore rosato che annuncia l'alba. Nella quiete che ancora avvolge la natura, si intravedono le cime degli alberi, la massa scura del bosco e, più avanti, il punto in cui iniziano i campi coltivati.

Ecco il villaggio.

I contorni si distinguono con progressiva chiarezza. Una manciata di casupole, abbracciate alla chiesa di campagna, con lo stretto campanile che svetta sopra l'abitato.

Neppure una sentinella di guardia.

Sconsiderati.

Come non sapessero che le truppe del re di Francia da mesi ormai mettono a ferro e fuoco l'intera regione della Champagne. Tuttavia, se anche fossero stati più prudenti, non avrebbero potuto scampare la sorte che li attende. Fra breve, di quel luogo non rimarranno che cadaveri e cenere fumante.

Appostati in cima alla collina, i cavalieri francesi attendono il segnale d'attacco in un silenzio così perfetto che si può udire il fremito delle fronde percorse dal vento e il verso di un cuculo. Un'aquila li osserva dall'alto, attardandosi nel suo volo maestoso, come presaga della tragedia imminente.

Ancora pochi istanti.

Qualche piccolo lume comincia a brillare qua e là. Una donna si affaccia sull'uscio, un bambino attaccato alla gonna e un altro al seno. Del tutto inconsapevole che quelli saranno gli ultimi istanti di vita, per lei e le sue creature.

La campana della chiesa rompe il silenzio con i suoi rintocchi, annunciando ai fedeli l'inizio del nuovo giorno.

Il momento giusto.

Luigi VII alza la mano destra, poi la abbassa con un gesto secco.

Come diavoli vomitati dagli inferi, un manipolo di cavalieri si lancia in avanti, annullando, falcata dopo falcata, la breve distanza che li separa dalle case. Un sordo rimbombo scuote la terra e il cielo.

La campana cessa i rintocchi.

Qualcuno grida: «I francesi... i francesi!».

Scrutando l'orizzonte davanti a sé, Luigi anticipa con la mente gli eventi che stanno per accadere. Si ripetono sempre uguali da mesi in ogni borgo della Champagne. Case e campi devastati, fiamme, massacri, una folla alla ricerca disperata di una salvezza impossibile, dimentica dei propri doveri e dei legami d'affetto, troppo paralizzata dalla paura per accennare qualunque reazione o approntare qualsiasi difesa. Donne cui vengono strappati i figli lattanti, che i soldati si divertono a lanciarsi l'uno l'altro ridendo e tentando di infilzarli al volo con la spada o con la punta della lancia, i più grandicelli decapitati mentre corrono alla rinfusa, talvolta ancora in braccio alla madre, più spesso abbandonati in lacrime al loro destino. Grida di fanciulle inseguite nelle vie o stanate dai nascondigli, violate e poi sgozzate.

La Champagne è ormai una landa desolata di devastazione e morte. Ma Teobaldo di Blois non si arrende. Assiste al martirio dei suoi sudditi impassibile, senza capitolare.

Oggi tocca agli abitanti di...

«Come si chiama questo villaggio?» domanda Luigi, mentre dall'alto della collina osserva il lavoro delle truppe.

«Vitry, mio signore» risponde con prontezza l'ufficiale.

«Vitry» ripete Luigi, quasi a volerlo memorizzare.

I suoi uomini lavorano con impressionante efficienza. Sono esperti, ormai. Le fiamme già divorano l'abitato con le loro lunghe lingue fameliche. Dense colonne di fumo si innalzano qua e là come neri pilastri contro l'azzurro indifeso del cielo. Dalla periferia, l'incendio avanza verso il cuore del villaggio.

«*La chiesa è ancora intatta! Alla chiesa! Alla chiesa!*» si sente gridare nelle vie.

I superstiti, in massa, prendono a correre tutti nella stessa direzione. Si spingono, si scavalcano, si calpestano. Spalancano il portone d'ingresso della piccola pieve e si riversano all'interno.

Ora si sentono al sicuro.

Nessuno oserà macchiarsi dell'orribile sacrilegio di violare un luogo consacrato, dove neppure i ladri, i briganti, gli assassini possono essere toccati, come impone la legge di Dio.

«Siamo salvi!» ripetono in lacrime, stringendo al petto i figli. «Dio sia ringraziato!»

Il prete esorta quel gregge di disperati a inginocchiarsi e pregare. Ma la chiesa è così stracolma di persone ammassate le une sulle altre che si può rimanere solo in piedi. Non c'è un palmo di spazio nemmeno per far sedere i vecchi o i bambini.

Sopraggiungono i francesi. Si odono le loro grida, il nitrito nervoso dei cavalli, il fragore delle armi.

L'orgia di sangue e violenza che dura da mesi ottunde le menti, li induce a uno stato di esaltazione e follia. Non esistono più freni. Tutto è lecito, tutto è concesso. Niente più li turba, li commuove, li trattiene. Da mesi non fanno altro che bruciare, saccheggiare, violentare, massacrare gli inermi...

Sprangano le porte, le bloccano con una sbarra di ferro per impedire a chiunque di fuggire.

E appiccano il fuoco.

Luigi, dal suo punto di osservazione, stenta a capire cosa stia accadendo ma qualcosa, nei meandri della coscienza, lo avverte che un nuovo, estremo confine di barbarie è stato oltrepassato.

D'improvviso si avvede della chiesa, avvolta dalle fiamme.

Nello stesso istante grida raccapriccianti saturano l'aria.

«Aiuto! Aiuto! Pietà!»

È un boato che sale, sale, sale... invade la valle, raggiunge il cielo e si abbatte sulle orecchie del re con il fragore di un uragano.

A fatica la realtà si fa strada e penetra nella profondità della sua coscienza: all'interno di quel rogo potrebbero trovarsi esseri umani che forse si erano rifugiati in chiesa fidando in Dio, nella sacralità del luogo e nella misericordia degli uomini.

"No, non può essere vero." Spera di essersi sbagliato o che tutto possa essere ancora interrotto.

«Fermi! Fermi!» grida. «No!»

Afferra il cavallo e si precipita con un furioso galoppo in quella direzione, seguito dagli ufficiali allarmati. «Fermi! Fermi!» continua a gridare.

Giunge sulla piazza.

Il cavallo si impenna e solleva le zampe verso l'alto, spaventato dal rogo...

È tardi. Troppo tardi.

Non c'è più nulla che possa fare per spegnere le fiamme e impedire il misfatto.

La visione dell'immenso rogo che inghiotte la chiesa si estende davanti ai suoi occhi, si ingigantisce. Le grida di dolore degli inermi che stanno bruciando vivi penetrano nell'animo e lo devastano con la loro intensità.

Ecco l'inferno... Le fiamme che crepitano davanti ai suoi occhi *sono* l'inferno e quelle grida, i lamenti dei dannati. Da questo momento, quel luogo attende anche lui. Lo percepisce con assoluta certezza.

Oltre l'estremo confine valicato oggi, non può esserci per lui che l'abisso della dannazione eterna.

Le urla continuano, più acute, strazianti e disperate che mai: frecce che si conficcano nel cuore e lo fanno sanguinare, penetrano nella mente e la ottenebrano.

Gli pare di riuscire a distinguere gli infelici che si dibattono: donne, bambini, vecchi, fanciulli e fanciulle nel fiore dell'età che non conosceranno mai l'amore. Si contorcono, si trasformano in torce umane. Fra loro scorge anche quella madre che ha intravisto sull'uscio, con i due bambini in collo.

Una visione nitida e raccapricciante.

Vorrebbe scacciarla ma è impotente. Resta lì, immobile, inchiodato da una mano misteriosa che lo costringe a fissare la scena, incapace di un gesto, di un lamento.

Il tetto della chiesa crolla con un fragore assordante. Neppure allora il re si scuote. Sembra pietrificato in una fissità di morte, gli occhi vitrei. Gli ufficiali si scambiano un'occhiata preoccupata, incerti sul da farsi.

«È tutto finito, mio signore. Possiamo andare» afferma uno di loro.

Ma il sovrano non replica, non ascolta, lo sguardo sempre più simile a quello di un folle.

Le ultime fiamme si consumano davanti ai suoi occhi, le grida sono ormai cessate. Un fumo spesso e saturo dell'odore nauseabondo della carne bruciata lo avvolge come una viscida caligine, si deposita nella gola, nei polmoni e lo soffoca nelle sue spire.

Attraverso quale cammino di perdizione è giunto a compiere un tale abominio? Quando è iniziata la sua discesa verso l'inferno?

Da quando Eléonor è entrata nella sua vita.

Lei è il peccato iniziale. Lei, che ama più della sua vita.

Più di Dio.

Lei, per la quale ha concepito una passione insana, un desiderio che non gli ha concesso più tregua, spingendolo a obbedirle in modo cieco, pur di vederla felice e mantenerne il favore, sordo a qualunque altro richiamo, a ogni ammonimento: di Sugero, di Bernardo, del papa.

La lussuria.

Dal peccato della carne è iniziata la perdizione. E si è conclusa oggi, a Vitry, dove Satana gli ha mostrato il suo destino ultraterreno. Il *Maligno* danza davanti ai suoi occhi, sulle rovine fumanti della chiesa, lieto che, per ordine del re, il luogo consacrato abbia subito la profanazione estrema. Fruga con le luride unghie fra le ceneri dei cadaveri alla ricerca di altre anime da strappare al nemico, oltre a quella di Luigi di Francia, che oggi si è assicurato.

Ormai il sole è alto.

Di Vitry non resta in piedi una pietra.

Sarebbe opportuno richiamare la truppa e andar via in fretta. Ma il re non si muove. Fermo, immobile nello stesso punto. I suoi ufficiali sono molto spaventati e indecisi sul da farsi: afferrare le redini della cavalcatura e trascinarlo via? Aiutarlo a scendere da cavallo?

Raoul di Vermandois prova a scuoterlo. Ma il re non si trova dove sembra essere. Lo trasportano al campo, lo tirano giù di peso dalla sella, lo distendono su un letto: rigido, freddo come un cadavere. Non si accorge di nulla, lo sguardo incatenato a una visione nota a lui solo.

Fa paura.

Continua così per giorni: non parla, non mangia, non beve nemmeno un sorso d'acqua, i denti serrati in una morsa impenetrabile. Raoul di Vermandois teme che abbia perso il senno e dispera di salvarlo. Vorrebbe inviare una staffetta alla regina ma si chiede se incontrare la moglie sia di giovamento. Qualcosa di molto grave è accaduto nel cuore e nella mente di Luigi.

Infine si assume la responsabilità di una scelta grave: ignorare Aliénore e convocare Sugero.

L'abate Hervé si avvicina a Sugero, raccolto in preghiera nel confessionale a lui riservato. Attende con pazienza che il suo superiore sollevi lo sguardo dai salmi, vincendo la tentazione di interromperlo.

Alla fine lui pone un segno tra le pagine del libro e solleva lo sguardo.

«Perdonate il disturbo, reverendissimo padre. I carpentieri hanno dovuto interrompere il lavoro. Nei boschi non è stato trovato legname di lunghezza adeguata alle necessità.»

Sugero fatica un poco a tornare alla quotidianità della vita.

«Mi sembra impossibile» commenta.

«Si lamentano che i boschi intorno all'abbazia siano stati già sfruttati in modo intenso.»

L'abate sbuffa in modo impercettibile, gonfiando appena le gote.

«Ogni giorno la sua croce,» brontola «spesso in aggiunta a quelle dei giorni precedenti, non ancora risolte.»

«A tale proposito, reco una buona notizia. Un folto gruppo di contadini dei villaggi circostanti è affluito all'abbazia e offre il proprio lavoro per la squadratura delle pietre, sospesa alcuni giorni or sono a causa della mancanza di mano d'opera.»

«Il Signore è sempre misericordioso.»

«Potete ben dirlo, perché non è finita. È giunto un corriere da parte di Teobaldo di Blois. Il conte, in pegno per i suoi peccati, offre una manciata di topazi e granate per impreziosire la grande Croce che verrà posta sopra l'altare maggiore.»

Sugero accoglie la notizia con un grugnito. Accetterà le pietre preziose, a maggior gloria di Dio e del tempio che sta edificando in suo onore. Ma Teobaldo non pensi di ricostituirsi una verginità con così poco. È colpevole quanto quel folle di Luigi dello scempio della sua regione e delle orribili sofferenze inflitte ai sudditi inermi.

«La misericordia del Signore, che ci invia due doni così importanti in un solo giorno, deve indurci a stringere i denti e perseverare nell'impresa che stiamo compiendo. Ormai non manca tanto alla sua fine. I contadini sono già stati messi al lavoro?»

Hervé fa un cenno di assenso.

«Bene. Date loro un buon piatto di minestra e un pezzo di carne. A fine giornata ricompensateli con frattaglie d'animali per le loro famiglie. Mi recherò di persona a perlustrare i boschi con i carpentieri. Mi rifiuto di credere che non si possano trovare quattro tronchi di lunghezza adeguata.»

«Voi, Reverendissimo? Si tratta di una fatica improba...» osserva Hervé, scettico.

«Non sarò nella forma più smagliante ma non sono neppure moribondo. Il lavoro fisico non aggrava i malanni, caso mai li guarisce. Non temete per me. Sarò di ritorno prima dell'ora sesta e mangerò con i confratelli.»

Ma prima di poter mettere in atto il proposito, giunge in convento un messaggero trafelato. L'abate di Saint-Denis deve saltare su un carro all'istante, alla volta della Champagne.

«Al campo hanno bisogno urgente di voi» farfuglia, senza aggiungere altro.

Sugero non esita a salire su un carro e obbedire ma lungo il tragitto non riesce a impedirsi di recriminare, di rivangare le disillusioni e i dispiaceri che gli ultimi due anni gli hanno riservato.

Del Luigi di un tempo, dell'allievo mite e timorato di Dio fino al fanatismo, non rimaneva traccia. Il sovrano che regnava sul trono di Francia si era trasformato in un giovane del tutto sconosciuto: arrogante, superbo, sordo a ogni appello, ribelle all'autorità del santo padre, preoccupato solo di imporre la propria autorità, perseguire il proprio prestigio, rivendicare quelli che considerava i suoi diritti o interessi. Con protervia, cinismo e violenza. Con inaudita immoralità, persino. Il legame tra la giovanissima cognata Petronilla – cresciuta alla scuola della sorella – e Raoul di Vermandois è una sconcezza che non solo il re non ha condannato e stroncato – come avrebbe fatto il Luigi di un tempo – ma protetto, difeso, sostenuto contro ogni ragionevolezza, giungendo a corrompere tre vescovi per ottenere una sentenza di annullamento del precedente matrimonio di Raoul arbitraria e infondata.

Questa volta Sugero aveva in cuor suo approvato Bernardo – e accadeva molto di rado – il quale, con l'eloquenza tracotante ed eccessiva che gli era propria, aveva tempestato di missive grondanti indignazione tanto il re di Francia, accusato di ogni genere di nefandezza, quanto il papa, che non puniva con la dovuta energia un simile arbitrio.

Sugero avrebbe giurato che, di fronte alla scomunica, ovvero all'impossibilità di confessarsi e comunicarsi, Luigi avrebbe ceduto. Si era sbagliato. Allora si era recato di persona da lui per implorarlo di desistere da quei propositi dissennati, invocare il perdono del papa e rappacificarsi con Teobaldo. Confidava di indurlo a ragionare.

Il re e la regina non lo avevano nemmeno ricevuto. Lo avevano lasciato per ore in attesa nei corridoi della reggia, dove un tempo veniva accolto come un membro della famiglia, senza ammetterlo alla loro presenza. Un consigliere lo aveva alla fine congedato informandolo che il re lo ringraziava per la sua premura e, se avesse avuto necessità dei suoi consigli, lo avrebbe convocato.

Un dolore così profondo che se ne era ammalato.

Raoul di Vermandois gli viene incontro quando mancano ancora alcune miglia all'accampamento francese.

«Qualcuno si degna di comunicarmi il motivo di questa improvvisa convocazione?» domanda al siniscalco del re, sporgendosi dal finestrino del carro. Quello arrossisce.

«Sua maestà sta molto male.»

«È rimasto ferito?» insiste Sugero.

«Non nel corpo» replica Raoul imbarazzato, infittendo il mistero.

«Vi spiace spiegarvi meglio?»

«Vedrete con i vostri occhi» e si allontana a cavallo, per troncare il colloquio.

Quando è condotto al cospetto del re, a Sugero è sufficiente un'occhiata per comprendere. Qualcosa di molto grave è accaduto, che ha costretto Luigi a prendere coscienza dei suoi errori e ora – proprio come aveva sempre temuto – il rimorso lo schiaccia e rischia di annientarlo, di ucciderlo. Ecco il motivo per cui il Signore ha mantenuto in vita il suo umile servo Sugero, nonostante gli acciacchi: per salvare Luigi.

«La regina deve rimanere lontana dal marito fino a quando non si sarà ripreso. Ecco le mie condizioni.»

«Riferirò» risponde asciutto Raoul, senza impegnarsi.

«Allora non dimenticatevi di precisarle che abbandonerò il capezzale del sovrano nell'istante stesso in cui avvertirò il suo profumo aleggiare nell'aria.»

Decide di portare Luigi lontano dalla guerra e ricondurlo a Parigi. Ma non nella reggia. A Saint-Denis. Nella pace, nel raccoglimento e nella preghiera.

Quando Aliénore incontra di nuovo il marito, parecchi mesi dopo, stenta a riconoscerlo.

Le fluenti chiome bionde, che tanto le piacevano, non esistono più. Il capo è rasato a zero, come quello dei penitenti, le guance scavate dai digiuni, gli occhi inebetiti e sofferenti, cerchiati da occhiaie profonde. Al re non interessa sapere che le truppe francesi hanno trionfato in tutta la Champagne e che Teobaldo, il grande nemico, è alle corde. Non prova più alcun interesse per la guerra, vuole rappacificarsi con tutti.

Aliénore comprende subito che ha davanti un altro uomo.

Un senso di panico la afferra.

La battaglia per riconquistarlo una seconda volta si presenta molto più ardua.

19

La ressa intorno alla nuova cattedrale di Saint-Denis era cominciata molti giorni prima dell'inaugurazione, fissata per l'undici giugno del 1144, con le campagne circostanti trasformate in un immenso accampamento disordinato e policromo. D'altro canto, la folla di fedeli era disposta a sobbarcarsi qualunque disagio pur di non perdersi lo spettacolo della nuova, sorprendente costruzione, dalle dimensioni mai viste prima eppure leggera, aggraziata e tutta protesa verso l'alto, in una profusione di guglie, pinnacoli e intarsi di marmo delicati come merletti. Meraviglia tra le meraviglie erano le gigantesche vetrate sui muri esterni, un tripudio multicolore di vetri, accostati l'uno all'altro, che raccontavano storie meravigliose. I visitatori osservavano incantati, il naso all'insù, quasi incapaci di credere all'audacia della costruzione che si stagliava davanti ai loro occhi. E si diceva che l'interno fosse altrettanto e forse ancor più spettacolare. L'apice della calca e della confusione si raggiunse all'alba della mattina del grande evento, allorché la moltitudine dei pellegrini ostruì il percorso fra Parigi e Saint-Denis, tanto che solo con gran fatica e modi bruschi una schiera di cavalieri armati di tutto punto riuscì a sgomberare la strada al carro che trasportava la regina.

«Fate largo!» urlava il capitano. «Largo a sua maestà!»

Sugero faceva gli onori di casa e accoglieva gli ospiti di maggior riguardo all'ingresso dell'edificio, attorniato da vescovi e prelati in pompa magna, giunti da tutte le regioni e persino da Roma. All'arrivo dei carri scortati dai cavalieri, la folla si eccitò ancora di più, ondeggiando e scalando i rami degli alberi per ammirare i reali di Francia.

Dal primo carro scese la regina, vestita con un sontuoso abito di damasco, sul capo uno splendido diadema tempestato di perle, ai polsi e alle orecchie pendagli di granate e rubini, al fianco la sorella Petronilla, lei pure elegantissima e ingioiellata. Dal secondo carro, fra la sorpresa generale, uscì Adelaide, la regina madre, che i sudditi non vedevano da molto tempo, rigida, severa e molto appesantita. Del re di Francia, nessuna traccia. E neppure di Bernardo di Clairvaux.

Finalmente il gran portone d'ingresso venne spalancato. Sugero, avendo al fianco le dame della famiglia reale e i prelati, entrò per primo, mentre i soldati alle sue spalle serravano le file per trattenere la folla che premeva per entrare.

Per un bel pezzo, l'abate di Saint-Denis si godette la vista degli ospiti, ammutoliti, estasiati davanti alle grandi vetrate multicolori che inondavano di luce le immense navate, rifrangendosi tutt'intorno in un tripudio di colori.

«Come sono eleganti» sussurrò Aliénore, giungendo le mani. «E voi avete realizzato tutto questo. Oh, amico mio... Vi ho sottovalutato. Sono stata stupida ed egoista. Mio nonno non mi avrebbe mai perdonato per aver allontanato dalla corte una persona geniale come voi. Posso solo sperare che voi, invece, nella vostra generosità, sarete più clemente di lui.»

«Con tutto il cuore, mia signora» assicurò Sugero senza esitare. «Debbo ringraziarvi, anzi. Solo grazie al vostro ostracismo ho potuto concentrare i miei sforzi e portare a termine il progetto. In ogni caso, non dovete sopravvalutarmi. Le persone che mi hanno aiutato a realizzarlo meritano la vostra ammirazione più di me.»

«Siete del tutto certo della stabilità dell'edificio, signor abate?» lo interruppe il legato pontificio, assumendo un'aria critica e simulando una competenza che non possedeva. «Condivido l'ammirazione generale ma mi domando come possano reggersi le pareti, indebolite da aperture così ampie. E lo stesso vale per questi archi. Bellissimi ed eleganti, come sostiene la regina. Ma la robustezza?»

«Non vorrei tediare voi e le signore con dettagli tecnici, eminenza.»

«Le signore sono molto interessate alla spiegazione» precisò subito Aliénore.

«Per dirla in due parole, i pesi di questa poderosa struttura si scaricano tutti sui grossi pilastri perimetrali e interni. Le pareti non assolvono alcuna funzione statica, sono poco più che tamponamenti tra un pilastro e l'altro. Per questo, senza alcun pregiudizio per la stabilità, possono essere alleggerite dalle grandi vetrate che conferiscono all'ambiente una grande luminosità e risultano molto spettacolari.»

Gli ospiti parvero soddisfatti e, se poco compresero della disquisizione architettonica dell'abate, non lo diedero a vedere, annuendo anzi con grandi cenni del capo. Quindi passarono ad ammirare gli altari, in numero di venti, ognuno ornato di vasi preziosi e croci, la più imponente delle quali, con i suoi sei metri di altezza e la superficie incrostata di gemme, troneggiava sull'altare maggiore.

Quando i visitatori più importanti ebbero terminato la visita e preso posto negli scranni riservati alle autorità, si consentì l'ingresso ai pellegrini. Nonostante la grande capienza, coloro che non poterono trovare posto all'interno furono molti di più dei privilegiati che riuscirono a entrare.

Tutto sembrava pronto per l'inizio della messa solenne, quando una lunga processione di penitenti si fece largo tra la folla che stazionava all'esterno dell'abbazia. Camminavano scalzi, il capo rasato a zero, coperti di un grezzo abito di tela, carichi dei pesanti addobbi di oro e argento, patrimonio dell'abbazia, che erano stati messi al sicuro nel corso dei lavori e ora venivano ricollocati al loro posto. Confuso tra gli altri, sfilava anche il re, curvo sotto il peso del reliquiario d'argento massiccio contenente i resti di san Dionigi l'Areopagita, protettore di Francia. Allorché, dopo parecchio tempo, qualcuno lo riconobbe, un mormorio di stupore e ammirazione si levò dalla folla propagandosi come un'onda fino alla chiesa, via via che la notizia correva di bocca in bocca.

Luigi VII trasportò il pesante carico da solo, fino al luogo destinato. Poi, respingendo ogni privilegio, si inginocchiò in un angolo della cattedrale insieme agli altri penitenti, fra i quali spiccava l'alta figura di Bernardo di Clairvaux.

I prelati e i vassalli della corona, tronfi nei loro abiti sfarzosi, nelle pesanti collane d'oro, nelle mitrie tempestate di gioielli, arrossirono imbarazzati. Solo Aliénore non mostrò alcun disagio per il suo abito lussuoso e gli sfavillanti gioielli. Ignorò anche lo sguardo torvo e ostile della suocera, la quale aveva fatto sapere di essere presente solo in segno di omaggio a Sugero, pronta a ripartire subito dopo la consacrazione. Aliénore si augurava di cuore che mantenesse la parola visto che, durante la brevissima permanenza parigina, aveva inondato lei e la corte di maldicenze, accusandola di dissolutezza e rinfacciandole la sterilità.

Quanto a Luigi, le sue scelte estreme ormai non la stupivano più. Dopo l'incidente di Vitry, era cambiato in modo profondo. Non che non l'amasse più. L'amava anzi con una tenerezza persino maggiore, come se volesse farsi perdonare di non essere più quello di un tempo. Continuava a colmarla di regali e attenzioni, era sempre possessivo e geloso di ogni uomo che l'avvicinasse o le mostrasse un'ammirazione particolare. Proprio alcuni giorni addietro, aveva maltrattato e quasi scacciato dalla reggia il povero Marcabruno, il più amato fra i trovatori di corte, reo di avere composto versi di ammirazione troppo esplicita verso la regina e di critica altrettanto palese nei confronti del re, del quale deplorava la rozzezza.

Quello che suo marito sembrava aver perso – e che Aliénore rimpiangeva – era la passione che accende i sensi e rende folli, assieme alla devozione assoluta e incondizionata verso la donna amata. Ora quel fuoco interiore era di nuovo tutto rivolto a Dio e alla Vergine. Lo divorava un senso di colpa cupo e senza speranza. Si macerava nella preghiera, nelle penitenze, nell'osservanza maniacale di ogni divieto, inventandosi anzi nuovi supplizi e nuove privazioni. Le occasioni di incontri intimi erano rare, situazione che la faceva soffrire e riacutizzava il problema della loro visione della vita, così diversa e inconciliabile.

«Oggi più che mai sarebbe indispensabile un figlio» confidava a Petronilla, incinta per la seconda volta di Raoul e quasi mortificata di questa sua prolificità. «Non vedo altra strada per riconquistarlo. Ma come, se diserta il mio letto? Il numero dei miei nemici cresce ogni giorno. Ormai tutti affermano in modo esplicito che non potrò mai dare un erede al trono di Francia. E qualcuno, certo aizzato da mia suocera, è giunto al punto di ipotizzare un ripudio da parte del re. Hanno persino trovato il pretesto. L'arcivescovo di Laon si è preso la briga di stilare l'intero albero genealogico delle due famiglie e ha dimostrato che il re e io siamo cugini di quarto grado e dunque consanguinei a un livello proibito dalla chiesa. Bernardo ha già attaccato Luigi due volte, rinfacciandogli questa colpa.»

Aliénore non aveva dimenticato la maledizione di Bernardo, al concilio di Sens. «*Il desiderio più grande del vostro cuore – e voi sapete a quale alludo – non si realizzerà fino a quando non intercederò* io, *presso l'Onnipotente. E non lo farò fino a quando non mi avrete dato prova di umiltà e di pentimento.*»

Per lungo tempo non aveva attribuito alcun peso ai deliri di quel pazzo, facendosene beffe. Poi aveva cominciato a riflettere se non fosse il caso di mutare atteggiamento. Infine aveva maturato un'importante decisione: pur di raggiungere l'obiettivo di un figlio con il quale annientare i nemici e mostrare al marito che Dio benediceva la loro unione, era pronta anche a ingoiare l'orgoglio e scendere a patti con quell'essere spregevole e fanatico.

Gli avrebbe chiesto un incontro, proprio a Saint-Denis, dopo i festeggiamenti.

La messa solenne era terminata. Sugero aveva pronunciato parole semplici e toccanti che avevano commosso i cuori dei presenti.

Al termine del discorso, Bernardo l'aveva abbracciato.

«Mi conosci quanto basta per sapere che sento come un dovere inderogabile pungolare sempre ogni uomo verso il disprezzo della ricchezza e della pompa perché in esse vedo l'opera di Satana. Per questo non ti ho risparmiato le mie rampogne. In questo caso, però, riconosco che sono state eccessive e soprattutto inutili. Questa cattedrale è un inno a Dio e io ne sono ammirato e incantato. Ti supplico di perdonarmi per le critiche ingiuste e di abbracciarmi come un fratello.»

Sugero, con un largo sorriso sul volto, spalancò le braccia e, in punta di piedi, fece del suo meglio per abbracciare l'altro, che lo sovrastava di molte spanne.

Luigi non si era mosso dal suo posto: in ginocchio, la fronte sul pavimento, pregava e piangeva, l'espressione sofferente che non abbandonava più il suo sguardo dall'incidente di Vitry. Bernardo gli si accostò e, con entrambe le braccia, lo sollevò da terra, scrutandolo negli occhi con sguardo corrucciato.

«Oggi è un giorno di pace e perdono. So di essere stato molto severo con voi, in passato, e certo non sarò tenero per il futuro. Ora però vorrei vedervi sereno.»

«Perdono? Non lo merito. Sono il più indegno dei peccatori.»

«Prendere coscienza dei propri sbagli e pentirsene è

il primo passo verso la salvezza. Il secondo è confidare nell'immensa bontà di Dio. Lui può leggere nei nostri cuori e valutarne la purezza. Nulla gli è celato dei nostri pensieri e delle nostre intenzioni. Dunque, se il vostro pentimento è sincero e profondo, vi spalancherà le braccia e vi accoglierà come il figlio che aveva smarrito e che ha ritrovato. In Paradiso sarà festa grande.»

Per un momento, lo sguardo di Bernardo sembrò mite e quasi dolce. Luigi si sollevò dalla sua posizione di penitente e lo abbracciò.

«Ora vorrei che scambiaste una parola di pace anche con Teobaldo di Blois.»

Al cenno del frate, Teobaldo si avvicinò. Era scuro in volto. Luigi non ebbe il coraggio di fissarlo negli occhi.

«Vi chiedo perdono per le sofferenze inferte a voi e ai vostri sudditi, della cui orribile fine porto il peso. Quando sarò di fronte a Dio, so che mi chiederà conto dei morti di Vitry e di tutte le altre atrocità commesse sulle vostre terre. Non ho saputo dominare gli eventi e ora è troppo tardi per rimediare. Posso solo promettervi che, per il futuro, mediterò a lungo su ogni mia decisione.»

Teobaldo tacque per lunghi, pesantissimi istanti. Nei suoi occhi e nell'espressione del volto si indovinava l'intima battaglia del cuore: il pentimento di Luigi non avrebbe restituito il marito a sua sorella, il padre ai suoi nipoti, le case, i raccolti, la vita ai suoi contadini. Petronilla era lì, sotto gli occhi di tutti, il ventre gonfio per la seconda volta del seme di Raoul di Vermandois. Ma lo sguardo di Bernardo era implacabile.

«Prego Dio di concedervi la saggezza che si conviene a un grande sovrano» affermò alla fine, utilizzando una formula ambigua. Bernardo non commentò, Luigi chinò la testa, consapevole che per Teobaldo non sarebbe stato facile perdonare.

«Vi domando il permesso di congedarmi» farfugliò Teobaldo, allontanandosi in tutta fretta per non essere costretto a incontrare la regina, che si stava avvicinando a loro. Luigi, non appena Aliénore gli fu accanto, si chinò a baciarle una mano. Bernardo incrociò le braccia sul petto senza degnarla di un saluto, fissando un punto davanti a sé, indispettito dalla devozione che, nonostante tutto, ancora leggeva negli occhi del re.

«Desidero parlare con voi, Bernardo» affermò la regina, fissandolo con uno sguardo calmo e sereno. «Potete concedere udienza a una donna che la implora?»

«Non è mia abitudine respingere quanti si rivolgono a me con umiltà e pentimento. Donna o uomo che sia» replicò il frate.

Un'irriverente risposta bruciava sulle labbra di Aliénore, che tuttavia chinò il capo e tenne a freno la lingua, sebbene lo sforzo di controllarsi le imporporasse le guance. Per sua fortuna, Bernardo interpretò quel rossore come un segno di modestia e vergogna.

«Seguitemi» ingiunse.

Sono una di fronte all'altro, in piedi. Per qualche istante si osservano, si studiano. Uno sguardo fiero ma non animoso. Ciascuno dei due, terminata l'analisi, vorrebbe distoglierlo dall'interlocutore per non apparire arrogante, ma non osa farlo, per non mostrarsi remissivo.

«Intendete confessare a Dio, tramite questo umile servo, il vostro pentimento per la sciagura di Vitry?» la incoraggia Bernardo, seguendo una personale interpretazione delle ragioni di quel colloquio. «Avete preso coscienza della gravità del vostro comportamento? Ne siete pentita, come lo è vostro marito?»

«Non vi capisco» dichiara Aliénore, una nota di sincera sorpresa nella voce. «Non ne sono responsabile. E dunque non ho nulla di cui pentirmi. Forse state equivocando sulla ragione del nostro incontro. Io desidero impetrare la vostra intercessione per mia sorella Petronilla e suo marito. Vorrei che usaste la vostra influenza per convincere Sua Santità a revocare la scomunica nei loro confronti e riconoscere il matrimonio. Sapete che il precedente legame di Raoul è stato annullato per consanguineità e dunque... In cambio eserciterò la mia influenza per convincere il re a stipulare una pace definitiva con Teobaldo di Blois. Cosa ne dite?»

Bernardo fatica non poco a controllare la sua natura impetuosa. Mantiene un tono di voce pacato, sperando che Dio apprezzi quel severo esercizio di controllo e umiltà.

«Una donna non deve, o non dovrebbe, occuparsi di simili questioni, che sono demandate agli uomini.»

«Davvero?» domanda Aliénore candida, fingendo stupore.

«Non tentate di adoperare con me le arti del demonio di cui siete maestra» sbotta Bernardo, incapace di persistere nel sacrificio che si è imposto. Quella donna lo inorridisce. Tutto è eccessivo in lei, a cominciare dalla bellezza. Dietro i tratti perfetti gli pare di distinguere il ghigno di Satana in persona. «Siete una svergognata, un'incosciente che non valuta le conseguenze delle proprie azioni.» La voce sale di tono parola dopo parola. «Con la vostra ambizione e i dissennati consigli avete spinto il sovrano a compiere atrocità inaudite, approfittando della cieca passione che ha concepito per voi. E sostenete di non esserne responsabile? L'avete condotto voi, alla disperazione e forse alla dannazione. Venite qui a cianciare di consanguineità per Raoul di Vermandois. Siete attenta alla pagliuzza nell'occhio altrui e ignorate la trave nel vostro. Forse che voi e vostro marito non siete colpevoli delle stesso peccato e mille volte peggiore, come cugini di quarto grado? Smettete una buona volta di impicciarvi di affari che non vi riguardano, comportatevi come una donna timorata di Dio e pentitevi della vostra insolenza e crudeltà. Oppure non cercatemi...» Bernardo si interrompe, sorpreso e un poco scosso dai violenti singhiozzi che, d'improvviso, scuotono il petto di Aliénore, la quale è crollata in ginocchio davanti a lui, il capo chino fino al pavimento, quasi a sfiorargli i piedi.

«Siete sempre stato duro con me» farfuglia fra le lacrime. «Ricordo le vostre parole, al concilio di Sens, eccessive e irriguardose. Come posso aprirvi il mio cuore se so che mi disprezzate, che mi odiate? Avrei tante angosce da confidarvi...»

Bernardo è sconcertato. Dondola da un piede all'altro, incerto sul da farsi, resiste all'impulso di stendere una mano verso quella donna che mostra finalmente un dolore sincero, un atteggiamento umile e dimesso, come si conviene al suo sesso, forse un accenno di pentimento.

«Non bestemmiate» osserva burbero. E poi, con maggiore dolcezza: «Ogni essere umano è mio fratello in Cristo. Come potrei odiarlo? Se vi sono parso troppo duro, sono pronto a fare ammenda. E se vorrete aprire il vostro cuore a questo umile frate, vi ascolterò con tutta l'attenzione e la partecipazione di cui sono capace».

«Soffro per mia sorella» ribadisce Aliénore. «Accetto le vostre rampogne. Ma vi prego, riflettete. A che serve la crudeltà? Ormai la situazione non è più rimediabile, lo vedete da voi. Raoul non tornerà mai più dalla prima moglie e Petronilla aspetta il secondo figlio. Vi supplico dal profondo del cuore di intercedere presso il santo padre e ottenerle il perdono e il riconoscimento delle nuove nozze. Siate misericordioso. Potete salvare due anime con la vostra parola oppure condannarle alla dannazione eterna.»

Bernardo non risponde. Di nuovo dondola da un piede all'altro, fissa il crocifisso appeso sulla parete di fronte.

«Ma c'è un cruccio ancora maggiore, che mi tormenta...» Un nuovo accesso di pianto assale la regina. I singhiozzi le impediscono di parlare, la sua sofferenza sembra profonda e sincera.

«Sono passati sette anni dalle nozze e Dio non mi ha ancora concesso la gioia della maternità. Lui che legge nel cuore degli esseri umani, come può non avere pietà del mio dolore? Lui che ha guarito i ciechi e gli storpi, come può restare sordo alle mie suppliche? Perché la Vergine Maria, che ha provato la gioia della maternità, nega quella stessa gioia a una figlia che la implora? Una volta mi avete promesso di intercedere per me, se ve lo avessi domandato con la dovuta sottomissione. Lo sto facendo in questo momento. Vi imploro, in tutta umiltà, di aiutarmi.»

Prima di rispondere, Bernardo leva una muta preghiera di ringraziamento a Dio, per aver toccato il cuore della regina.

«Riconosco in voi i segni del pentimento, condizione indispensabile per ottenere il mio aiuto. Ma prima dovete promettermi che per il futuro mai più vi immischierete in faccende di stato e mai più spingerete vostro marito ad assumere atteggiamenti di sfida e di rivolta verso la chiesa e il santo padre. Siete pronta a giurarlo?»

Aliénore risponde con un muto cenno del capo.

«Allora supplicherò il Signore di donarvi quel figlio tanto desiderato.»

«E per mia sorella Petronilla?» insiste Aliénore, restando in ginocchio ma fissando sull'interlocutore gli occhi stupendi, colmi di lacrime. Un sospetto, rapido come un battito di ciglia, sfiora la mente di Bernardo, subito fugato dall'espressione del volto della regina, inondato di lacrime.

«Implorerò il santo padre di perdonarli e riconoscere le nozze» risponde con freddezza, come se quella concessione gli costi uno sforzo particolare. «Sappiate però che questa unione non porterà alcun bene. Non godranno a lungo della reciproca compagnia e i loro figli saranno sterili. La discendenza si estinguerà con loro.»

Bernardo tende la mano per imporre una benedizione sul capo della penitente prostrata davanti a lui. L'occhio coglie la curva del collo e delle spalle, così elegante e gentile, la vita affusolata, i fianchi rotondi. Una delicata fragranza solletica le sue narici. Un vago turbamento lo agita, le dita tremano appena.

Ferma la mano, senza osare sfiorarla.

Si rivede adolescente, in un assolato pomeriggio d'agosto, quando la vista di una fanciulla in vesti succinte gli aveva provocato un'improvvisa e dolorosa eccitazione. Terrorizzato, era corso nell'acqua gelida del torrente e vi era rimasto immerso fino quando non aveva ripreso il controllo dei sensi. Da quel giorno aveva deciso di evitare le donne più ancora della peste e della lebbra. E aveva imposto quella condotta a tutti i fratelli del convento.

«Manterrò la mia parola» conclude rigido e severo, senza impartire la benedizione. «Voi mantenete la vostra.»

Quindi si volta e si allontana a passi decisi.

Aliénore si alza da terra. Si asciuga le lacrime con la massima cura, pizzica le gote, sfrega le labbra, aggiusta con cura le pieghe del vestito, controlla che tutti i gioielli siano al loro posto. Non avverte alcun senso di colpa. Fosse stata un uomo, avrebbe rimesso quel cialtrone al suo posto spada alla mano, come faceva suo nonno, costringendolo a ritirare le sue perfide maledizioni. Ma è una donna e, per raggiungere l'obiettivo, deve usare le armi di cui dispone.

Scuote dalla gonna ogni traccia di polvere, assume una posa regale – schiena e spalle ben diritte, il mento proteso verso l'alto – e si incammina per raggiungere la sorella, cui desidera comunicare l'esito del confronto: faticoso ma trionfale.

Un sorriso malizioso le increspa appena le labbra.

20

Aliénore,
mia carissima, mia adorata...

sarai sorpresa di ricevere notizie di tuo zio Raimondo dopo quasi otto anni di silenzio, trascorsi, un giorno dopo l'altro, a maledire la mia passione per te, che non ha mai smesso di torturarmi.

Ciononostante, non avrei rotto il giuramento di non turbare mai più la serenità della tua nuova vita, se alcune particolari circostanze non mi avessero persuaso a farlo.

La prima è la partenza per l'Europa di una persona molto fidata cui consegnare questo messaggio riservatissimo e compromettente, destinato solo alle tue mani. Non voglio crearti alcun imbarazzo con quell'ottuso aguzzino del tuo consorte, incapace di soddisfare a letto la moglie e tuttavia a tal punto geloso da essere diventato lo zimbello di tutte le corti, incluse quelle d'oltremare.

La tua vita di questi anni mi è nota in ogni dettaglio, dal più insignificante al più intimo. Ti sorprende? L'Oriente, mia cara, è una fucina di spie di gran lunga più astute e abili dei rozzi ficcanaso che bazzicano dalle vostre parti: segugi dal fiuto eccellente, che sanno frugare dappertutto. Mi è noto, ad esempio che, fino a qualche tempo addietro, la folle passione di Luigi nei tuoi confronti – come lo capisco! – unita di certo alla tua abilità e gioiosa predisposizione per l'amore, che mi sono altrettanto note, gli ha consentito di supplire in modo passabile alla goffaggine e alla pruderia che lo affliggono. Al pensiero di quell'inetto che si godeva la tua bellezza, una belva mi lacerava le carni con artigli crudeli. Mille volte mi sono insultato per la mia stupidità e codardia. Sette e più anni di tormenti, dolore, rimpianto cocente, di desiderio acceso e sempre insoddisfatto, che non mi dà tregua né di giorno né di notte. Nessuna delle fugaci avventure cui mi abbandonavo prima del matrimonio ha mai saziato la mia fame o concesso al mio cuore un'ora di sollievo. Non parliamo di mia moglie, che ho sposato solo perché le nozze mi hanno reso signore di Antiochia. Mi sono guadagnato la fama di sposo esemplare perché le sono fedelissimo, tanto, ai miei occhi, l'una vale l'altra e nessuna mi interessa.

Vengo alla seconda delle fortunate coincidenze cui alludevo poc'anzi: sono stato informato della grave crisi mistica che ha indotto tuo marito a regredire di nuovo all'età dell'adolescenza, quando trascorreva il tempo nella preghiera, nei digiuni e nelle veglie e l'unica donna di sua conoscenza, a parte la madre, era la gelida statua della Vergine. Affaccendato com'è con il suo Dio, trascura in modo vergognoso la moglie, tanto che mi chiedo come tu abbia fatto, dopo anni di sterilità, a partorire la piccola Maria proprio in questo periodo. A tale proposito so che, invece di gioire di questo evento tanto atteso, tuo marito ne è rimasto deluso e non ha dissimulato il suo disappunto: desiderava un maschio, l'erede al trono. Scommetto che non ha mancato di farti sentire in colpa. Avessi regalato a me una figlia, mi sarei sentito l'uomo più fortunato e benedetto del Creato, a patto che fosse l'esatta copia della madre.

Ho commesso qualche errore, in questa ricostruzione? Temo di no.

Non ti nascondo, Aliénore mia adorata, la gioia immensa che provo nel sapere il tuo letto freddo e abbandonato ma, allo stesso tempo, mi domando come puoi accettare che ti vengano negati i piaceri cui ha diritto ogni donna nel fiore della giovinezza e dello splendore. Non la trovi un'ingiustizia? Un intollerabile spreco? Non ti senti ribollire il sangue? Dove è finita la mia tempestosa e passionale duchessina?

Dio solo sa, mia adorata, quanto bramerei di essere io a supplire a queste mancanze, a offrirti il calore e le voluttà che meriti. Per te rischierei tutto: titoli, averi, la vita stessa. Oggi sarei pronto davvero a sfidare il mondo senza i calcoli meschini cui mi sono abbandonato un tempo, offendendo la tua suscettibilità e condannando entrambi, ma soprattutto me stesso, a una vita di tormenti.

Ebbene – e questa è la terza favorevole contingenza – la possibilità di ritrovarci e rimediare agli errori del passato potrebbe essere ben più concreta e a portata di mano di quanto immagini. Non perché io stia meditando di abbandonare Antiochia e tornare in Occidente: tuo marito non mi permetterebbe neppure di baciarti la mano e anzi, se gli giungessero alle orecchie i nostri trascorsi, mi bandirebbe dai suoi territori prima ancora di mettervi piede. Sarai tu, a venire da me...

Lo scroscio della tua squillante risata mi giunge fin qui. Non l'ho mai dimenticata. Quante volte mi risuona nelle orecchie, simile a un fresco ruscello di montagna, a una cascata d'acqua pura.

Però sbagli a deridermi.

L'Europa non può non risuonare dell'eco degli eventi che si stanno verificando oltremare, del fragore delle bat-

taglie e delle implorazioni d'aiuto che si levano da queste terre.

Edessa è caduta in mano del turco Nur-al-Din: una catastrofe perché ci priva del bastione di difesa verso la Mesopotamia, consentendo ai turchi di valicare l'Oronte – un limite per noi invalicabile, pena la nostra sicurezza – e di aprirsi la strada verso Antiochia e, subito dopo, Gerusalemme. È cruciale ricacciare l'infedele al di là del fiume Oronte e riconquistare Edessa, se vogliamo sperare di sopravvivere. Ma non possiamo farcela da soli. Il papa e l'Europa devono accorrere in nostro aiuto o questa parte di mondo sarà perduta per la cristianità.

Una nuova crociata, dunque. Non esiste altra via.

Quale opportunità per uno spirito mistico come Luigi di Francia e per un temperamento avventuroso come il tuo! Potresti fartene tu stessa promotrice. Ti guadagneresti meriti agli occhi del tuo sposo, ignaro del vero scopo della missione, riconoscimenti e meriti per l'aldilà – conoscendoti, credo che ti farebbero comodo – ma soprattutto, il diritto di aggregarti alla comitiva in partenza.

Privilegio inestimabile, mia cara.

Non puoi immaginare quante avventure da vivere e bellezze da ammirare, lungo il cammino.

Bisanzio, per esempio: un incanto, una città talmente ricca e sontuosa che le nostre ti appariranno poco meno che barbare. Tu, che sei sempre stata così avida di conoscere e imparare – lo sei ancora, vero? – potresti scoprire tesori inimmaginabili. Per farti un solo esempio: biblioteche ricche di migliaia – compreso bene? Migliaia! – di volumi. L'Oriente, Aliénore adorata, è un mondo magico e affascinante, in cui tutto è sontuoso, esagerato, lussureggiante, sensuale. Sono certo che calzerebbe a pennello con un carattere come il tuo. La crociata è un'opportunità irripetibile per scuoterti di dosso i polverosi e soporiferi ambienti francesi e gustare esperienze forti ed eccitanti: promuoverla e sostenerla si rivelerà l'affare migliore della tua vita.

Dunque, ti aspetto con ansia e trepidazione ad Antiochia che, come vedrai con i tuoi occhi, senza essere Bisanzio, è tuttavia una città pregevole, colta e affollata di popoli diversi per razza, lingua e religione, che si sforzano (con alterni risultati) di vivere assieme e collaborare: siriani, greci, ebrei, armeni, occidentali di varie nazionalità coabitano in un miscuglio chiassoso e multicolore.

In Oriente, tutto è estremo, quasi violento: gli odori, i colori, i sapori, i sentimenti, l'indole delle persone. Tutto è passione e furore spinti fino al fanatismo. La natura stessa partecipa di tali eccessi, anzi forse ne è la prima responsabile. Muta in continuazione, ti tenta e ti alletta con le sue mille promesse e segreti, simile a una sirena, a una maga Circe che incanta con le sue grazie e poi ghermisce la preda.

La sabbia, per esempio. Cosa ci può essere di più monotono e piatto di una distesa di sabbia? E invece qui può stupirti con la mutevolezza delle sue forme e con la brillantezza dei colori, chiome d'oro che si asciugano al vento del deserto e rapiscono al sole le sue scintille. Una natura che accende i desideri degli uomini e li esaspera...

Dio quanto mi manchi!

I tuoi capelli... Li sento qui, sotto le mani, li accarezzo e un fuoco mi brucia le vene, che solo nel tuo grembo potrà essere placato. Vieni da me, mia amata, mia adorata, unico, grande amore della mia vita.

Il tuo sempre più folle d'amore

Raimondo

PS: Ti suggerisco di distruggere questi fogli.

Raimondo!
zietto adorato!

Non sai quale sorpresa è stata la tua lettera, tanto più dolce perché del tutto inattesa. Quale balsamo per le mie ferite le tue parole grondanti ammirazione e desiderio. Ah, la passione che travolge i sensi, il cuore, la mente... ho dimenticato cosa sia! Ho letto e riletto questi fogli tante volte da impararli a memoria, ci ho pianto sopra fino a provocare buchi grossi come un dito. A questo punto potrei anche distruggerli, come tu suggerisci, non fosse che adoro baciare ciò su cui si sono posate le tue mani... In effetti, non oso pensare a quello che sarebbe di me se qualcuno leggesse queste sventate e impudiche confessioni: sconcezze che una donna sposata non solo non dovrebbe ascoltare ma neppure concepire giacché il suo corpo altro non è che il tabernacolo del seme del marito, da trasformare in frutto (ma solo di sesso maschile. Le femmine sono un tentativo mal riuscito) e la sua mente il tempio della castità e della purezza, inespugnabile a qualsiasi terreno desiderio o tentazione, specie della carne.

Pensi che stia delirando?

No, caro.

Qui non siamo in Aquitania, alla corte del Trovatore, dove simili idiozie avrebbero scatenato uragani di risate, e neppure nelle sensuali corti d'oltremare, dove un temperamento caldo e passionale è apprezzato, a quanto mi scrivi. (Ma sei sicuro che la religione islamica sia così permissiva? Anche verso le donne? Perché, se così fosse, potrei prendere seriamente in considerazione la conversione...)

Qui siamo nella severissima corte di Francia, e questi sono i convincimenti di mio marito, ai quali si attiene con tale pervicace scrupolo che dormiamo separati perché io, con la mia colpevole bellezza, rappresento una tentazione cui lui non trova la forza di resistere. Ci incontriamo solo nei giorni che i medici ritengono più propizi per il concepimento, ammesso che non coincidano con qualche impedimento religioso (cosa che accade spesso).

Che pena, questi incontri. Vestiti di tutto punto e al buio. Un disgustoso, umiliante dovere, per assicurare un erede alla Francia.

Non è stato sempre così.

Per sei lunghi anni Luigi e io ci siamo amati con trasporto e donati l'un l'altro un intenso, reciproco piacere, che affinava giorno dopo giorno l'intesa, la complicità segreta, nota solo a noi due e preclusa al resto del mondo. Cosa c'è di così peccaminoso, di indecente in questo? Non sono una concubina. Sono la moglie.

A un certo punto, però, il drammatico episodio di Vitry – ne sarai al corrente, immagino, visto che sai tutto di me – ha sconvolto a tal punto la sua mente da mutarne il comportamento in modo profondo e, a quanto pare, irreversibile.

La castità è la strada scelta da Luigi per punirsi, per espiare l'atroce peccato di quel giorno maledetto, per riscattarsi dalla dannazione cui è persuaso di essere condannato. Rifugge la lussuria – che orribile parola! – perché vede in essa la ragione della sua perdizione. Di conseguenza, mi evita perché la mia bellezza lo tenta, lo stordisce, lo sfibra: è il diavolo in agguato, pronto a ghermire i suoi sensi e farlo ricadere nel peccato. Ormai il nostro congiungimento non è più l'incontro di due persone attratte l'una dall'altra ma una fredda faccenda di stato, un atto burocratico che si ottempera in tutta fretta.

Ne sarei disgustata e umiliata, se non fosse che lui sof-

fre molto più di me del cambiamento, di non poter essere più lo stesso nei miei confronti. Lo intuisco dagli occhi tristi, dagli sguardi accorati e carichi di rimpianto, da un improvviso gesto d'affetto, rapido, furtivo, timido, con il quale sembra implorare il perdono. Intuizioni, ripeto, perché, in realtà, non abbiamo più occasione di parlare.

A quanto pare, non c'è rimedio.

La gioia si è spezzata in lui per sempre e i fantasmi del passato l'hanno ghermito di nuovo, inducendolo a trasformare la sua esistenza – e, per certi versi, la mia – in un incessante e doloroso calvario di rinunce e torture. Si condanna all'inferno in questa vita, nella disperata convinzione di sfuggirlo nell'altra. Digiuna almeno tre volte alla settimana, porta notte e giorno un cilicio che gli morde le carni e gli produce crudeli ferite, trascorre in estenuanti veglie e preghiere tutto il tempo che le cure dello stato gli lasciano libero, riversandone buona parte sulle spalle di Sugero, inseparabile consigliere e padre spirituale, lui per primo perplesso dallo zelo eccessivo del re e tuttavia titubante ad arginarlo perché ancora più spaventato dalla prospettiva opposta: che io recuperi la mia influenza su di lui e lo trascini, come in passato, verso decisioni che l'abate considera improvvide.

In questa condizione, mi sento una prigioniera, un uccello che si dibatte nella gabbia. Vorrei fuggire, e forse troverei il coraggio di farlo. Ma per ora una sorta di imperativo morale mi trattiene ancora qui, un codice d'onore, una forma di lealtà che mi impone di non abbandonare il re al suo destino di disperazione. Pur non facendomi illusioni sulla possibilità di strapparlo una seconda volta ai suoi incubi, sento di avere un debito di gratitudine nei suoi confronti. Mi ha amato con un tale impeto che, pur di compiacermi, di rendermi felice, si è spinto a fare scel-

te che la sua coscienza non approvava, pagando, alla fine, un prezzo molto alto. Non è colpa di nessuno se siamo tanto diversi nel modo di pensare e di concepire la vita. La nostra storia personale ci segna e ci condiziona, a volte ci perseguita. Non può essere cancellata con un colpo di spugna, neppure se lo desideriamo con tutte le nostre forze.

Con grande fatica, sfoderando le unghie e salvaguardando con feroce determinazione la mia dignità, riesco a mantenere una certa autonomia e indipendenza. Non mi assoggetto a nessuna delle insensate pratiche di mortificazione cui soggiace lui, mi concedo una vita allegra e spensierata: feste notturne, circondata dai miei musici e trovatori, gioielli, vestiti lussuosi e molto audaci, come piacciono a me. Adoro essere provocante e desiderabile, come da ragazza: che posso farci? Immagina le critiche che ne guadagno, in questo covo di aspiranti al martirio.

Non pensare male, ora. Mio malgrado, sono condannata alla castità più assoluta. Il re, nonostante la ferrea austerità di costumi che impone a entrambi – anzi, forse proprio per questo – è ancora più geloso che in passato e mi sottopone a una sorveglianza implacabile.

Ne ha fatto le spese anche Marcabruno, che mi è toccato difendere a spada tratta per salvarlo dall'esilio. L'ho spuntata, ovvio. Per fortuna, nonostante le frustrazioni e i dispiaceri, non ho perso un'oncia del mio carattere indocile e focoso, come lo definisci tu, zietto.

Oh, quanto manchi anche a me! Ti rimpiango e ti amo. Sì, ti amo. TI AMOOOO! D'ora in poi, sognerò di te, bagnerò di lacrime il cuscino e me lo stringerò al cuore, illudendomi che sia tu.

Vederci, incontrarci di nuovo, placare il fuoco che brucia nelle tue vene e nelle mie...

Dio mi protegga, se questa lettera dovesse finire nelle mani di Luigi. Senza contare che tu stesso potresti ricattarmi a vita.

Hai la mia promessa che mi batterò con tutte le forze per promuovere la seconda crociata: in effetti, da qualche tempo, non si parla d'altro, in Occidente. Luigi è favorevolissimo, per almeno due motivi: da ragazzo ha fatto voto sulla tomba del fratello primogenito Filippo, morto giovanissimo per una caduta da cavallo, di recarsi in pellegrinaggio a Gerusalemme. Oltre a ciò, quale mezzo migliore per lavare «l'infamia di Vitry» che recarsi, umile pellegrino, a supplicare il perdono proprio sul sepolcro del Cristo?

Dunque, il mio compito è più facile del previsto: soffiare su un fuoco che già arde di suo, tanto in Luigi quanto in Bernardo di Clairvaux, un alleato di inestimabile valore alla nostra causa. Se Bernardo decide che la crociata s'ha da fare, si farà. Penserà lui a infiammare gli animi e persuadere i titubanti, con le lusinghe o con le minacce.

Due ostacoli, tuttavia, si frappongono fra me e la realizzazione di questo sogno.

Uno è Petronilla. Nonostante abbia coronato il suo sogno d'amore – dopo tante angustie soprattutto mie, perché lei non ha perso nulla della gioiosa sventatezza dell'infanzia – e sia ormai incinta del terzo figlio, non si rassegna a stare lontana dalla sorella maggiore e piagnucola.

L'altro – ben più serio – è Sugero, che ha già preannunciato la sua fiera contrarietà alla partenza dei sovrani, pur avendo raccolto lui stesso il giuramento di Luigi adolescente sulla tomba del fratello. La Francia non ha ancora un erede maschio, sostiene. Se il sovrano parte per un viaggio lungo e avventuroso, dal quale potrebbe non tor-

nare, come può assolvere questo suo preciso dovere? Portando con sé la regina, rispondo io. E invece no, perché, in questo caso, chi governerebbe la Francia? Come vedi non è semplice. Dovrò fare leva sulla gelosia di Luigi, nel caso intendesse partire senza di me.

Mi fermo qui.

Il tuo messaggero – impareggiabile per la circospezione nell'agire – è costretto a partire di gran carriera e non mi concede altro tempo. In ogni caso, il più è stato detto. Puoi essere certo che dedicherò ogni energia a rendere possibile questa avventura. Tu me ne hai acceso in petto un desiderio vivissimo.

Rivederti è il sogno che rende piacevole il mio sonno...

La tua sventata e affezionatissima nipote

Aliénore

PS: Per tua informazione, io sono oggi molto più bella della ragazzetta che hai conosciuto. Non pretendo altrettanto. Mi basterebbe che non fossi mutato in peggio. Voglio ritrovare l'uomo di cui mi ero innamorata. O ti negherò il mio amore!

A Gerusalemme! A Gerusalemme!

Davanti alla basilica di Santa Maria Maddalena, a Vézelay, un'immensa distesa di folla copre i fianchi della collina come un mantello dai mille colori. Bernardo di Clairvaux, da un piedistallo soprelevato eretto per la circostanza, osserva soddisfatto il risultato della sua predicazione a favore della nuova crociata. Una distesa di mani si agita verso di lui, pianti, grida, svenimenti, donne che si strappano i capelli. Il fragore delle invocazioni sale fino all'Empireo e di certo giunge alle orecchie del Signore.

A Gerusalemme! A Gerusalemme!
La Croce! Dateci la Croce!
Dio lo vuole! Dio lo vuole!

Luigi VII, commosso come tutti, si trascina sulle ginocchia fino ai piedi del frate, implora e ottiene per primo la *Croce,* che appunta sulla spalla.

«Giuro davanti a Dio di adoperarmi con tutte le forze per la riuscita dell'impresa. Supplicherò i miei vassalli di fornire il loro contributo in armi e sostanze, per la gloria del Signore Dio nostro. E pregherò la regina di intercedere presso i baroni delle terre d'Aquitania, affinché facciano altrettanto. Questa crociata partirà nel volgere di un anno.»

Anche Aliénore appare contagiata dalla frenesia collettiva.

Dunque è deciso, è vero. Per una volta, il fanatismo delirante del frate, la sua foga oratoria le tornano utili.

Esibendo un inconsueto zelo religioso, si inginocchia anche lei ai piedi dell'abate di Clairvaux, si spreme qualche lacrima e implora di avere la *Croce*.

«Intendo combattere fianco a fianco con mio marito. Possiedo cuore e tempra al pari di un uomo per morire in nome della vera fede, se questa sarà la volontà di Dio.»

Le sue appassionate parole, il tono ispirato le paiono così credibili che se ne commuove lei per prima. Non avranno l'ardire di lasciare a casa una donna animata da un tale fervore...

E, se mai l'avessero, sarà bene mettere subito in chiaro un punto, con Luigi: o mi porti con te o non solleverò un dito per persuadere i miei baroni a rischiare la vita e le sostanze in un'avventura della quale, in tutta sincerità, si infischiano.

Il governo della Francia?

Non sono fatti miei. Affidalo a Sugero: di fatto, sta già governando al tuo posto.

Intanto, le altre nobildonne presenti si affrettano a imitare la regina. Prostrate davanti a Bernardo, invocano e ottengono la croce, la appuntano con fierezza sull'abito. Poi seguono Aliénore e spariscono, non si sa dove.

Ora tocca alla folla dei fedeli: i fianchi della collina sussultano, si animano di vita propria. Un esercito di formiche converge verso lo stesso punto.

La Croce! La Croce! Dateci la Croce!

Bernardo ne aveva preparate migliaia ma non sono sufficienti. Chi poteva prevedere un tale successo? Fa a pezzi la sua tunica e il mantello per ricavarne altre, si ricorre a mille stratagemmi e ancora non bastano.

D'improvviso, la confusione aumenta. La gente sbanda nel tentativo di scoprire la causa di tanta eccitazione, ciascuno tenta di sovrastare il vicino sollevandosi sulle punte dei piedi, aggrappandosi alle braccia dei più alti. La ressa è indescrivibile.

Uno spettacolo stupefacente si para inatteso davanti ai loro occhi: una schiera di donne, guidate dalla regina in persona, si fa largo al galoppo in groppa a bianchi destrieri. Sono vestite come Pentesilea e le sue Amazzoni: tuniche candide sulle quali spicca la croce rossa appena ricevuta da Bernardo, lunghi gambali bianchi, stivali rossi e i lunghi capelli al vento.

Brandiscono stendardi con il crocifisso o sguainano spade. Alcune lanciano verso gli spettatori allibiti i fusi e le rocche, simboli dei lavori femminili.

«Abbandonate i fusi e le rocche!» grida Aliénore. «Mostrate agli uomini che abbiamo il coraggio di batterci al loro fianco, spada alla mano, faccia a faccia contro gli infedeli. E se un colpo di lancia squarcerà i nostri petti, saremo fiere di esserci immolate per Cristo. E voi, uomini che ancora esitate a partire crociati, raccogliete voi i fusi e le rocche e chiudetevi nelle case. Svolgete le mansioni femminili al nostro posto, visto che non siete degni di chiamarvi uomini!»

Bernardo, dall'alto del pulpito, osserva quella discutibile esibizione e non sa se gioire per la persuasione che non mancherà di esercitare o se rammaricarsi per il nuovo esempio di scostumatezza della regina, per la sua mancanza di freni, per la deplorevole voglia di mettersi in mostra e meravigliare, assecondando le tentazioni più perverse del demonio.

Si interroga intorno alle vere ragioni del furore che incendia il cuore di Aliénore e dubita che si tratti di genuino fervore religioso, visto che ne conosce bene l'animo. Gli piacerebbe tanto infliggerle un dolore, imponendo a Luigi di lasciarla a casa. Anzi, è del tutto convinto che sarebbe la decisione più saggia e opportuna. Ma dovrebbe anche rinunciare alla preziosa opera di persuasione che solo lei può esercitare sui baroni del Sud, al cui aiuto non è possibile rinunciare.

Meglio attendere, verificare prima l'entità del suo impegno e la reale capacità di coinvolgere i suoi vassalli.

Solo dopo deciderà il suo destino.

21

Ormai le notti trascorrono quasi del tutto insonni per l'abate di Saint-Denis, davanti alla scrivania ingombra di carte, seduto sulla seggiola collocata su di un piedistallo, per ovviare all'inconveniente del corpo, già minuscolo, che si rattrappisce e accorcia sempre più. Un morbido e spesso cuscino è l'unico lusso concesso alle sue ossa dolenti.

Quanti anni ha?

Non lo rammenta e non si sofferma mai a rifletterci, gli sembra un inutile spreco di tempo. L'unica data di cui ha certezza è quella che segna il suo ingresso a Saint-Denis, annotata nel registro del convento: millenovantuno. A detta di suo padre, aveva dieci anni, sebbene ne mostrasse a malapena la metà.

Ora siamo nel millecentoquarantasei. È passato indenne attraverso due secoli ed è ancora vivo.

Intorno a lui, la morte lavora senza posa con la sua falce affilata. Taglia senza misericordia l'erbetta appena spuntata alla luce, i virgulti giovani e le piante cariche di anni e di ferite. Ma lui sopravvive, come uno stelo dimenticato in un campo di grano dalla lama del contadino, che non sa se rallegrarsi della sua fortuna o rammaricarsi della solitudine e della desolazione che lo circondano.

Le sue ossa stanno asciugandosi, giorno dopo giorno, come neve al sole. La schiena si incurva, provocandogli fitte dolorose, le gambe scricchiolano, costringendolo a camminare a passi brevi e prudenti, che solo in presenza di altri si impone di rendere più decisi ed elastici. Anche la carne si consuma e la pelle appare così diafana da assomigliare a un'esilissima pergamena, sulla quale sarebbe possibile studiare, come in una mappa geografica, l'anatomia sottostante – lo scheletro, i percorsi delle vene e dei capillari, forse persino gli organi interni – se non lo impedisse il vecchio saio scuro, che copre ogni pollice del corpo tranne le mani, il collo e il piccolo cranio, candido e fragile come quello dei neonati.

Solo l'intelligenza, in modo misterioso e inspiegabile, sfugge a quel processo di dissoluzione e anzi, più il tempo passa, più si affina e si espande. Quante sottigliezze riesce a cogliere adesso, delle quali da giovane neppure si accorgeva.

Gli uomini, ad esempio.

Sono come un libro aperto per lui, forse perché da cinquant'anni raccoglie le loro confessioni, una *summa* delle angosce, debolezze e miserie del mondo. Ha imparato a decifrare ogni espressione, ogni gesto, persino il più insignificante. Uno sguardo, e legge diritto nelle loro anime. Un potere che a volte lo spaventa, un'abilità da tener celata con cura e dissimulare attraverso una continua disciplina. Non si addice a un vecchio abate, per giunta insignificante nel corpo, mettersi in mostra, fare il saccente, smascherando le menzogne, gli inganni, le paure che si celano dietro roboanti parole. Quel compito si confà a Bernardo: lui sì che può ergersi a giudice, lanciare anatemi, predire il futuro come un antico, venerabile profeta. Dio gli ha concesso un fisico imponente, una voce tonante, l'eloquio ispirato, il mistico carisma di una precoce santità.

Al *nanerottolo* Sugero invece ha ingiunto di limitarsi a guidare l'abbazia di Saint-Denis e di vegliare sul giovane e immaturo Luigi VII di Francia, così come, prima di morire, ha fatto anche il suo amatissimo fratello Luigi VI.

Due bei birbanti, il Padreterno e Luigi: loro lassù, a godersi la pace ineffabile del Paradiso, nella pienezza della gioia, della beatitudine e della eterna giovinezza, dove i dolori, gli scricchiolii del corpo, le fitte dolorose, le ansie che tolgono il sonno e l'appetito sono del tutto sconosciute. E lui quaggiù, nonostante gli anni di onorato servizio, di puntigliosa esecuzione dei doveri e rispetto assoluto delle promesse. Non ha fatto ancora abbastanza?

Ridacchia fra sé di quest'ultima considerazione, mettendo a nudo i pochi denti ingialliti, ultime sentinelle fedeli sopravvissute allo scempio dell'età.

«Vecchio stupido» borbotta. Non ci mancherebbe altro che mettersi a discutere i piani di Dio. Dove finirebbe la società degli uomini se l'ultimo dei subalterni si permettesse di criticare gli ordini dei superiori, pretendendo di comprenderne le ragioni? Anche i confratelli più giovani spesso non capiscono il perché delle disposizioni dell'abate. Però le eseguono senza discutere.

Niente piagnistei.

I dolori, se è assorbito da mille impegni, li avverte

molto meno. Continuare la vita di sempre. E aspettare la chiamata.

Appena spunta l'alba, deve recarsi dal re, che lo ha convocato. Non avrebbe alcuna necessità di quel colloquio. Gli argomenti che Luigi metterà in campo a sostegno della sua tesi – partire per la crociata assieme alla moglie – li conosce già, uno a uno. Ma li ascolterà con attenzione e umiltà, senza traccia di presunzione, che tanto infastidisce i giovani, fingendo anzi una vaga sorpresa, come se quelle acute osservazioni lo cogliessero del tutto impreparato e lui, sprovveduto che non è altro, non ci avesse riflettuto.

Si alza dalla sedia appoggiandosi alla scrivania. Tenta di raddrizzare la schiena ma quella, per punirlo del gesto audace, gli infligge una dolorosa coltellata. Scende dal piedistallo con la massima prudenza, posando al suolo prima un piede e poi l'altro. Per fortuna, non c'è nessuno a osservarlo e dunque non si sente obbligato a mostrare un'efficienza e una disinvoltura che non possiede. Chissà perché non rinuncia a un'inutile recita e non si munisce di un bastone, confessando al mondo senza reticenze i limiti dell'età. Bernardo gli rimprovererebbe quella disdicevole civetteria, segno di attaccamento alle vanità terrene.

L'abate di Saint-Denis, invece, si ostina a considerarla una prova di dignità e di decoro.

Ha forse subito l'influenza di Aliénore, che non si mostra mai in pubblico se non impeccabile, fiera ed eretta nella persona, e quando un dolore la affligge, del corpo come dell'animo, lo cela dietro il radioso sorriso?

Strano, il suo rapporto con Aliénore. L'ha temuta, criticata con asprezza, osteggiata. Nessuna donna al mondo l'ha irritato e sconcertato più di lei. Eppure, nessuna ha ammirato di più.

Ammirato... altra parola disdicevole. Bernardo ne inorridirebbe. Tuttavia è quella giusta.

Mentre attraversa a passi incerti il coro per recarsi in chiesa, intreccia un dialogo immaginario, a fior di labbra, con il suo antico compagno di scuola e di giochi. Una vecchia abitudine.

«Sono molto in ansia per il futuro di tuo figlio» gli confida. «Aliénore è una donna esigente. Per quanto tempo ancora sopporterà la crisi mistica di quel ragazzo, la severità fanatica che si è imposto dopo la tragedia di Vitry? Chi avrebbe mai immaginato che mi sarei ritrovato a rimpiangere i tempi in cui la regina dominava il cuore del sovrano, ne era la signora incontrastata e lui la fissava estatico, bevendo le sue parole come un assetato le gocce di rugiada nel deserto, rammaricandosi per ogni istante trascorso lontano da lei, presentandosi alla mattina ai suoi consiglieri con il volto segnato da...»

Ridacchia.

«...*dal fango della lussuria*, accuserebbe Bernardo. A parer mio – ma bada, io non sono un santo – meglio indulgere al richiamo dei sensi che essere ossessionato, paralizzato dal terrore del peccato e della dannazione. Una disperazione così cupa sovrasta quel figliolo da impedirgli un'esistenza normale, come se un cancro lo divorasse dall'interno. L'espiazione è diventata la misura di ogni gesto, di ogni decisione, il feticcio sul cui altare immolare la vita. Gli altri doveri non esistono. Tutto è trascurato, abbandonato: lo stato, la moglie, la procreazione di un erede al trono. Come se non bastasse, adesso si è aggiunta la gran novità: *la crociata*!»

Senza avvedersene, agita appena un braccio e alza un

poco il tono della voce, con il suo interlocutore invisibile.

«Ah, Bernardo si è superato, nel giorno di Pasqua. Avresti dovuto udire l'omelia: incandescente come lava di un vulcano. La gente piangeva, si esaltava. *Dio lo vuole! Dio lo vuole!* Tutti pronti a imbracciare la *Croce* e a combattere. Più sono miseri e disperati, più sono bramosi di partire alla ventura. Tutto si ripete, come quando eravamo ragazzi, ti ricordi? Solo che oggi, alle orde di affamati e fanatici, si aggiunge tuo figlio. Che fanatico è di certo, e affamato anche: di martirio. Sissignore, hai udito bene: *martirio*. Come dici? *Pura follia*? Prova a spiegarglielo. *Manca un erede al trono*? Bravo, come se non me ne rendessi conto. *Se lui dovesse morire*... so tutto, so tutto, anche se sono un misero mortale e non uno spirito eletto, come te. Ma come faccio a trattenerlo... *Semplice*?! Semplice pare a te, furfante che non sei altro, che te ne lavi le mani e abbandoni qui me, a soffrire le pene dell'inferno. Un povero vecchio malandato quale sono... E non ridere!»

Si inoltra fra le immense navate della chiesa da lui voluta e edificata. Ne abbraccia con lo sguardo la solennità, la pacata imponenza, la ricercata eleganza. Un inno al Signore. Persino Bernardo, che tanti anatemi gli ha lanciato durante la costruzione, accusandolo di smodata ambizione personale, di attaccamento al lusso e alla pompa terrena, ha dovuto chinare il capo contrito e fare ammenda. Una soddisfazione che lo ripagherebbe da sola di tutto il lavoro, non ce ne fosse un'altra che lo gratifica ancora di più: ammirare il sorgere dell'alba dalle immense vetrate policrome che, come un prezioso merletto, traforano le pareti dell'abbazia. L'effetto è maestoso. La luminosità si annuncia dal lato alto di quelle rivolte a est. A passi timidi si fa largo, si posa sui vetri colorati e subito si rifrange in mille riflessi iridescenti sulle pareti e sul pavimento. Una dopo l'altra, le figure si animano, come se nei loro corpi freddi e statici venisse soffiato l'alito della vita, scuotono via il gelo della notte, sembrano volteggiare, danzare.

Quel solitario incontro con i suoi mille silenziosi compagni è il momento preferito della giornata per l'abate di Saint-Denis. Un momento magico e privato, di felicità perfetta, cui è ammesso solo Luigi, il vecchio amico dell'Estreé.

«*Vedi che avevo ragione, nanerottolo?*» gli sussurra Luigi, lieve come sanno essere solo gli angeli. «*Per merito tuo, questa vecchia baracca si è trasformata nella più prestigiosa abbazia di Francia.*»

«Dio lo vuole, Sugero. Come puoi non capire?»

«Dio pretende ben altro da te, Luigi. Altrimenti non ti avrebbe posto sul trono di Francia. Che al momento vacilla. E, a essere franco, per colpa tua. La piccola Maria non può ereditare la corona. Occorre un figlio maschio. Come puoi pensare di partire per un viaggio così irto di pericoli, quando manca un erede al trono?»

«La regina mi accompagnerà» replica Luigi, arrossendo. «Anche se ho deciso di mantenermi casto almeno fino a quando raggiungeremo Gerusalemme.» Solleva una mano per tacitare l'obiezione dell'interlocutore. «Sulla via del ritorno, però, una volta sciolto il mio voto, sarò libero di... Governerai tu la Francia, in nostra assenza. Ti conferirò pieni poteri.»

«Con tutto il rispetto, non sai quel che dici» sbotta Sugero, subito pentito dell'intemperanza che accentua l'espressione cupa e imbarazzata del sovrano. «Come puoi pensare di scaricare sulle spalle di un vecchio malandato la guida di uno stato, per un tempo così lungo? Una crociata può durare anni. Dio potrebbe chiamarmi a sé molto prima del tuo ritorno. E allora, cosa accadrà alla Francia?»

Luigi afferra le mani di Sugero. Le stringe con forza al suo petto, fissandolo con uno sguardo colmo di lacrime e di disperazione. D'un tratto, non sembra più il re ma quel fragile e timido ragazzetto cresciuto all'Estreé, sotto le sue cure amorevoli.

«Dio non ti chiamerà» assicura, fingendo una determinazione che non prova. «Avrà pietà della mia anima. Lui sa che non sono mosso dall'ambizione personale, da smania di potere o di prestigio. Non mi interessano regni, bottini e ricchezze. Io voglio solo recarmi a Gerusalemme come umile pellegrino, sciogliere il voto fatto sulla tomba di mio fratello e impetrare la salvezza della mia anima davanti al sepolcro del Cristo. Nel profondo del cuore sento che non mi è concessa altra strada per espiare i peccati. Sono pronto a mettere a repentaglio tutto, la famiglia, il regno, la mia stessa vita, pur di redimermi. Ma per farlo, ho bisogno di te, che mi sei padre.»

China il capo e il busto, per posare la fronte sulle mani di Sugero strette alle sue, ne avverte le nocche piccole e dure. L'abate scuote il capo, commosso dal sincero fervore del suo discepolo.

«Dio sa se non sono pronto ad aiutarti con tutta l'anima. Ma non posso nulla contro il trascorrere del tempo. Il rischio che io muoia prima del tuo ritorno è molto concreto. E se accadesse, la Francia piomberebbe nel caos. Potenti avvoltoi si dilanierebbero fra loro, pur di spartirsene le spoglie. Devi lasciare in patria almeno la regina. L'idea di portarla con te è dissennata.»

«Come potrà concepire, se resta lontano dal marito?» domanda Luigi, arrossendo di nuovo.

«Risolvi la questione prima della tua partenza. Ha dimostrato di essere fertile. Ora dipende da te. Non credo di dover aggiungere altro.»

«Eléonor è determinata ad accompagnarmi.»

«Le ordinerai di restare a casa per inderogabili ragioni di stato. Partire entrambi è ingiusto e pericoloso. Così come non è onesto da parte tua usare la crociata per un fine personale, per quanto nobile e lodevole. Questa spedizione ha costi spropositati: tasse che il popolo dovrà pagare, offerte dei fedeli. Per non parlare della morte certa di migliaia di persone. Lo scopo deve essere combattere gli infedeli, non consentire a te di andare a Gerusalemme per assolvere un voto.»

«Una cosa non impedirà l'altra.»

«Non ne sarei tanto sicuro. I principi cristiani d'oltremare intendono riconquistare Edessa e proteggere Antiochia. Gerusalemme non corre alcun rischio, se Antiochia resiste. Recarvisi sarebbe solo uno sperpero di tempo e di danaro.»

«Nessuno mi distoglierà dalla mia missione» replica duro Luigi, abbandonando le mani di Sugero che fino a quel momento aveva stretto fra le proprie.

«La regina è al corrente di questi tuoi progetti?»

«No.»

«Sai chi è il signore di Antiochia?»

«Raimondo di Poitiers.»

«Zio di Aliénore.»

«Certo... ma non capisco dove vuoi arrivare.»

È stato il suo primo amore, è tentato di svelargli Sugero, un grande amore. Ma decide di lasciar perdere.

«Rifletti sulla tua decisione di partire, Luigi» ripete

tuttavia. «E ancora di più su quella di portare con te tua moglie.»

Non posso vivere senza di lei, vorrebbe rispondere Luigi. Se la lasciassi in Francia, sola, la gelosia mi dilanierebbe il cuore.

«Lei ha deciso così» replica invece. «Non credo che sia possibile dissuaderla.»

«Nessuno mi farà cambiare idea. Né mio marito, né Sugero e neppure tu, Petronilla. Che bisogno hai di me? Non ti bastano un marito, due figli e il terzo in arrivo?»

«Ho un brutto presentimento.»

«Non mi rammento di un solo presentimento, fra i mille che ti assalgono ogni giorno, che si sia mai realizzato. Sei gelosa, tutto qui. Tu impedita dalla famiglia e io che mi accingo a vivere una meravigliosa avventura, di quelle che, da sole, danno un senso alla vita...» Aliénore volteggia per la stanza con movimenti armoniosi e pieni di grazia, al suono di una dolce melodia che lei stessa canticchia a fior di labbra.

«L'Oriente misterioso, Bisanzio, Antiochia... vedrò tutto questo!» ripete.

«Sono gelosa, lo ammetto. Ma soprattutto preoccupata» mugugna Petronilla, mettendo il broncio e spremendosi una lacrimuccia. Aliénore trae un silenzioso sospiro, interrompe le danze e si avvicina alla sorella.

«Non accadrà nulla di male» la rassicura, abbracciandola. «Tornerò sana e salva. E più in forma che mai. Tu intanto pensa a regalarmi un bel nipotino...»

Un colpo di fortuna che Petronilla sia incinta e non possa seguirla: una sentinella di meno a vegliare sui suoi comportamenti. Ha in animo di concedersi parecchie marachelle, sebbene non osi ammetterlo nemmeno con se stessa.

Basta clausura, sacrifici e privazioni. Basta anche fedeltà.

È giovane e desiderosa di esperienze forti. Non permetterà più che la vita le scorra fra le dita senza afferrarla. Si sente affamata, come un naufrago che per un lungo periodo è rimasto attaccato a un relitto, in balìa delle onde.

Intanto partirà per l'Aquitania.

Sola.

Un giro nei suoi feudi per risollevare il fervore religioso dei riottosi signori del Sud, insensibili alle ragioni della fede e per nulla disponibili ad accollarsi i rischi e le spese di una crociata. È necessario accendere il loro entusiasmo e persuaderli. Compito che non può svolgere Luigi: i signori del Sud lo considererebbero un'ingerenza e reagirebbero con ostilità e insofferenza. Invece accoglieranno di buon grado la legittima duchessa e forse mostreranno una maggiore propensione a rispondere al suo appello.

Sola.

Che vittoria. Che magnifica occasione per incontri interessanti.

Ad esempio, con l'affascinate Goffredo d'Angiò, il Plantageneta. Ah, come si augura di rivederlo!

«Non potevo sperare di meglio che rivedere la bellissima Aliénore lontano dagli occhi del suo casto sposo» mormora Goffredo d'Angiò, chinandosi a baciare la mano della regina e trattenendola poi fra le sue per deporvi baci delicati e insinuanti sul polso e sul palmo, le labbra appena dischiuse. La luce negli occhi di Aliénore rivela quanto la manovra le risulti gradita. «Mi domando come possa trascurare una tale beltà. Fossi in lui...»

«Ma non lo siete» lo interrompe, ritraendo la mano. «Inoltre non capisco chi metta in giro simili voci sulla castità del mio sposo...» aggiunge, fingendo severità.

«Nelle regge dei sovrani anche le alcove possiedono occhi e orecchie. Anzi, soprattutto le alcove, dove si decidono i destini dei popoli e delle nazioni. E poi, mi basta guardarvi negli occhi per comprendere quello che vi passa nel cuore.»

«Davvero? Dunque ho davanti a me non un rude guerriero ma un fine conoscitore dell'animo umano.»

«Di quello femminile, di sicuro. E intuisco che voi, mia adorabile Aliénore... vi ho già detto che vi trovo molto più bella che in occasione del nostro primo incontro? Vi sentite trascurata e provate un gran bisogno di tenerezza e di cure maschili.»

«E voi siete pronto a sacrificarvi per compiacermi.»

«Più che pronto. Ardo dal desiderio.»

«Pensate che mio marito e vostra moglie apprezzerebbero tanto altruistico zelo?»

«Perché rovinare un momento così dolce evocando lo spettro dei nostri infelici legami? La fortuna è proprio cieca, come cantano i poeti.»

«Parlatemi di lei.»

«Lei, chi? Mia moglie Matilde?» Goffredo appare stupito e un poco deluso.

«Esatto. E di voi» conferma Aliénore, reprimendo un sorrisetto.

«Una vera crudeltà. Ma se voi me lo ordinate... Che dire? Più che una donna è una *virago*.»

La squillante risata della duchessa interrompe per un momento le parole di Goffredo.

«Non c'è nulla da ridere. La definizione non è mia ma di un inglese che la conosce bene, Guglielmo di Malmesbury. Ed è quanto mai azzeccata. Non ha nulla di femminile. Un generale. Questo è mia moglie. Dura come il ghiaccio e altezzosa in modo insopportabile, come nipote del grande Guglielmo il Conquistatore. Uno dei numerosi motivi per i quali non mi lesina il suo sprezzo.»

«Gli altri?»

«Sono molto più giovane di lei. Quando ci siamo sposati, nella primavera del 1128, io non avevo ancora quindici anni. Lei ventisei. Ed era già stata sposata. Mi trovava un insipido moccioso.»

«Forse non eravate ancora così bello come siete ora.»

«Grazie del vostro apprezzamento, maestà. Non immaginavo che...»

«Ah, niente bugie fra noi. Sincerità assoluta. Promesso?»

«Promesso» replica Goffredo con un galante inchino e un lungo bacio sulla mano di Aliénore.

«La bellezza è una delle doti per cui noi Angiò andiamo famosi, insieme alla nostra insaziabile virilità... avete domandato voi la sincerità, mia signora, dunque ora non sgranate gli occhioni, fingendo un'aria da santarellina. Queste doti, dicevo, non sono apprezzate da mia moglie, che ammette il sesso solo per procreare. Per mostrarmi all'altezza delle sue aspettative, le ho regalato tre figli maschi, uno più bello e forte dell'altro, a cominciare dal mio primogenito, Enrico, che, per sua fortuna, mi somiglia come una goccia d'acqua. Per il resto, cerco conforto fra le braccia di quelle donne che sanno apprezzare le mie qualità. Il mio più vivo desiderio sarebbe che voi...»

«Continuate a parlarmi della vostra famiglia» lo ferma Aliénore, parando con grazia un assalto alquanto audace e ridendo in cuor suo di quella divertente schermaglia con cui lo tiene sulla corda.

«Volete torturarmi, ho capito, costringendomi a un soggetto di conversazione stucchevole, quando potremmo parlare di mille altri argomenti più interessanti... O meglio, non parlare affatto.»

«Vostra moglie.»

«Non c'è altro da dire.»

«Oh, sì che c'è.»

«Siete forse una spia al soldo di vostro marito?»

«Potrebbe darsi.»

«Allora, vediamo...» riprende Goffredo, con un sospiro. «I due fratelli di Matilde sono morti in un naufragio. Mio suocero, Enrico I d'Inghilterra, si è risposato ma non sono arrivati altri eredi. Così ha chiesto ai suoi baroni di riconoscere come regina l'unica figlia femmina e giurarle fedeltà. Loro hanno obbedito, mugugnando ma, non appena il re ha chiuso gli occhi, hanno offerto la corona al cugino di Matilde, Stefano di Blois.»

«Tutti uguali, gli uomini.»

«Ah, ma non conoscono Matilde e neppure immaginano in quali guai si sono cacciati. In men che non si dica, lei ha messo insieme un esercito e dichiarato guerra al povero Stefano di Blois. Questa è Matilde.»

«Voi le state offrendo un bell'aiuto, immagino.»

«Ovvio che sì, mia signora. Noi Angiò siamo cavalieri senza macchia e senza paura...» proclama, ridacchiando. «Avete preteso la sincerità e dunque, senza falsa modestia, vi enuncio un'altra qualità, che si aggiunge alle precedenti: siamo valorosissimi in combattimento, oserei dire invincibili. Non sono vanterie ma verità note a tutti, specialmente ai nemici, che ci temono e ne hanno tutti i motivi. Insomma, mia dolce duchessa, siamo uomini da sposare...»

Goffredo inframmezza le parole con piccoli baci sulle dita di Aliénore, sul polso e poi più su, verso il braccio nudo. Incoraggiato dall'arrendevolezza della sua interlocutrice, risale verso l'attaccatura dei seni e posa le labbra sulla pelle candida, percorrendo l'ampia scollatura dell'abito, fino alle spalle. Intanto le sue mani stringono la vita di Aliénore, carezzano le curve sinuose della schiena e delle anche.

«Le ragioni di questo nostro incontro sono di una natura diversa da quelle che voi avete in mente» bisbiglia Aliénore sottraendosi ancora una volta alle galanti attenzioni del conte. «Vi ho convocato nel Poitou non per farmi corteggiare ma...»

«Per spiare le mosse della mia famiglia e riferire alla corte di Francia, è evidente» sospira Goffredo, frustrato ancora una volta nel suo desiderio. «Vostro marito Luigi sa che, vinta la guerra contro Stefano di Blois – evento ineluttabile, diteglielo pure – lo accerchieremo con i nostri domini: il feudo di Angiò, la Normandia e l'Inghilterra. Un'ipotesi che lo atterrisce, me ne rendo conto benissimo, teme di restare stritolato. Per questo si serve della vostra bellezza per carpire le mie intenzioni e cercare di prevenirle.»

«Sono qui per perorare una nobile causa, non per spiarvi. E neppure per soccombere al vostro fascino di seduttore.»

«Una cosa non esclude l'altra.»

«Mi è stato riferito del vostro irrevocabile rifiuto a partecipare alla crociata.»

«Vero. Non mi passa neanche per il capo di dissanguarmi in un'avventura di cui nulla mi importa. Ma solo con voi mi esprimo con tanta franchezza: con Luigi VII e Bernardo sono stato più diplomatico. Dopo quanto vi ho confidato, capite bene che non posso abbandonare i miei possedimenti in un momento così difficile. E poi, scusate, perché mai dovrei concedere un favore a due individui con i quali sono in pessimi rapporti? Vostro marito vi avrà informato che ho chiesto per mio figlio tredicenne Enrico, la mano della vostra piccola Maria. Un onore immenso e un affare d'oro, più per voi che per me, come vi ho dimostrato poc'anzi. Luigi avrebbe dovuto solo profondersi in ringraziamenti e cogliere al volo l'opportunità. E invece, dopo aver consultato Bernardo – Bernardo, capite? Ma vi pare possibile che un sovrano non muova un passo senza un nugolo di preti al suo fianco? Non usa mai il suo cervello? – vostro marito me l'ha rifiutata per ragioni risibili. *Ho saputo da fonti attendibili* – ha proclamato Bernardo – *che la nonna materna della piccola Maria è imparentata in terzo grado con la madre del ragazzo: non dovete avere nulla a che fare con questo progetto.* E Luigi? Pronto all'obbedienza. Come se il re fosse quel pagliaccio. E poi pretende che mi sveni e metta a repentaglio la vita e i beni, per assecondare la sua esaltazione. Dovrei essere matto.»

«Vi avrei rifiutato anch'io la mano di mia figlia Maria, amico mio, anche se non per questo risibile motivo.»

«E per quale? Proprio non capisco.»

«Ma sì, che capite. La mano di Maria serve ai vostri interessi, non a quelli della Francia. Nel caso in cui io non riuscissi a generare un erede maschio – e voi siete persuaso che non riuscirò, ci scommetto – vostro figlio Enrico aggiungerebbe alla Normandia, all'Angiò e all'eventuale Inghilterra – sempre che, come voi assicurate, Stefano di Blois venga sconfitto – anche la Francia e i ducati d'Aquitania e del Poitou, che erediterebbe tramite mia figlia. Ha ragione Sugero quando afferma che la vostra ambizione non ha limiti» conclude Aliénore, compiaciuta della smorfia di disappunto che attraversa per un momento il volto del bel Goffredo. «Via, non fatemi il broncio ora. Ci eravamo ripromessi di essere sinceri. In ogni caso, vi converrebbe dimostrare un minimo di entusiasmo per la crociata. L'attuale re di Gerusalemme è vostro fratellastro. Almeno vi muovano le ragioni del sangue, se non quelle dell'onore. I regni cristiani d'oltremare versano in grave pericolo. Non pensate alle conseguenze per la cristianità, se gli infedeli dovessero sottometterli?»

«Che paroloni! Sangue, onore... Davvero le sorti del mondo cristiano suscitano in voi tanto fervore?»

Il sorriso irriverente e lo sguardo beffardo con cui Goffredo la fissa, contagiano Aliénore, che esplode nella sua franca e squillante risata.

«Mi state accusando di recitare? Sono offesa con voi. Neppure le mie grazie possono persuadervi a concedere il vostro appoggio all'impresa?»

«Le vostre grazie mi indurranno a ben altro che questo. Ma solo se potrò gustarle in tutta la loro dolcezza.»

Goffredo d'Angiò è turbato.

Ha protratto la sua permanenza a Poitiers molto più del dovuto, pur consapevole dei rischi cui espone non solo se stesso ma soprattutto Aliénore. E tuttavia, partire e separarsi da lei è più doloroso di quanto immagini o voglia ammettere, abituato com'è a mille facili avventure e altrettanti noiosissimi addii.

È una donna che non dona pace agli uomini che si imbattono in lei, neppure quella dei sensi. Piuttosto una fame che si rigenera di continuo dalle sue ceneri e resta sempre inappagata. E insieme, l'inquietudine, il sottile timore di non riuscire a dimenticarla, mentre lei ti dimenticherà all'istante.

Pensa a Luigi VII. Tutto sommato, lo commisera più di quanto l'abbia fino ad allora deriso o invidiato. Pensa anche a Raimondo di Poitiers e alle dicerie intorno al suo volontario esilio in Oriente, per dimenticare l'amore disperato verso sua nipote.

Una donna del genere può dannare un uomo e perderlo. Ti fa sentire una preda che si dibatte fra gli artigli del suo aguzzino, piuttosto che un predatore. A un uomo non piace sentirsi così.

Appare fragile, tutta vezzi e moine, e disponibile, proprio come le belle donne dovrebbero essere.

Ne faccio un boccone, pensi, fregandoti le mani e pregustando il lauto pasto.

Ma è un'abile recita.

Quando la maschera cade, ecco che si svela astuta, calcolatrice, persino cinica. Divora di te quel che le piace, quel che le fa comodo, sputa gli ossi e ti congeda. Sempre sorridente e imperturbabile. Nulla la impressiona. È più colta di chiunque altro ma lo nasconde con cura. Se la provochi, però, in un batter d'occhio ti rimette al tuo posto.

Povero Luigi. Sempre sulla corda, sempre sotto esame, ecco come deve sentirsi. Una tensione continua. Per forza finisci con l'ammattire, in un modo o in un altro.

Avrebbe desiderato accanto una moglie come Aliénore, invece di quel sergente da caserma che detestava e dalla quale fuggiva? O il suo matrimonio sarebbe stato ancora più infelice, sebbene in modo diverso?

Di sicuro non avrebbe tradito Aliénore come faceva con Matilde. Con una moglie come quella, non senti il bisogno di cercare nessun'altra. Anche perché è vendicativa. Non ti perdona.

Gesù, che voglia di rivederla, di intrattenersi ancora con lei.

Se fossero stati liberi entrambi, l'avrebbe sposata.

«Potete fare conto su di me per qualunque necessità. In qualunque momento» le ha promesso, al momento del congedo. «Se un giorno vi trovaste in difficoltà, chiamatemi e io accorrerò. Avete la mia parola.»

Aliénore aveva sorriso. Non pareva colpita in modo particolare dalla profferta d'amicizia né addolorata più di tanto per il distacco. Lieve e frivola, come sempre. Già tutta protesa verso nuove avventure.

«Sono sempre così ansiosa di scoprire ciò che deve ancora accadermi» ripete spesso.

Come tenere una donna così?

22

Saint-Denis, 7 giugno 1147

Raimondo mio caro,
ho deciso di tenere una sorta di diario di questa straordinaria avventura sotto forma di lettere inviate a te. Non so se mi sarà possibile trovare un corriere e spedirtele per davvero. Tuttavia è confortante anche la semplice illusione di colloquiare, di confidarti i miei pensieri. Se mai dovessi riceverle, ti prego di raccoglierle e consegnarmele in bell'ordine quando ci vedremo, come fossero le pagine di un libro: Il Memoriale delle avventure di Aliénore d'Aquitania alla Crociata.

Suona così bene!

Chissà che non possa essere tramandato alle generazioni future, anche se stento a immaginare un mondo del quale io non faccia più parte. Così come non riesco a figurarmi vecchia: madre natura, in qualche modo, mi preserverà da una simile tragedia.

Mi propongo di scrivere ogni sera, in modo da trattenere fresca memoria degli avvenimenti della giornata.

Ma tu sai bene, zietto caro, che sono sempre molto accondiscendente con me stessa, e dunque per i primi giorni manterrò fede all'impegno e l'inchiostro scorrerà su queste pagine come un fiume in piena ma poi mi lascerò catturare dagli eventi e diventerò sempre più frettolosa, sino forse ad abbandonare del tutto il proposito. Sono incostante per natura ma almeno ho il pudore di ammettere i miei limiti.

Basta. Veniamo al punto: l'avventura che sta per iniziare.

Non trovo parole per esprimerti tutta la mia felicità.

L'eccitazione mi fa perdere il sonno e persino volteggiare leggera come una libellula sulle asperità del mio matrimonio, che diventa ogni giorno di più una prigione. Ora che ci penso, saresti l'ultima persona cui confidare queste frustrazioni. Non vorrei che ti sentissi autorizzato a tendermi trappole, al mio arrivo.

O forse una parte di me spera proprio questo...

In ogni caso, non intendo mentirti: tra me e mio marito il baratro non è più colmabile. Non penso che a come recidere le catene che mi imprigionano, mentre lui si adopera per stringerle ancora di più, consapevole che solo in quel modo potrà tenermi al suo fianco. Sono del tutto consapevole che per una donna – regina o popolana che sia – non è facile liberarsi dal vincolo del matrimonio, specie quando, come nel mio caso, non si può contare sulla protezione di nessuno. Invidio mio nonno Guglielmo, che ha vissuto la vita a modo suo, divertendosi a suscitare scandali di ogni sorta. Ma lui era un potente cui ogni arbitrio era lecito. Io, per quanto assuefatta a infischiarmi dei biasimi per le mie scelte inusuali, non possiedo i suoi mezzi e sono molto più esposta alle ritorsioni.

Continuo a divagare, lo so, com'è proprio del mio carattere. Torno al resoconto.

In questo momento sono ospite dell'abbazia di Saint-Denis.

L'11 giugno 1147, festa di Saint Denis, sarà il grande giorno della partenza.

Quante sfide ho dovuto superare per giungere a questo momento. Fino a quando il mio impegno è tornato utile per guadagnare adepti alla causa, non sono stata né vituperata né disprezzata. Quando si è trattato di riscuotere il premio di tante fatiche – ovvero il diritto a partecipare all'impresa al fianco del re – mi sono piovute addosso tutte le critiche e le recriminazioni possibili. Agli occhi del mondo torno a essere un'irresponsabile che abbandona il regno, e un diavolo tentatore che, con la sua presenza, potrebbe distogliere il prode guerriero dalla sua santa missione.

Persino le persone che mi vogliono bene – mia sorella, ad esempio, o i miei amici trovatori, Marcabruno, Jaufré Rudel – mi hanno palesato insormontabili difficoltà e sciorinato un lungo e noioso elenco di atrocità. Una, a caso: le strade della Palestina sono lastricate di cadaveri di pellegrini che hanno iniziato il viaggio e non sono tornati a casa. Per non parlare di fame, arsura, agguati, belve feroci, infedeli pronti a rubare il fiore della mia virtù (già sacrificato molte volte. E non fare il geloso, adesso).

Insomma la sagra delle banalità.

Ma io, dura e inflessibile a mia volta.

Non è insolito che le donne vadano alla crociata, è accaduto anche ai tempi del nobile e puro Goffredo di Buglione, ho rinfacciato a quell'arrogante di Bernardo che, siccome si crede un santo, pensa di poter dettare legge a destra e a manca. È così terrorizzato all'idea della fornicazione che ha accolto con disgusto persino la generosa abnegazione di alcune centinaia di donne che si sono offerte di curare le ferite dei combattenti, nel timore che il campo crociato si trasformi in un gigantesco postribolo.

Dissimula questa sua ossessione dietro l'abusato pretesto dei rischi cui una donna è esposta, i quali, a suo dire, sono molto superiori a quelli degli uomini. Una donna può essere uccisa, violata, torturata e venduta come schiava, sostiene, evocando immagini truculente. Ma dico io, forse che a un uomo non può capitare la stessa cosa? Nulla di memorabile si può realizzare nella vita se si pretende di evitare a ogni costo il pericolo. E poi, rischierei di morire anche se rimanessi a casa: soprattutto nello spirito, che è anche peggio.

Con l'indocilità che mi contraddistingue, alla fine sono riuscita a persuadere tutti, persino il buon Sugero, preoccupato – e non a torto – più della mancanza di un erede al trono che della mia personale sicurezza. Gli ho spiegato che la morale non deve farla a me, prontissima a ricercare ogni occasione per raggiungere lo scopo, ma al mio casto consorte che vive – e dorme – separato e lontano dalla moglie per paura di cadere nelle tentazioni. Ho anzi colto l'occasione per spiegare a Sugero che non sono disponibile a tollerare ancora a lungo questa incresciosa situazione. Per tutta risposta, mi sono dovuta sorbire una predica sui doveri di una sposa cristiana.

Chissà se sarai disponibile a confortarmi tu, nel mio letto di dolore...

Con mia sorpresa – e anche a sua parziale difesa – debbo aggiungere che, in questa mia battaglia, il mio migliore alleato è stato proprio Luigi, il quale alla fine ha imposto la sua decisione: mia moglie verrà con me.

I motivi?

Amore, certo, sebbene nel modo contorto in cui lo intende lui. Gelosia, soprattutto. Desiderio spasmodico di tenermi sotto controllo. Lui non vuole godere delle mie grazie per timore di peccare ma non tollera che altri si approprino di ciò che considera suo e pretende di imporre anche a me una castità che non si addice né al mio carattere né al mio modo di concepire la vita.

Mancano poche ore alla partenza e io dovrei riposare ma l'ansia mi tiene desta. Fa molto caldo, temo che domani sarà una giornata torrida.

Dalla finestra della mia stanza osservo la distesa di luci e fuochi che assediano l'abbazia di Saint-Denis. È sterminata. Non ne vedo la fine. Sembra che il mondo intero si sia dato appuntamento in questo luogo. Ci sono migliaia e migliaia di carri, di animali, di esseri umani.

La luce che si leva dagli accampamenti è tale da vincere le tenebre della notte e rendere invisibili le stelle. Il brusio è continuo, come il gigantesco ronzio di mille alveari.

Non mi piacerebbe un mondo in cui mancasse l'alternarsi degli opposti: il buio dopo la luce, la pace dopo il frastuono, la quiete dopo la passione.

Tua

Aliénore

È l'alba del gran giorno. Il re si presenta sul sagrato della cattedrale di Saint-Denis. Ha trascorso la notte in preghiera. Indossa un'umile tunica da pellegrino: non gli occorre altro, dichiara, a parte il suo cavallo e le armi.

Si inginocchia ai piedi di Sua Santità Eugenio III fino a sfiorare con la fronte la pantofola del papa, dal quale riceve la staffa e la borsa, simboli del pellegrino che parte per la Terra Santa.

Di fianco a lui è Sugero.

«Dite addio alle vostre famiglie e preparatevi alla partenza, nel nome di Dio» grida Eugenio III alle migliaia di crociati pronti a marciare. Le sue parole sono udite solo dalle prime file ma volano di bocca in bocca come portate dalle ali di un angelo.

Il momento del distacco è giunto.

La tensione esplode in grida, invocazioni, abbracci forsennati, quasi che, all'ultimo momento, ciascuno si penta e preferisca trattenere la persona amata, nasconderla, modificare il destino.

Luigi osserva stupito. Perché tanto scoramento? Le madri e le mogli dovrebbero sentirsi fiere, esultare. E invece gli ululati e i lamenti si propagano tra la folla che si accalca intorno alla chiesa a perdita d'occhio.

Avverte un brivido di paura, gli pare che quella calca lo soffochi. Dov'è Eléonor? La vorrebbe accanto. Tutto sarebbe più semplice. Gli infonderebbe fiducia e sicurezza. Lei è abile nell'interpretare a proprio favore qualunque segno.

Ma ha giurato di mantenersi puro fino all'arrivo a Gerusalemme: un sacrificio da offrire a Dio per il perdono dei peccati. Irrealizzabile, se le permettesse di stargli al fianco. La sua bellezza gli suscita pensieri peccaminosi, desideri sfrenati. Il semplice ricordo dei momenti di intimità gli infonde un tremito incontrollabile e accende la sua lussuria.

Meglio non vederla.

Invece chiama accanto a sé Thierry, il Templare.

«Ho deciso di affidarvi due compiti di importanza cruciale, Thierry, fidando nel favore che vi ha mostrato papa Eugenio e nella fama che circonda la vostra persona. Dedizione assoluta alla fede, rigorosa integrità morale, grande valore in battaglia: questo si dice di voi.»

Il cavaliere Templare si avvolge nell'ampio mantello bianco che contraddistingue il suo Ordine, accenna appena un inchino e porta la mano destra a sfiorare la grande croce rossa che campeggia sulla spalla sinistra, appena sopra il cuore.

«Troppo buono, mio signore. I miei detrattori mi accusano di fanatismo, inflessibilità e ferocia.»

«Io credo senz'altro alla prima versione. Per questo ho deciso di porre sotto la vostra tutela i beni più preziosi ai miei occhi: la persona della regina e i forzieri che contengono il denaro raccolto per la spedizione. Proteggerete entrambi da intrusi, avventurieri e malintenzionati. Avete una delega assoluta. Mano libera. In particolare, per quanto riguarda la regina, debbo chiedervi una sorveglianza strettissima. Intendo dire che...»

«Sarete informato con tempestività su chiunque le si avvicini, mio signore» lo anticipa il Templare.

«Non è sufficiente. Il comportamento stesso di mia moglie dovrà essere sorvegliato. Spero di non apparirvi una persona meschina. Mi imbarazza affrontare argomenti di questo genere con un cavaliere Templare, obbligato alla castità. Anch'io me la sono imposta fino all'arrivo a Gerusalemme, per motivi di devozione. Mi accingo a un pellegrinaggio di fede, non voglio essere distratto da alcun pensiero terreno. La preghiera e la penitenza saranno le mie sole compagne. Mi seguite, Thierry?»

«Ammiro la purezza dei vostri propositi, sire.»

«Per questo motivo, non dormirò con mia moglie ma dividerò la tenda con voi e con Oddone di Deuil che ho nominato mio consigliere, seguendo il consiglio di Sugero.»

«Vi sono debitore per l'onore che mi accordate. Prego Dio di non deludervi.»

«Purtroppo la regina non apprezzerà le mie intenzioni. Si adirerà molto, anzi. Mi accuserà di trascurarla, di disprezzare la sua bellezza, di non amarla...» Un amaro sorriso increspa le labbra di Luigi. «Magari ne fossi capace. E invece sono così debole e fragile che è vero proprio il contrario. Amo mia moglie alla follia e ne sono così soggiogato da disprezzare me stesso. Le sto lontano nella speranza di attenuare la passione che mi indebolisce e mi rende facile preda del demonio. Ma è uno sforzo che mi consuma, mi sfinisce, anche perché debbo compierlo in totale solitudine. Lei non comprende le mie scelte anzi le deride. E non mi aiuta» Luigi scruta il Templare con aria sconfortata.

«Capisco che siate costretto a grandi sacrifici, sire.»

«Senza cavarne risultati soddisfacenti e duraturi, dal momento che mi basta rivederla perché di nuovo i miei sensi si accendano e mi torturino. Desidererei avere a fianco una moglie da amare di un sentimento puro, non inquinato da questo morboso desiderio carnale, con la quale unirmi in modo casto solo per procreare, senza cadere nel peccato mortale della lussuria. Cosa c'è di male in questo atteggiamento? Non è quanto ci impone Nostro Signore? Perché lei non lo comprende e mi disprezza? Alle volte temo che, per quanto impegno possa profondere, non raggiungerò mai lo scopo. La memoria dei momenti di abbandono vissuti assieme non si cancellerà e continuerà a sconvolgermi. Sarebbe stato preferibile non averli mai conosciuti, mai perso l'innocenza di un tempo. Non si può rimpiangere ciò che si ignora. Meglio ancora, forse, non averla nemmeno sposata. Siamo troppo diversi, distanti. Io vivo la vita per compiere la missione che Dio mi ha affidato e salvare la mia anima, lei non si cura affatto dell'aldilà e pensa solo a godere il presente. Io diffido dei piaceri della carne, ne ho paura perché ho vissuto sulla mia pelle a quali depravazioni può condurre l'esserne schiavi. Lei li ricerca. Li desidera. Non intende privarsene... E ha la sfacciataggine di confessarmelo!» Il tono della voce è appassionato, il volto color porpora, il labbro superiore imperlato di minuscole gocce di sudore. «Capite ora perché vi ho chiesto di sorvegliarla? E come mai ho preferito non lasciarla sola in Francia, come sarebbe stato giusto e opportuno, come Sugero stesso implorava? L'idea di perderla o di vederla fra le braccia di un altro uomo mi ossessiona tanto quanto il timore di peccare insieme. Per questo il nostro matrimonio non mi dà più alcuna felicità.»

«Se posso ricambiare la vostra franchezza, sire, il comportamento della regina suscita perplessità in parecchi di noi. Di certo sarete informato sulle proteste degli ufficiali dell'esercito.»

«A proposito del numero spropositato di carri al suo seguito?»

«È una questione spinosa, mio signore, che nessuno ha il coraggio di esporvi con la dovuta franchezza. Ma, dal momento che mi avete aperto il vostro cuore con una sincerità che mi onora, mi faccio carico io di questo sgradevole compito. La regina parte per la crociata come se si recasse a una parata, a una festa. Voi non possedete altro che la tunica del pellegrino che indossate e la spada. Vostra moglie ha preteso centinaia di carri – centinaia, sire! – per caricare abiti, pellicce, belletti e ogni tipo di comodità, incluse le pentole e le stoviglie personali, la vasca in cui fare il bagno e Dio sa cos'altro. Una zavorra che rallenterà di molto la marcia e un vero e proprio pericolo, quando saremo faccia a faccia con il nemico. Un pessimo esempio anche per le altre donne al seguito.»

Luigi allarga le braccia e trae un sospiro.

«Proverò a parlarle. Ma farà di testa sua, amico mio. Una battaglia persa. Speriamo sia l'unica.»

Lungo la strada fra Saint-Denis e Metz,
venerdì 13 giugno 1147

Siamo in cammino.

Temevo che il momento non sarebbe mai giunto. La nostra non è stata una vera e propria partenza ma una sorta di fuga dalla folla che impazzava per chilometri e chilometri intorno alla cattedrale. Un caldo mostruoso. Nulla di epico, per ora, anzi discussioni meschine e poco interessanti cui accenno per puro dovere di cronaca.

Pensavi, mio caro Raimondo, che, lasciando a casa Sugero e soprattutto Bernardo, mi fossi finalmente liberata dei predicatori che mai depongono il loro sdegno e mai concedono riposo al loro indice puntato contro l'umanità? Errato. Nel corso della spedizione, questo nobile compito sarà svolto da Oddone di Deuil e, soprattutto, da Thierry Galan, i nuovi angeli custodi che mio marito si è scelto. Il più pericoloso è il secondo, un Templare tutto d'un pezzo che cammina rigido come se avesse una picca infilata nel sedere e mi ricorda molto da vicino il fanatismo di Bernardo.

Ha già sferrato il primo, duro attacco, prendendo di mira – guarda caso – la mia vanità: troppi carri al seguito della regina, ha sentenziato. Alleggerire, alleggerire... Via questo, via quello. È un pellegrinaggio, non una festa di corte. Vostro marito parte solo con un saio!

«Neanche un ricambio di biancheria?» gli ho domandato con il mio migliore sorriso. «Oh, è terribile. Questi

francesi sono degli sporcaccioni che ignorano le più elementari regole dell'igiene personale. Non potete immaginare, Thierry caro, quante battaglie ho dovuto combattere appena arrivata a Parigi, per insegnare loro un po' di buone maniere. Neppure si lavavano le mani prima di mangiare. Buon per me che, a quanto ho saputo, sarete voi a dividere l'intimità con lui e non io. Non vi invidio, mon ami.»

E gli ho voltato le spalle.

Non l'ha presa bene, logico, e mi sono fatta un nemico. Un bel problema perché si mormora che mio marito gli abbia conferito un'ampia delega sull'integrità della mia persona. In altre parole, è una spia che controllerà ogni mio passo e movimento. E poi, a ben vedere, è vero che ho ecceduto nel bagaglio personale. Ma il viaggio può durare anni. Come dovrei ridurmi, secondo loro? Non sopporto questi fanatici che si rivolgono a me sempre con arroganza, come fossi una ragazzetta sventata da sculacciare e rimettere al suo posto.

Della spedizione fa parte un numero cospicuo di donne tra dame di compagnia, cameriere e giovani volontarie che si sono offerte per curare le ferite degli eroi, in attesa delle quali, per ora, si danno un gran daffare per lenire altri bisogni. Di notte l'accampamento è tutto un fiorire di gridolini, sussurri e sospiri. Io, nella mia tenda, mi macero d'invidia per i loro convegni d'amore e mi chiedo se, lungo il cammino, riuscirò a concedermi qualche eccitante distrazione o se sarò condannata a una forzata castità. Non sono ottimista, giacché la mia spia non solo è un severo cavaliere Templare ma soprattutto un eunuco, a quanto mi si dice, e dunque non posso nutrire alcuna speranza di sedurlo con le mie arti suggerite dal demonio.

Per il momento, solo Marcabruno e Jaufré Rudel riescono a tenermi allegra. Il primo più del secondo, perché organizza ogni sera uno spettacolo teatrale diverso e riesce a essere sempre molto spiritoso. Jaufré invece è un po' triste e compone versi pieni di nostalgia e sentimento.

L'avventura è solo agli inizi.

Tornerò a questi fogli quanto prima.

23

Ertha abbandona per un momento il lavoro e si asciuga il sudore dalla fronte. Con la coda dell'occhio getta uno sguardo a Otto, legato alla sua schiena con un telo di lana grezza: dorme, la minuscola testa reclinata sulla spalla della madre, le manine strette a pugno e puntate verso l'alto. Un'ondata di tenerezza le sale dal cuore, o forse da più giù, dallo stomaco, dalle viscere dove, fino a pochi giorni addietro, il piccolo era racchiuso e che ancora sanguinano per essersi dovute separare da quel fardello. Vorrebbe posargli un bacio sulle guance rosee e pienotte ma non ci arriva e allora sfiora con le labbra la peluria morbida sulla sommità del capo. Si sente stanca e affaticata, sebbene sia una ragazza robusta, cui le forze fisiche non sono mai mancate. Ha partorito da pochi giorni e raccogliere il fieno sotto il sole risulta pesante. Ma come spiegarlo a suo marito? Non ci mancherebbe altro che starsene a letto ogni volta che ti sgravi, ha brontolato.

Gli uomini non partoriscono e dunque come possono sapere?

Passa il braccio sul volto, sugli occhi, per asciugare un velo di sudore freddo: sente venire meno il respiro, la testa ronzare. Gli occhi guardano senza vedere, le ginocchia le si piegano come se stesse per perdere i sensi.

Forse per questo non avverte lo scalpiccio degli zoccoli alle sue spalle, il tintinnio delle armi, il ritmico rimbalzare degli speroni sul terreno duro. Un gruppo di soldati alquanto malandati, una croce rossa sulla spalla, scende da cavallo e le si affianca. Quando si avvede della loro presenza alle sue spalle, è troppo tardi.

Qualcuno l'agguanta per la vita, lei grida, chiama il marito, ma lui non può più udirla: giace al suolo nella stalla, con un'ascia conficcata fra le costole.

Le saltano addosso, la gettano in terra senza curarsi del bambino legato alle sue spalle. Senza urlare, consapevole ormai del suo destino, li supplica di risparmiare almeno il piccolo, di lasciarlo in vita.

Loro ridono: non capiscono e rispondono in una lingua sconosciuta come le loro divise.

I vestiti volano via a brandelli sotto quelle mani rozze, sporche, rapaci. Poi le si avventano sui seni, penetrano nel ventre ancora sanguinante, si accaniscono dentro di lei più volte, fino a quando Dio dall'alto ne ha pietà. Il sole si oscura del tutto e il silenzio la avvolge. L'ultimo grido terreno che raggiunge le sue orecchie è il pianto disperato di suo figlio, partorito solo pochi giorni prima.

Branitchevo, mercoledì 20 agosto 1147

Da Oddone di Deuil al Reverendissimo mio signore Sugero, Abate di Saint-Denis.

Obbedendo alla vostra richiesta, eccomi a fornirvi gli ultimi ragguagli sull'andamento della spedizione. Compito gravoso, giacché sono costretto a dissentire dall'ottimismo che il nostro sovrano Luigi VII vi ha espresso nella sua ultima missiva. «Il Signore ci sta aiutando in ogni modo» ha scritto. Per non turbarvi, immagino. Invece l'anarchia e l'immoralità dilagano nel campo dei crociati.

Non è facile mantenere la disciplina in un esercito di oltre centomila soldati in movimento. Purtroppo la marcia è costellata da atrocità di ogni tipo. Mi giungono dispacci continui di furti, assassini, violenze di ogni sorta sugli umili e sugli inermi. La fama delle turpitudini di cui ci macchiamo lungo il cammino corre più veloce di noi e ci precede, rendendo sempre più difficile il rapporto con le popolazioni locali e, di conseguenza, il reperimento delle vettovaglie per sfamarci. Stanno diventando numerose anche le diserzioni: e siamo solo all'inizio. Il re si è dapprima affidato alla persuasione e alle buone maniere. Solo con notevole ritardo si è deciso a punire in modo esemplare i responsabili di atti criminosi. Ma sembra che neppure le fustigazioni o il taglio delle mani, delle braccia, delle orecchie e della lingua riescano a contenere il problema.

Quanto al comportamento della regina, sappiate che lei, le sue dame di compagnia e tutto il gran codazzo di cortigiani che le fanno corona – cameriere, cuochi, menestrelli, trovatori e soprattutto vassalli delle sue terre, che secondo me hanno aderito alla spedizione proprio per il piacere di starle vicino e corteggiarla a piacimento – questa gente, dicevo, ha scambiato il pellegrinaggio in Terra Santa per un viaggio di divertimento nel corso del quale tutto è lecito, tutto consentito. Un mondo a sé, che vive di regole proprie. Alla sera, dopo le abbondanti abluzioni per lavare via la polvere del viaggio – sebbene la regina, per ora, viaggi in cima alla colonna, proprio per evitarle i miasmi di centomila uomini che si muovono, mentre

Luigi viaggia molto più indietro – cambiati d'abito, imbellettati e profumati, gozzovigliano fino a tardi. Canti, balli, rappresentazioni, risa e battimani. Infine ci si ritira nelle tende. E su quello che accade dopo, il pudore mi impone di stendere un velo e prego vostra eminenza di non pretendere da me questo tipo di informazioni.

Che dire? Nonostante l'implacabile tutela di Thierry Galan, che dissuade i più audaci da ogni attentato alla morale della regina, l'esempio che fornisce è pessimo. Mai una preghiera, mai una penitenza. Solo feste e divertimenti. Quella donna – Dio mi perdoni – è frivola, vanitosa, tutta compresa di se stessa, del suo benessere e della sua bellezza. A volte – come già fece al cospetto di Bernardo, il giorno in cui venne proclamata la crociata – indossa abiti maschili e, novella Pantasilea, cavalca come un uomo su un bianco destriero, impugnando la spada e lo scudo. Un gruppo di donne, altrettanto sfacciate, la imita e, quel che è peggio, così conciate, si mescolano agli altri cavalieri in marcia, sollecitando, temo, ogni sorta di turpe pensiero.

Castra non casta!

Luigi, come sempre, finge di ignorare le stramberie della moglie e si limita a starle lontano. Mi chiedete quale sia l'umore fra i due sposi. Fanno vite separate e del tutto diverse. Luigi è un modello di virtù, un santo che mi fa sentire meschino e inadeguato. Da quando la spedizione è iniziata, indossa sempre lo stesso abito da pellegrino. Si macera in penitenze e preghiere. Al mondo non esistono due creature più diverse e lontane di lui e sua moglie.

«Perché tollerate il comportamento della regina, maestà?» ho osato domandargli una sera in cui la baldoria era più vergognosa del solito.

«Se le ordinassi di smetterla, ignorerebbe l'ordine e per me sarebbe anche peggio.»

«E voi imponetele l'obbedienza con la forza.»

«Mi lascerebbe all'istante» ha replicato, fissandomi quasi inorridito.

«E voi lasciatela andare. È una donna. Ne subirebbe tutte le conseguenze. La sua vita sarebbe segnata. Non le resterebbe che il convento. Mentre voi potreste trovare mille soluzioni più opportune.»

«L'amo troppo» ha confessato con grande semplicità, lo sguardo chino, la voce un soffio. «Questa è la mia dannazione, il peccato per il quale imploro giorno e notte il perdono di Dio.»

Nei limiti della segretezza che ci siamo imposti, continuerò a tenervi informato.

Vostro fedelissimo,

Oddone di Deuil

Martedì 9 settembre 1147,
in una località non lontana da Adrianopoli

Zietto caro,
non scrivo da un tempo lunghissimo, lo so, ma avevo già messo le mani avanti: sono inaffidabile nei miei propositi. E poi la vita è molto intensa, gli avvenimenti si accavallano e io non voglio perdere un istante dell'avventura che sto vivendo.

Dio è stato buono a concedermi di saziare la mia fame di conoscenza attraverso questo viaggio, che presenta ogni giorno scenari diversi, squarci sorprendenti, prospettive sconosciute. Non tutte positive, va detto. Lungo il cammino ci imbattiamo anche nello spettacolo della violenza ai danni delle popolazioni locali, i cui villaggi e casolari vengono depredati e dati alle fiamme. Se ne rendono re-

sponsabili anche i nostri soldati, lo ammetto, ma credo soprattutto i soldati tedeschi dell'imperatore Corrado, alleato di Luigi VII in questa impresa, il quale, come saprai, ci ha preceduto di un paio di mesi nella marcia verso Gerusalemme. I nostri però, in tutta onestà, non sono da meno, nonostante il rigido divieto imposto da Luigi di abbandonare i ranghi, pena la vita. Ma il controllo delle truppe resta difficile.

Non ho occasioni di incontro con mio marito. Alterno nell'animo momenti di assoluta e furibonda determinazione a sbarazzarmi di questo matrimonio di pura facciata, a momenti di sconforto e paura per le conseguenze che dovrei affrontare, se seguissi il mio impulso. Lo dico con rancore ma anche con tristezza. Incontrerò di nuovo un uomo che mi ami con lo stesso sentimento assoluto e fedele con cui mi ha amata Luigi? Cosa potrebbe accadermi, se osassi macchiarmi della colpa di disfare un legame consacrato davanti a Dio, io, una donna? Lo scalpore per una ribellione così clamorosa alle leggi della società sarebbe enorme. Che un sovrano ripudi la moglie è più che lecito – si trovano mille scuse per placare ogni scandalo – ma non è mai accaduto il contrario, che io sappia. Potrei finire i miei giorni in un convento, proprio come accade alle regine ripudiate. E potrebbe sembrare persino una misura generosa, perché certo non mancherebbero zelanti consiglieri – magari in odore di santità – pronti a chiedere la mia testa, fabbricando un'accusa di alto tradimento. Con quali armi potrei difendermi? La bellezza, l'intelligenza, l'astuzia? Non servirebbero a nulla. Nemmeno i miei vassalli alzerebbero un dito per proteggermi. Prevarrebbe in loro la solidarietà maschile, nel timore che un atteggiamento così irriverente verso le regole del vivere sociale possa fare scuola ed essere imitato da altre don-

ne, incluse le loro, come già accade per gli abiti e le acconciature. La nuova moda lanciata quest'anno da Aliénore d'Aquitania? Ripudiare il marito!

Lo so, dovrei scrivere solo delle avventure di viaggio. Ma esse si legano in modo così stretto e intricato alle mie vicende personali, ai sentimenti dell'animo, che finisco per disperdermi in astratte recriminazioni invece di occuparmi solo dei fatti.

Ci hanno informato che ben presto raggiungeremo Adrianopoli, ultima tappa importante prima di Costantinopoli.

Sono così emozionata! La parte più affascinante del nostro viaggio sta per cominciare. Intendo dire che i paesaggi e le città incontrate lungo il cammino fino a ora non differiscono quasi in nulla dalle nostre terre: foreste infinite, che incombono sull'uomo con la loro immensità, solcate da fiumi quali il Danubio, solenne e maestoso, colline dai declivi verdeggianti o aspre montagne dalle vette in qualche caso ancora innevate.

A questo punto, invece, abbiamo davvero intrapreso il cammino verso l'Oriente misterioso, che ho conosciuto fino a oggi solo attraverso i brillanti racconti del nonno, partito crociato al solo scopo di conoscere quelle terre lontane – come me – verso le quali mi ha trasmesso la sua passione.

Non riesco a credere che camminerò per le vie dell'antica Bisanzio. Possiedo alcune mappe della città copiate da quelle contenute nei suoi numerosi diari di viaggio. Non vedo l'ora di verificare con i miei occhi se davvero esistono le meraviglie di cui ha narrato ma, ahimè, un orco cattivo tiene prigioniera la povera regina, la quale, se vuole riuscire nell'impresa, dovrà usare tutta la sua astuzia e intraprendenza.

Forse mi torneranno utili i mille trabocchetti e travestimenti che utilizzavo a Poitiers, quando fuggivo per incontrarmi con il mio segretissimo innamorato: tu, caro Raimondo, la cui identità doveva essere celata con la massima cura a chiunque.

Aliénore

Lunedì 15 settembre 1147,
Davanti alle mura di Adrianopoli

Da Oddone di Deuil al Reverendissimo mio signore Sugero, Abate di Saint-Denis.

Avvenimenti tristi e oscuri tormentano questa fase del viaggio, mio signore Sugero.

L'ultimo in ordine di tempo: giunti ad Adrianopoli, siamo stati costretti ad accamparci fuori dalle mura della città per ordine di sua maestà Manuele I Comneno, imperatore d'Oriente.

La spiegazione di questo irriguardoso trattamento risiede nell'indegno comportamento tenuto dall'imperatore Corrado e dalle sue truppe che hanno attraversato il paese prima di noi, non da ospiti ma da brutali conquistatori. Violenze e vandalismi inauditi, anche a Costantinopoli. L'imperatore non l'ha presa bene, ovvio. Barbari: così gli orientali definiscono tutti coloro che non sono cittadini dell'impero. Dopo il passaggio dei crociati, hanno molte ragioni in più per definire con questo termine tutti gli europei.

Tuttavia, accanto a questo motivo ufficiale, abbiamo scoperto che ne esiste un altro, davvero stupefacente e molto dannoso per i nostri interessi, ragion per cui si tenta di occultarlo con ogni cura: l'imperatore Manuele Comneno avrebbe appena concluso una tregua di dodici anni con i turchi. Avete letto bene, mio signore: una tregua tra i turchi, contro i quali stiamo andando a combattere, e un principe cristiano!

Evidentemente, fra i due flagelli – i turchi e i crociati: mi riferiscono che per entrambi usi lo stesso appellativo – lo stolto preferisce i primi.

Tale era la rabbia e lo sconcerto quando ne siamo stati informati da una spia che, nel corso di un'infuocata assemblea, molti ufficiali hanno esortato il re a ribellarsi, cingere d'assedio Costantinopoli e infliggere una severa lezione al traditore.

Luigi VII però è stato inamovibile.

«Non sono venuto sin qui per muovere guerra a un altro principe cristiano. Il mio obiettivo è giungere come pellegrino a Gerusalemme. Nessuno mi distoglierà dalla mia missione.»

Parole testuali.

Non nego che la risposta mi abbia sorpreso.

Pellegrino a Gerusalemme, la sua missione.

Non capisco, mio signore Sugero: l'obiettivo di questa crociata è batterci contro i turchi che insidiano le conquiste cristiane d'oltremare o consentire al sovrano di fare un pellegrinaggio, a suo vantaggio personale?

Vi sarei grato se voleste far chiarezza su questo punto, a beneficio del vostro povero servo.

Al momento in cui scrivo, non sono in grado di predire né la lunghezza di questa sosta né l'epilogo della vertenza.

Nei limiti del possibile, vi terrò aggiornato.

Vostro

Oddone di Deuil

Venerdì, 3 ottobre 1147

Costantinopoli!

Le mura sono davanti ai miei occhi! La loro imponen-

za mi lascia senza parole. Una muraglia composta da tre linee di difesa disposte le une sulle altre, dal Mar di Marmara al fondo del Corno d'Oro, che rendono Bisanzio una fortezza inespugnabile, contro cui si è infranta anche la ferocia degli Unni di Attila. Al loro interno, una città di una bellezza mozzafiato con i palazzi di marmo, le chiese sontuose, le colonne che svettano fino al cielo, le innumerevoli biblioteche nelle quali si accumula il sapere dell'umanità. Tutto immenso, tutto gigantesco. Da questa parte la civiltà, la cultura, la ricchezza. Da quella, l'ignoranza, le tenebre, la massa brulicante, rozza e indistinta dei Barbari, che premono nella speranza di abbattere le barriere e impossessarsi dei tesori che vi sono contenuti.

Per fortuna, resistono. Perché, se mai dovessero crollare e i Barbari appropriarsi di un tale inestimabile tesoro, esso sarebbe perduto per sempre.

Sabato... ottobre 1147

Da dove cominciare?

Ho una tale confusione nella testa! Nella foga le parole si accavallano e tutte mi sembrano vuote e inefficaci a esprimere le emozioni che si agitano in petto.

Dio, quanto avevo ragione! Questa città valeva da sola il viaggio. E io sto sfruttando a pieno l'occasione, che non mi si presenterà una seconda volta, temo.

Non cercare, ti prego, caro Raimondo, né un ordine né una logica in queste note. E neppure una data. La penna corre rapidissima sul foglio, nei rari momenti che riesco a rubare all'incalzare degli eventi, senza curarsi delle date o di disporre in bell'ordine le riflessioni, secondo una scansione temporale o una logica. Emozioni allo stato puro, pensieri in libertà: ecco cosa sono.

L'Oriente esplode davanti ai miei occhi con le sue luci, odori, suoni. Con il suo incanto.

Cosa brucia nelle mie vene, da farmi sentire questa terra mai vista prima, così mia, parte di me, connaturata alla mia indole? È la febbre che mi ha acceso in petto mio nonno, con i suoi racconti così vividi ed entusiasti? Quanto a te, Raimondo, mi hai mentito. Non sei più tornato a casa non per sfuggire i pericoli di una passione incestuosa ma perché hai scoperto l'angolo più incantevole del mondo, dove dimenticare ogni infelicità. Tutto qui sembra concepito per inebriarti e accendere i sensi...

...

Ho varcato le mura di Costantinopoli il giorno 4 ottobre, vestita da cavaliere, insieme alle mie dame di compagnia.

Perché?

La stessa domanda me l'ha rivolta, inviperito, anche Luigi.

«Ti pare il caso di mascherarti da regina delle Amazzoni? A che pro?» ha domandato facendo la faccia scura (gli riesce benissimo, non deve fare alcuno sforzo).

Voi uomini non possedete un'oncia di perspicacia, di intuizione. È così semplice che lo capirebbe anche un bambino. Per impressionare la folla straripante, no? Per stupire, meravigliare e catturare gli occhi di tutti su di me, invece che sul sovrano e sui suoi funzionari.

Obiettivo raggiunto.

Cosa c'è di male?

Nessuno ha degnato di uno sguardo il re di Francia ma tutti hanno strabuzzato gli occhi alla vista della bellissima amazzone che cavalcava come un uomo (una trovata che non manca mai di suscitare esclamazioni di stupore e commenti), armata di spada e ascia, con un portamento ardito e marziale come un vero soldato, e tuttavia con abiti così ricchi e sfarzosi che anche i più anziani cortigiani, abituati al lusso della corte imperiale, sono rimasti meravigliati. La veste che ho sfoggiato era stata preparata da lungo tempo e celata in uno dei miei forzieri con la massima cura. Se Luigi l'avesse scovata, mi avrebbe impedito di indossarla. Ma ho fatto in modo che la vedesse solo quando non poteva più nuocermi.

«Stiamo andando in pellegrinaggio, non a un banchetto!» tuona ogni momento, stretto nella sua tunicuccia color topo, lurida e sdrucita.

Sai cosa mi piace, di questa terra?

Che il lusso e l'ostentazione non suscitano alcuna condanna né presagi di dannazione eterna ma solo approvazione, elogi e ammirazione.

Gli eccessi – che prediligo e per i quali vengo tanto vituperata – qui sono la regola. La grandiosità, l'enfasi sono connaturate all'indole degli orientali, rappresentano un loro modo di essere. Tutto è ingigantito rispetto alle nostre misure. Inclusa la sensualità...

Ma su questo tornerò.

Dovrei riempire pagine su pagine per descrivere questi luoghi. Ah, questa è la mia vera patria...

...

Prendiamo la reggia dell'imperatore, ad esempio. Le nostre, delle quali ci vantiamo tanto, qui risulterebbero offensive persino per la servitù. Il palazzo imperiale è una città nella città, un insieme di edifici di tale vastità che nessuno ne conosce davvero le dimensioni. Padiglioni di smisurate proporzioni si aprono d'improvviso nel verde, all'apparenza senza un'utilità precisa, se non una pura esibizione di sfarzo e raffinatezza: marmi policromi, mosaici a tutta parete, legni pregiati, una profusione di oro e pietre preziose... Palazzi, caserme, piscine, bagni, terrazze spalancate sul mare, scale, torri, ville e appartamenti per gli ospiti: un labirinto che non obbedisce ad alcun progetto d'insieme, ad alcuna simmetria o logica, nel quale è impossibile orientarsi. Puoi passeggiare un'intera giornata senza riuscire a tornare al punto di partenza, attratta ora dai panorami mozzafiato, ora dai giardini che sono un tripudio di colori, di intensi profumi, di sapienti giochi d'acqua.

Mi piacerebbe costruire così la mia dimora: lusso, sfarzo, esibizione di un gusto e di un estro fuori dai canoni, seguendo il capriccio, lo stato d'animo del momento, giacché l'ordine e la precisione soffocano la fantasia e spengono l'incanto.

Potrei andare avanti ore a cantare le meraviglie nelle quali mi sono imbattuta. Ma preferisco soffermarmi solo su un ultimo, piccolo particolare, che mi diverte molto: gli ospiti che hanno l'onore di essere ammessi alla presenza dell'imperatore o della sua augusta famiglia, vengono «pregati con viva amicizia» – leggi «obbligati» ma gli orientali sono fanatici cultori della forma e non usano mai espressioni dirette, preferendo metafore e ricercati giri di parole – di utilizzare prima le piscine o i bagni «per una abluzione rilassante, che liberi dalla polvere e dalla fatica del lungo viaggio». Insomma: un modo educato per dire che nessuno sarà ricevuto se non si è prima lavato con cura nelle piscine della reggia. Io mi sono concessa ore intere: bagni in acqua calda e lunghi massaggi con essenze odorose. Uhmmm, che delizia!

Da queste parti, lavarsi viene considerata una necessità imprescindibile. Vai a spiegarlo a mio marito e ai suoi barbari francesi, che considerano un deplorevole cedimento alla vanità terrena la mia mania per le abluzioni e l'igie-

ne personale, nonché un assurdo capriccio la pretesa di portarmi sempre dietro le vasche da bagno.

...

Ahiahi... prima marachella... (E non unica!)

Oltre alle visite ufficiali, mi sono concessa alcune scorribande notturne nelle zone più segrete e degradate della città, con una buona scorta armata, si intende, ma in tutta segretezza, sfuggendo all'eunuco Templare che non mi perde mai di vista. Come? Be', mi sono fatta alleati potenti in questa reggia, ovvio... (forse ti svelerò di più su questa circostanza, ma devo prima riflettere se sia il caso). Desideravo impossessarmi dell'anima più riposta di questa città, conoscerla non solo nei suoi aspetti maestosi e spettacolari ma anche nei bassifondi, nei quartieri popolari, dei quali mio nonno mi ha spesso parlato. Ho indossato abiti maschili – ormai è un'abitudine – nascosto le chiome sotto un adeguato copricapo e via, nelle bettole, nei postriboli, nei luoghi del vizio e della perdizione...

Sono un'incosciente, lo so. Rabbrividisco all'idea di come avrebbe reagito mio marito, se fossi stata scoperta. Ma sono ben felice di aver corso questo rischio. Un giorno racconterò anch'io le mie avventure ai miei figli e nipoti – sperando di averne, ma chiudiamo subito questo triste capitolo – e accenderò loro in petto la voglia di vedere e scoprire, come mio nonno ha fatto con me.

Costantinopoli è una città dalle due facce. A quella lussuosa e raffinatissima se ne contrappone una violenta e corrotta. Quanto l'una è linda, selezionata e raffinata, tanto l'altra è sovraffollata, rissosa e misera. Di qua ampi viali alberati, lastricati di grandi pietre e disseminati di deliziosi giardini in fiore, lungo i quali ci si imbatte in avvocati, funzionari, letterati, matrone ingioiellate sulle loro lettighe, uomini d'affari, artisti e filosofi che spesso si attardano a dibattere sotto i portici sofisticate dispute culturali. Di là una ragnatela di vicoli stretti, fangosi e maleodoranti, affollati di malviventi spesso inoperosi, appoggiati all'angolo di una strada o sull'uscio dei bordelli e delle bettole, un copricapo calato sugli occhi, le mani nelle tasche, nelle quali immagini un coltello. Ladri, lenoni e prostitute in quantità. Gente di ogni razza, come non ho mai visto nelle nostre città, giunta da ogni parte del mondo a cercare fortuna nella grande metropoli, come un tempo, immagino, doveva accadere per Roma: avventurieri slavi, armeni o scandinavi – questi ultimi altissimi, con le chiome bionde e gli occhi chiari, che spiccano fra tanti colori scuri – soldati dalle più svariate uniformi, disertori fuggiti dai ranghi del loro esercito, come si intuisce dalle miserevoli condizioni delle divise, uomini delle steppe – Cazari, Russi – ma anche africani dalla pelle nera e asiatici dagli occhi a mandorla. Tutti in cerca di un ingaggio nelle truppe mercenarie dell'imperatore, come mi hanno spiegato. Un autentico campionario della razza umana, che lotta per conquistarsi un posto nel mondo, un futuro, a qualunque prezzo.

...

La sensualità permea l'aria. Si respira nella sfacciata esuberanza della natura, nella carnosità dei fiori e dei frutti, dal profumo dolciastro e intenso, prorompe negli sguardi avidi degli uomini, nel finto pudore delle fanciulle, in quel loro abilissimo coprirsi e scoprirsi, negare e promettere. La dissimulazione raggiunge in questa terra le vette più alte.

Amo questo gioco della seduzione, così controllato e mascherato, eppure così esplicito e tentatore.

Ne è un maestro lo stesso giovane imperatore, Manuele Comneno. Il suo fascino di grande seduttore prorompe nonostante gli abiti rigidi, severi, intarsiati d'oro e incrostati di pietre preziose. Come si conviene alla dignità imperiale, impone ai suoi bellissimi occhi nocciola un'espressione solenne e distaccata – ieratica, dicono da queste parti – nella quale tuttavia, di tanto in tanto, come un lampo che squarci le tenebre, guizza l'occhiata da predatore che scocca verso una bella donna in cui inciampa lungo il cammino.

E poi, basta vederlo all'opera durante i ricevimenti, non appena riesce a sfuggire agli sguardi corrucciati della scialba moglie.

Le sue mani affusolate e aristocratiche sfiorano, stuzzicano, accarezzano, promettono. Gli occhi invitano, avvolgono, blandiscono...

Se parlo per esperienza personale? Ovvio che sì. Sono stata oggetto anch'io delle sue attenzioni.

Potrebbero, due cuori ardenti come i nostri, incontrarsi e ignorare la reciproca bellezza, l'immediata attrazione? Perché sforzarsi di resistere? In nome di quale premio futuro?

E questa è stata la seconda marachella.

...

Thierry, la spia?

Ti pare che un imperatore di tale possanza non riesca a escogitare un sistema per sbarazzarsi di un Templaruccio qualsiasi? È lui il potente alleato cui alludevo, lui che mi ha aiutato, protetto e assecondato in ogni capriccio, per rendermi memorabile questo soggiorno. Tra noi è stata intesa a prima vista.

Mio marito?

Ah, è occupatissimo a prostrarsi in preghiera di fronte alle innumerevoli reliquie – strabilianti anch'esse – di cui questa città mena vanto: la lancia che ha ferito il costato di Cristo, la Corona di Spine, un frammento della Vera Croce, uno dei chiodi che hanno perforato il corpo di Gesù, la pietra del Santo Sepolcro... eilcielosaqualialtre.

Le accarezza, le venera, le fissa con ardente stupore, del tutto convinto della loro autenticità, se ne commuove. Ti pare che possa trovare tempo per la moglie o per altro? Si giustifica con la solita tiritera: il suo non è un viaggio di piacere ma di mortificazione.

Peggio per lui. Si mortifichi pure, se così gli piace.

Io non mi faccio certo di questi scrupoli e me la rido delle sue facce scure e dei suoi sguardi torvi. Per fortuna, a malapena ci incontriamo. Mi infastidisce solo che non parli d'altro che di rimettersi in marcia perché, a suo dire, questa città corrompe, infiacchisce e distoglie dallo scopo della missione.

Io, invece, ho trovato il paradiso terrestre e non mi muoverei più... Ma no, scherzo. Certo che ho voglia di vederti!

«Sarà per me un dolore perdervi, mia regina Aliénore» sussurra Manuele Comneno, sfiorando con le labbra dischiuse le spalle nude di Aliénore e scivolando poi con dolce lentezza giù, verso i seni.

«Mentite, mio imperatore. Non vedete l'ora di sbarazzarvi di noi barbari.»

«Gli eserciti dell'Occidente sono una sciagura per i miei sudditi» ammette lui, con aria severa. «Si fanno chiamare *crociati* ma si comportano come avidi e spietati invasori.» Poi, per farsi perdonare la ruvidezza del tono, le bacia a lungo la bocca. «Tutti, tranne voi. Forse dovrei pretendere da vostro marito la consegna di alcuni ostaggi, in cambio del permesso di attraversare le mie terre. Potrei anche accordargli una certa quantità di scorte alimentari. Sono certo che Luigi accetterebbe, visto che l'esercito è alla fame. Vi porrei in cima alla lista. Vi tenterebbe, questa prospettiva?»

«No» replica Aliénore, scoppiando in una squillante risata di fronte allo sguardo contrariato di Manuele.

«Non fate l'offeso. Fermarmi a Costantinopoli, in vostra compagnia, sarebbe una prospettiva quanto mai allettante. Ma l'idea di scoprire altre parti di mondo mi attira ancora di più. La sorte mi ha concesso di vivere un'esperienza unica e preziosa e intendo sfruttarla sino in fondo.»

«Siete un'anima irrequieta, Aliénore. In voi si concentrano immense qualità e altrettanto grandi difetti.»

«Lo ripete spesso anche mio marito, che calca più la mano sui secondi.»

«Io, invece, sono affascinato dalle prime. Al punto che ribadisco la mia offerta. Posso imporre a Luigi di Francia la consegna di ostaggi e pretendere che voi siate tra questi. Come favorita dell'imperatore, godreste privilegi maggiori dell'imperatrice in persona, vi coprirei d'oro e di gioielli come non ne avete mai posseduti, vi circonderei di premure e placherei la vostra fame di amore. Se invece vi intestardite a seguire la vostra curiosità, aspettatevi solo pericoli e sofferenze. La parte più difficile e rischiosa del viaggio deve ancora cominciare. I turchi vi attendono al varco e lastricheranno la strada per Antiochia di cadaveri dei vostri uomini. E io non farò nulla per proteggervi o salvarvi.»

«È una minaccia?»

Manuele afferra fra le sue le mani di Aliénore e prende a baciarle.

«No, mia signora. Non è con la paura che intendo legarvi a me. Con la passione, semmai. Ma prima ancora con la ragione... Stimo a tal punto la vostra intelligenza da confidarvi le mie intenzioni e miei piani segreti. Non sprecherò un solo uomo per coprire le spalle dei crociati, sebbene condividiamo la religione e, almeno all'apparenza, il nemico. Ma li giudico un flagello uguale e forse peggiore dei turchi stessi. Dunque mi adopererò perché si distruggano a vicenda. Queste parole suonano troppo ciniche alle vostre orecchie?»

«Scandalizzerebbero di più mio marito.»

«Lo immaginavo. Ho avuto modo di apprezzare il suo zelo religioso, così assoluto e radicale. Non lo disprezzo e non lo giudico. Ammiro anzi la purezza del suo cuore e delle sue intenzioni. Mi limito a osservare solo che tanto rigore morale, tanta intransigenza non giovano a un sovrano, che è spesso chiamato a mediare o addirittura ad assumere decisioni in conflitto con la sua coscienza. La sicurezza e gli interessi dello stato debbono essere anteposti persino alla salvezza della propria anima, se occorre. Luigi non diventerà mai un buon re fino a quando non si atterrà a questo principio. E neppure un buon condottiero. Questa missione, per esempio – riflettete bene sull'avvertimento che sto per darvi – è destinata al fallimento e persino alla tragedia perché poggia su una menzogna: non è il re a essere al servizio della Crociata che conduce, bensì il contrario. Non gli interessano gli scopi per i quali è stata promossa. Vuole servirsene per un suo personale obiettivo, che ha a che fare solo con la sua coscienza: il pellegrinaggio a Gerusalemme, davanti al Santo Sepolcro. Nel momento delle scelte cruciali, anteporrà la sua ossessione al bene collettivo. Dunque perché dovrei provare rimorso se abbandono lui e i suoi uomini al loro triste destino? È Luigi che sta mentendo e ponendo a repentaglio la vita di tanti giovani per un suo desiderio. Io sto solo proteggendo l'interesse del mio popolo e dell'Impero. Mi sento ben più nobile e morale di lui. Vedete quante facce ha la verità?»

«Dunque è vero che di recente avete stipulato un patto di non aggressione con i turchi, sebbene siano nostri nemici?»

«Del tutto vero. E sono pronto a ben altro.»

«Tradirci e consegnarci nelle loro mani? Avete già teso la trappola nella quale farci precipitare?»

Manuele si sforza di controllare un lieve sobbalzo. Gli occhi di quella donna lo frugano. La sua lingua tagliente dà voce a insinuazioni che nemmeno il più stimato dei suoi funzionari oserebbe esprimere con tanta franchezza.

«Non è necessario. I crociati faranno comunque una brutta fine» replica alla fine, evasivo. «Sono in mano a condottieri incapaci, vostro marito in testa. Ma voi potete salvarvi. Accettate l'offerta, mia signora. È molto generosa: la sicurezza, il lusso e la mia passione.»

«Doni immensi, lo comprendo e ve ne sono grata dal profondo del cuore.»

«Tuttavia?»

«Perdonatemi se vi deludo. Ma proseguirò il viaggio.»

24

Località sconosciuta a sud ovest di Nicea
Martedì 28 ottobre dell'anno del Signore 1147

Da Oddone di Deuil al Reverendissimo mio signore Sugero, Abate di Saint-Denis.

Due giorni or sono, il 26 ottobre, un'ombra nera si è sovrapposta a poco a poco al sole e l'ha oscurato per un tempo che a tutti è parso lunghissimo e interminabile: una lotta furiosa tra il Male e il Bene, terrificante ai nostri occhi. Ho visto gli uomini piangere, strapparsi i capelli, gridare che l'ora del giudizio era giunta.

Sono preoccupato, mio signore Sugero. Non solo per questo infausto segnale ma per le mille difficoltà che ci assillano.

Mancano scorte alimentari e denaro per acquistarle. Per procurarcene minime quantità è stato necessario impegnare abiti e gioielli di alcune dame. Non vi sto a raccontare le tragedie. La regina si è sforzata di dare il buon esempio ma solo dopo un tempestoso colloquio con il marito: i rapporti tra i due sposi sono tesissimi ma la colpa è tutta della regina.

Più ancora dello spettro della fame, mi preoccupa l'atteggiamento ambiguo dell'imperatore Manuele Comneno.

Gli orientali sono maestri dell'inganno, affermano il contrario di quello che pensano e, mentre ti sorridono con amabilità, stringono fra le mani il coltello che ti pianteranno nella schiena appena volterai le spalle.

Pur di allontanarci da Costantinopoli, ci ha promesso abbondanti rifornimenti di viveri lungo il cammino e una nutrita schiera di dragomanni per guidarci in questi territori sconosciuti, ingovernabili e infestati dai turchi, dove è facile smarrirsi e cadere negli agguati. Promesse al vento, almeno fino a oggi.

Sembra quasi che a lui non importi nulla se gli infedeli ci fanno a pezzi. Ogni tanto ci raggiunge un corriere: le scorte stanno arrivando. Via terra. Anzi no, via mare. Vi attendono alla prossima tappa. E anche le guide.

Noi ci illudiamo, speriamo. Ma non vediamo mai né le une né le altre.

L'ultimo corriere, giunto otto giorni or sono, recava il seguente messaggio dell'imperatore Manuele: «Proseguite la marcia tranquilli. Il vostro alleato, l'imperatore Corrado, ha riportato una strepitosa vittoria in Anatolia, annientando le armate turche e sterminando quattordicimila nemici. Per ora la vostra marcia è sicura. Prima che si riprendano da questa tremenda batosta, passerà parecchio tempo».

Il nostro amato Luigi ha pianto, a questo annuncio, e ha ringraziato l'Onnipotente per il successo e per l'aiuto che ci assicura. Ora i nostri sforzi sono volti a ricongiungerci al più presto con le forze vittoriose dell'alleato tedesco. Obiettivo che raggiungeremmo con grande celerità, se gli uomini non fossero così affamati e soprattutto se disponessimo delle guide, per marciare spediti in questo territorio, pieno di anfratti, voragini dalle forme contorte che si aprono d'improvviso davanti ai nostri occhi, gole profonde, adattissime a tendere trappole mortali.

Confidiamo nell'aiuto di Dio e nelle vostre preghiere.

Vostro

Oddone di Deuil

«La regina ha ordinato all'esercito di fermarsi, sire. Ora sta cavalcando verso di noi.»

«Dovevate impedirle di venire qui» protesta con veemenza Luigi VII. Thierry Galan china il capo, in segno di rammarico. «Purtroppo non sono in grado di tenere sotto controllo la volubilità della regina. Merito i vostri rimproveri e, se ritenete giusto sostituirmi, accetterò con umiltà la vostra decisione.»

«Non siete voi il colpevole, Thierry. Conosco Eléonor. Tuttavia ancora non era giunta al punto di...» Luigi VII si interrompe, salutando con un impercettibile cenno del capo l'ingresso della moglie nella tenda che divide con il Templare e con Oddone di Deuil.

«Fra i numerosi comportamenti riprovevoli esibiti alla corte di Francia, signora, ancora non era accaduto che vi permetteste di ordinare all'esercito di interrompere la marcia, scavalcando il re e i suoi ufficiali.»

«Bene. Ora ho valicato anche questo limite. Buongiorno anche a voi, caro marito. Sì, grazie, sto molto bene. Siete gentile a chiedermelo. Spero altrettanto di voi. Mi emoziona incontrarvi di persona, dopo tanto tempo. È possibile avere un colloquio privato?»

Luigi sente il viso diventargli di porpora.

«I miei consiglieri non mi abbandonano mai.»

«Più fortunati di me, che sono vostra moglie. Insisto nella richiesta. Deciderete voi se informare altri di ciò che intendo comunicarvi... Non abbiate timore, Luigi.

Prometto di non muovere alcun passo per attentare alle vostra incrollabile vocazione alla virtù. Le mie intenzioni sono caste e pure.»

Il rossore sulle guance di Luigi si accentua per il dispetto. Quella donna lo mette sempre in grande imbarazzo davanti a tutti. O forse arrossisce per il turbamento? Come immaginava, rivederla lo sconvolge all'istante, gli fa battere il cuore, accende desideri sopiti. In un istante, i progressi di mesi vanno in fumo. Si sente costretto a recitare, a fingere, per dissimulare la tensione che già gli irrigidisce il corpo. Avrebbe mai trovato requie da quella schiavitù?

Fa cenno a Oddone di Deuil e al Templare di allontanarsi e lasciarlo solo con la moglie.

«Spero che tu abbia delle ragioni davvero valide per il tuo gesto, Eléonor.»

«Temo di sì. Ho motivo di credere che Manuele ci abbia tradito e che la notizia della vittoria di Corrado sui turchi sia una menzogna.»

«Ma come osi? Pura follia! Fantasie femminili. Esistono gli ufficiali, gli esperti d'armi. E tu, per una supposizione non suffragata da prove, ti permetti di scavalcare l'autorità del re e ordinare all'esercito di fermarsi?» Luigi la fissa incredulo. «Ah, è stato un errore permetterti di accompagnarmi in questa impresa. Le donne sono troppo emotive e paurose.»

Aliénore vorrebbe reagire alla cocente offesa di codardia. Ma si trattiene. La coscienza le rimorde un poco. Non può svelare al marito che i sospetti nascono anche dalle spregiudicate confidenze di Manuele Comneno durante un convegno d'amore.

«L'ipotesi di lasciarmi a casa non ti è mai passata per la testa. La gelosia ti avrebbe divorato» si limita a osservare in tono gelido. «L'esercito andava fermato. Chi, come me, viaggia in testa alla colonna non può non notare alcuni segnali che inducono a riflettere. Le staffette e gli ufficiali dell'avanguardia avrebbero già dovuto preoccuparsene e precipitarsi a informartene. Mi domando se siamo in mani sicure e capaci. Quando si è responsabili della vita di molti giovani non si può sottovalutare alcun indizio.»

«I vostri sensi sono troppo eccitati, mia signora» commenta freddo Luigi.

«I vostri troppo poco, sire... Carcasse di cavalli. Armi disseminate in giro. Cadaveri di soldati. Tutti appartenenti all'esercito di Corrado. Ritrovamenti che, strada facendo, tendono ad aumentare. Non vi sembra strano? Si direbbero le propaggini più lontane di gente in fuga.»

«L'esercito ripartirà all'istante. E ti proibisco... hai compreso bene, Eléonor? Ti *pro-i-bi-sco*» scandisce Luigi mentre agita in su e in giù il braccio, l'indice puntato verso la moglie «di interferire una seconda volta in decisioni che spettano solo a me.»

«Non mi fido di Manuele Comneno» replica lei, calma. «Sei avvertito. Immagino che ora dobbiamo lasciarci.»

«Credo di sì. È la cosa più giusta da fare. Però...» il tono di Luigi si fa più morbido «sono stato felice di vederti. Forse potremmo mangiare qualcosa assieme, prima che tu vada.» Una mano si solleva appena, quasi ad accennare una carezza sul volto, a trattenerla. Lo sguardo è bruciante.

Fermati, mia amata, fermati! Offrimi la tua mano da accarezzare, la bocca da baciare. Afferra il mio corpo, la mia anima e tienili stretti a te, come un tempo. Seducimi, come la prima notte di nozze. Scaccia le mie paure, liberami dagli incubi che mi assediano...

Vorrebbe gridarle queste parole. Le sente sgorgare dal cuore come un fiume in piena.

Ma prima che giungano alla bocca, si raggelano in cristalli di ghiaccio che non possono raggiungere la foce.

Lei gli volta le spalle e si allontana senza salutare, in fretta, per impedirgli di notare i grandi occhi nocciola colmi di lacrime.

L'uomo è disteso per terra, le labbra coperte di croste sanguinanti, il sangue raggrumato sul volto e sul petto nudo, gli occhi gonfi e tumefatti. Tutto lascia intuire che sia morto da diverse ore ma in realtà respira ancora. I capelli, sotto il fango e la polvere, mantengono qualche traccia del biondo originario. Un tedesco di Corrado. Lo confermano anche i resti dell'armatura.

Chrétien si china su di lui e gli solleva il capo con delicatezza, cercando di socchiudergli la bocca e versargli dalla borraccia qualche goccia d'acqua, che si perde in mille rivoli sulle gote e sul collo senza che il moribondo riesca a ingoiarne una. Forse, attraverso il velo delle palpebre gonfie, intravede un'ombra perché muove appena le labbra, sforzandosi di emettere qualche suono. Chrétien adagia di nuovo il corpo al suolo e scruta l'orizzonte davanti a sé, dove il sole disegna una linea di fuoco e di ombre.

Scorge un agitarsi di forme indistinte.

I turchi?

Il cuore prende a pulsargli nel petto. Ne ha sentito tanto parlare. Dagli uomini di chiesa, dagli ufficiali, dai commilitoni, nelle ore di veglia intorno ai fuochi del campo. Cose orribili. La loro crudeltà fa rabbrividire. Sono armati di scimitarre ricurve, più lunghe di un essere umano. Così raccontano. Talmente affilate da falciare via le teste come spighe di grano.

E il loro aspetto?

Ripensa alle immagini mostrate da Bernardo durante la predicazione: diavoli con occhi di fuoco che sembrano fuoriuscire dalle orbite, barbe scure, baffi lunghi fino al petto, lo sguardo feroce, il ghigno crudele, il turbante sul capo.

Gli tremano le vene anche senza averli mai visti. E se ora fossero davanti a lui?

Per un attimo lo coglie la tentazione di abbandonare il suo incarico di staffetta, disertare e fuggire verso Costantinopoli. In fondo, lo hanno costretto a partire per la crociata, lui sarebbe rimasto a casa...

Non è vero, Signore, perdonami! Nel nome del Padre, del Figlio e dello Spirito Santo, proprio adesso che ho tanto bisogno dell'aiuto di Dio mi vengono in mente queste sciocchezze. Il fatto è che sono un contadino, mica un soldato. A casa ho lasciato mia moglie e i miei campi. E ora mi ritrovo di fronte i turchi. Dovrei correre a dare l'allarme e invece sto qui a pensare che forse non tornerò più, mi tremano tanto le gambe che non riesco a muovermi...

Finalmente si scuote. Salta sul cavallo, gli pianta gli speroni nei fianchi e lo lancia a tutta velocità.

I turchi!

Arrivano i turchi!

La notizia vola di bocca in bocca e si trasforma in un boato che aumenta insieme alla confusione. L'idea di affrontare a breve il nemico rende tutti nervosi. Non sono pronti a uno scontro così improvviso e repentino. Non erano stati sbaragliati dall'armata di Corrado? Non dovevano starsene buoni per un pezzo, a sentire Manuele Comneno? Gli ufficiali si consultano in modo frenetico, urlano ordini, tutti scrutano la nuvola di polvere che si solleva laggiù all'orizzonte, aspettando che torme di cavalieri la squarcino da un momento all'altro, lanciati al galoppo come diavoli vomitati dagli Inferi. Gli arcieri francesi si sforzano di prendere posizione, i fanti sono già in formazione, attendendo gli ordini. Dov'è il sovrano? È stato informato dell'attacco imminente? Perché ancora non sono stati sgomberati i carri della regina?

Togliete di mezzo quei carri, idioti! Non vedete che ci impediscono i movimenti?

Ma sono tanti, troppi. Non è possibile allontanarli tutti dal luogo della battaglia in un tempo così breve.

Strano che la nuvola di polvere avanzi con tanta lentezza. Forse sono fanti? Sembrano come rallentati nell'azione, appesantiti. E se fossero solo i pochi scampati allo sterminio dell'esercito di Corrado?

Ma certo. Deve essere così. Assurdo non averci pensato prima.

La voce si diffonde all'istante. Molti giovani soldati tirano un sospiro di sollievo e cominciano a sentirsi di nuovo baldanzosi, anzi, arroganti. Il primo approccio con il nemico sarà morbido e facile. Si potrà infierire su di loro senza correre alcun rischio reale. Una bella avventura di cui vantarsi, una volta a casa.

Eccoli. Si avvicinano.

A occhio, si direbbero un migliaio. Forse meno. Si trascinano in qualche modo. I meno provati si sforzano di stare in piedi e sorreggere i feriti. Non appena comprendono di avere di fronte l'esercito francese, sembrano ritrovare un briciolo di entusiasmo, di energia. Levano grida di gioia, suppliche di aiuto.

Acqua! Acqua!

Non sono i terribili turchi.

Non sono i nemici.

Sono i resti dell'esercito di Corrado. Affamati, assetati, laceri, feriti. Bisognosi di tutto. Come soccorrerli, se non c'è cibo e acqua neppure per i francesi?

«La vittoria?! Quale vittoria?»

«Quella che avete riportato sui turchi. L'imperatore d'Oriente ci ha comunicato che ne avete massacrati quattordicimila.»

Chi ha ancora saliva in bocca, sputa per terra.

«Maledetto sia lui e tutta la sua gente! Quel traditore ci ha gettato nelle braccia degli infedeli, li ha informati del nostro percorso e ci ha fatti cadere in una trappola mortale. Siamo stati sterminati a migliaia.»

Gira voce che neppure l'imperatore Corrado sia scampato.

Pergamo
Giovedì 13 novembre dell'anno del Signore 1147

Da Oddone di Deuil al Reverendissimo mio signore Abate di Saint-Denis.

...per farvela breve, mio signore Sugero, la regina aveva visto giusto. Ma come avrà fatto? Intelligenza? Astuzia? E da quando una donna ne possiede tanta? A meno che le spiegazioni non siano altre. Qualcuno mormora. E neppure a voce troppo bassa.

Si dice per esempio che Aliénore, a Costantinopoli, abbia trascorso molto tempo lontana dall'inflessibile sguardo del suo angelo custode Thierry Galan, tenuto alla larga con pretesti, trabocchetti, raggiri. E chi poteva compiere un'impresa tanto ardita, se non l'imperatore Manuele Comneno in persona?

La regina ha visitato ogni angolo della città, a Costantinopoli – monumenti, biblioteche, piazze, palazzi, giardini, perfino i quartieri malfamati, azzarda qualcuno, anche se io mi rifiuto di crederlo –, ha goduto di ogni piacere: battute di caccia, corse all'ippodromo, feste e banchetti. Ogni sera, abiti sempre diversi, eccentrici e sgargianti, come piacciono a lei. Molto ammirati, giacché qui adorano l'eccesso e la magnificenza in ogni forma.

E l'imperatore Manuele Comneno sempre accanto a lei.

La corteggiava con inaudita sfacciataggine, sostengono molti. Le lanciava sguardi indecenti, approfittando del fatto che Luigi non ha mai partecipato ad alcun divertimento ma ha trascorso tutto il tempo in adorazione delle sante reliquie presenti a Costantinopoli. Sì, mio signore, tutto il tempo. E non me ne stupisco. Come avrebbe potuto fare altrimenti? Stiamo parlando dei Chiodi che hanno crocifisso Cristo, della Corona di Spine, del legno della Croce. Una folla immensa era con lui, tutti i buoni cristiani... Ma non la regina.

Insomma, le accuse sono pesanti. Si sussurra di una tresca amorosa, di un rapporto illecito... Dio mi perdoni! E questo è il meno: si sospetta persino che la regina fosse informata del tradimento cui Manuele Comneno si accingeva nei confronti dei crociati, per questo è stata l'unica a intuire quello che era accaduto. E che stia ordendo tresche poco chiare per danneggiare Luigi, forse in combutta con i suoi vassalli del Poitou e dell'Aquitania, che le fanno sempre scorta e corona: Ugo di Lusignano, ad esempio, o il più assiduo e fedele, Goffredo di Rançon, prediletto della regina.

Intanto il povero imperatore Corrado versa in condizioni gravissime, ferito alla testa da un colpo di scimitarra, e non è di alcun aiuto. Luigi si dispera perché si sente impotente. Non sappiamo quali decisioni prendere, neppure per quale strada proseguire il viaggio. Quella attraverso le montagne della Cappadocia è la più breve ma è infestata dai turchi. L'itinerario lungo le coste del Mediterraneo invece è molto più sicuro, giacché viaggeremmo quasi sempre in territorio bizantino, ma allunga il percorso, aggravando in maniera insostenibile il problema delle scorte alimentari, drammatico ora che i due eserciti si sono riuniti (per quanto quello di Corrado sia dimezzato rispetto alla partenza).

Nei limiti del possibile, vi terrò informato.

Vostro

Oddone di Deuil

Efeso, 20 dicembre 1147

Caro Raimondo,

l'esercito crociato è allo sbando e Antiochia – la terra promessa! – sembra una meta irraggiungibile.

Da quasi due mesi marciamo verso Sud, seguendo all'incirca il profilo delle coste del Mediterraneo – Pergamo, Smirne, Efeso – un percorso lungo e irto di indicibili difficoltà, un territorio riarso, cosparso di pianure bruciate dal sole, colline dalle forme assurde, strettoie incassate fra monti e voragini improvvise, flagellato da venti che sollevano un turbinio di polvere, solcato da rari sentieri che nessuno sa da dove provengano né dove conducano, neppure i vecchi contadini dei poverissimi e rari villaggi incontrati per via.

Risultato: abbiamo smarrito molte volte la strada e siamo stati costretti a fermarci, del tutto incapaci di de-

cidere come proseguire. Abbiamo sfiorato il dramma – ma anche il ridicolo! – quando Luigi, in una di queste circostanze, si è messo in testa di fornire una prova delle sue qualità di condottiero e si è allontanato dal campo alla ricerca di una «scorciatoia», con non più di un paio di uomini di scorta, rientrati al campo senza di lui, smarritosi nella tempesta di vento e polvere. Ce l'hanno riportato alcuni contadini tre giorni dopo, quando l'indisciplina delle truppe stava per diventare vera e propria rivolta.

Un miracolo di onestà che non sia stato ucciso o che non abbiano preteso un riscatto. Forse, per una volta, il suo saio lurido, sdrucito e maleodorante – non se lo toglie da quando è partito perché è parte integrante della sua penitenza. Non chiedermi se almeno lo lavi di tanto in tanto ma non ci giurerei –, il suo saio, dicevo, gli conferiva un'aria così miserevole che nessuno lo ha preso per un re ma solo per un povero diavolo bisognoso di aiuto.

Da quel momento, tuttavia, lo sconforto e la sfiducia hanno cominciato a dilagare nel campo. I soldati non si fidano più di lui. Non parliamo dei baroni tedeschi, che ci hanno piantato in asso per tornare a Costantinopoli, adducendo a loro giustificazione le pessime condizioni di salute di Corrado. È molto sgradevole, hanno borbottato con imbarazzo, dover implorare aiuto da chi ci ha traditi, ma non esiste altra strada per salvarlo. A corte troveremo medici e medicine. Come dar loro torto? Manuele Comneno stesso è un medico di grande valore.

Quel che resta dell'esercito tedesco è sbandato: una piccola parte ha seguito i capi a Costantinopoli, la maggioranza se l'è data a gambe, cercando un imbarco lungo le coste per fare ritorno in patria, pochissimi sono rimasti con noi, a seminare ulteriore zizzania e discordia fra le nostre truppe.

L'indisciplina è indescrivibile e aumenta giorno dopo giorno, le diserzioni non si contano.

Si sente la mancanza di una guida forte, affidabile e sicura. Io stessa nutro profondi dubbi sulle capacità di mio marito di guidarci sani e salvi ad Antiochia.

Fino a quando ho tenuto io in pugno la sua vita e lui si è limitato a obbedirmi con cieca fiducia, la sua inettitudine è stata compensata dalla mia determinazione. Non giudicarmi superba, ti prego. Parlo senza alcuna acrimonia o arroganza. Non si tratta di una sua colpa o di un mio merito. È piuttosto la conseguenza – una delle tante – delle diverse esperienze vissute prima di sposarci.

Io sono cresciuta accanto a Guglielmo il Trovatore, un uomo fiero, deciso e indomabile, che non si è mai piegato agli ordini di nessuno. L'ho amato a tal punto che ho assorbito tutto da lui, anche se ero ancora piccola quando mi è mancato. Oltre a questo, fin dall'infanzia, ho imparato a proteggere me stessa e Petronilla dalla rozzezza e dalla violenza di mio padre. Luigi ha vissuto l'infanzia al riparo delle mura di un convento, lontano dal mondo, fra incensi e preghiere, protetto e vezzeggiato.

Dopo la tragedia di Vitry, è tornato dai suoi maestri di un tempo. Mi ha allontanata dalla sua vita come fossi una lebbrosa, lo strumento della sua dannazione. Mi ha esclusa dal suo amore e dal suo letto, negato tutto ciò che di bello un tempo esisteva fra noi.

Bene. Ha ottenuto quello che desiderava: quel tempo è finito anche per me. Non tornerà mai più. Ormai ci divide una distanza incolmabile.

La tempesta iniziò il giorno di Natale.

Chrétien, da alcuni segni inconfondibili che qualunque contadino esperto sa riconoscere, ne fiutò l'arrivo nell'aria fin dalle prime luci del mattino.

«Acqua» pronosticò, indicando il cielo con l'indice.

«Durerà poco. Siamo a sud» l'aveva tranquillizzato un commilitone.

«Non ne sarei così sicuro.»

A poco a poco il cielo divenne livido e cupo, come se la notte avesse deciso di tornare sui suoi passi. I cavalli e i muli, innervositi dal vento che spazzava la pianura trascinando con sé polvere, foglie e arbusti, cominciarono a scalpitare.

Quindi iniziò a cadere la pioggia. Densa e diritta come spessi fili argentati.

Chrétien, obbedendo agli ordini degli ufficiali, si affannò in giro insieme ai compagni per rafforzare i tiranti delle tende, raggruppare gli animali, proteggere i carri che trasportavano le masserizie più preziose, in particolare le scorte alimentari e le proprietà della regina.

L'intero giorno passò senza che il flagello diminuisse d'intensità. Di notte, il boato dei tuoni squarciò il silenzio con un fragore ora più soffocato e lontano, ora più ravvicinato e assordante, mentre l'acqua si impastava con il terreno in uno spesso strato di fango e scorreva in innumerevoli rivoli, insinuandosi in breve per ogni fessura e aprendosi varchi. Neppure il giorno successivo il diluvio concesse un istante di tregua, anzi rafforzò d'intensità, assieme al vento. Molte tende scardinate si infransero contro le rocce dell'altopiano. La stessa sorte subirono i teli cerati che proteggevano le scorte alimentari e le mercanzie.

Ora dopo ora, il campo cristiano si trasformò in una disordinata accozzaglia di uomini, cose e animali che vagavano disorientati e spaventati, mentre gli ufficiali assistevano impotenti al disastro, senza riuscire a imporre ordini chiari e disciplina. Il fango ormai arrivava ai polpacci e inzaccherava le persone dalla testa ai piedi, trasformandole in spettri senza volto.

Il consiglio di guerra presieduto dal re valutò l'ipotesi di spostare altrove il campo, posto troppo a ridosso di un corso d'acqua il cui livello andava alzandosi, ma l'anarchia era così incontrollabile e la visibilità tanto scarsa da rendere l'operazione ben più pericolosa che restare in attesa degli eventi. La regina e alcune delle sue dame di compagnia furono sistemate in carri chiusi, avvolte in coperte e pellicce sotto la custodia dei nobili più fidati.

Luigi implorò con fervore l'Onnipotente di porre fine a quella sciagura. Ma le sue preghiere rimasero inascoltate.

Pioggia e vento accrebbero ancora d'intensità, accentuando la distruzione e accrescendo il livello del fiume, il quale, il terzo giorno, ruppe gli argini e si abbatté con violenza nel campo crociato, trascinando con sé tutto ciò che incontrò sul suo passaggio.

Il soldato Chrétien si liberò degli abiti infangati che lo rallentavano e prese a correre come una furia, sentendo l'acqua inseguirlo con un boato rabbioso. Correva, correva, agitando le braccia in sincronia con la lunga falcata, serrando i denti: non voglio morire in questa terra sconosciuta, lontano da mia moglie...

Un istante prima di essere travolto dalla forza schiumante della piena, fece in tempo ad afferrare il ramo di un albero che si protendeva verso il basso, si issò con tutta la forza che gli restava, avvinghiò le gambe contro il legno e rimase così, penzoloni sulla massa di fango e acqua che ribolliva sotto di lui, sforzandosi di ignorare le implorazioni dei compagni e le loro mani protese in una vana speranza di aiuto.

Non fu possibile fare alcun bilancio del disastro fino alla mattina successiva, quando la pioggia cessò e il sole fece una rapida comparsa fra le nubi stracciate da un vento che ancora non concedeva tregua.

Il campo crociato non esisteva più. Solo masserizie disseminate in giro, cadaveri e carcasse ammassati alla rinfusa, affioranti qua e là dallo spesso strato di melma viscida. Dappertutto oggetti personali: scarpe, stivali, selle, gualdrappe, pezzi di armatura, giacche. Il guardaroba tanto caro alle dame, dopo aver viaggiato per chilometri, era disseminato per miglia. Sulla sommità di un mucchio di detriti, a mo' di assurdo trofeo, troneggiava la vasca da bagno di sua maestà la regina. I carri dei viveri giacevano rovesciati e sventrati, il loro prezioso carico disseminato in giro, già marcito e preda degli animali randagi, che si radunavano con impressionante rapidità e voracità, insieme agli uccelli rapaci. I superstiti si aggiravano fra quelle rovine silenziosi, l'espressione vacua e stupita, ancora increduli di essere scampati alla tragedia. Molti, inclusi i vescovi e i nobili, affondavano nel fango traballanti e seminudi.

«Non possiamo attardarci neppure a seppellire i morti, sire» affermò Oddone di Deuil, incaricato da Luigi di approntare una stima dei danni. «Sono migliaia. Le scorte alimentari sono andate distrutte, a parte una modesta quantità stipata nei carri collocati sul lato est dell'accampamento, che l'inondazione ha quasi del tutto risparmiato e dove, per grazia di Dio, si trovavano anche la regina e molte dame di compagnia.»

«Cosa consigliate a questo punto, signori?» domandò il re ai nobili del consiglio di guerra.

«Non ci resta che raggiungere Antiochia per la via più breve. Non vedo altra soluzione» affermò Goffredo di Rançon.

«Intendete dire i monti?»

«Sì, mio signore» replicò Goffredo, puntando l'indice sulla pergamena distesa sul tavolo. «Secondo la vostra mappa, attraversando queste alture e puntando diretti a sud, dovremmo sbucare sulla costa, all'altezza del porto di Attalia. Lì potremo trovare rifornimenti e soprattutto raggiungere Antiochia in modo più rapido e in tutta tranquillità.»

«Attraversare zone montuose senza una guida esperta significa esporsi a pericoli gravissimi» obiettò Luigi. «Queste montagne sono infestate dai turchi, che conoscono il territorio a menadito mentre noi cammineremmo come ciechi. Condizioni perfette per cadere in trappole e agguati.»

«Concordo con sua maestà» commentò Oddone. «Si tratta di una scelta molto pericolosa.»

«Ma obbligata» insisté Goffredo di Rançon. «L'alternativa è la morte per fame. Per quel che mi riguarda, meglio una fine rapida e onorevole, per mano turca.»

«Io devo pensare a proteggere la regina e le altre donne della spedizione.»

«Comprensibile e lodevole, sire. Ma riflettete: non abbiamo cibo per nutrirle, tende per ripararle, letti sui quali dormire. Tutto distrutto. Nessuno di noi può far nulla per alleviare queste sofferenze. Possiamo invece contare su un numero ancora consistente di soldati, nonostante tutto. Se incontreremo gli infedeli – ed è del tutto prevedibile che accada – daremo battaglia. Combatteremo per aprirci una strada verso la costa e la salvezza. Siamo venuti fin qui per questo: batterci contro i turchi. Non ho paura di loro. Ne ho molta di più della fame e delle malattie che possono sterminarci e contro le quali siamo del tutto impotenti.»

Il sovrano soppesò a lungo con lo sguardo il suo interlocutore. Quel nobile Aquitano, assiduo e galante corteggiatore di sua moglie e a lei fedelissimo, voleva umiliarlo.

«Risparmiateci le vostre larvate accuse di codardia e tutto questo sfoggio di coraggio, Goffredo di Rançon» rispose gelido. «È sprecato. Non siete in una delle brillanti riunioni serali al cospetto della regina e delle sue dame, cui basta qualche bella frase grondante passione per restare incantate. Questo è un consiglio di guerra, dove occorre freddezza e realismo.»

Goffredo di Rançon si morse la lingua, frenando la risposta pungente che stava per pronunciare. L'insofferenza di Luigi per il favore che la duchessa gli mostrava si era trasformata in odio e in una vera e propria dichiarazione di guerra.

«Mi spiace che un'opinione personale venga interpretata in modo a me così sfavorevole, mio signore. Non era mia intenzione impartire lezioni di coraggio a nessuno, men che meno al re di Francia. Mi pareva che il senso della vostra convocazione fosse proprio quello di ascoltare il parere di tutti.»

«Così è» replicò Luigi in tono più pacato, pentito che la sua gelosia si fosse palesata con tanta evidenza e avesse condizionato la sua obiettività. Il suggerimento di Goffredo era del tutto ragionevole e, con ogni probabilità, l'unica strada possibile.

«Quanti dei presenti condividono la proposta di Goffredo di Rançon?»

Le mani di quasi tutti i presenti si levarono in alto, dopo una breve incertezza.

«Allora è deciso. Punteremo verso i monti e poi a sud, verso la costa. Ma ricordate, signori. Tra noi e il nostro obiettivo si frappone l'esercito degli infedeli.»

25

Nur-al-Din-Mahmud, potente e temuto governatore turco di Aleppo, tese al funzionario bizantino che gli sedeva di fronte un piccolo rotolo sigillato con ceralacca.

«Consegnatelo all'eccellentissimo imperatore Manuele Comneno. È la mia garanzia scritta che onorerò il patto di non aggressione militare verso l'impero bizantino, stipulato da mio padre Zengi, anche ora che lui è morto. Ma a una condizione inderogabile: Antiochia deve cadere nelle nostre mani, come Edessa e Aleppo. Presto verrà attaccata e posta sotto assedio. Intendo avere via libera su questo punto e tutte le garanzie che Manuele non si intrometterà nella faccenda. Non pensi di poterci usare per i suoi scopi. So bene quanto Antiochia stia a cuore anche a lui.»

«Inutile accapigliarci sulla sorte di Antiochia se prima non ci saremo disfatti di questa masnada di barbari franchi che scorrazza su e giù per le terre dell'impero depredando, rubando e uccidendo. È questa la priorità, il nostro interesse comune. Se raggiungessero Antiochia e unissero le loro forze a quelle del duca Raimondo di Poitiers, non solo terranno quella città ma riconquisteranno anche Edessa e Aleppo.»

«Una spia al nostro servizio, molto affidabile ed esperta, sostiene che al sovrano francese interessa poco o nulla della sorte di Antiochia e che il suo vero scopo sarebbe un pellegrinaggio a Gerusalemme, per sciogliere un voto.»

«Vi sembra una tesi credibile?»

«Dicono che Luigi di Francia sia molto religioso.»

«Vi illudete. La crociata è stata finanziata con il preciso scopo di difendere i regni cristiani dall'attacco turco. Centomila uomini in marcia hanno un costo spaventoso. Il re deve rispondere delle sue scelte.»

Una vedetta raggiunse al galoppo Nur-al-Din-Mahmud. Il governatore di Aleppo gli fece cenno di avvicinarsi e parlare con libertà.

«L'avanguardia francese si è staccata dal resto dell'esercito e punta sul passo di Cadmos.»

Un freddo sorriso di scherno stirò le labbra di Nur-al-Din-Mahmud.

«E noi al passo li attenderemo. Lasciateli avanzare e accampare senza recare loro alcun disturbo. Non debbono sospettare della nostra presenza.» Poi si rivolse all'ambasciatore bizantino: «Visto? Siamo pronti a fare la nostra parte».

«E noi la nostra, già da un pezzo. Luigi non ha ricevuto né guide né viveri durante la marcia. I crociati non debbono raggiungere Antiochia. Concordiamo su questo?»

Nur-al-Din-Mahmud assentì.

«Ma solo su questo. Quanto al futuro della città, sarà guerra aperta anche fra noi.»

«Perdonatemi, mia signora, se disturbo il vostro riposo» si scusò Goffredo di Rançon, inchinandosi davanti alla regina. Con la mano destra tratteneva le redini della sua cavalcatura, innervosita dal forte vento, con la sinistra tentava di proteggersi gli occhi e il volto dalla polvere che gli turbinava intorno.

«Non sto riposando, Goffredo. Come potrei, con questo vento?»

Aliénore sporse appena il volto dalla portantina ma subito lo ritrasse, avvolgendosi ancor più stretta nel mantello. Neppure in Francia aveva mai sofferto tanto freddo. Chi poteva immaginare di trovarlo nelle terre del sud, dove le avevano raccontato che regnava l'eterna primavera? Quante sciocchezze infondate!

Il freddo era solo uno dei mille disturbi e nemmeno il più grave. Non potevano più viaggiare sui carri. I pochi salvatisi dall'inondazione erano stati tutti requisiti per necessità militari. Le dame più importanti viaggiavano ormai in minuscole e disagevoli portantine, le altre a piedi. La fame e la sete tormentavano tutti, soldati e ufficiali, serve e nobildonne. Per disposizione del sovrano, erano state concesse razioni un poco più generose solo alla regina ma lei rifiutava il privilegio.

Si dormiva per terra, su coperte sbrindellate, o nella portantina. Nessuna possibilità di lavarsi. Nessun cambio d'abito. Persi tutti, distrutti o venduti per procurarsi qualche scorta. Oppure sequestrati e custoditi con arcigna severità dai consiglieri del re, per poterli impegnare in pagamento, appena giunti sulla costa.

Non osava neppure guardarsi più allo specchio. Doveva essere orribile.

Come presentarsi a Raimondo in quelle condizioni?

Raggiungere Antiochia, vederlo, abbracciarlo ed esserne abbracciata era l'unico pensiero che la sosteneva, l'unico conforto in tanta sofferenza. Ma la meta sembrava ancora così lontana e irraggiungibile.

Non aveva più scritto un rigo delle sue memorie. Mancava di carta, penna, inchiostro, di tutto. In ogni caso, non ne aveva la forza. Cosa raccontare di una terra così dura e inospitale? Meglio dimenticarla.

«Vostro marito mi ha ordinato di accamparci subito prima del passo di Cadmos, senza attraversarlo» stava spiegando Goffredo di Rançon, alzando la voce per superare gli ululati della bufera. «Secondo i suoi ordini, dunque, dovremmo fermarci qui, su questo pianoro. Tuttavia, mia signora, come potete constatare voi stessa, quest'area è sferzata da venti talmente violenti che passare la notte qui sarebbe un suicidio. Troppo freddo per gli uomini e per gli animali. Impossibile montare il campo. Verrebbe spazzato via in pochi istanti.»

«Cosa suggerite, allora?» gridò di rimando Aliénore.

«Di superare il passo e accamparci al di là. Le scolte affermano che vi è un altopiano molto più protetto, dove scorre anche una fonte d'acqua. Una situazione di gran lunga migliore.»

«Il re sostiene che ogni gola può nascondere una trappola.»

«È vero. Per questo ho inviato una pattuglia in ricognizione. È tutto tranquillo.»

«Allora facciamo come suggerite. Inviate al re un messaggero per informarlo del cambiamento.»

«Tutto come auspicavamo, sia benedetto il nome di Allah» osservò Nur-al-Din-Mahmud, scrutando l'avanguardia dell'esercito crociato che valicava il passo e si accampava al di là.

«Una staffetta sta lasciando la colonna per tornare indietro» lo informò un ufficiale. «Sta recandosi dal re di Francia per riferire la posizione.»

«Uccidetela. E fate sparire ogni traccia. Niente deve essere ritrovato.»

Il soldato Chrétien stava cavalcando ventre a terra, quando la freccia, sbucata chissà da dove, colpì il cavallo. La bestia rovinò sulle zampe anteriori e si rovesciò sulla schiena. Lui ebbe l'agilità o la fortuna di balzar via dalla sella un attimo prima di essere schiacciato.

Ma non poté gioire della buona sorte che ancora una volta lo favoriva. Da un anfratto si materializzò un drappello di cavalieri, turbante in testa, scimitarra in pugno: per la prima volta incontrava i turchi.

Prima che la lama si abbattesse sul suo collo e gli tagliasse di netto il capo, fece in tempo a coglierne il lampo e a pensare quanto fosse insulso aver sopportato tanta strada, fatiche e privazioni, essere scampato a un fiume in piena, per morire in un luogo sperduto, lontano migliaia di miglia da casa, all'insaputa di tutti... Alla moglie, giovane e bella, che non avrebbe rivisto mai più nemmeno il suo corpo.

I soldati turchi caricarono la carcassa dell'animale su un carro, gettandovi anche il cadavere dell'infedele. Con la testa giocarono prima un poco, tenendola sospesa per i capelli e lanciandosela l'un l'altro, fra molte risate. Quindi la scagliarono insieme al resto, ripulirono con cura le tracce di sangue della loro presenza e, dopo un'ultima occhiata, si dileguarono dietro le rocce da cui erano comparsi.

«Debbo parlarvi in privato, mio signore.»

Thierry Galan è davanti al Maestro dell'Ordine dei Templari, Evrard des Barres. Questi si stacca dalla colonna che avanza con molta fatica, rallentata dal vento sferzante e dalla polvere.

«Qualcosa non va, Thierry?»

«Ho perlustrato in lungo e in largo la piana sulla quale doveva essere accampato Goffredo di Rançon con l'avanguardia dell'esercito crociato e con la regina. Non si trovano là.»

Evrard lo guarda sorpreso.

«Impossibile. Gli ordini di sua maestà erano chiarissimi.»

«Non c'è traccia di loro, mio signore. Stento a credere che Goffredo di Rançon abbia valicato il passo contravvenendo agli ordini. E se anche fosse, avrebbe mandato una staffetta per informare il sovrano della sua decisione. La pattuglia dei nostri che ha perlustrato il territorio dal di là del passo, nonostante il grave rischio, è rientrata in questo istante sana e salva, grazie a Dio, ma senza notizie di Goffredo.»

Il volto di Evrard si rabbuia.

«Dio non voglia che siano rimasti vittime di un attacco, con la regina...»

«Non vi sono segni di combattimento.»

«Allora non capisco. Va informato all'istante il sovrano.»

«Sono stati attaccati» commenta Luigi, pallidissimo, i pugni stretti lungo i fianchi. «Non vedo altra spiegazione. Dobbiamo attraversare il passo all'istante. Potrebbero avere un disperato bisogno del nostro aiuto. Sono molto in ansia per la regina. Presto, Evrard. Portiamoci in testa alla colonna.»

«Non ci vedo chiaro, sire, con tutto il rispetto. Queste montagne sono perfette per gli agguati. Ci troviamo davanti a uno stretto imbuto, che sprofonda su un lato in un burrone. Basterebbe un pugno di arcieri per tenere in scacco un intero esercito.»

«Le nostre pattuglie?»

«Tutte rientrate, senza intoppi. La zona pare sicura. Questo però, a mio avviso, non ci pone al sicuro dalle trappole. Non dobbiamo essere precipitosi, sire. Prima di oltrepassare l'imbuto che ci si para davanti, all'interno del quale non avremmo alcuna possibilità di difesa se fossimo attaccati, è indispensabile una conoscenza del territorio circostante molto più approfondita e perlustrazioni di gran lunga più accurate.»

«Restare inoperosi per giorni, ignorando la sorte della regina?» domanda Luigi stizzito. «Vi pare un'ipotesi che io possa accettare, vista la situazione? Dobbiamo affrettarci, invece. Sua maestà è in pericolo. Questo solo conta.» Quindi salta in sella al cavallo, senza concedere al Maestro l'opportunità di replicare.

«Tutti i Cavalieri del Tempio schierati ai miei ordini, in formazione di combattimento» ordina Evrard. «E che Dio sia con noi.»

Nur-al-Din intanto attende paziente. Conosce la zona palmo dopo palmo e potrebbe muoversi bendato. Ha schierato gli uomini dietro possenti speroni di roccia che si innalzano in punti strategici. Può vedere senza essere visto.

Gli arcieri sono pronti, le frecce già incoccate. Non aspettano che l'ordine. Anche i fanti fremono: annusano l'aria che, fra breve, sarà impregnata dell'odore del sangue.

Il segnale d'attacco giunge quando l'esercito cristiano si trova più o meno a metà della gola: una parte l'ha già superata ma il grosso è incolonnato all'interno.

I soldati turchi escono allo scoperto e scaricano su di loro un inferno di dardi. Nur-al-Din osserva compiaciuto l'effetto devastante. I cristiani si guardano intorno atterriti, incapaci di capire dove si annidi il nemico e come difendersi, come arginare la strage. Cavalli e uomini cadono l'uno dopo l'altro, agitando al cielo le braccia simili a burattini. Le loro grida giungono distinte fino alle orecchie del governatore di Aleppo, una dolce musica, di cui ringraziare Allah. Chi può, fugge, ma i più non sanno come muoversi. Sono imbottigliati tra la montagna da un lato e il baratro dall'altra, ostacolati dal loro stesso numero e dalle masserizie. È un tiro al bersaglio fin troppo facile.

Nur-al-Din alza la mano, per lanciare l'attacco finale. E con il dito indica ai suoi uomini di concentrarsi contro l'unica formazione cristiana che sembra comportarsi come se la raffica di frecce neppure li sfiorasse. Sono cavalieri con un largo mantello bianco e una croce rossa appuntata sulla spalla sinistra.

«Il vivere è Cristo e il morire un guadagno!»

Evrard des Barres ricorda ai fratelli la legge dell'Ordine.

Li ha divisi in gruppi di cinquanta, ciascuno sotto la guida di un comandante. Con gli scudi triangolari sollevati tutt'intorno formano una sorta di testuggine e avanzano sotto la raffica di frecce inquadrati e compatti. Con ferrea disciplina e senza indietreggiare di un passo, affrontano la fanteria turca che si scaglia contro di loro e per quattro volte la mettono in fuga.

È l'unico punto della battaglia in cui i cristiani resistano e si facciano valere. Per il resto, fuggono in preda al terrore: la maggioranza finisce infilzata sulle spade dei nemici, che sono dappertutto, sbucando da ogni anfratto o roccia, molti precipitano nel burrone sottostante. La confusione e la strage sono immense.

Il re non mostra alcun timore. Incoraggia quanti gli stanno vicino, li esorta a imitare i Cavalieri del Tempio, la loro fermezza e coraggio. Ma non lo ascoltano e ognuno sembra pensare per sé. Persino la schiera incaricata di proteggerlo a un certo punto si disunisce, si assottiglia e viene trucidata sotto i suoi occhi, uomo dopo uomo, dai turchi, i quali ormai lo incalzano così da presso che il suo cavallo si impenna sulle zampe anteriori e si trova il ventre squarciato dalla sciabolata diretta a lui. Appiedato, sente che la morte è vicina e ne è spaventato ma solo perché essa giunge prima che possa adempiere il voto di inginocchiarsi davanti al Santo Sepolcro e ottenere il perdono dei peccati.

Sarà dannato per l'eternità.

Le grida degli innocenti di Vitry si sovrappongono nelle orecchie a quelle dei suoi uomini.

Deve reagire, seguire lui per primo l'esempio degli impavidi Cavalieri del Tempio. Si rotola di lato con uno scatto mentre la lama della sciabola si abbatte su di lui, lacerandogli il giaco leggero e la tunica di pellegrino, graffiandogli le carni... Avverte un bruciore dal quale sembra trarre energie insperate. Balza in piedi prima che un nuovo colpo lo raggiunga, si aggrappa alle radici degli alberi, ai rami sporgenti e scala veloce un piccolo tratto di montagna. Da quella posizione più elevata, fa roteare la spada menando fendenti e tenendo a bada i nemici. Per fortuna, indossa un rozzo saio, molto comune, porta un semplice scudo e la spada dei fanti, non indossa alcuna insegna regale. La sua modestia lo salva. I nemici che lo circondano si stufano di battagliare con un povero pezzente, qualcuno riceve in pieno viso un brutto colpo. Meglio dedicarsi a prede più facili e più ricche. La notte è vicina e c'è ancora tanto bottino da accaparrarsi, ricchi cavalieri e donne terrorizzate, ben più allettanti di questo zotico. Inoltre, un drappello di Cavalieri Templari sta aprendosi la strada proprio in quella direzione e quelli non rappresentano un incontro piacevole.

Anche Luigi nota con sollievo il loro arrivo. Ormai si sentiva allo stremo delle forze. In un batter d'occhio, i nemici si dileguano. Dio sia ringraziato per aver concesso alle armate cristiane uomini come i Cavalieri del Tempio!

Le tenebre si addensano in fretta e segnano la fine della battaglia. I turchi si ritirano, rapidi come sono comparsi. Bisognerà attendere l'alba del nuovo giorno per comprendere l'entità delle perdite.

La notte è lunga, fredda e raccapricciante.

Satura del lamento dei feriti e del rantolo dei moribondi, che invocano un nome di donna.

Goffredo di Rançon è davanti al sovrano, incatenato mani e piedi, accusato di alto tradimento per aver disobbedito agli ordini e non essere accorso in aiuto dei soldati francesi sopraffatti dal nemico.

Luigi VII reca sul corpo i segni del duro scontro del giorno precedente. Le spalle e la schiena sono attraversate da una vistosa fasciatura. Il volto è cereo, tumefatto in alcuni punti, ma lo sguardo è febbrile.

Invano Goffredo cerca di spiegare. Pensava di aver operato per il bene delle persone a lui affidate, accampandosi in un luogo molto più tiepido e riparato dai venti. In ogni caso, si è prima consultato con la regina e poi ha inviato un messaggero, una staffetta di nome Chrétien, per informare il sovrano del cambio di programma.

Non viene creduto.

«Nessuna staffetta è giunta al campo.»

«È palese, da come si sono svolti i fatti, che sia stata fermata dai turchi, che erano appostati sul passo e spiavano da tempo tutte le nostre mosse.»

«Avremmo ritrovato il cadavere lungo la via.»

«Se così fosse stato, vi sareste insospettito, mio signore. Per questo l'hanno fatto sparire. È del tutto evidente.» Gli sembra una spiegazione quanto mai logica. Ma Luigi VII è troppo adirato e amareggiato. Vuole trovare un colpevole sul quale scaricare la sua ira.

«Decido io cos'è evidente e cosa no» grida. «Come spiegate che abbiano lasciato passare indisturbato solo voi e la vostra avanguardia? Io, in un solo modo: avevate con loro accordi segreti.»

«Era parte del loro piano» ribatte Rançon paziente e pacato, sebbene in cuor suo maledica quel pivello digiuno di tattica militare e anche poco intelligente. «Hanno lasciato passare indisturbata l'avanguardia, per attirare il grosso dell'esercito. Non con me hanno stretto accordi i turchi ma con qualcuno che ci ha venduti, svelando il nostro percorso.»

«E la vostra assenza dal luogo del combattimento? Se foste giunto in nostro soccorso, i turchi sarebbero stati presi fra due fuochi. Avremmo rovesciato le sorti della battaglia e inflitto gravi perdite, *noi a loro,* invece di subire una tragica disfatta. Più di settemila uomini sono stati massacrati per colpa della vostra codardia, gli approvvigionamenti distrutti o rubati. E voi osate ancora accampare scuse.»

«Non ho tradito, mio signore. E neppure mi sono comportato da codardo. Al nostro accampamento non è giunta alcuna eco della battaglia. Era una zona riparata. Nessuno si è accorto di nulla.»

«Forse la musica e la baldoria alle quali amate indulgere fino a notte fonda hanno coperto le grida disperate dei vostri compagni. Non avete fatto altro, da quando siamo partiti: notti intere trascorse in stupide gozzoviglie, indegne di un cavaliere che si reca in pellegrinaggio.»

«Il combattimento è avvenuto di giorno, mio signore...»

«Parlate solo se ve lo concedo» urla Luigi VII, indispettito dalla logica di quella risposta che lui trova solo arrogante.

"Se io sono colpevole, la regina lo è altrettanto" riflette tra sé Goffredo di Rançon, ma si morde la lingua e tace.

Come evocata da quella riflessione, Aliénore entra inattesa nella tenda, dopo aver intimidito con lo sguardo le sentinelle che hanno cercato di impedirglielo. Si avvicina all'accusato e lo saluta con affetto, ignorando il sovrano. Goffredo risponde con un inchino ma è impacciato dalle catene.

«Posso avere un colloquio privato con voi, mio signore?» domanda quindi, rivolta al marito.

«Se intendete intercedere per il vostro vassallo, è tempo sprecato. Non riuscirete a salvarlo dalla punizione che merita.»

«La responsabilità delle decisioni è stata mia non sua. Lui ha solo obbedito ai miei ordini. Ho anche altre considerazioni da esprimere a vostra maestà. Per questo preferirei un colloquio riservato.» Il tono della regina è freddo e tagliente. Il re comprende che nell'aria si addensa una tempesta. Con un cenno ordina ai suoi consiglieri di congedarsi, portando via anche il conte di Rançon.

Ora sono soli.

«La tua è una squallida vendetta» lo accusa Aliénore, netta e diretta come sempre.

«Osi scagliarti contro di me, dopo quello che è accaduto?»

«Il mio vassallo non ha alcuna colpa. E tu lo sai. Ha solo optato per la scelta che riteneva più opportuna, dopo avermi consultato. E ha inviato una staffetta per avvisarti. L'ho vista partire con i miei occhi. Posso anche confermarti con assoluta certezza che il fragore della battaglia non è giunto alle nostre orecchie. Questo basta a scagionare il conte di Rançon o devo pensare che dubiti della mia parola e che le accuse, in realtà, riguardino me? Mi consideri una spia? Una traditrice? È questo che si mormora nel campo cristiano, da qualche tempo. Sei tu che metti in giro a bella posta simili calunnie sul mio conto?»

«La responsabilità degli errori ricade solo sulle spalle di Goffredo di Rançon, anche se ti ha consultato. È lui il comandante. Quanto alla sua assenza dal combattimento, nessuno, nemmeno tu, mi convincerà che non si è accorto di nulla. È una giustificazione sciocca e puerile, che non posso accettare da parte di un combattente esperto come il conte. Dov'erano le sentinelle? E le pattuglie di perlustrazione? Siamo in territorio nemico e non adotta nessuna di queste precauzioni? Non posso crederlo. Se invece le ha adottate, è impossibile che non abbiano udito il fragore della battaglia. No, signora, non ci sono scusanti. Rançon ha tradito. Si è fatto comprare dai soldi di Manuele Comneno.»

«Vi proibisco di avanzare un'accusa così infamante nei confronti di un mio vassallo. È un'offesa che colpisce prima di tutto me. Portatemi le prove della sua colpevolezza e sarò io stessa, duchessa d'Aquitania, a punirlo. Non voi.»

«Vi sbagliate. Sono nel pieno diritto, come comandante supremo di questa spedizione.»

«Ripeto quello che vi ho detto poc'anzi: la vostra è una miserevole vendetta. In ogni uomo che mi mostri ammirazione e devozione vedete un concorrente che insidia i vostri diritti, che voi non esercitate, un avversario pronto a infilarsi nel mio letto, che voi disertate.»

«Non vi permetto di pronunziare apprezzamenti così volgari e falsi.» Luigi è paonazzo.

«Falso è condursi come un asceta ma non esitare a mentire alla propria coscienza e a ordinare un assassinio. Siete persuaso della colpevolezza del conte? Allora dovete punire anche me. Sono colpevole quanto lui. Se non avete il coraggio di mandarmi a morte, guardatevi bene dall'infierire su di lui. O non resterò un'ora di più al fianco di un assassino.»

Poi gli volta le spalle e si allontana altera.

...Parole durissime, che potevano costarmi care, mio amato Raimondo.

Non so dirvi la paura che provavo mentre le pronunziavo con quel tono fiero. Fortuna che sono alquanto esperta di recite.

Mi giudicate spregevole? Ma cos'altro fare, per sventare il piano di Luigi? Sfidarlo a un duello di spada? Goffredo di Rançon doveva essere difeso. Non ha colpe. Luigi invece era furioso e irragionevole. Cercava un capro espiatorio su cui sfogare le frustrazioni di cui è vittima e artefice allo stesso tempo e Rançon era perfetto, visto che ne è geloso e lo detesta.

Vero è che la sconfitta dell'esercito cristiano è stata terribile, il massacro di tanti uomini crudele e doloroso, senza contare che siamo stati depredati anche del poco che ancora ci restava. Se tu vedessi le nostre condizioni. Le mie condizioni!

Con che faccia mi presenterò a te? Sono orribile, dopo tante peripezie: affamata, assetata, non possiedo più niente di quanto avevo alla partenza. Siamo tutti stremati e intrattabili. Scoppiano litigi continui, al punto che, se non arriveremo in fretta al porto di Attalia e da lì presso la tua agognata Antiochia, ci sbraneremo l'un l'altro.

Al conte di Rançon è stata fatta grazia della vita per compiacere la regina. Ma è stato rispedito in Europa con disonore e privato di tutti i suoi averi.

Prima della partenza, l'ho incontrato per un istante. Non disperatevi, gli ho detto, questa punizione potrebbe rappresentare la vostra fortuna. Al mio ritorno, provvederò io stessa a riabilitarvi e reintegrarvi nelle sostanze. Voi, intanto, fate in modo di tornare a casa sano e salvo.

Per consolarlo, gli ho concesso di nascosto un bacio sulla bocca, privilegio che non gli avevo mai accordato prima. Il conte ha molto apprezzato e, con una galanteria da vero cavaliere, si è proclamato ben felice delle traversie subite se hanno prodotto un risultato così ambito. Ti confesso che resto sempre molto sensibile a questi omaggi maschili, nonostante le difficoltà in cui mi dibatto. Diventerò mai giudiziosa, caro zietto?

Ho abbandonato mia figlia in Francia, alla cura delle balie, e non penso mai a lei. Sono una madre spregevole e indegna, quasi quanto lo fu la mia.

Ma non voglio parlare di questo argomento. Mi afferrerebbe un'immensa tristezza. Non vedo l'ora di vedervi, abbracciarvi. Di sentirmi di nuovo desiderata, amata e protetta.

26

Attalia, venerdì 20 febbraio AD 1148

Da Oddone di Deuil al Reverendissimo mio signore Sugero, Abate di Saint-Denis.

Non so spiegarvi perché Dio infierisca sul popolo dei Franchi che, fra tutti, è il più pio, morigerato e valoroso in guerra, il più sollecito a immolare la vita per Cristo e per la Chiesa. Nel corso della prima crociata, alle armate franche di Goffredo di Buglione l'Onnipotente ha concesso la gloria di conquistare Gerusalemme. Fin dai tempi di Carlo Magno, gli infedeli hanno imparato a loro spese cosa significhi avere di fronte l'esercito dei Franchi.

Eppure qualcosa disgusta oggi il Signore, il quale ci nega la sua protezione. Cosa? Mi tormento alla ricerca di una risposta.

Devo essere sincero con voi, è il nostro patto, svelarvi la parte non ufficiale della verità, quella che il re e la diplomazia tacciono.

Mai come adesso quel compito è difficile.

Le nostre truppe sono prive di forze, signore mio Sugero, e, quel che è peggio, sfiduciate, quasi rassegnate alla sconfitta e alla morte. Come possono impaurire il nemico, se non hanno più fiducia nella propria forza e nel buon esito della missione? I soldati si ammassano a ridosso del porto di Attalia, affamati perché non si trova cibo, neppure a pagarlo. La gente del luogo non ce ne vende, forse per paura delle rappresaglie dei turchi o perché di nascosto così impone l'imperatore di Bisanzio. Come muovere alla volta di Antiochia in queste condizioni? E per quale via?

Abbiamo provato a cercare un passaggio in nave, dal porto di Attalia a quello di Antiochia. Il viaggio sarebbe molto più celere e risparmierebbe tanti disagi a un esercito già così provato. Ma è impossibile recuperare le navi che occorrerebbero e, in ogni caso, il costo è insostenibile. Sua maestà si rifiuta di cedere a un latrocinio. Tentano di approfittare della nostra miseria e disperazione. E si dicono cristiani come noi.

Così siamo condannati a marcire qui, nella fame, nello sporco, nel puzzo e nella pestilenza, l'ultima, in ordine di tempo, delle piaghe che il Signore ci ha inflitto. I soldati muoiono a centinaia ogni giorno. Oppure disertano e si danno alla fuga, procurandosi il danaro per un imbarco nei modi più illeciti. Gli uomini rubano, le donne si vendono. Un abominio.

Fra il re e la regina sorgono diverbi continui, sempre più accesi. E anche fra la regina e noi, umili consiglieri del re, soprattutto Thierry il Templare. Lei lo detesta e non ne fa mistero, lo insulta, lo sbeffeggia di fronte a tutti perché ha perduto la sua virilità.

Ci accusa di essere dei cortigiani, capaci solo di assentire, non dei veri consiglieri del sovrano. La nostra colpa, agli occhi di quella donna è di approvare il fermo rifiuto del re a pagare le assurde cifre che ci vengono domandate per il noleggio delle navi. La regina è persuasa che abbiamo forzieri nascosti e, in una certa misura, è vero, ma dobbiamo o no pensare anche al ritorno? Soprattutto ci accusa di condividere la convinzione di Luigi che l'esercito debba ripercorrere «la rotta seguita dai padri», ovvero la via di terra, perché la crociata è innanzi tutto un pellegrinaggio al Santo Sepolcro, un cammino di mortificazione e purificazione. Come potremmo conseguirle se pretendessimo di percorrere la via più comoda e breve dilapidando sostanze, per scansare le sofferenze e i disagi che Dio vorrà imporci?

«Forse i nostri padri avevano condottieri più abili di quelli che toccano a noi» osa affermare con intollerabile spudoratezza. Muove al marito le più turpi accuse: di essere non un re, non un comandante che ha a cuore la sorte delle vite a lui affidate, ma un monaco incapace (sic!). E che ci farà perire tutti per la sua inettitudine, avarizia e ossessione religiosa.

Vi rendete conto della perversione di colei che, per nostra disgrazia, è la regina dei Franchi? Alle volte penso che Luigi dovrebbe sbarazzarsene una volta per tutte, altro che tollerare tutte le sue sfuriate con la pazienza di un santo. Di fronte a lei si scioglie come neve al sole, perde tutta la sua determinazione e gli sguardi che le rivolge non sono certo quelli di un marito adirato, che pretende il rispetto, ma di un ragazzino al primo amore. A cosa serve che si assoggetti a tanta inflessibile castità se poi non riesce comunque ad affrancarsi dall'influenza nefasta di quella donna? Perdonate, vi prego, lo sfogo di questo umile servo.

Il male è che, fra i soldati – e anche fra molti nobili di Francia, del Poitou e dell'Aquitania, sia detto a loro disdoro – le insolenti accuse della regina riscuotono una certa approvazione. Spinti forse dalla prostrazione, arrivano a sostenere che Luigi sia un comandante incerto, titubante, poco esperto di questioni militari e che porterà la crociata al fallimento. Assurdità. Non siamo ancora arrivati a Gerusalemme e la sfida con gli infedeli non è neppure cominciata.

Ma tant'è. Voi volete la verità e io mi sento obbligato a svelarvi queste miserie. Sappiate tuttavia che molti altri – Thierry Galan e io in testa, insieme a un certo numero di baroni di Francia – siamo del tutto convinti che sia proprio la malvagità della regina che spiaccia a Dio e ci procuri tante sciagure e disgrazie.

Pregate per noi, mio signore Sugero, affinché il Signore ci mostri la fine di questo calvario.

Vostro

Oddone di Deuil

«Parlami di lui, Halima.»

Non appena le staffette hanno segnalato l'arrivo della coppia reale al porto di Attalia, Raimondo, re di Antiochia, si è adoperato in ogni modo per alleviarne i disagi.

Ad Aliénore sono state riservate le premure più tenere e affettuose. Sali profumati per il bagno, creme di bellezza, vestiti orientali, sete intessute d'oro. E poi Halima, la giovane serva addetta alla sua persona. Silenziosa, attenta, esile, pelle color ambra, grandi occhi scuri. Mani sapienti e abili. È una cristiana di Aleppo, sfuggita al massacro dopo la conquista della città da parte degli infedeli. Si esprime in modo stentato ma comprensibile nella *langue d'oc,* la lingua ufficiale di Antiochia da quando Raimondo di Poitiers ne è il sovrano.

Aliénore intuisce che una delle ragioni di quel regalo è la possibilità di raccogliere, attraverso la serva, informazioni sullo zio e la sua corte.

«È il più forte, il più valoroso e il più attraente di tutti i cavalieri cristiani d'Oriente, mia signora» afferma Halima con gli occhi che brillano.

«Quanta passione. Ne sei innamorata?» e già una punta di gelosia la fa tremare.

«In un certo senso, mia signora» risponde lei senza scomporsi. «Lo ammiro e sogno di lui la notte, come accade a ogni donna di Antiochia. Ma lui disprezza le amanti. È del tutto fedele alla moglie.»

Un tuffo al cuore, questa volta.

«Parlami di lei.»

«Si chiama Costanza. Con le nozze, gli ha portato in eredità il regno di Antiochia. *Spiega con precisione a mia nipote le circostanze del mio matrimonio,* mi ha raccomandato sua maestà.»

«Coraggio, allora.»

«Sul regno di Antiochia regnava Alice, vedova di Boemondo II, ucciso dai turchi, e madre di Costanza. Alice desiderava il comando assoluto. Per questo non voleva rimaritarsi e neppure accettare un marito per la figlia, la cui mano era stata richiesta da Folco, re di Gerusalemme, per un suo fedelissimo cavaliere, Raimondo di Poitiers, privo di beni ma di sangue nobile. Vostro zio, dopo essere stato respinto, non si perse d'animo. Si trasferì ad Antiochia e prese a fare una corte serrata non a Costanza ma alla madre, proclamandosi stregato dalla sua bellezza e supplicandola di sposarlo. Alice resistette pochissimo al fascino del bellissimo cavaliere e accettò la proposta. Ma, pochi giorni prima delle nozze, mentre lei, più innamorata che mai, era indaffaratissima nei preparativi, Raimondo, appoggiato dal re di Gerusalemme e dal patriarca di Antiochia, sposò in segreto Costanza...»

«Ah, che farabutti entrambi. Povera Alice!» commenta Aliénore ma non reprime una squillante risata. È molto sollevata da quello che ha udito.

«Per la verità, mia signora, è stato il patriarca a caldeggiare il colpo di mano. Era molto preoccupato all'idea di lasciare una città così importante e ambita dai turchi nelle mani di una donna debole e avida come Alice. Due difetti che la rendevano un soggetto troppo corruttibile.»

«Ma lui, è davvero così irresistibile?»

«Oh, sì, mia signora» gli occhi di Halima sono molto più eloquenti delle parole. «È un prediletto da Dio. Possiede una bellezza e una forza fisica sconosciute ai comuni mortali. Gli amici lo chiamano Ercole. Si dice, ma io non l'ho visto di persona, che possa piegare con le mani una sbarra di ferro e fermare il suo destriero al galoppo soltanto serrando le cosce.»

«Come trascorre la vita, quando non combatte i turchi?»

«Ama molto cacciare e gareggiare nei tornei, dove nessun cavaliere è in grado di batterlo. Qualche volta gioca d'azzardo ma in generale è così misurato in ogni aspetto da essere additato come esempio di virtù. A differenza di molti suoi pari, mangia con moderazione ed è del tutto astemio, qualità che colpisce molto. Qualche volta – a ben vedere, questo potrebbe rappresentare un piccolo difetto – lo assale una tristezza profonda, forse la nostalgia della sua terra lontana oppure, secondo alcune voci, il rimpianto di un grande amore perduto. In questi casi, diventa scostante e svogliato, come se niente lo interessasse. Oppure si abbandona a scoppi d'ira molto impetuosi. Ma in generale è un uomo pacato e generoso. Ama tenere feste a corte, durante le quali si suona musica, si conversa e si compongono versi. Un'abitudine del suo paese, a quanto mi è stato riferito.»

Le parole di Halima suonano deliziose alle orecchie di Aliénore. È dolce abbandonarsi ai ricordi del passato e alle speranze del presente. Lasciarsi cullare da quelle dolci onde, come un vascello alla deriva, dopo un lungo e terribile naufragio.

Da quando il messaggero gli ha annunciato che il re e la regina di Francia sono salpati dal porto di Attalia e stanno raggiungendo Antiochia in nave, Raimondo di Poitiers non trova più pace.

Aliénore.

Non pensa ad altro.

O meglio: ha nella testa una ridda di pensieri che cozzano fra loro come comari che bisticciano al mercato.

Mi troverà cambiato?

E si osserva con occhio critico allo specchio, dopo aver fatto il suo bagno quotidiano, in una nuvola d'acqua caldissima.

Il vapore giova molto alla pelle, insegnava la nipote. A lei piace che il corpo sia pulito e profumato, anche quello maschile, non lo trova affatto disdicevole o lezioso. Dunque, pulizia: deve scrostare via ogni traccia della precedente trascuratezza, degli anni in cui ha tralasciato questi aspetti. Anni duri, difficili, in cui ha solo combattuto, roso da una tormento rabbioso e perpetuo.

Il fisico se ne è avvantaggiato ma lo spirito non ha trovato requie. Si guarda le mani, che possono piegare una sbarra di ferro. Riusciranno ancora ad accarezzare le carni morbide e seriche dell'unica donna che ha desiderato, che ha amato più di se stesso?

Se Halima ha fatto un buon lavoro – è una ragazza intelligente e sensibile, della cui abilità si fida – Aliénore ha già intuito che né la moglie né alcuna altra donna significano nulla ai suoi occhi. Nel cuore, le è stato fedele. Ha trascinato la sua vita per dieci lunghi anni cercando di sopravvivere, svuotato di qualunque interesse o piacere nell'esistenza. Quante volte ha cercato la morte in battaglia. Ha osato l'incredibile pur di riuscirci, guadagnandosi un'immeritata ammirazione per il suo incredibile coraggio e le sue gesta. Che a lui interessa molto poco.

Persino il potere non lo attrae. Si è impegnato a conquistare un regno e a diventare ricco solo perché Aliénore, laggiù in Europa, sapesse e lo approvasse.

Quando le ha inviato la prima lettera dopo anni di silenzio, non immaginava nemmeno che lei rispondesse, men che meno che ci mettesse tanto ardore.

Da quel giorno il suo cuore è stato in subbuglio, in una continua altalena di speranza e delusione. Ha contato i mesi, le settimane e i giorni che lo separavano dalla realizzazione del suo sogno. Ora conta le ore e i minuti. E poi... No, non deve pensarci.

Stringe fra le mani il fascio di lettere che Aliénore ha scritto lungo il viaggio e che gli ha inviato tutte insieme da Attalia. Le annusa per ritrovare l'odore di lei, le sfiora con le labbra, le rilegge mille volte, partendo dalla più recente e andando a ritroso. E poi da capo, mettendole in bell'ordine, raccolte in una cartelletta di cuoio.

L'ultima è forse la più drammatica.

Dell'esercito partito quasi un anno prima dal sagrato dell'abbazia di Saint-Denis rimane meno della metà degli uomini. Gli altri sono morti o dispersi. Aliénore si dispera. Al momento dell'imbarco, molte migliaia – più di settemila – sono stati abbandonati ad Attalia, a morire di fame e di peste. Impossibile trovare altre navi per trasportarli.

Per esperienza sa che molti di quegli infelici si consegneranno di loro volontà ai turchi e si convertiranno all'Islam, in cambio di cibo e aiuto. Ma Luigi non lo immagina nemmeno. Religioso com'è, inorridirebbe al pensiero.

Meno di cinquantamila uomini. Non sono un granché ma possono ancora bastare, a patto di essere condotti da un comandante esperto, deciso e profondo conoscitore della realtà orientale.

Il cuore gli dice che Luigi non possiede nessuna delle tre qualità. Lui, sì.

Ma c'è tempo per occuparsi della guerra.

Prima di tutto viene Aliénore. L'amore di una vita.

Il piccolo porto di San Simeone è parato a festa, il venerdì 19 marzo dell'anno del Signore 1148.

Sono giunti i crociati, dopo tre interminabili settimane di navigazione, preceduti dalla nave che conduce il re e la regina.

Il piccolo borgo è in festa: le campane suonano a distesa, drappi multicolori pendono dalle finestre, la folla è nelle strade agitando la mano o sventolando fazzoletti, mentre il patriarca in persona, sotto un baldacchino di seta, guida la processione religiosa che accoglie gli ospiti intonando il *Te Deum* di ringraziamento.

Dal momento in cui le hanno indicato in lontananza Antiochia, Aliénore è rimasta incollata alla murata della nave, divorando la distanza con lo sguardo, alla spasmodica ricerca di quel luogo che vede come la fine delle sue peregrinazioni.

La città, come una pigra e lussureggiante signora, è adagiata con mollezza su un altopiano che degrada con dolcezza verso il mare, in una vallata ridente e solatia, solcata dal fiume Oronte e protetta alle spalle da modeste alture. Un'oasi di rigogliosa vegetazione, dopo tanta asprezza. Si intuisce che l'acqua abbonda e il clima è dolce.

Ora si accinge a sbarcare al braccio del marito, che le stringe una mano e le sorride, come non faceva da tanto tempo. Ma Aliénore non gli restituisce né l'uno né l'altro, quasi neppure avverte quel gesto di affettuosa complicità.

Un'ansia la tormenta, un tremito la scuote in ogni parte del corpo: segnali che forse Luigi avverte.

«Sei emozionata?» le bisbiglia in un orecchio.

«Non immagini quanto» confessa.

Il tripudio di suoni e colori la stordisce, il sole la abbaglia. Si guarda intorno compiaciuta e felice, risponde ai saluti con un cenno della mano, sorride, come l'etichetta prescrive. In realtà gli occhi frugano la folla alla ricerca di un volto che ancora non si mostra.

Il patriarca si fa loro incontro, si inchina e porge il benvenuto: si chiama Aiméry di Limoges, mentre il cappellano è Guglielmo di Poitiers.

«Sono tra amici» commenta lieta Aliénore, esprimendosi in *langue d'oc,* che il suo regale marito parla poco e malvolentieri.

«Ah, mia signora, qui ritroverete molte persone della nostra terra» le garantisce il patriarca.

A lei ne interessa uno solo: Raimondo.

Dov'è?

La domanda le brucia sulla punta della lingua ma si controlla e non osa chiedere. Deve essere prudente, in presenza del marito e di Thierry Galan, e recitare in modo credibile la parte della nipotina affezionata. Per fortuna nessuno dei due è informato dei trascorsi legami con lo zio, che Luigi non ha mai conosciuto. O almeno, questo si augura con tutto il cuore.

«Mio zio sta bene?» domanda alla fine al patriarca, incapace di trattenersi oltre. Avrebbe voluto aggiungere: coma mai non è qui al vostro posto?

Prudenza, Aliénore, prudenza.

Aiméry non fa in tempo a rispondere che alcuni squilli di tromba risuonano nell'aria e una schiera di cavalieri, in tenuta di gala, in sella a magnifici palafreni, si apre la strada tra la moltitudine festosa, dalla quale si leva un grido di giubilo: *viva il principe di Antiochia! Viva!*

Con il cuore in subbuglio, Aliénore si volge nella direzione da cui proviene il fragore. Non occorre affannarsi a cercare. Raimondo di Poitiers sovrasta di un pezzo con la sua altezza tutti gli altri cavalieri, la chioma splendente, che cattura i raggi della luce, l'andatura eretta e fiera.

Mio Dio... Non ricordava che fosse così bello. Si sente avvampare, il cuore martella in modo disordinato, il respiro è affannoso. Come controllarsi, quando gli sarà di fronte?

Lei invece non si sente nella sua forma più smagliante, reduce com'è da un viaggio massacrante, di dieci lunghi mesi. Lo noterà, Raimondo? Resterà deluso? Un'occhiata sarà sufficiente per scoprire se davvero ancora la ama. Ricorda bene come la guardava, quando era pazzo di lei.

Non potrebbe sopportare che il suo amore fosse anche solo diminuito.

Raimondo dall'alto del suo cavallo la sta cercando.

È partito giorni addietro da Antiochia, ha navigato lungo l'Oronte e si è accampato in attesa di Aliénore.

«Inutile affrettarsi, principe» l'avevano invano ammonito i suoi ministri. «Passeranno ancora molti giorni prima che le loro maestà giungano davvero. Accoglieremo noi i sovrani e li porteremo alla reggia.»

«Non impicciatevi» ha replicato lui, con ruvidità.

Ora, dalla groppa del cavallo, scruta con trepidazione tutta quella calca che fa corona alla coppia. Accidenti alla sua dignità di principe, che non gli consente di starsene sul molo, a fremere come un qualunque ragazzo che aspetti l'innamorata. Cosa ne sa, questa gente, della passione che gli accende il cuore, della tempesta che lo agita? Dieci anni, interminabili. E tra qualche istante sarà lì, sotto i suoi occhi, fra le sue braccia.

No, così non va. Calma.

Deve contenersi, mostrarsi misurato e pacato. Aliénore non gli ha raccomandato altro. Nessuno spettacolo, sotto gli occhi del marito e della spia che le sta alle costole, quel Templare di nome Thierry Galan. Luigi è molto geloso e sospettoso.

Eccola, l'ha vista.

Il volto si chiazza di macchie rosse, tanto è forte l'emozione. Sprona un poco il cavallo, sorprendendo gli uomini della scorta e creando un brusco arretramento nella calca che lo circonda.

Calma. Contegno.

Ma il cuore si ribella.

Ora è a breve distanza dalla coppia reale. Si ferma e la osserva mentre lei rivolge la parola al patriarca.

Aliénore, amor mio.

Il volto che ha trattenuto nella mente per tutti quegli anni, che ha sognato, invocato in silenzio nei momenti di insopportabile tristezza, non è che una parvenza di quello che splende a poca distanza.

Scende da cavallo e avanza fissandola, invocandola. Lei si interrompe e si volta nella sua direzione, come raggiunta da quel richiamo. Si guardano. Gli occhi intessono un dialogo muto. Una dichiarazione appassionata, parole che bruciano... Mio dolcissimo amore. Mille e mille volte mille più bella di come ti ricordavo. Mia luce. Mia vita. Questo sei. Ho voglia di stringerti a me, di placare fra le tue braccia il tormento che mi consuma da tanti anni...

Aliénore è la prima a riprendersi. Da quanto tempo si stanno fissando rapiti?

Un errore.

Con la coda dell'occhio coglie l'espressione arcigna di Luigi e lo sguardo attentissimo di Thierry. Dio, come odia quell'eunuco.

«Il momento tanto sognato è giunto, caro zio» getta lì con leggerezza. «Non ci vediamo da dieci lunghi anni.» E porge la mano da baciare.

Raimondo si china su quelle dita e, per la prima volta, avverte il profumo della sua pelle. Dovrebbe deporre un bacio frettoloso e formale ma non riesce a trovare la forza di abbandonarle. Le stringe con intenzione, depone il bacio e poi di nuovo le sfiora con le labbra.

«Forse potreste concedere un abbraccio a uno zio che non vedete da tanto tempo» prova a suggerire, perché sente che, se non la stringe a sé, impazzirà.

«Sono stanca e accaldata, zio caro. Lasciamo, vi prego, le effusioni per un altro momento. Non vedete in che miserevole condizione vi compaio davanti? Non oso neppure chiedervi come mi trovate.»

«E io non oso rispondere» replica Raimondo.

Aliénore vorrebbe esplodere nella sua squillante risata ma gli occhi di Raimondo – accesi, febbrili, incapaci di celare l'ammirazione e il desiderio – debbono essere ricondotti al controllo e all'obbedienza. Gli lancia uno sguardo accorato, supplichevole, sperando che lui capisca: anch'io ti amo, ti desidero, ma ti prego, non sotto gli occhi di mio marito.

«Credo che non abbiate mai incontrato sua maestà Luigi VII di Francia, mio marito.»

«In effetti è così.» Raimondo sposta con lentezza e fatica lo sguardo sul re di Francia ma si fa perdonare rendendogli onore con un elegante inchino. Sa di aver messo Aliénore in imbarazzo fin dal primo sguardo ma non trova il modo di controllarsi.

Meglio non guardarla o saranno già perduti.

«Voi permettete, madame?»

Volta le spalle alla regina e prende sottobraccio il re, guidandolo verso le casette piccole e basse del porticciolo.

«Ho una grande urgenza di discutere con voi dei gravi problemi che ci assillano, mio regale nipote, ma vi concederò una pausa di alcuni giorni, dopo le peripezie che avete affrontato. Vi ho fatto preparare un banchetto in un'osteria locale. Nulla di eccezionale, il porticciolo non offre molto. Ma Antiochia è pronta a farvi dimenticare ogni disagio e sofferenza.»

«Se non vi è di disturbo, vorrei recarmi prima in chiesa con mia moglie, per ringraziare Dio di averci condotto sani e salvi fino a questa tappa cruciale del viaggio. Siamo umili pellegrini, cui non si addicono i lussi e gli agi. Non dovete preoccuparvi neppure di farmi dimenticare quelli passati. Intendo anzi ricordarli a uno a uno e ringraziare il Signore che mi ha concesso l'opportunità di fare un poco di penitenza per i miei peccati.»

Raimondo è interdetto. Non sa come replicare a tanto fervore, anche perché, dal tono pacato, si rende conto che Luigi è persuaso di quello che dice.

"Ognuno ha le sue vocazioni" pensa fra sé. "Peccato che nessuno di noi due abbia potuto seguire la propria. Purtroppo il destino ha voluto che ci mettessimo l'uno sulla strada dell'altro."

«Come vostra maestà comanda» replica. «Vi affido allora alle cure del nostro patriarca. Mi chiedevo solo se non fosse più opportuno offrire qualche immediato conforto alla regina. Non ho osato parlare con franchezza, ma mi è sembrata molto stanca e provata...»

Che menzogna. La regina è magnifica e lui è un bugiardo e un imbroglione. «Se voi lo consentite, potrebbe precedervi nella reggia di Antiochia, mentre voi vi porrete alla testa delle vostre truppe. Cosa ne pensate, Aliénore?» domanda prima che il re possa sollevare qualunque obiezione.

«A che proposito?» domanda lei, che non ha seguito la conversazione.

«Vostro marito desidera fare una sosta in chiesa prima di raggiungere Antiochia e io gli proponevo di affidarvi a me per condurvi subito alla reggia, dove ci sono acque termali e abili schiave che laveranno via in un attimo ogni stanchezza. Vi piacciono sempre i bagni di acqua molto calda?»

«Oh, li adoro! Mi sembra un'idea eccellente, zio caro. Così potremo chiacchierare. Ne abbiamo di cose da raccontarci, dopo dieci anni di assenza. Sapete che Petronilla è sposata?» E poi, come per caso: «Non vi dispiace, vero, Luigi?».

Il re è colto di sorpresa ma è propenso a non contraddire la moglie, se non vi è proprio costretto, visti i rapporti quanto mai tesi degli ultimi mesi. Inoltre, a essere sincero, preferisce non sentirsela a fianco, quando è raccolto in preghiera.

«Andate pure. Thierry, seguite la regina.»

«Thierry, restate dove siete» il tono è risultato molto più brusco del dovuto. «Maestà, non pensate che mio zio sia una protezione più che sufficiente contro ogni genere di pericoli?»

Luigi si stringe nelle spalle. Avrebbe desiderato che Thierry la seguisse. Diffida di tutti i meridionali. E poi, lo sguardo con il quale Raimondo fissava Eléonor gli è parso strano... D'accordo, non si vedevano da dieci anni. Tuttavia per un impercettibile istante si è domandato se il sentimento di quell'uomo fosse puro.

"Cosa vado a pensare" si era subito rimproverato. "È suo zio! Vedo ombre dappertutto. Eléonor mi accuserebbe di essere malato... E avrebbe ogni ragione."

Aliénore sale su un carro chiuso che il principe di Antiochia le ha predisposto per viaggiare con maggiori comodità. Raimondo cavalca rigido al suo fianco, come un normale cavaliere della scorta.

Appena fuori dalla cittadina e al riparo da sguardi indiscreti, affida il cavallo a uno scudiero e dichiara di voler viaggiare per un tratto insieme alla nipote, per scambiare due chiacchiere.

Sale, chiude con cura le pesanti tende di cuoio e fissa su Aliénore uno sguardo eloquente.

Sono l'una nelle braccia dell'altro, bocca sulla bocca.

Si baciano fino a togliersi il respiro, si stringono fino a farsi male.

Per le mani di Raimondo, abituate a piegare una sbarra di ferro, è un gioco da ragazzi liberarla dai vestiti e accarezzarle la pelle morbida.

È giunta nella reggia di Antiochia a notte fonda senza aver potuto ammirare le bellezze della città.

Meglio così. Se fosse stato giorno, tutti avrebbero avuto modo di osservare l'aspetto disordinato e gualcito della regina, i capelli sciolti, il volto segnato.

Nell'ultimo tratto di strada, ha persuaso Raimondo a rivestirsi e riprendere posto accanto ai cavalieri della scorta nel timore che possano aver intuito il tipo di incontro che si è svolto nel carro. Ma a lei non interessa. Separarsi è costata una immensa fatica a entrambi.

Mai ha provato uno sconvolgimento, un abbandono così totale. Pur essendosi concessa qualche distrazione dalla fredda monotonia del talamo coniugale, solo ora ha compreso cosa significhi l'estasi che travolge, acceca e annulla ogni prudenza e pudore. Raimondo è l'uomo di cui è innamorata, l'amore di una vita, come lei lo è per lui. Ora ha compreso. Non commetterà l'errore di perderlo una seconda volta.

Lascerà Luigi.

Non era stato Bernardo, lo stimatissimo santo di Clairvaux, a gridare ai quattro venti che il loro matrimonio era inquinato da una consanguineità di quarto grado che la chiesa non ammette? Che andava sciolto? Un tempo quelle minacce l'avevano spaventata: un pretesto per sbarazzarsi di lei, disprezzata per i suoi costumi e perché non aveva generato l'erede maschio. Ora, invece, possono rivelarsi il mezzo più opportuno per liberarsi dal giogo. Confesserà tutto a Luigi. Non tornerà nemmeno più in Europa. Il suo posto è al fianco di Raimondo.

Il palazzo sul monte Silpius, dove alloggiano il re e la regina di Francia, gode di una vista mozzafiato sull'Oronte, sulla fertile vallata e sui monti che fanno corona alla città.

Ancor più strabilianti sono i lussi, che in Europa nemmeno un sovrano potrebbe permettersi e che, in ogni caso, neppure si conoscono. Alle finestre non ci sono panni di tela incerati ma vetrate luminose e spettacolari, che ricordano quelle di Saint-Denis.

Inoltre in tutte le stanze vi è acqua corrente, a cominciare dai bagni, che possiedono vasche di marmo in cui ci si può immergere nell'acqua calda. In tutti gli ambienti, come è usanza di quelle terre, è sparsa una profusione di candele profumate, che diffondono nell'aria delicate fragranze di rose, gelsomini, fiori d'arancio.

Persino Luigi, abbandonata per un momento la consueta austerità, si lascia incantare da quelle meraviglie e gode di un lungo bagno caldo, in cui sono sciolti sali rilassanti. Ma non accetta gli abiti lussuosi che il principe di Antiochia gli regala in quantità. Preferisce il suo saio. Lavato e pulito anche quello, grazie a Dio.

Aliénore invece batte le mani, entusiasta come una bambina, quando scopre la profusione di doni a lei destinati: abiti sfarzosi alla moda dell'Aquitania e di foggia orientale, nastri per i capelli, specchi, gioielli, creme per vellutare la pelle e molto altro ancora. Prova un abito, poi un altro, accosta al volto un paio di tintinnanti orecchini, raccoglie i capelli in una fusciacca di seta intessuta di fili d'oro... Oh Dio, come sono felice!

grida, piroettando per la stanza come faceva da ragazza, per dare sfogo alla sua gioia.

Raimondo ha accolto con immenso sollievo la comunicazione del cappellano del re, Oddone di Deuil, che il re e la regina dormono in appartamenti separati. Si è affrettato a eseguire la disposizione: vengono sistemati ai lati opposti dell'edificio, con il pretesto ufficiale di assicurare alla regina l'ala più fresca e ventilata del castello: approvate, signor cappellano? ha domandato premuroso. In realtà, si tratta di un'astuzia per potersi incontrare con Aliénore in tutta libertà.

La soluzione però ha indispettito Thierry Galan, il mastino a guardia della regina.

«È vero che il sovrano ha fatto voto di castità fino a Gerusalemme» ha precisato, in tono freddo. «Ma una tale distanza complica il mio lavoro, giacché è mio dovere vegliare su entrambi.» «Complicherà il vostro ma facilita il mio» vorrebbe replicare Raimondo, con un rapido inchino per dissimulare il sorriso beffardo che gli increspa le labbra.

«Temo che voi non conosciate il clima di Antiochia, cavaliere» afferma invece, inventando sul momento. «Mi è sembrato giusto riservare alla regina le stanze più fresche e ospitali del castello. O preferite che usi questo riguardo al re? In ogni caso, rimango ai vostri ordini.»

Thierry biascica qualche parola di scusa ma non pare del tutto persuaso. Raimondo gli batte una pacca sulla spalla.

«Rilassatevi, signor Templare. Non state attraversando l'Anatolia, con le spie turche alle calcagna. Qui siete fra amici. Le loro maestà non corrono alcun pericolo: sono sotto la *mia* protezione. In ogni caso, dissemineremo il palazzo di sentinelle, se questo vi fa sentire più tranquillo. Sceglietele voi stesso fra gli uomini di vostra fiducia.»

Chissà cosa penserebbe il Templare se fosse informato dei percorsi segreti che collegano alcune aree dell'edificio.

Thierry lo guarda di sottecchi. Qualcosa di quell'uomo non lo convince.

Da quando ha rivisto Raimondo, una felicità sconosciuta si alterna a un'ansia altrettanto profonda, nell'animo di Aliénore.

«Per te sono pronto a morire. Non dimenticarlo» le ripete lui. «Se dovessi perderti di nuovo, qualunque ne sia il motivo, non voglio più vivere. Ho sofferto troppo in questi anni.»

«Non dire così, ti prego» lo ferma lei. Sa che è sincero. Ma quella professione di fede e amore assoluti, che un tempo l'avrebbe divertita e solleticato la sua vanità, ora la terrorizza.

«Se dovessimo di nuovo separarci» replica, cercando di soffocare il pianto e di simulare una gaiezza che non prova «voglio che tu viva, stia in buona salute e ti cerchi nuove donne da amare con altrettanta passione.»

Ma lui le afferra il polso e lo stringe fino a farle male.

«Non scherzare con me, Aliénore. Te l'ho permesso una volta, ti ho obbedito senza fiatare e l'ho rimpianto ogni giorno della vita. Riesci a immaginare cosa significhi sentirsi svuotato, privo di qualunque interesse, alla costante ricerca del volto amato, furioso e affamato come un cane ringhioso? Così sono vissuto io, in questi anni. Un uomo disperato, in balìa degli eventi. No.» E scuote il capo con forza. «Mai più così. Se non posso averti, troverò il modo di morire su un campo di battaglia. Da queste parti non è difficile.» E poi domanda, gli occhi colmi di ansia: «Ma tu sei sicura di amare *me*?».

«Del tutto sicura.»

«Allora lotteremo assieme.»

«Sono pronta.»

Lui sorride e la stringe a sé con forza.

«È un giuramento.»

Sono entrambi determinati a sovvertire la propria vita e quella degli altri, pronti a subire le conseguenze di una sfida così audace alle convenzioni del mondo.

In parte, stanno già attuando il proposito. Trascorrono assieme la notte e la maggior parte del giorno. Ridono come ragazzini, si guardano negli occhi, si sfiorano le mani, si accarezzano con lo sguardo anche in pubblico, del tutto incapaci di trattenersi, perché a malapena si accorgono che gli altri esistono.

Gli *altri* però osservano, notano e sono gelosi di tanto affiatamento. Si pongono domande.

Costanza, la principessa che ha donato a Raimondo un trono e che tutte le donne invidiavano perché possedeva un marito così bello e fedele, è annichilita dallo stupore e divorata da una gelosia, un furore tanto più cieco quanto più sconosciuto fino a quel momento. Con Aliénore è stata antipatia e gelo fin dal primo sguardo. Il divario fra loro è invalicabile e Costanza ne è consapevole: non possiede un'oncia della strepitosa bellezza della rivale, della sua cultura, del brio, della naturale eleganza. Nei banchetti serali brilla come il sole che annulla le stelle e Raimondo è stregato da lei, non ha occhi che per quella donna.

Sua nipote.

Tra quei due non esiste il tipo di affetto appropriato a una parentela. Sembrano amanti.

Anzi, Costanza ne è certa: *sono* amanti.

Possibile che Luigi VII non si accorga di quella indecenza? E quel Templare, che dovrebbe vegliare sulla regina? Anche lui è cieco ai loro sguardi, alle loro fughe? Trascorrono assieme tutto il tempo. Suo marito sperpera fiumi di denaro: visite alla città e ai dintorni, battute di caccia, tornei, banchetti secondo le usanze delle loro terre, in compagnia dei trovatori al seguito della regina.

Il pretesto è rendere omaggio al re di Francia e alla sua sposa. In realtà, impressionare lei, per conquistarla.

E la notte?

La trascorre con lei. Suo marito non le ha più fatto visita da quando è giunta la nipote.

Luigi VII chiude un occhio? Il Templare cui è affidata la vigilanza della regina si è venduto a Raimondo e ne è complice?

La spiegazione potrebbe essere un'altra: i due franchi ignorano che il palazzo reale di Antiochia è ricco di passaggi segreti.

Ma lei, che vi è nata, li conosce a uno a uno.

Convocherà Thierry Galan. Forse l'informazione lo interesserà.

27

La sala del trono, al piano terra del castello di Antiochia, si affaccia su un vasto giardino interno, illuminato dal sole e ornato da piante di alloro, olivo e palme da dattero, così lunghe e sottili che paiono solleticare le stelle.

Qua e là sono montati baldacchini coperti da strisce di lino leggero che si gonfia e ondeggia alle lievi brezze, sotto i quali sono distesi tappeti e allestiti tavoli ricolmi di bevande fresche, datteri, formaggi, frutta secca e fresca.

I baroni che affollano la sala si servono di quelle prelibatezze e chiacchierano fra loro in attesa che l'importante assemblea abbia inizio, la prima convocata da Luigi VII dopo l'arrivo ad Antiochia, per fare il punto sulle decisioni da prendere e sugli obiettivi da raggiungere.

Raimondo di Poitiers, in qualità di principe di Antiochia, porge il benvenuto agli ospiti augurandosi che tutti, a cominciare dal re, si siano ritemprati dalle fatiche del lunghissimo e faticoso cammino e abbiano gradito l'ospitalità ricevuta.

Il re risponde che l'accoglienza è stata magnifica. Ma

senza convenevoli né cordialità. Poche parole, fredde e impersonali. Sembra teso, nervoso.

I presenti si scambiano sguardi sorpresi. Si attendono una riunione amichevole e cameratesca. Ma l'umore del re non lascia sperare in una simile piega. Il chiacchierio si zittisce.

Thierry Galan, alle spalle del re, appare ancora più scuro in volto.

Ha le sue ragioni, sconosciute a tutti, tranne che a Luigi. Proprio all'alba di quella mattina ha ottenuto la conferma dei suoi sospetti: i rapporti fra Raimondo di Poitiers e la regina sono di natura illecita. La soffiata di Costanza, moglie offesa e gelosa di Raimondo, è stata preziosa. Gli ha permesso di individuare il percorso segreto che consente al principe di entrare nella camera della regina senza destare alcun sospetto nelle sentinelle. L'alba era sorta da un pezzo quando l'ha visto sgattaiolare da una uscita che sbuca alle spalle di un secolare olivo, del tutto invisibile se non la si conosce.

Non è intervenuto, anzi si è nascosto con cura per non essere notato: non sta a lui prendere decisioni. Ma si è sentito raggirato in modo oltraggioso e volgare, ferito nell'orgoglio: lui sta lì a fare la guardia alla stanza della regina, rassicurando ogni mattina il re che nessuno ha osato violare l'intimità della moglie – nonostante il comportamento riprovevole che lei mostra durante il giorno – e quel gaglioffo traditore si intrufola da un percorso segreto. Ha dovuto confessare al sovrano la sua dabbenaggine, fare la figura del perfetto cretino.

Ancor più umiliante e doloroso è stato reggere la rabbia incontenibile di Luigi VII. Mai l'aveva visto in quello stato. Era abituato anzi a un comportamento cordiale e cameratesco. Ma quando c'è di mezzo la moglie – ormai l'ha imparato – il re si trasforma.

Ama quella donna di un sentimento fuori da ogni ragionevolezza. Ne è schiavo. La difende, nonostante tutto. Imputa a Raimondo di Poitiers tutte le colpe.

«Maestà, con tutto il rispetto, non mi sento di gettare tutta la croce sul principe di Antiochia. Godeva fama di essere il più fedele e irreprensibile dei mariti. L'atteggiamento di vostra moglie... perdonate maestà, è sotto gli occhi di tutti. Quale uomo non si lascerebbe tentare da una donna bella e disponibile?»

Lui si torce le mani, cammina a grandi passi per la stanza, è molto agitato.

«La regina non è *disponibile*, come voi affermate» dice, fissando Thierry con occhi gelidi. È evidente che non ha gradito la franchezza. «È gioiosa di carattere. Lo fa senza intenzione di peccare. Ma sappiate che nessuno me la porterà via.» Le parole suonano come una minaccia.

La follia del re, unita alla vanità della regina, alla sua lussuria, costituiscono un pericolo per tutti. Neppure Oddone di Deuil ha idea di come affrontare quella complicata situazione.

Prende di nuovo la parola Raimondo, che finge di non aver rilevato le maniere brusche del sovrano di Francia.

«Consentitemi, maestà, e voi, nobili signori della Francia, dell'Aquitania e del Poitou, di illustrarvi la situazione nella quale versano i regni cristiani d'oltremare. Vivo in Oriente da dieci anni e conosco bene tanto i problemi che affliggono questa terra quanto i nemici con cui dobbiamo misurarci. Vi sorprenderà sentirmi affermare che alcuni di loro si annidano in mezzo a noi.» Brusio nell'uditorio. «È così. L'imperatore di Bisanzio, per cominciare, il più cieco di tutti. Pensa ai suoi interessi e stringe accordi con i turchi ai nostri danni, incapace di comprendere che, alla lunga, questa politica minerà la sicurezza del suo impero e ne accelererà la fine. Ma non è l'unico. Altri si annidano a Gerusalemme, alla corte del nuovo re Baldovino III, un ragazzo sprovveduto, che non ha ereditato niente della saggezza e della lungimiranza del padre Folco.»

«Dalle notizie in mio possesso» lo interrompe Luigi, senza scusarsi «Folco era criticato dai suoi vassalli e accusato di una politica arrendevole verso Damasco.»

«Arrendevole? No davvero, sire. Le relazioni fra i cristiani di Gerusalemme e i musulmani di Damasco sono sempre state le più cortesi e amichevoli che si possano immaginare, nel pieno rispetto dei patti e in uno spirito di reciproco aiuto e collaborazione. E re Folco, con molta lungimiranza, ha sempre impedito ai più scriteriati e avidi dei suoi vassalli di rivendicare mire espansionistiche in quella direzione, compromettendo la pace.»

«Vi sembra possibile che fra cristiani e musulmani regni la pace? Anzi... *reciproco aiuto e collaborazione*, per citare le vostre precise parole.»

Raimondo coglie l'astio nella voce del re, il tono ironico e tagliente. Ma replica con pacatezza.

«Non solo possibile ma del tutto auspicabile, in questo caso. Gli arabi non vanno confusi con i turchi. Chi pensate che abbia tenuto a freno l'arroganza del turco Zengi, governatore di Mossul e Aleppo, il conquistatore di Edessa, che puntava a impossessarsi della Siria per minacciare Gerusalemme stessa, se non l'alleanza fra noi cristiani e i musulmani di Damasco? Torna a onore di Folco averlo compreso e aver imposto un ferreo rispetto degli accordi ai suoi baroni. Il pericolo non viene dai musulmani di Damasco ma dai turchi, da Nur-al-Din, figlio di Zengi, più avido e crudele del padre. Dopo la tragica caduta di Edessa, ha varcato l'Oronte, che noi cristiani d'oltremare consideriamo un limite invalicabile per garantirci la sopravvivenza. Il prossimo bersaglio sarà questa città, Antiochia, nella quale oggi ci troviamo. Se cadesse Antiochia, la via per Gerusalemme sarebbe spianata. Per questo motivo abbiamo invocato l'aiuto dell'Europa. Edessa deve essere riconquistata e i turchi rigettati al di là del fiume Oronte. Questo è il compito più urgente.» Raimondo parla con passione e veemenza.

«Più urgente o più utile per voi?» domanda sempre più sprezzante Luigi. «Abbiamo compreso che siete molto abile nel perseguire e soddisfare i vostri interessi personali, anche i più turpi, senza farvi alcuno scrupolo.»

A questo punto l'imbarazzo nella sala diventa palpabile. Il silenzio è così tangibile da pesare sui presenti come una cappa. L'allusione è palese. Tutti hanno notato il grande affiatamento tra il principe di Antiochia e la regina, le lunghe ore trascorse insieme, con mille pretesti. Ma Raimondo ancora una volta non raccoglie la provocazione.

«Sono desolato che vogliate vedere un mio interesse personale in un piano di guerra che mira solo al bene dei regni d'oltremare e della cristianità tutta. Non lasciatevi accecare nelle vostre decisioni da questioni che nulla hanno a che vedere con la missione per la quale siete giunto sin qui, mio signore. Edessa va riconquistata ai cristiani. È un baluardo irrinunciabile per bloccare l'espansione dei turchi e dell'Islam fino a Gerusalemme. Non si presenterà una nuova occasione. Avete visto da voi quanto difficile sia trasferire truppe dall'Occidente all'Oriente. Il popolo franco gode di una grande fama di imbattibilità presso gli infedeli. Dimostriamo loro che è meritata indirizzando il nostro impeto contro il vero pericolo che ci sovrasta.»

«Non concordo con la vostra visione» replica secco Luigi. «Sono venuto sin qui per raggiungere Gerusalemme e adempiere un voto. Quando vi sarò giunto, ascolterò l'opinione di re Baldovino, della reggente sua madre e dei baroni locali. Se tutti concorderanno con voi, torneremo indietro e punteremo su Edessa.»

«Permettetemi di affermare che commettereste un grave errore, mio signore.»

Luigi sta per rintuzzarlo con durezza, quando entra la regina. I baroni si alzano.

«Perdonate l'intrusione in un'assemblea alla quale non si è ritenuto opportuno invitarmi» sottolinea subito Aliénore, con evidenti intenzioni battagliere, vestita all'orientale, con un lungo caffettano in seta verde acqua a fasce dorate. «Considero una grave offesa alla mia dignità di duchessa d'Aquitania e Poitou che si progettino piani riguardanti anche i miei vassalli senza consultare me, che ne sono il capo, come se il mio assenso non fosse necessario. È bene che tutti i presenti sappiano – a cominciare dal mio regale sposo – che nessuno di loro si muoverà se io non concorderò con l'operazione.» Gli occhi dardeggiano su Luigi e su Thierry Galan.

«Sono costretto a ripetervi ancora una volta, signora,

che il capo assoluto di questa spedizione sono io e che tutti sono tenuti all'obbedienza alle *mie* decisioni» replica Luigi, il tono di voce alterato, un colpo sul petto a sottolineare quel *mie*.

«E io a ribadirvi che non condivido questa interpretazione del vostro ruolo.»

Raimondo si affretta a sedare la disputa. Intuisce che l'astio del re è rivolto a lui ma, nei limiti del possibile, desidera che lo scontro personale con Luigi – che non può né intende evitare – si verifichi in privato e non interferisca con gli obiettivi che la crociata deve conseguire.

«Maestà, se posso essere sincero, come la circostanza impone, ritengo che le ragioni private, qualunque esse siano, non debbono interferire con la vostra capacità di valutazione né mettere a repentaglio l'esito della missione, dal momento che essa è costata tante vite umane e risorse. Aiutateci a riconquistare Edessa e a respingere i turchi al di là dell'Oronte. Gerusalemme sarà al sicuro, fino a quando Antiochia resisterà. Non potete sottrarvi a questo compito, a meno di sottomettere a vostri scopi personali la sorte di tante persone.»

Luigi si alza dallo scranno, paonazzo in volto, l'indice puntato verso il suo interlocutore.

«Non vi permetto di insultarmi o di dirmi quello che debbo fare. Siete voi, spergiuro e traditore, che intendete perseguire i vostri fini di espansione personale utilizzando questa armata, che si è mossa per raggiungere Gerusalemme, non per fermarsi ad Antiochia. E questo faremo. La partenza è fissata in massimo tre giorni.»

Aliénore si sente mancare: tre giorni. E poi dovrebbe lasciare Raimondo. Quell'uomo è un folle. Ormai la resa dei conti è inevitabile.

«Concordo con il principe di Antiochia sotto ogni aspetto. I miei baroni non vi seguiranno» replica con ammirabile freddezza, fissando dritta in volto il marito. «La vostra determinazione a raggiungere Gerusalemme obbedisce solo alla vostra assurda pretesa di adempiere un voto e inginocchiarvi davanti al Santo Sepolcro per espiare i peccati.»

«Se anche fosse? Ma mi rendo conto che qualsiasi obbligo di natura morale e religiosa suoni del tutto incomprensibile alla vostra indole.»

«Non siamo venuti sin qui per consentire a voi di soddisfare i vostri pruriti religiosi ma per conseguire un preciso obiettivo militare: salvare i regni cristiani d'oltremare. Abbiamo toccato con mano quanto grave sia la minaccia dei turchi. Dilagano in ogni dove. Il nostro dovere è salvare Antiochia, accogliendo l'appello di chi vive in Oriente da dieci anni e conosce molto bene la realtà di questo territorio.»

«Bugiarda! Il vostro interesse non è per le sorti di Antiochia ma per quelle del suo principe. *Voi*, non io, perseguite uno scopo personale. Per giunta ignobile e vergognoso!»

Aliénore lo fissa gelida, all'apparenza calma.

«Resterò ad Antiochia con i miei baroni. Non mi considero più né vostra moglie né la regina di Francia.» Nella sala si leva un grido di meraviglia e stupore. «Invoco l'annullamento del matrimonio in considerazione della parentela» prosegue Aliénore a voce alta per sovrastare il brusio. «Siamo cugini di quarto grado, come risulta dalle accuratissime ricerche eseguite dallo zelante Bernardo di Clairvaux. Lui stesso vi esortava a adottare questa decisione, ricordate? Ora io la pretendo. Non voglio avere alcun legame coniugale con un cugino, come impone la chiesa. D'ora in poi» afferma rivolta all'uditorio «io sono solo la duchessa d'Aquitania. Volete seguirmi, miei signori?» domanda rivolta ai suoi vassalli, che si alzano tutti con prontezza e senza eccezioni, seguendo la loro duchessa che abbandona la sala.

«Non servirà a nulla» le urla dietro Luigi, ormai fuori di sé. «I tuoi baroni facciano quello che vogliono. Ma tu verrai con me. Mi hai sentito? Verrai con me. Non ti lascerò nelle braccia del tuo amante e voi,» prosegue rivolto a Raimondo, mentre il resto dell'uditorio sciama via in tutta fretta per rispetto del sovrano e la sala si svuota «voi, malvagio traditore, non comparite mai più alla mia presenza. Partiremo per Gerusalemme anche prima di tre giorni. E che Antiochia vada all'inferno, per quel che mi riguarda. Quanto a mia moglie, vi proibisco di rivederla anche per un breve saluto. Se disobbedirete e cercherete di incontrarla, sguinzaglierò il mio esercito per le vie di questa città e la metterò a ferro e fuoco con le mie mani. Di Antiochia resteranno solo macerie fumanti e cadaveri.»

Raimondo replica questa volta con pari furore: Aliénore gli appartiene da sempre, gli grida in faccia. Si sono sempre amati.

«Sapete cosa vuol dire amare con cieca passione, voi?» gli domanda. «Sono pronto a uccidere e a morire, per lei. Dunque badate a voi e ai vostri scagnozzi...»

Ma Luigi non lo ascolta. Si è precipitato fuori, seguito da Oddone di Deuil e Thierry Galan, scuri in volto e molto preoccupati. Impartisce ordini brevi e secchi, che odono solo i suoi consiglieri. I baroni francesi, dispersi a piccoli crocchi nel giardino, discutono fra loro, sconvolti dall'accaduto e incerti sull'esito di quel triplice scontro, che di certo condizionerà in modo pesante il loro futuro.

Aliénore è nella sua stanza, distesa sui soffici cuscini di un sofà, al buio completo, per godere della splendida stellata che orna di mille luci la volta oscura del cielo. L'Oriente esercita su di lei un'attrazione sempre più assoluta e profonda, come fosse il paradiso terrestre, la vera patria alla quale anela, dopo un lungo esilio. È lì che desidera vivere.

Stringe con voluttà le braccia intorno al corpo, assaporando quella sensazione di benessere.

Raimondo la raggiungerà fra breve. E in lui troverà tutto il conforto e l'amore di cui ha bisogno. Dopo quella tempestosa assemblea, ha affrontato un nuovo durissimo colloquio privato con suo marito.

«Il nostro matrimonio ha conosciuto anche momenti di tenerezza» ha mormorato, alla vana ricerca di un addio consensuale e pacifico. «Mi spiace che debba concludersi in modo così violento e astioso. Noi due non ci amiamo più da molto tempo. Tu non mi desideri. Addirittura mi odi perché non posso essere quella che vorresti. Agli occhi del mondo, ti lascerò libero di sostenere che sei stato tu a ripudiarmi, a difesa della tua dignità. Confermerò la tua versione, qualunque sia. Potrai sposare quanto prima una donna più simile a te, che ti dia l'erede maschio che non sono stata in grado di assicurare al regno. Non mi sembra che tu ci perda.»

«Sei confusa. Non sai quello che dici» replica Luigi. «Io ti amo e ti desidero con tutto me stesso. Mi sto solo imponendo un penoso sacrificio, una mortificazione da offrire a Dio. Anche per il tuo bene. Tra breve giungeremo a Gerusalemme e scioglierò il mio voto. E allora tutto tornerà come prima, fra noi. Tu stessa dimenticherai le follie di questi giorni.»

«Non ci amiamo più, Luigi» è la sua risposta ostinata. «Il passato non può tornare. Se davvero mi ami, lasciami libera di seguire la mia strada.»

«Ti metto in guardia. Non abbandonerò Antiochia senza averti al mio fianco.»

«Non partirò. Qualunque piano tu possa escogitare, non lascerò Raimondo.»

«Questo è da vedersi.»

Il confronto si è chiuso su quell'oscura minaccia. Ma lei non teme né lui né quel torbido Templare, capace di ogni genere di nefandezze. Fino a quando sarà sotto la protezione di Raimondo, non può accaderle nulla.

Ode un lieve rumore, poi lo scatto della minuscola serratura segreta. Raimondo è giunto.

Rimane immobile sul morbido sofà nel quale è sprofondata, il cuore colmo di gioia e di un senso di profonda gratitudine, che non sa bene verso chi indirizzare.

Solleva un braccio e agita una mano, perché lui si avveda della sua presenza e la raggiunga.

«Sono qui, amor mio. Ti aspettavo con an...»

Una mano di ferro le chiude la bocca e il naso, impedendole di respirare. Il cuore le balza in petto come impazzito. Sente un ruvido tessuto graffiarle il volto, l'interno delle labbra. Poi un ruvido cappuccio sulla testa...

Vorrebbe gridare aiuto ma non riesce a pronunciare alcuna parola, solo rantoli e ridicoli gorgoglii.

La afferrano per la vita, per le gambe. Lei si dibatte fino a quando le forze la sostengono. Poi è il buio, privo di stelle e di luci. La portano via attraverso uno stretto cunicolo, lo stesso attraverso il quale tante volte è passato l'amante.

All'uscita li attende la principessa Costanza, la quale scambia con Thierry Galan un freddo cenno di intesa prima di sparire nella notte.

Aliénore è immobile, incapace di comprendere dove si trovi. Le immagini le giungono ondeggianti, sfuocate. Non sa distinguere tra la realtà e i sogni popolati di ombre e fantasmi. Sbatte appena le palpebre e tenta di sollevare il capo ma è colta da un violento senso di nausea.

Non ha cognizione del luogo né del tempo.

Riapre con cautela gli occhi e ancora avverte quel disgustoso senso di vertigine. Le membra sono appesantite dal torpore e le dolgono come se vi fossero conficcati tanti spilli. Prova a muoversi con prudenza ma comprende di essere legata: le mani, le braccia...

L'afferra il panico.

Si scuote, alza con impeto la testa. Questa volta il conato sale fino alla bocca e si trasforma in una bava rivoltante che le bagna la guancia e le cola sul mento. Solleva una mano per pulirsi, dimenticando di essere legata.

«Se promettete di non agitarvi e di non gridare, proverò a slegarvi. Ma devo avere la vostra promessa che sarete ragionevole.»

Thierry Galan, la serpe. È suo quel tono viscido e spocchioso. Vorrebbe gridargli di andare all'inferno, sputargli in viso. Ma ne caverebbe solo – ecco che ora rammenta qualcosa – una nuova dose della disgustosa mistura che la costringono a ingurgitare da giorni e che la intontisce e le procura nausea e vomito.

L'hanno imprigionata su una nave, lo comprende dal dondolio. In viaggio verso dove? L'ultima immagine chiara che la mente trattiene è di se stessa abbandonata sul sofà, in attesa di Raimondo.

«Non costringetemi a essere rude» riprende la voce. «Di sicuro avrete molte domande da rivolgermi e non intendo privarvi delle spiegazioni. A meno che non ricominciate a gridare come una forsennata e a colpirmi con sputi, calci e insulti. Io sono l'unico che può aiutarvi.»

Aliénore non risponde. La mente va sgombrandosi dallo stordimento. Ma con la chiarezza d'idee aumenta anche il dolore del corpo e dell'anima. Lacrime silenziose le scendono lungo le guance. Il naso le cola, come ai bambini. Vorrebbe soffiarlo ma non può pulirsi. Dipende dagli altri anche per le necessità più elementari. Si sente sporca e maleodorante. Deve aver vomitato più volte, forse si è persino... Dio, che vergogna, che umiliazione.

«Vi permetterò di prendere un bagno» le assicura Thierry Galan, magnanimo. «So che soffrite e che ne sentite il bisogno. Non voglio essere più severo di quello che occorre, anche se gli ordini di sua maestà sono chiarissimi.»

Di nuovo silenzio. Non gli darà la soddisfazione di supplicarlo, dovesse morire su quel letto, nel suo piscio e nel suo vomito.

«Vi vedo più calma, rispetto ai vostri precedenti risvegli. Dunque ne approfitto per fornirvi qualche ragguaglio sulla vostra attuale condizione. Per ordine del sovrano, sono l'unica persona con cui potete avere contatti. Posso fare di voi quello che voglio, incluso uccidervi, se tentate la fuga o minacciate la mia sicurezza. Sono desolato ma è così. Non intendo spaventarvi. Solo informarvi, in modo che possiate decidere del vostro destino con cognizione di causa. Siete digiuna da tre giorni, avete bevuto pochissimo e quel poco è stato quasi del tutto rigettato. Avete trascorso gran parte del tempo legata mani e piedi al letto, a causa delle vostre intemperanze. Ora, se desiderate morire, siete sulla strada giusta. Basta continuare come avete fatto fino a ora. Non ci vorrà molto. Se invece desiderate vivere, dovrete imporre a voi stessa una tale calma e controllo da persuadermi che posso slegarvi, concedervi un bagno, dell'acqua e del cibo. Ancora un avvertimento: nessuno correrà in vostro soccorso. Men che meno il principe d'Antiochia. Stiamo navigando verso Gerusalemme mentre il vostro amante è rimasto nella sua città. Leggo nei vostri occhi una profonda avversione nei miei confronti. Sappiate che non mi tocca. Niente può nuocere ai Cavalieri del Tempio, nemmeno l'odio dei potenti, perché siamo al di sopra dei re e degli imperatori, figurarsi di una donna inerme quale voi siete. Rispondiamo solo a Dio e al nostro Maestro. I giorni dei capricci, delle stravaganze, dei comportamenti arroganti e immorali sono terminati, Aliénore d'Aquitania. Vi ripeto la domanda: desiderate essere slegata?»

Lei si limita a un cenno di assenso con il capo.

«Al minimo tentativo di rivolta, vi ingurgiterò a forza in gola una bevanda soporifera. Ma ve lo sconsiglio. Il vostro fisico è allo stremo delle forze.»

Vogliono ucciderla: è questo il piano di tutti coloro che a corte l'hanno sempre odiata. Anche del marito. Lei invece vuole vivere, con un solo scopo nella mente: lottare per ricongiungersi a Raimondo.

Troverà un modo. L'importante è sopravvivere.

«Farò venire alcune serve, per aiutarvi» l'informa Thierry. «Io però non lascerò mai questa stanza e non vi perderò d'occhio. Non vi è concesso alcun istante di intimità o solitudine. Sorveglianza perpetua, giorno e notte. Questi sono gli ordini di sua maestà. Ma state tranquilla» prosegue in tono sarcastico. «Come mi avete più volte rinfacciato, deridendomi in pubblico, le vostre grazie – che tanto fanno impazzire gli uomini – su di me non esercitano alcuna attrattiva. Consideratemi alla stregua di un oggetto o di una serva. Con l'unica differenza che nessuno dei vostri trucchi vi riuscirà, questa volta. Niente lettere o messaggi, con la complicità di mille traditori compiacenti. Non raggiungerete mai Raimondo di Poitiers, se è questo che avete in mente.»

«Intendo parlare con il re» pronunzia lei a fatica, la bocca impastata, la lingua legata.

«Siete in disgrazia. Dopo il vostro comportamento dissennato, sua maestà non intende vedervi né comunicare con voi. Consideratevi una prigioniera in attesa di tornare in patria, dove si deciderà il vostro destino.»

«Il cattolicissimo re di Francia sta meditando di infliggermi una morte spettacolare, magari sul patibolo? O sbrigherà la faccenda in privato e in silenzio, facendomi soffocare dal paladino della croce, Thierry Galan?»

«Non saprei, mia signora» risponde il Templare imperturbabile, un sorrisetto compiaciuto sul volto. «Ma la vostra potrebbe essere una triste sorte.»

«Non rivolgetemi più la parola. Se non posso evitare la vostra disgustosa presenza, mi risparmierò almeno il vostro perfido chiacchiericcio.»

28

Gerusalemme! Gerusalemme!

Il grido prorompe d'improvviso nell'aria, atteso eppure sorprendente. Se n'è accorta una vedetta della prima linea e lo ha urlato a squarciagola, lui per primo incredulo: la meta che sembrava irraggiungibile, dopo quasi un anno di viaggio e cinquantamila compagni persi lungo il cammino, alla fine si disegna davanti ai loro occhi, intagliata nel fianco di una collina, le mura imponenti a protezione della ragnatela di case.

Gerusalemme! Gerusalemme!

Gli uomini interrompono la marcia e cadono in ginocchio, in preda a un'emozione intensa e sconosciuta. Nessuno si vergogna di piangere, singhiozzare, gridare: ecco il luogo in cui si è consumato il martirio del Salvatore. Fra poco ne calcheranno le strade, ancora calde del Suo sangue, percorreranno sulle ginocchia, passo dopo passo, la *Via dolorosa,* il cammino di Gesù fino al Golgota, baciando ogni pietra. E poi il Santo Sepolcro. Sosteranno in preghiera là dove il Corpo di Cristo è stato nascosto prima della Resurrezione.

Uno spirito divino sembra spirare dalla città santa. Aleggia nell'aria, tocca i cuori di quei rudi soldati ispirando loro una profonda esigenza di bontà e purezza. Ognuno abbraccia il vicino. Tutti sono pronti a perdonare i torti e a dimenticarli.

Il buio però giungerà fra breve.

L'ingresso in città è rinviato all'alba.

Non si monta neppure il campo, tanto nessuno riuscirà a dormire. Tutti trascorrono il tempo in preghiera, in lacrime, in un'orgia di pentimento e buoni propositi. I preti lavorano a pieno ritmo: tutti sentono l'urgenza di confessarsi, di mondarsi dai peccati...

Luigi condivide i sentimenti dei suoi uomini ma molto più intensi. Singhiozza, stupito e incredulo: l'ossessionante rimorso che l'ha perseguitato per anni e gli ha avvelenato la vita, condizionando ogni sua decisione e comportamento, sta per essere deposto ai piedi della Croce.

Il sollievo e la gratitudine gli inondano il cuore, sciogliendosi in un appassionato ringraziamento all'Altissimo.

Quando la marcia riprende, poche ore dopo, nel cielo sono ancora visibili le stelle.

Si deve percorrere la cosiddetta *Scala del Pellegrino*, una stretta giogaia con brusche svolte, al cui termine si apre la porta di Jaffa, sul versante meridionale della città santa.

Luigi procede in testa all'esercito, a piedi, vestito del saio. Quando ancora manca un lungo tratto all'arrivo, già lo raggiungono innumerevoli grida di giubilo. Ne chiede spiegazioni al cappellano.

«La popolazione è tutta nelle strade fin da ieri sera, maestà» spiega Oddone di Deuil «abbandonata a incredibili manifestazioni di gioia e di festa. Tutti vogliono vedere la maestà vostra e tributare i dovuti onori.»

«Fermate all'istante ogni celebrazione. Mi sto recando a Gerusalemme come un umile pellegrino. Intendo rimanere anonimo e sconosciuto, fino a quando non mi sarò inginocchiato davanti alla tomba del Signore, implorato il perdono dei miei peccati e ottenuto l'assoluzione completa. Solo dopo aver sciolto il mio voto, tornerò a essere il re di Francia e il comandante dell'esercito crociato.»

Alla porta attendono la regina Melisenda, il re Baldovino III, appena sedicenne, insieme a una delegazione di Cavalieri del Tempio, coperti del grande mantello bianco dell'Ordine, con la croce rossa sulla spalla. Ma rimangono immobili e in silenzio, rispettando la volontà del re. Anche la popolazione comprende e tace. Molti si inginocchiano al passaggio dei soldati della Croce, laceri e provati per il lungo viaggio.

I Franchi! I Franchi!

Sussurrano a fior di labbra, osservando l'armata considerata la più forte e invincibile della cristianità, quella che fu di Carlo Magno e del grande Goffredo di Buglione. Ora sfilano con il capo chino, mormorando preghiere. Molti sono a piedi nudi e attraversano la porta di Jaffa in ginocchio. Secondo qualcuno, anche il sovrano è fra costoro, sebbene del tutto indistinguibile.

E la regina?

Gerusalemme, 10 maggio AD 1148

Padre mio Sugero,
il tuo figlio Luigi è giunto nella città di Nostro Signore.

Come descriverti le mie emozioni? Si susseguono, si sovrappongono, si intensificano dal momento in cui il primo soldato ha lanciato il grido: Gerusalemme! Gerusalemme!

Quante lacrime di gioia, da allora, quanto fervore. Ho visto miracoli che non so descrivere, pentimenti, conversioni. Mi sono prostrato ai piedi del Sepolcro di Cristo, ho sfiorato con le mie labbra di peccatore il luogo benedetto dal Suo sangue, mi sono inginocchiato sulla roccia, laddove è stata infissa la Santa Croce.

Oggi sono un altro uomo: il mio voto è sciolto e io sono mondato dai peccati orribili di cui mi ero macchiato. La Grazia di Dio è scesa su di me e mi ha pacificato. Ora posso aspirare alla gloria del paradiso.

Non ho parole neppure per narrarti l'accoglienza ricevuta. Dal giorno del nostro arrivo, questa città è in festa. Le strade sono affollate di uomini e donne che agitano ramoscelli d'ulivo o bandiere con la croce. Musiche, canti, acclamazioni dappertutto. Io vengo salutato come un eroe, portato in trionfo per le vie e così i nostri soldati. Le gesta dei grandi del passato, da Carlo Magno a Goffredo di Buglione, hanno guadagnato ai Franchi un immenso favore e una fama di invincibilità che sento di dover onorare, ora che l'obiettivo intimo e personale, che tanto mi stava a cuore, è stato raggiunto. Dovremo decidere verso chi indirizzare la nostra furia, se a est, verso Damasco o a nord, verso Aleppo e il suo governatore Nur-al-Din.

Questa seconda soluzione era caldeggiata da quell'abominevole Raimondo di Poitiers – non intendo parlarne, so che sei stato informato da Oddone – e anche per questo è l'ipotesi che meno mi attrae.

In ogni caso, l'assemblea di tutti i baroni d'oltremare è fissata ad Acri non prima del 24 giugno: l'esercito ha necessità di un periodo di riposo prima di sferrare l'attacco agli infedeli. Forse, utilizzando le navi e un corriere veloce, potresti riuscire a rispondermi prima di quella data: sento un grande bisogno di conoscere il tuo parere.

Immagino che dovrei aggiungere qualcosa sulla regina. Lo faccio malvolentieri. Ho dovuto usare le maniere forti per difendere il mio prestigio e strapparla dalle braccia dello zio. Capisci che umiliazione? Ed è lei, a pretendere l'annullamento delle nozze.

Le parole crudeli e offensive che mi ha gettato in faccia, le ingiurie, mi bruciano e mi accendono nel cuore un acerbo desiderio di vendetta, che mal si concilia, lo so, con i sentimenti di perdono che questo luogo ispira. Tuttavia, non posso dimenticare di essere anche un re, ovvero un simbolo della dignità di un popolo, che non può essere vilipesa senza risponderne. Per ora è confinata nella nave che l'ha trasportata sin qui, trattata come una prigioniera. Tuttavia sono molto confuso. Un tempo l'amavo con furiosa passione. Ora sono così adirato che... Non so che dire, che fare.

Debbo accettare la sua richiesta di annullamento? Infliggerle la pena capitale, con l'accusa di alto tradimento? Farla sparire senza lasciare traccia, inventandomi una malattia qualunque? Sono stanco di soffrire per lei, di mendicare i suoi favori e riceverne solo umiliazioni e disprezzo.

Attendo una tua parola.

Luigi

Annullamento? Pena capitale? Sparizione?

Che vaneggiamenti sono questi, ragazzo mio?

Ragiona e non farti trascinare dall'ira. Ti sei appena liberato dal peso dei rimorsi passati e già mediti scelleratezze così aliene dalla tua natura? Vuoi ripiombare negli incubi che ti hanno tormentato in questi anni? Trovo sconcertante e crudele anche che tu l'abbia fatta rapire nel modo che Oddone mi ha raccontato, non senza un certo compiacimento: sia detto a sua e tua vergogna. Non ti stai facendo influenzare troppo da quel Templare, che mi è sempre parso un uomo di pochi scrupoli?

E poi, considerazioni morali a parte, non ti illudere di risolvere alcun problema sbarazzandoti di tua moglie. Te ne creerai di ben peggiori.

Hai riflettuto sulle conseguenze politiche di una separazione? Se non l'hai fatto, consentimi di prospettartele senza giri di parole: l'immenso patrimonio – in territori e forza militare – di cui la duchessa d'Aquitania è proprietaria non solo verrà sottratto al tuo controllo, cosa già gravissima di per sé, ma potrebbe addirittura finire nelle mani di qualche tuo avversario: immagina quale tragedia.

Pensi che la duchessa, una volta liberatasi di un marito, non correrà subito a procurarsene un altro? Raimondo di Poitiers, tanto per fare un nome, il quale non esiterebbe un istante a ripudiare la sua attuale, insipida moglie e a tornarsene in patria al fianco della nuova sposa. E non sarebbe nemmeno la peggiore delle soluzioni. Non oso pensare ad altri scenari: dimentichi forse Goffredo d'Angiò, quell'avido tessitore di ogni trama, già padrone della Normandia, *dell'Angiò e dell'Inghilterra – tanto per rinfrescarti la memoria, nel caso i disagi del viaggio ti facessero velo – il quale concupisce i possedimenti di Aliénore d'Aquitania come un avvoltoio affamato il campo di battaglia?*

Neppure un'eventuale, improvvisa morte della duchessa aiuterebbe: lo dico per togliertene ogni velleità, qualora la tua coscienza non costituisse un argine abbastanza robusto. L'astuta clausola voluta dal defunto duca Guglielmo parla chiarissimo: i beni della duchessa passerebbero non a te ma a tua figlia Maria: immagina quale lotta furiosa si scatenerebbe per conquistarsi la sua mano, ovvero i suoi averi. E di nuovo in prima linea ci sarebbe Goffredo d'Angiò, pronto a mettere a ferro e fuoco la Francia, come ha fatto con l'Inghilterra, prima di consentire che un tale patrimonio finisca nelle mani di altri che il figlio Enrico.

Al contrario, se tua moglie ti partorisse un erede maschio, il suo patrimonio verrebbe per sempre incamerato alla Francia. Lo hai ben presente questo piccolo particolare?

Dunque, ti prego: usa il cervello, che pure possiedi in qualche misura. Non solo tieniti stretta tua moglie ma corteggiala, blandiscila e fa' in modo che resti incinta del sospirato e indispensabile erede maschio.

Ora che il tuo voto di castità – sciaguratissimo, lasciamelo dire – si è finalmente concluso, mi auguro che tu onori gli impegni coniugali con vigore e assiduità, com'è tuo preciso dovere.

Quanto alle decisioni da prendere laggiù in Terra Santa, prego Dio che questa missiva ti giunga prima della grande assemblea di Acri o, in ogni caso, in tempo per fermarti – anche in questo caso – da deliberazioni avventate.

Mi spiace doverti informare che concordo in pieno con le posizioni di Raimondo di Poitiers e mi addolora molto che tu non riesca mai a scindere i sentimenti privati dalle decisioni politiche. Non puoi fare quello che ti pare – o peggio, quello che il cuore ti detta – solo perché sei re. Anzi: proprio per questo motivo, è tuo dovere preoccuparti prima e innanzi tutto del bene di tutti. Ora, mi sembra evidente che il bene della cristianità non consiste nel muovere guerra a Damasco, dalla quale non ci viene per il momento alcun pericolo ma piuttosto aiuto e collabora-

zione, bensì nell'affrontare l'erede di Zengi, quel Nur-al-Din governatore di Aleppo e le sue orde di turchi selgiuchidi. Quelli sono i nemici. Da lì arrivano gli attacchi. Non ti basta che abbiano conquistato Edessa e massacrato in un bagno di sangue migliaia e migliaia di cittadini di fede cristiana? Vogliamo che accada lo stesso per Antiochia? Allora sì che Gerusalemme sarebbe persa per la cristianità. Non ti abbiamo forse affidato soldi e risorse per respingere gli infedeli al di là dell'Oronte? Questi erano i patti. Avresti dovuto rispettarli fin da subito, mentre eri ad Antiochia, invece di farti influenzare dalla smania di giungere a Gerusalemme per lavarti la coscienza o dalla gelosia per la regina. Ti esorto pertanto a valutare con obiettività i problemi sul terreno e a decidere con onestà.

Non mi dilungo sui mille altri argomenti di cui pure dovrei parlarti perché mi preme che questa lettera parta al più presto. Ma sappi che sospiro il tuo ritorno: non ho più l'età per caricarmi di responsabilità tanto grandi quali la guida di una nazione.

Lo ripeto ogni giorno a tuo padre, esortandolo a mostrare un po' di misericordia anche verso di me. Ma quel testone egoista se ne infischia. Quando lo rivedo, mi sentirà.

Con affetto, nonostante tutto.

Sugero

Luigi stropiccia tra le mani la lettera del suo padre spirituale.

Purtroppo non è giunta in tempo per fermarlo, anzi è un caso che l'abbia raggiunto, in mezzo a tante tragedie. Senza la sua guida, lui ha commesso sciocchezze una dopo l'altra. Dio non lo ha illuminato, non gli ha parlato.

O forse lui non è riuscito ad ascoltarne la voce, accecato solo dal suo orgoglio, dal suo egoismo. Il suo maestro, anche dall'altro capo del mondo, è in grado di prevedere gli errori che il pupillo commetterà. Ne conosce troppo bene i difetti. L'inettitudine militare, innanzi tutto, che lo trasforma in un pessimo comandante, incapace di valutare la situazione in campo e decidere le mosse più opportune. L'emotività e la debolezza del carattere, che lo rende incerto e influenzabile nelle decisioni, facile preda dei sentimenti e degli umori.

Luigi, ora che la disfatta si è consumata, riesce a guardare in faccia la verità senza infingimenti.

I Franchi, il popolo invincibile, progenie di Carlo Magno e Goffredo di Buglione, hanno sperperato in pochi giorni il patrimonio di prestigio conquistato dai padri in secoli di guerre e se ne tornano a casa umiliati e sconfitti, ridicolizzati dalle armate dei musulmani di Damasco, contro cui, in modo sciocco e avventato, il loro condottiero li ha scagliati. Con il risultato di aver solo aggravato i problemi dei cristiani d'oltremare, cui ha guadagnato un nuovo nemico – tanto più accanito perché si sente tradito nella fedeltà e nello spirito di amicizia – senza liberarli dal vecchio. Un fallimento completo. Soldi sperperati, speranze deluse, migliaia di giovani sacrificati invano, mentre i sopravvissuti si dileguano fuggendo via alla spicciolata, compresi i nobili.

Questo lascia dietro di sé Luigi VII.

Ha sbagliato a fidarsi dei baroni di Gerusalemme. Non avevano a cuore il bene della cristianità ma, purtroppo, solo il loro avido e cieco egoismo: aveva ragione Raimondo di Poitiers. Persino il fedelissimo Thierry Galan, che ha sempre approvato ogni sua decisione, l'ha dovuto ammettere con amarezza e rammarico.

Nella testa continuano a risuonare martellanti, insopportabili, le sprezzanti parole di Aliénore, nel loro unico incontro dalla notte del rapimento e della fuga da Antiochia:

Non vali una pera marcia.

Parole sputate in viso con odio e disprezzo, proprio quando lui avrebbe avuto bisogno di una parola di conforto, di un cenno, uno sguardo. Gli sarebbe bastato anche il semplice silenzio. E invece quell'insulto sferzante, doloroso come una sciabolata:

Non vali una pera marcia.

Una cicatrice che non si sarebbe rimarginata mai più.

Non vuole vederla. Altro che generare l'erede maschio, come Sugero auspica.

Per il momento, la detesta.

29

È trascorso un anno dalla tragica sconfitta subita dai musulmani di Damasco, e Luigi continua a oziare a Gerusalemme accampando pretesti per non tornare in patria, come sarebbe suo dovere, dal momento che la Francia è nelle mani di un abate saggio e capace, certo, ma che potrebbe mancare da un giorno all'altro, considerata l'età e la salute.

Gerusalemme, Pasqua del Signore 1149

Mio caro padre Sugero...

La lettera giace sullo scrittoio da oltre un mese, iniziata e mai conclusa.

Il suo maestro, invece, non si stanca di scrivergli, di rincuorarlo, di mostrarsi tranquillizzante e pacato, pur intuendo il reale motivo di quel ritardo: la vergogna, il disagio. Il re di Francia ha disonorato il suo paese con la sua inettitudine e ora in patria lo attendono rancore e accuse.

La vita intera rovinata dalla sua incapacità e inadeguatezza, dal rimorso per gli errori commessi: perché Dio ha affidato questo compito proprio a lui, che anelava solo alla pace del chiostro, chiamando a sé il fratello Filippo, che mostrava di possedere tutte le doti necessarie a un capo?

Ma ormai ha deciso. Niente più scuse e dilazioni.

Prenderà il largo dal porto di Acri entro pochi giorni, accettando l'offerta generosa del re di Sicilia, che gli ha messo a disposizione due vascelli. Porterà con sé solo una modesta scorta di trecento uomini, fra nobili e ufficiali. Quello che resta delle truppe – un pugno di disperati – rientrerà alla spicciolata, come potrà.

Viaggerà con Oddone di Deuil. La regina lo seguirà sulla seconda nave, in compagnia di Thierry Galan.

La prigionia di Aliénore è stata un poco attenuata ma questo non è servito a renderla meno astiosa e ribelle. Dovrebbe buttarsi ai piedi del marito e invocarne il perdono. E invece non gli rivolge la parola che per offenderlo. Lo disprezza e non fa nulla per nasconderlo. Gli serba un rancore implacabile per averla strappata via con la forza da Antiochia, quasi fosse lei ad avere ragione. Impossibile domarla. Ripete che fuggirà, che tornerà dall'uomo che ama e otterrà l'annullamento del matrimonio dal papa. Persino l'inflessibile Thierry Galan mostra segni di stanchezza. È stato intercettato un messaggio scritto su un pezzo di tessuto strappato dalla sottoveste, intingendo il dito nel vino rosso, che dal quel momento le è stato tolto. Lei ha replicato che userà il suo sangue. In un certo senso, la ammira: possiede la tempra indomabile del Trovatore. Quella che a lui manca del tutto. Di sicuro, la ama come prima e sogna di lei com'era la prima notte di nozze, dolce, disponibile, tentatrice. Tuttavia la odia anche. Per il momento resterà in disgrazia, la vita appesa al filo degli umori del sovrano. Nessun erede maschio, come Sugero auspicherebbe.

Forse il ritorno in Francia stempererà le passioni, attenuerà i ricordi e placherà l'odio. Forse, con l'aiuto e il sostegno di Sugero, potrà ancora riconquistare il cuore di Eléonor.

L'ipotesi di annullare il matrimonio non lo sfiora nemmeno.

Dalla minuscola cabina nella quale è reclusa, in quella forzata intimità con l'implacabile Templare che dura ormai da un anno, Aliénore ode le grida della ciurma che tenta di pilotare la nave attraverso la terribile tempesta che infuria in mare aperto.

Ignora dove si trovino. Si sforza di non rivolgere mai la parola al suo detestato custode, di non piegarsi a implorare nulla.

Vivrò con l'uomo che amo. Oppure mi lascerò morire.

Non si è mai arresa, fino a quando sono rimasti a Gerusalemme. Essere lì, in qualche modo vicina a Raimondo, le infondeva forza, nonostante l'orribile prigionia. Ma da quando, a maggio, la flotta è salpata dal porto di Acri, qualcosa si è spezzato dentro di lei. Quanto più la nave la allontana dall'Oriente e dall'uomo amato, tanto più sente affievolirsi la determinazione a lottare e subentrare la disperazione, lo sconforto, una sorta di amara consapevolezza che tutto è perduto. In altri momenti della sua esistenza – alla morte del padre, ad esempio, o quando era andata sposa a uno sconosciuto – ha sempre combattuto con inflessibile disciplina e orgoglio, come le aveva insegnato il nonno.

Ma ora si sente spossata, abbattuta. A cosa serve continuare a vivere e lottare, se la felicità che ha conosciuto è persa per sempre?

Trascorre le ore abbandonata sul letto, nell'inerzia più completa. Mangia e beve pochissimo, non si prende cura di sé. Non le interessano gli eventi esterni.

Thierry Galan si è premurato di informarla che sono salpati alla volta della Sicilia, dove faranno sosta prima dell'ultima tappa verso la Francia.

«Sono certo che il Sud dell'Italia vi piacerà molto» ha provato a blandirla. «E vi prometto che, se il vostro comportamento me lo consentirà, implorerò sua maestà di attenuare la vostra prigionia.»

Gli ha voltato le spalle senza neppure dargli ascolto, come sempre.

Durante la navigazione sono stati attaccati dai bizantini, contro i quali il suo carceriere ha scagliato terribili maledizioni e invettive. Falsi cristiani che dovrebbero proteggerli e aiutarli e invece si alleano con i miscredenti.

In lei invece si era subito accesa una scintilla di entusiasmo. Con tutto il cuore aveva sperato che i bizantini catturassero le navi, almeno la *sua*, e la riportassero in Oriente. Forse aveva ancora una speranza di ricongiungersi con Raimondo.

Il Templare doveva aver colto il balenio di luce nel suo sguardo.

«Non vi fate illusioni» l'aveva gelata. «Non vi lascerò mai cadere viva nelle mani dei bizantini. Piuttosto vi ucciderò, secondo gli ordini del sovrano. Mai sarete riunita a Raimondo di Poitiers. Neppure da morta. Rassegnatevi, una volta per tutte.»

Una flotta di navi normanne era sopraggiunta in loro aiuto e messo in fuga i nemici.

Null'altro aveva turbato il viaggio fino all'improvvisa, terribile tempesta che stava squassando la nave. Sentiva le giunture gemere come sul punto di squarciarsi, le gomene stridere. Un momento l'imbarcazione restava in equilibrio sulla cresta di un'onda gigantesca, l'istante dopo precipitava verso gli inferi, la prua in basso e la poppa in alto.

Ma non avvertiva paura.

Se non poteva vivere con l'uomo che amava, morire le pareva una liberazione.

Nella reggia di Palermo, Luigi cammina a lunghi passi, stringendosi le mani.

Ormai sono passati quasi due mesi dal giorno in cui – il 29 luglio – è approdato a Brindisi, scampato alla tempesta e ancora nessuna notizia della moglie. La flotta di re Roberto d'Altavilla, che l'ha accolto con tutti gli onori e ospitato nella sontuosa reggia di Palermo, pattuglia giorno e notte ogni lembo di costa dell'Italia meridionale, senza alcun risultato: nessuna traccia dell'imbarcazione che trasportava la regina e Thierry Galan.

Una frenesia incontenibile agita Luigi, che non riesce a darsi pace al pensiero che sua moglie possa essere morta.

Il rancore verso la regina si è spento di colpo, nel momento stesso in cui è stato informato di un avvenimento cruciale – di cui Aliénore è all'oscuro – che annulla d'un colpo tutti i pericoli che minacciavano il suo matrimonio. Ora lo tortura il desiderio di rivederla, di stringerla a sé e proteggerla, tanto più spasmodico quanto più il tempo passa e le notizie mancano.

Tutto tornerà come prima, continua a ripetere a se stesso. Dio è buono e misericordioso. Eléonor si dispererà per qualche tempo, allorché apprenderà la notizia, ma lui le starà vicino, la guarirà con il suo amore e le sue premure. È una donna forte, con un'immensa voglia di vivere e godere la vita. Torneranno a Parigi e lei ritroverà le feste, i bei vestiti, i gioielli La coprirò d'oro e di pietre preziose, si ripromette. Arriverà anche l'erede maschio che Sugero attende con tanta ansia.

Adesso Eléonor è sua. E di nessun altro. Fugate le ombre, la renderà la donna più amata e felice del creato.

L'alba del nuovo giorno non è ancora sorta quando le campane di Palermo cominciano a suonare a stormo.

La notizia si diffonde nella città in un baleno.

La regina di Francia è approdata sana e salva.

Viva la regina!

Luigi salta giù dal letto e si precipita verso il porto.

È affannato, il respiro corto. Non solo per la fretta con cui si muove, ma per l'eccitazione.

Non riesce a credere che, dopo quattro lunghi mesi, rivedrà la moglie, la potrà stringere al cuore.

Ti perdono tutto, tutto, le dirà come prima cosa. Non mi importa nulla del passato. Ora è tutto finito. Ti amo e ti voglio sempre al mio fianco.

Allontanerà subito Thierry Galan. Eléonor apprezzerà. Deve detestarlo, dopo il lungo periodo in cui ha dovuto subire la sua presenza giorno e notte. Sa bene che il Templare è crudele e inflessibile, si sarà fatto un dovere di rispettare alla lettera gli ordini del sovrano. Ora avverte una fitta di rimorso ma, in quel momento, voleva punire Eléonor. E poi, non tutto il male viene per nuocere. Alle volte una punizione, per quanto dolorosa, è necessaria e ottiene il risultato che anni di pazienza e dolcezza non sono riusciti a conseguire.

Per qualche tempo, anzi, sarebbe saggio perseverare in un atteggiamento sostenuto. Eléonor non deve intuire il desiderio, il bisogno che ha di lei.

Si ferma a una certa distanza, sotto un baldacchino

allestito per l'occasione. Spera di individuare subito il suo volto nella calca. Invece una lunga fila di uomini abbandonano l'imbarcazione e si fanno avanti per rendergli omaggio. È impaziente ma si sforza di non darlo a vedere. Scambia con ciascuno qualche parola di saluto e incoraggiamento.

Finalmente si distingue l'alta figura del Templare. Si avvicina al sovrano e si inchina piegando il ginocchio fino a terra.

«Amico mio, vi rivedo con immenso piacere. Mi racconterete tutto. Ma dov'è la regina? Sta bene? Perché non si è ancora mostrata?» domanda ansioso, già abbandonando con lo sguardo il cavaliere.

Lei appare. Eléonor...

Luigi stenta a riconoscerla. Avanza a fatica, barcollando a tratti. Il Templare le si avvicina offrendole il braccio. Lei lo ignora e prosegue da sola.

Si intuisce che solo l'orgoglio e la forza di volontà la sostengono e la costringono a mantenere il corpo eretto, gli occhi fissi davanti a sé. Sfila davanti al re di Francia. Lo supera. Non una parola, non uno sguardo. Accetta solo l'omaggio del re Roberto, al quale offre la mano da baciare.

Il re normanno la osserva: è molto magra e provata. Due occhiaie scure le cerchiano gli occhi stupendi.

«Sarei molto grata a vostra maestà se potessi ritirarmi nella mia stanza. Mi sento molto stanca» afferma, con un filo di voce.

«Come ordinate, mia regina» replica Roberto, già soggiogato. «La reggia è a vostra completa disposizione. Vi manderò una portantina per alleviarvi la fatica, e il mio medico personale, affinché si prenda cura di voi.»

«Domandate prima il permesso al re di Francia, mio

signore. Sono sua prigioniera e non so se mi verranno accordati questi lussi.»

Roberto fissa allibito Luigi VII, che abbassa lo sguardo confuso e rosso in viso per quella accusa: ancora disprezzo, ancora scortesie. Non è così che aveva immaginato l'incontro con sua moglie, dopo la lunga lontananza.

Aliénore fa il suo ingresso negli appartamenti a lei riservati.

Si stupisce che Thierry il Templare non l'abbia scortata e presa sotto la sua custodia. Al suo servizio vi sono invece ancelle gentili e premurose, con un dolce sorriso sul volto. L'inatteso cambiamento le infonde un poco di sollievo. Inoltre le stanze sono splendide. Per quanto si senta molto provata, si attarda a osservarle. Ampie, luminose, con grandi vetrate che incorniciano un paesaggio così incantevole da sembrare dipinto. In lontananza il luccichio del mare. Un immenso parco, disseminato di alberi in fiore.

Un magnifico cesto di frutta troneggia su un piccolo tavolo. Colori abbaglianti, natura ricca e generosa, caldo intenso. Chiude gli occhi e, come per incanto, la pervade la sensazione di essere tornata nella sua residenza di Antiochia. Ora Raimondo entrerà dalla porticina segreta. In silenzio giungerà alle sue spalle e le circonderà la vita, stringendola a sé e baciandole il collo. Fra quelle braccia lei si sentirà scomparire, felice e sicura che niente e nessuno potranno nuocerle.

La scena le pare così reale che barcolla, cercando di appoggiarsi al corpo dell'amante, che in realtà non esiste.

Un'ancella premurosa la sostiene.

«Siete molto debole e provata, maestà. Appoggiatevi a me, vi prego. Vi condurrò a letto.»

Detesta restare distesa ma si rende conto di non avere alternativa. Forse potrebbero usarle la cortesia di spostare il letto di fronte alla finestra, per non privarsi del piacere di quella meravigliosa vista e della luce del sole, che le è tanto mancata nel lungo periodo di reclusione.

Si volta verso la sua accompagnatrice per rivolgerle la richiesta e lo sguardo cade sullo scrittoio dove, accanto all'occorrente per scrivere – ecco un'altra sorprendente stranezza, insieme all'assenza del Templare: non temono più che invii un messaggio a Raimondo? – campeggiano due lettere: una è già stata aperta, l'altra reca ancora i sigilli. È evidente che sono state messe lì perché lei le legga.

Si avvicina con prudenza, temendo una trappola. Diffida di tutto, dopo aver subito ogni sorta di soprusi e umiliazioni.

Un'occhiata al biglietto ancora sigillato e il cuore prende a pulsarle in petto come impazzito.

La grafia di Raimondo...

Com'è possibile?

Perché mai il marito le fa recapitare un biglietto del suo amante?

Troppe coincidenze, nel volgere di pochi istanti. Ci deve essere una ragione. Qualcosa è accaduto, che ha mutato la situazione. Luigi VII ha deciso di arrendersi? Di accettare l'annullamento e consentirle di vivere con l'uomo che ama? Oppure è un inganno? Intendono forse spiare il suo comportamento per accusarla di lesa maestà e tradimento?

Le mani tremano al punto da non riuscire a rompere i sigilli.

Aliénore, mio unico immenso amore,
qualunque notizia dovesse giungerti su di me, ti supplico di non commiserarmi e di non affliggerti. Pensa invece che, per aver goduto del tuo amore, io mi considero il più fortunato fra gli uomini, il prediletto del Signore, sebbene non lo meritassi. Il tuo sorriso, la tua bellezza mi terranno compagnia fino all'ultimo istante di vita terrena. Ti chiedo, come ultimo dono, una promessa: non lasciare che la vita ti sconfigga mai. Non permettere che nessuna delusione o dolore, per quanto insopportabile possa sembrarti, riesca a spezzarti, a domare la tua forza interiore, a spegnere la tua scrosciante risata, a intristire i tuoi occhi, i più belli al mondo.

Nemmeno la mia morte.

Resta come sei, Aliénore, come ti ho conosciuto e amato. Fiera, indomabile, avida di piaceri e di gioia di vivere.

Immagina di essere accanto a me. Fingi che il mio capo sia posato sul tuo seno, la tua piccola mano fra le mie. Io ti domando: me lo giuri, Aliénore, amore mio? Ho bisogno di questa assoluta certezza, per morire in pace.

Cosa significa quella lettera? Perché parla di morte? Le procura ansia e angoscia, invece che gioia. Afferra l'altra, quella aperta.

Poi si ferma.

Ha il presentimento che un dolore terribile stia per colpirla.

Un dolore che non riesce neppure a figurarsi, che le impedisce di leggere e rende incomprensibili le parole. La lettera porta la data del 15 luglio 1149. Meno di due mesi addietro. La scorre cercando di saltare le circonlocuzioni inutili e di giungere al punto.

...crediamo nostro dovere comunicare alla maestà vostra che Antiochia è stata attaccata dall'atabeg turco di Aleppo Nur-al-Din nella seconda metà di giugno.

Quello che Raimondo ha sempre paventato. Con quanto ardore aveva cercato di aprire gli occhi a Luigi!

Il principe di Antiochia ha tentato di fermare il nemico prima che ponesse l'assedio alla città e ha dato battaglia presso il castello d'Inab. È stato uno scontro quanto mai cruento e sanguinoso, durante il quale il principe di Antiochia si è battuto con un valore inenarrabile, sprezzante di ogni pericolo o prudenza, quasi cercasse a ogni costo una morte gloriosa sul campo.

Se davvero questo era il suo desiderio, purtroppo l'ha ottenuto. La sua testa mozzata è rimasta infilzata in cima a una picca fino a quando gli uccelli non l'hanno divorata.

Smette di leggere in quel punto.

In un istante tutto diventa buio.

Abbazia di Montecassino
5 Ottobre AD 1149

Da Oddone di Deuil al Reverendissimo mio signore Sugero, Abate di Saint-Denis.

Sulla via del ritorno in patria, siamo giunti ieri in questa venerabile e antica abbazia.

Dopo le spaventose avventure sin qui passate, il cammino attraverso l'Italia è tranquillo e sereno. Addirittura piacevole, se non fosse per le condizioni di salute della regina, che vive come una reclusa anche ora che sarebbe libera di tornare a comportarsi nel modo che più le aggrada. Rifiuta la compagnia di chiunque, respinge il cibo. Luigi è molto preoccupato, mio signore. Pagherebbe qualunque somma per vederla tornare com'era un tempo, egoista, spensierata, preoccupata solo della sua bellezza, dei bei vestiti, delle feste sontuose, dei suoi musici e trovatori. Non sa più quali argomenti usare per placare la disperazione della moglie.

Come spesso accade al nostro amato Luigi, adesso si colpevolizza e si accusa di ogni nefandezza. Afferma che solo per la sua crudeltà la regina versa in questo stato. Che ha infierito su di lei sottoponendola a ogni angheria per uno squallido desiderio di vendetta. Inoltre non si perdona di averle comunicato la morte dello zio in un modo che ora considera indelicato e rozzo. Le andava tenuta nascosta, sostiene, fino a quando fra loro fosse tornata l'armonia, e rivelata al momento opportuno con tatto e delicatezza, senza entrare nei crudi dettagli delle sevizie che gli infedeli hanno inflitto al corpo di quel valoroso combattente. Invano gli faccio notare che una notizia del genere non poteva essere tenuta nascosta, che le sarebbe giunta comunque e in modo anche più crudele, magari attraverso le chiacchiere di una serva.

Come voi stesso avete suggerito, abbiamo fatto visitare la regina da specialisti eminenti. Ma lei non collabora, non risponde alle domande, respinge tutti. Così nessun medico si sente di proporre alcun rimedio. Qualcuno sostiene che non c'è nulla che si possa fare, giacché il male non è nel corpo ma nell'animo.

Secondo i piani iniziali avremmo dovuto sostare a Montecassino una sola notte ma il re ha imposto una sosta di almeno tre giorni, nella speranza, condivisa da tutti, che la pace e la santità di questo luogo, unita alla competenza dei suoi eccellenti frati erboristi, donino alla regina un poco di serenità.

Papa Eugenio ci attende a Roma con grande ansia. Ha mandato da noi un messaggero per comunicarci che verremo ospitati nel suo palazzo di Tusculum. Sua Santità intende parlare a lungo con il re e soprattutto con la regina.

Non dubitate, mio signore Sugero, che sarete tenuto informato di ogni novità.

Vostro

Oddone di Deuil

Aliénore ha confessato tutto a papa Eugenio, con una franchezza che suona come una sfida, non come un pentimento: i rapporti quanto mai deteriorati con il marito, l'antica, reciproca passione che l'aveva un tempo legata a Raimondo e che li aveva avvinti di nuovo ad Antiochia.

Eugenio si dimostra un uomo rude e diretto nei modi, del tutto privo dell'untuosità, della falsa condiscendenza o della insopportabile boria di alcuni religiosi, abituati a giudicare, rimproverare, minacciare punizioni e vendette. Lui si limita ad ascoltare.

«Se il sentimento di Raimondo era profondo come dici, non sarebbe contento di saperti così vinta e prostrata» afferma, alla fine del lungo sfogo. «Ha amato una donna piena di coraggio, indomabile, così allegra e vivace da essere considerata da taluni frivola. Dio benedica la tua allegria, specie se sai trasmetterla a coloro che ti circondano e a renderli felici. Purtroppo debbo constatare che, a causa di quell'amore, ti sei trasformata in una donna che ricerca la morte e la distruzione di sé. Pensi che lui volesse condurti a questo? Cosa ti scrive in quel messaggio di addio? Hai preferito tacermelo e io non intendo forzarti. Ma ricorda che un uomo che sta per morire è sempre sincero. Se le sue ultime parole sono di odio, di rancore, di vendetta, allora non addolorarti per averlo perduto: non valeva tanto amore e dedizione. Era un egoista, che pensava prima di tutto alla sua soddisfazione personale. Se invece i suoi ultimi pensieri sono stati di amore e sollecitudine per te, per il tuo benessere, la tua felicità, allora ti ha amata dal profondo del cuore. E tu hai il dovere di onorare quel sentimento conservandoti così come lui ti ha amata e come di certo vorrebbe che restassi.»

Non una parola di rimprovero per quel legame due volte illecito.

Resta come sei, Aliénore, come ti ho conosciuto e amato. Fiera, indomabile, avida di piaceri e di gioia di vivere...

Questo le aveva fatto promettere Raimondo.

Un leggero picchiettio alla porta della camera.

Luigi entra nella stanza da letto della regina. Lei gli volta le spalle, immobile. Non si volta, non gli sorride, non lo incoraggia. Si è già pentita di aver obbedito alla richiesta di papa Eugenio.

«Torna a dormire con tuo marito» l'aveva supplicata. «È il dovere di una regina. Il tuo ruolo ti concede privilegi immensi ma ti impone anche doveri altrettanto duri. Ho parlato a lungo con Luigi. È molto pentito del modo in cui ti ha trattata. Mi ha confessato di amarti in modo assoluto... *puerile*! Ha usato questo strano aggettivo. Non concepisce la vita senza di te.»

«Mi ha fatto molto male.»

«Il suo comportamento è stato disgustoso. È per vendicarti che non vuoi tornare a essere sua moglie?»

Papa Eugenio è così: duro, preciso e diretto. Niente perifrasi. Nessuna delle vuote contorsioni cui in genere indulgono i religiosi.

«In parte. Ma vi sono ragioni più profonde. Non lo amo più. E l'intimità con lui mi è penosa.»

«Me ne dispiace. Ma da generazioni la tua famiglia porta la responsabilità di uno stato da guidare e quindi non è necessario che io spieghi a te che gli interessi del popolo hanno la precedenza sui tuoi desideri. La Francia ha urgente necessità di un erede maschio.»

«La soluzione migliore sarebbe che il nostro matrimonio venisse annullato e sua maestà si risposasse. Siamo molto diversi. Fra noi non ci può essere alcuna armonia.»

«Luigi non vuole sentir nemmeno parlare di annullamento, dunque non posso accontentarti. Dice che un tempo anche tu eri innamorata di lui. È vero?»

«In parte, ma era un uomo molto diverso, allora.»

«Dovresti offrirgli una seconda possibilità, fare un nuovo tentativo di vivere insieme, per quanta sofferenza possa costarti. Per me significherebbe molto, perché ti amo come una figlia.»

Aliénore si china a baciargli la mano.

«E io vi obbedisco come foste mio padre. È il mio modo di mostrarvi gratitudine per non avermi respinta e condannata. Per essermi stato di aiuto e conforto in un momento molto doloroso della mia esistenza.»

Aliénore avverte la presenza del marito nella stanza ma non si volta, non compie alcun gesto di incoraggiamento. Lui è lì, a pretendere la soddisfazione dei voti coniugali, dopo che, per scelta e senza averla consultata, li ha disattesi per oltre due anni, imponendole una indesiderata castità, forse persuaso che i bisogni e i desideri di una donna non contino o che fosse suo dovere vegliare anche sulla moralità della moglie... recriminare non l'aiuterà di sicuro a ritrovare l'armonia.

Ma desidera ritrovarla, dopo un tempo così lungo e, soprattutto, dopo aver conosciuto con Raimondo il sentimento che annulla la volontà ed è fusione totale con l'amato?

Le basta sentire le mani di Luigi che la accarezzano, le sue labbra che si accostano al collo, l'umido del respiro, l'intensità del desiderio, per avvertire un moto di repulsione. Non lo potrà corrispondere. Sarà un freddo atto di sottomissione, solo perché l'ha promesso a una persona che si è guadagnata la sua stima.

«Ti amo» le sussurra lui, in un orecchio. «Non posso vivere senza di te. Non posso. Ti prego, perdonami se ho sbagliato. Vorrei che tornassi a comportarti con me come ai primi tempi del nostro matrimonio, quando uno sguardo, un sorriso bastavano a mandarmi in estasi. Che tornassi a essere come la prima notte di nozze...»

Come la prima notte di nozze.

Spudorato. Per due anni l'ha tenuta lontana da sé proprio per disprezzo verso la sua capacità di sedurlo: *le arti del demonio*, le definiva.

Lascia che si sfoghi sul suo corpo senza corrisponderlo, fredda e distante fino a che lui non ha terminato.

Dopo lo sente deluso e amareggiato.

Vorrebbe sbeffeggiarlo, infierire. Ricordargli che la partecipazione della moglie non è necessaria, anzi è vista con sospetto: il sesso è solo uno strumento per procreare.

«Ti perdono tutto, tutto, se torni ad amarmi» sussurra lui, steso al suo fianco, ricercandole una mano.

"*Tu* perdoni *me*?" vorrebbe replicare con veemenza.

Ma non occorre. Non ha voglia di adirarsi, nemmeno di scambiare una parola. Il loro rapporto si è spezzato per sempre. Non vuole essere più sua moglie.

Deve scuotere quel giogo che le pesa ogni giorno di più.

Non appena saranno tornati a Parigi, scriverà a papa Eugenio.

Ha provato a obbedirgli ma non esiste alternativa all'annullamento del matrimonio.

E implorerà il suo aiuto, ricordandogli che non ha alcun alleato, alcun amico.

Solo nemici.

30

L'inverno fra il 1149 e il 1150 si rivela il più rigido a memoria d'uomo. I fiumi si ricoprono di uno spesso strato di ghiaccio, come le strade, scivolose e impraticabili. Camminare si trasforma in un'avventura dalla quale si rischia di non tornare ma anche chiudersi in casa non aiuta. All'interno ristagna un gelo così intenso che il fiato si condensa in nubi di vapore. I camini emettono più fumo che tepore, la legna ha toccato prezzi proibitivi. Il numero dei morti per assideramento sfiora i livelli di un'epidemia di peste, specie fra i bambini, gli anziani e i malati.

Un clima così rigido – sgradevole benvenuto in terra di Francia dopo lunghi mesi di sole e tepore in Oriente – rende più acuto nel cuore di Aliénore il rimpianto per ciò che ha perduto, inasprendo il suo rancore e rendendola litigiosa, scostante e dura verso chiunque, primo fra tutti il marito.

Per contro, Luigi si mostra dolce e paziente e la circonda di attenzioni e premure. Ma lei le scansa infastidita, considerandole superflue e tardive e, in ogni caso, non dettate dall'amore ma dalla gioia per una inattesa novità, ancora segreta a tutti e così bene augurante che, d'un colpo, sembra aver spazzato via ogni preoccupazione per il futuro: la regina è incinta e, con l'aiuto di Dio, in estate nascerà l'erede al trono.

Una gravidanza che ha stupito tutti: il re di Francia, papa Eugenio e soprattutto Aliénore. Un solo incontro intimo ha intrattenuto con il marito: quello imposto dal papa, nella residenza di Tusculum. Eppure, nonostante la sua scarsa fertilità, il concepimento è avvenuto. Comprensibile che Luigi parli di miracolo e profetizzi la sicura nascita dell'erede maschio, il premio per la sua lunga penitenza.

Quando il sovrano, dopo due lunghi anni di assenza, incontra di nuovo Sugero, si inginocchia ai piedi dell'abate.

«Beneditemi, padre, come Dio mi ha benedetto» sono le prime, enfatiche parole, il petto gonfio di orgoglio. «La regina aspetta un bambino. Sarà un maschio. Nascerà in estate e si chiamerà Filippo.»

«Come prima cosa, abbracciami, figlio mio» risponde Sugero, ancora più ingobbito e invecchiato ma emozionato fino alle lacrime da quella novità.

«Quante volte mi avete supplicato di fare questo dono alla Francia, persino rimproverato per la mia lentezza. E ora, eccovi accontentato.»

«Dio benedica voi, la regina e questo paese. Sono così contento da non trovare le parole. Dio è stato buono a conservarmi fino a questo giorno, per assistere con i miei occhi alle sue meraviglie... Mia signora Aliénore, bentornata. Vi rivedo con immensa gioia. Sono stato appena informato della lieta notizia. Il vostro ritorno non poteva essere più felice. Vi ringrazio per la gioia che date a questo povero vecchio.»

«*Povero vecchio*, un uomo che ha tenuto e tiene in

pugno la Francia meglio del suo legittimo sovrano?» replica Aliénore.

Luigi si irrigidisce a quella affermazione ma Sugero cerca di rimediare.

«A tale proposito, mi perdonerete, mia signora, se rapisco subito vostro marito. Ora che è qui, intendo deporre all'istante nelle sue mani il fardello di cui mi sono caricato. Il tempo di ragguagliarlo sul mio operato e sulle condizioni del regno e tornerò a essere un oscuro frate, nella pace della mia Saint-Denis.»

Rimangono a colloquio per un tempo molto lungo.

«A un certo punto» riferisce Sugero «non è stato più possibile nascondere le notizie sul pessimo esito della crociata e allora abbiamo passato momenti molto critici. La gente recriminava, si riversava minacciosa nelle strade. Il vero pericolo è proprio questo: il malcontento generale, del quale qualcuno potrebbe avere la tentazione di approfittare.»

«Goffredo d'Angiò?»

«E suo figlio Enrico.»

«Quanti anni ha il ragazzo?»

«Diciotto. Ma si comporta come se ne avesse molti di più. È un uomo fatto e finito. Suo padre e sua madre hanno ragione a essere così orgogliosi di lui. È autorevole, deciso, molto sicuro di sé. Combattente ineguagliabile e stratega abilissimo. Matilde gli ha ormai delegato pieni poteri in Normandia e il comando assoluto della guerra contro Stefano di Blois per il possesso della corona d'Inghilterra.»

«Come procede lo scontro fra i due?»

Sugero decide di essere sincero. Meglio aprirgli gli occhi in modo chiaro e tempestivo.

«Enrico prevarrà su Stefano di Blois. Ho pochi dubbi.»

Luigi stringe le labbra.

«Molto grave. E la Normandia?»

«La possiedono in modo saldo e sicuro. Unita all'Anjou e ad altri piccoli appezzamenti, costituisce uno dei più vasti domini in terra di Francia nelle mani di un'unica famiglia, seconda solo ai possedimenti della duchessa d'Aquitania. Quando Enrico strapperà l'Inghilterra a Stefano di Blois – e lo farà – alla morte dei suoi genitori diventerà il monarca più potente d'Europa e la Francia sarà accerchiata dagli Angiò.»

«Cosa suggerisci?»

«Appoggiare le pretese di Stefano di Blois sia sull'Inghilterra sia sulla Normandia e fornire ingenti aiuti militari.»

«Consideri Stefano meno pericoloso di Goffredo ed Enrico?»

Sugero scrollò le spalle in segno di disprezzo.

«Enrico d'Angiò è il nostro peggior nemico. Stefano di Blois è debole e incapace, al punto che la maggioranza dei baroni inglesi è pronta a ritirargli l'appoggio e riconsegnare la corona alla legittima erede, Matilde, ovvero al figlio Enrico. Per questo dobbiamo muoverci con la massima urgenza. Mi spiace gettarti tante preoccupazioni sulle spalle quando a malapena hai rimesso piede in Francia. Ma forse ora comprendi la mia ansia di vederti tornare.»

Luigi abbraccia il suo padre spirituale e lo stringe a sé.

«Non sai quanto ti sono grato. So di avere poche scusanti per il mio ritardo. In un certo senso, l'ho cercato in modo deliberato. L'idea di rimettere piede in patria dopo un fallimento così miserevole...»

«Occorre gettarsi il passato alle spalle e impegnarsi nel presente. Ne abbiamo un grande bisogno. Come vanno i rapporti con tua moglie?»

«Ti ho già raccontato per lettera.»

«Molto poco, ho la sensazione. E, in tutta franchezza, quel poco non mi è affatto piaciuto... no, lascia perdere» lo interrompe, alzando una mano. «Meriteresti molte rampogne per il tuo comportamento. Tuttavia il danno è fatto e ritornare su momenti sgradevoli serve solo a riattizzare il fuoco. Voglio sapere se ti sei riconciliato con lei.»

«L'arrivo di questo bambino mi ha riempito il cuore di una tale gioia che tutto il resto è dimenticato.»

«Non eludere la domanda.»

«Eléonor è rimasta colpita in modo molto favorevole dall'incontro con il santo padre. Non ne ho ben capito la ragione, visto che è un uomo rude, schivo e di pochissime parole. A me ha riservato solo rimproveri e neppure una parola di conforto. Non ha affatto condiviso il mio voto di castità. A suo avviso, sono stato mal consigliato e ho disatteso un impegno matrimoniale preso al cospetto di Dio. Non ne avevo il diritto, secondo lui, almeno non senza l'approvazione di mia moglie. Concetti molto inusuali, a essere sincero, non trovi? Mi sarei aspettato un elogio e sono stato molto mortificato. Eléonor invece deve essersi sentita compresa e spalleggiata. Solo per un favore al papa è tornata a... dormire con me, una notte sola, proprio nel palazzo del santo padre, a Tusculum.»

«E dopo?»

«Non più, ma credo che dipenda dal fatto che è rimasta incinta quella notte stessa.»

«Dio ci ha benedetti.» Sugero leva gli occhi al cielo

in un gesto a metà fra l'impazienza e il ringraziamento. «Preghiamo con tutto il cuore che sia un maschio.»

«Lo è» conferma Luigi in tono convinto.

«Se giungesse l'erede al trono, non solo la Francia si rafforzerebbe contro i nemici ma tu ti troveresti in una posizione di grande forza rispetto a tua moglie. I suoi possedimenti passerebbero a tuo figlio e lei resterebbe alla tua mercé. Dovrebbe solo augurarsi di non essere ripudiata: finirebbe i suoi giorni nel convento di Fontevrault. Ma se, Dio non voglia, nascesse una femmina...»

«Sarà un maschio!» lo interrompe di nuovo Luigi con fare brusco. «Non vedi i segni della Sua benedizione? Prima della crociata, ho dormito con mia moglie per nove lunghi anni e lei ha concepito una volta sola. Dopo molti mesi di astinenza, è tornata nel mio letto una sola notte, nella dimora del Santo Padre... E ha concepito. Queste sono le meraviglie del Signore. Un premio al mio lungo e doloroso sacrificio di castità.»

«In ogni caso, ti suggerisco di fare il possibile per mantenere l'armonia con la regina.»

«Quando nascerà mio figlio Filippo, sarà lei a tornare da me sottomessa. E io la perdonerò e l'amerò con tutto il cuore. Fra noi tornerà tutto come un tempo.»

Dopo aver regalato l'inverno più rigido a memoria d'uomo, il 1150 proseguì con un'estate molto calda e afosa. L'aria si rapprendeva in una coltre appiccicosa che velava il sole e rendeva faticoso qualsiasi gesto.

Aliénore aveva dovuto restare a Parigi, ormai il parto era questione di ore. Lo comprendeva dalle contrazioni che, da un paio di giorni, le pungevano di continuo la schiena e l'addome e lasciavano presagire di voler aumentare di intensità. Nella reggia si respirava un clima di grande eccitazione. Un nugolo di fantesche e levatrici si agitava di continuo intorno a lei, trattandola come una malata, coprendola di ogni premura ed esortandola a restare a letto. Questo comportamento la innervosiva, tanto che spesso le scacciava in malo modo e pretendeva di stare da sola, scelta che il marito aveva proibito in modo assoluto. Anche Luigi le faceva frequenti visite e la asfissiava con moine e tenerezze che, invece di aiutarla a dimenticare le angherie cui era stata sottoposta, acuivano il suo astio e la persuasione che Luigi fosse falso e opportunista.

Il ricordo di Raimondo non si cancellava. Era una cicatrice marcata a fuoco sulla pelle e nel cuore. Anche per questo non sopportava – e non avrebbe più sopportato – che suo marito la toccasse. La gravidanza, in questo senso, le offriva un ottimo pretesto per disattendere i doveri coniugali. Ma non osava pensare al futuro.

Spesso lo scoramento e la disperazione riprendevano il sopravvento sulla sua volontà di reazione. In quei giorni si chiudeva nella sua stanza e rifiutava di vedere chiunque, persa in un delirio di dolore e lacrime.

Avrebbe desiderato mantenere fede alla promessa fatta a Raimondo di mantenersi una donna energica e battagliera, di *essere felice*. Ma come?

Carezzò il ventre. Era piccolo, sebbene fosse in procinto di partorire. Aveva preso pochissimo peso, meno ancora della prima volta, condizione che rallegrava lei – la gravidanza non avrebbe lasciato la benché minima traccia sul corpo – ma preoccupava un poco i medici e il marito, compiaciuti invece per la forma che, senza alcun dubbio, a loro dire, preannunciava un maschio.

Nessuna speranza di annullamento del matrimonio,

se la previsione fosse stata confermata. La sua posizione, anzi, si sarebbe aggravata: in completo potere del marito, padrone, attraverso il figlio, di tutto il suo patrimonio.

Il parto si verificò in capo a un paio di settimane, preannunciato dal liquido viscido e caldo che prese a colarle lungo le gambe.

Le ancelle e le levatrici la sollevarono e la adagiarono sul letto.

Poi fu tutto un affannarsi di medici e fantesche, un recitare preghiere e accender ceri. Ma soprattutto, fu un soffrire, sudare e spingere fino a quando la voce acuta di un neonato non squarciò l'aria.

A quel punto, si fece un silenzio assoluto. Tutti aspettavano che qualcuno comunicasse a gran voce la notizia tanto attesa: *Maschio! È nato l'erede al trono, il principino Filippo!*

Anche Luigi, costretto per decenza a rimanere fuori dalla stanza del parto, attendeva l'annuncio con un'ansia spasmodica, nonostante le certezze sbandierate fino a pochi minuti prima. Con l'orecchio attaccato alla porta, cercava di cogliere ogni brandello di frase, ogni lamento della regina. Incrociava di continuo lo sguardo con Sugero, che sedeva impassibile su un piccolo scranno di fianco a quello del re, sul quale Luigi si posava per pochi istanti, pronto a scattare subito in piedi, come se scottasse.

Udirono in modo chiaro il primo vagito e si avventarono sulla porta, che però rimase chiusa. Il pianto proseguì in modo vigoroso a confermare l'eccellente salute del neonato, eppure ancora nessuno si degnava di portarlo al padre e renderlo partecipe della gioia. Fino a quando Luigi, stanco di quell'irriguardosa lentezza, infischiandosi della decenza, si precipitò all'interno.

Rimase con l'anta della porta in mano, senza riuscire a spalancarla del tutto e a entrare, tanto il viso dei presenti gli parve sconcertato, attonito, spaventato. Si fissavano l'un l'altro e poi fissavano il sovrano, senza che nessuno trovasse il coraggio di pronunziare le parole infauste.

Alla fine, fu il capo del collegio dei medici che si fece carico del triste annunzio.

È una bambina, maestà!

E subito dopo, a mo' di magra consolazione, si affrettò ad aggiungere: *però è molto bella!*

Luigi non ebbe la forza di pronunziare una sola parola né di dissimulare in alcun modo la delusione atroce. Restava lì, il volto sempre più livido, gli occhi accecati dalle lacrime, via via che il concetto metteva radici nella sua mente.

Una bambina.

Non domandò se fosse in buona salute, la sua nuova figlia. Non pensò di osservarne i tratti del viso o di stringerla a sé. Non si premurò di sapere se la moglie stesse bene e se avesse sofferto.

Con lei scambiò solo un rapido sguardo. Ma fu sufficiente ad Aliénore per comprendere quanto si sentisse tradito e considerasse lei la responsabile del fallimento.

I giorni dell'amore erano finiti per sempre.

Le pareva di avvertire già il cozzare delle lame, affilate nell'ombra, contro di lei.

«Questo matrimonio è blasfemo agli occhi di Dio. Prima lo si comprenderà, prima vi si potrà porre rimedio.»

Bernardo incrociò le braccia sul petto, a indicare che la sua sentenza era definitiva e nessuna argomentazione gli avrebbe fatto cambiare idea. «Da tredici anni Luigi sta vivendo nel peccato con una sua consanguinea. Per questo l'Onnipotente si rifiuta di mandargli un figlio maschio.»

Il santo di Clairvaux appariva ancora molto energico, lo sguardo imperioso e volitivo di sempre, sebbene il tempo avesse segnato il suo fisico, prosciugato dai digiuni come una foglia d'autunno.

Luigi lo ascoltava con aria cupa, fissando un punto della parete, la mente assorbita da una ridda di sentimenti contrastanti che lo torturavano. Non riusciva a darsi pace per la nascita di una bambina: una beffa, una punizione atroce, della quale incolpava la moglie.

Aliénore si rivelava un'inetta, incapace di concepire – due volte in nove anni – e di generare maschi. Solo quelle femminucce esili e talmente fragili da far temere che non giungessero nemmeno all'età del matrimonio, in modo da servire a qualcosa. Era evidente che quella donna spiaceva a Dio per la sua condotta peccaminosa. Questa volta non l'avrebbe perdonata. Ormai era quasi certo di riuscire a trovare in sé la forza per sbarazzarsene: nel suo cuore gli pareva che l'odio e il rancore avessero soffocato del tutto l'amore di un tempo.

«Bernardo ha ragione» affermò con inconsueta decisione, uscendo dall'apparente torpore. «Dio mi avrebbe regalato il figlio maschio di cui la Francia ha tanto bisogno, se queste nozze fossero benedette.»

Con una certa difficoltà, Sugero scese dallo scranno sul quale sedeva. Ormai il suo corpo era così rattrappito che i piedi penzolavano a una ragguardevole distanza dal suolo e spesso doveva essere aiutato anche per operazioni semplici come salire o scendere da una sedia. Ma né Bernardo né Luigi, persi nei loro pensieri, l'espressione truce sul volto, lo degnarono di attenzione. Compiuta la difficile manovra, si pose al centro della stanza, in modo da essere visto e udito da entrambi.

«Sciogliere questo matrimonio è pura follia» affermò senza perifrasi, consapevole di contrariare i suoi interlocutori. «Fino a quando sarò in vita, non lo permetterò.» Questa volta sia Bernardo sia il re sobbalzarono. «Avete compreso bene» confermò Sugero, impassibile. «Dovrete attendere la mia morte. Tranquilli. È molto vicina. Io non voglio essere complice di un errore così grossolano, dalle conseguenze devastanti. Non credo a nessuna maledizione di Dio su queste nozze. E non ci crede nemmeno il santo padre, che le ha benedette. Il re e la regina sono ancora molto giovani e hanno tutto il tempo di concepire e mettere al mondo non uno ma dieci figli maschi. È sufficiente che fra loro regni l'armonia e l'affetto di sempre e che il re... *il re!*» ribadì a voce molto alta «non diserti il talamo coniugale. Luigi,» proseguì con un tono un poco più affettuoso «leggo nel tuo cuore come in un libro aperto, lo sai. E considero non solo un errore ma un peccato grave l'atteggiamento che hai assunto dal momento in cui è nata la piccola Alice. In cuor tuo, stai imputando a tua moglie ciò che è solo volontà del Signore. Non porta lei la colpa, se non è giunto il maschio. E tu fai malissimo a rivangare il passato, come stai facendo, cercando ogni possibile difetto, per sentirti giustificato a ripudiarla. Ricordati che l'hai amata – e la ami – proprio perché è fatta nel modo che oggi le rimproveri con tanta asprezza. Sei stato fortunato ad avere al tuo fianco una donna come Aliénore. Lei ha fatto di te un uomo. Lo posso dire in tutta coscienza io, che pure l'ho criticata e per molto tempo le sono stato avverso. Tu stesso mi hai riferito che papa Eugenio ha trovato molti più motivi di recriminazione nel tuo comportamento, all'apparenza irreprensibile e virtuoso, che in quello della regina. Non bastassero queste considerazioni a dissuaderti da una decisione tanto insensata, sappi che, ripudiando la duchessa d'Aquitania, metteresti in pericolo il futuro della Francia. Conosci la sua determinazione: sono certo che si risposerebbe in breve tempo. E le sue immense proprietà finirebbero nelle mani di uno dei tuoi nemici.»

«La imprigionerò per adulterio e la chiuderò in un convento fino alla fine dei suoi giorni» replicò Luigi, gelido. «Oppure la farò condannare a morte per lesa maestà.»

Sugero scosse la testa. Lo sguardo si velò di lacrime.

«A questo siamo giunti. Ipotizzare un crimine. Non con la mia approvazione, figlio mio. Il Signore Iddio e tuo padre me ne chiederebbero conto nell'aldilà. Prima di macchiarti le mani di sangue innocente, rifletti su questo: i vassalli della duchessa non staranno con le mani in mano a guardare te che tenti di accaparrarti le sue terre con mezzi disonorevoli. Ti si rivolteranno contro e faranno scorrere fiumi di sangue. Ti chiameranno tiranno e troveranno molti alleati, a cominciare dal tuo più aspro nemico, Goffredo il Bello d'Angiò, che freme all'idea di dichiararti guerra e sta già ammassando truppe sulla riva della Senna, tra Mantes e Meulan. *Questo* dovrebbe preoccuparti!»

Quindi si incamminò verso la porta, amareggiato e deluso. Fatti pochi passi, si voltò di nuovo.

«Un re non dovrebbe mai mettere a repentaglio la sicurezza e il vantaggio dello stato per perseguire una meschina vendetta personale. Mi addolora di non essere mai riuscito a inculcarti nella mente questo elementare concetto di buon governo. Ti offro il mio ultimo consiglio, prima di ritirarmi per sempre a Saint-Denis, in attesa della morte: ritrova l'armonia con tua moglie e genera con lei molti figli. È l'unica strada possibile per evitare tragedie future, di cui oggi non puoi nemmeno immaginare la portata. Addio, figlio mio.»

Quindi si allontanò con la sua andatura lenta e faticosa, appoggiandosi al bastone, cui da qualche tempo aveva dovuto rassegnarsi, ingoiando l'orgoglio.

«Non mancherò di rispetto al mio maestro» commentò Luigi chinando il capo, non appena la porta fu richiusa alle spalle dell'abate. «Fino a quando resterà in vita, rispetterò la sua volontà.»

«Tempo sprecato» borbottò Bernardo. «Anche se capisco che siete mosso da buoni propositi. Non dovremo attendere a lungo, in ogni caso. Ma dopo? Quali sono le vostre intenzioni? Continuare a vivere in peccato mortale?»

Il re non rispose.

«Ho molto sofferto in questi ultimi mesi, per colpa della regina» rispose alla fine in un soffio, dopo una lunga pausa.

«Ne sono informato. Il suo disgustoso comportamento durante la crociata, e anche dopo, non è stato per me una sorpresa. Ma non è questo il punto.»

«Le porto un profondo rancore eppure non riesco a strapparmi dal cuore...»

«Non inteneritevi» lo rimproverò in tono rude Bernardo, che aveva notato con apprensione gli occhi del sovrano riempirsi di lacrime. «Non è degno di un re e soprattutto è fuori luogo. Dovreste indignarvi, piuttosto. Il vostro rancore è un motivo in più per annullare queste nozze peccaminose.»

«Eppure il papa, quando ci siamo recati a Roma, le ha benedette. Ha proclamato che nessuno lo convincerà mai a dichiararle nulle.»

«Io ci riuscirò. Ma non posso agire senza la vostra approvazione e senza la certezza assoluta che manterrete il vostro proposito, non appena Sugero sarà morto.»

Luigi gli voltò le spalle, senza replicare, le mani strette l'una nell'altra per fermarne il tremito. Privarsi per sempre di Eléonor. Non vederla più, non sentire il suo profumo...

«E gli interessi della Francia? Sugero non ha tutti i torti» affermò, in un estremo tentativo di scongiurare una scelta tanto dolorosa.

«Aliénore d'Aquitania, una volta ripudiata, tornerà a essere un vostro vassallo. Dunque è obbligata a chiedervi il permesso, prima di rimaritarsi. Avremo tutto il tempo per sventare una manovra che non ci risultasse gradita.»

«Non la conoscete come la conosco io.»

«La fedeltà alla morale religiosa viene prima di ogni altro interesse. È questo che rimprovero a voi e a Sugero: un'eccessiva propensione a scendere a patti con la coscienza, in nome di un preteso interesse di stato. Inoltre, nessuno dei due sembra aver colto il nocciolo principale della questione: fino a quando resterete sposato a vostra moglie, Dio vi negherà un figlio maschio.

E così perderete non solo quei domini che tanto vi fanno gola, ma la Francia stessa che, alla vostra morte, finirà in mani sconosciute per mancanza di un erede. È questo che volete? La lussuria vi acceca fino a questo punto?»

Luigi distolse lo sguardo da quegli occhi severi, che lo scrutavano come se volessero portare alla luce i più inconfessabili pensieri.

Bernardo aveva ragione, come sempre. Era il pensiero di perdere la moglie a trattenerlo. Ma questa volta non sarebbe più sceso a compromessi con le sue contraddizioni. Avrebbe affrontato il dolore della separazione, anche se gli sembrava di poterne essere ucciso.

«Sono pronto a seguire il vostro ordine» promise. «Ripudierò mia moglie, se il santo padre darà la sua approvazione.»

«Approverà, non temete» rassicurò Bernardo. «Un'ultima raccomandazione. La regina va tenuta all'oscuro dei nostri piani. Dovrà apprendere del suo ripudio solo a cose fatte, per bocca del concilio di vescovi che sancirà l'annullamento delle nozze.»

«Una porcheria» commentò Luigi, in tono rude. «È proprio indispensabile?»

Bernardo non poté trattenere un gesto di impazienza.

«Non capisco se la vostra sia ingenuità oppure, come sempre, eccessiva benevolenza verso quella donna. Se fosse informata in anticipo della sorte che l'attende, avrebbe tutto il tempo per tentare di dissuadervi. Con probabilità di successo, temo.»

«Siete in errore. Mi disprezza e mi sfugge. È lei, anzi, che pretende l'annullamento» commentò Luigi con amarezza.

«Utilizzerebbe il tempo a sua disposizione per tramare nell'ombra e magari procurarsi un nuovo marito: proprio quello che dobbiamo evitare. Dunque, silenzio assoluto. Aliénore d'Aquitania conoscerà la sua sorte il giorno in cui sarà decretata.»

31

Il grande palazzo della *Cité* era straripante di folla, richiamata dall'eccezionalità della situazione e, come sempre, dalla presenza di Bernardo di Clairvaux, al cui cospetto erano riuniti i due più potenti uomini di Francia, acerrimi nemici fra loro, re Luigi VII e Goffredo d'Angiò, il Plantageneta.

Di quest'ultimo, il popolo di Parigi, soprattutto femminile, ammirava la grande bellezza, che giustificava in pieno l'altro soprannome di cui veniva gratificato: il Bello.

«Ha trentanove anni» sussurravano le signore, mangiandoselo con gli occhi. «Ed è più affascinante di quando ne aveva venti.» Alcune, con gli occhi sognanti, ripetevano i versi di un componimento in suo onore:

Grande Cavaliere forte e bello
e prode e saggio e conquistatore
principe di cui nessuno mai fu più valente.

Altre, soprattutto le più giovani, dedicavano maggiore attenzione al figlio Enrico, che vedevano per la prima volta al fianco del padre, cui somigliava come una goccia d'acqua, e per il quale presagivano un futuro persino più brillante. La fama già correva veloce. Da vicino, mostrava ben più dei suoi diciotto anni. Un vero angioino: alto, imponente, folta criniera rosso acceso, viso dai tratti armoniosi ma volitivo, sguardo astuto e ammaliante. Duro e indomabile come la madre, nessuno poteva tenergli testa in battaglia, neppure il padre, dal quale aveva ereditato anche le doti di grande seduttore. Sulle sue imprese amorose si favoleggiava come su quelle militari.

Al fianco dei due Angioini non compariva nessun altro alleato – non ne avevano bisogno – ma ai loro piedi giaceva in catene un prigioniero: Giraud Berlai, siniscalco di Luigi VII, che mostrava tutti i segni delle percosse e del duro trattamento cui i suoi carcerieri lo avevano sottoposto. Di tanto in tanto lanciava occhiate supplichevoli al suo signore, Luigi di Francia, che sedeva sprezzante sul trono costringendo i due Angioini a restare in piedi, per mostrare che lui era il re e loro soltanto dei vassalli che osavano sfidarlo. Alle spalle del sovrano sedeva – e anche questo era significativo – il figlio di Stefano di Blois, acerrimo nemico degli Angioini, con i quali era in guerra da lunghi anni per il possesso del trono d'Inghilterra.

In mezzo ai due contendenti si ergeva Bernardo, in piedi per scelta deliberata. In posizione defilata, quasi del tutto celata ai presenti, sedeva Aliénore, il cui sguardo attento sembrava studiare i due Angiò.

«Ringrazio il Signore» esordì Bernardo, nel silenzio assoluto della folla «per avere ispirato nel cuore dei combattenti la decisione di riunirsi qui, a discutere, accettando la mia proposta. Ciascuno potrà esporre le proprie ragioni e poi cercheremo una mediazione che soddisfi tutti, affinché cessi la guerra e si interrompano, da oggi in poi, le atrocità che hanno funestato questo anno del Signore 1151, già doloroso per tutti noi a causa della morte di Sugero, amatissimo abate di Saint-Denis.» Fra la gente si levò un mormorio di partecipazione, molti si fecero il segno della croce. «L'abbiamo amato e pianto. Ora che riposa nella gloria dei cieli, lo imploriamo affinché ispiri nei cuori degli uomini quella moderazione e saggezza, di cui lui ha dato prova in tutta la sua esistenza terrena.» Bernardo fece una piccola pausa, il tempo di mormorare una preghiera. «Dichiaro aperta l'assemblea e concedo la parola al re di Francia.»

«Pessima partenza, reverendissimo Bernardo» lo rintuzzò subito Goffredo il Bello. «Gli offesi siamo noi. Dunque dovremmo essere i primi a esporre le nostre ragioni.»

«Come osate proclamarvi offesi?» reagì con prontezza Luigi. «Avete l'insolenza di presentarvi davanti al vostro re dopo aver aggredito a tradimento un suo siniscalco, un collaboratore molto fidato, distruggendogli il castello e imprigionandolo con la famiglia.»

«A tradimento?» replicò Goffredo senza recedere dall'atteggiamento di sfida. «Il vostro siniscalco ha invaso più volte i miei territori e vessato i miei contadini con ogni sorta di nefandezze, distruggendo, rubando, stuprando donne e massacrando intere famiglie. Dovrebbe rimanere impunito solo perché è un vostro fedelissimo? Nossignori. È mia ferma intenzione eseguire la condanna a morte che è stata decretata per lui e per la sua famiglia. E nessuno mi farà recedere dal mio proposito. Pretendo anzi che mi venga tolta la scomunica che mi è stata comminata in modo molto ingiusto. Io sono la vittima, non il colpevole.»

«L'assemblea non approderà a nulla, se queste sono le premesse» affermò sdegnoso Luigi VII. «La scomunica vi è stata comminata con pieno diritto, avendo assalito un funzionario del re, in flagrante violazione della legge che lo proibisce. Pretendo che il prigioniero venga liberato all'istante, con tutta la sua famiglia.»

Una scrosciante risata risuonò nell'aria.

«Goffredo d'Angiò, questo vostro atteggiamento di derisione offende tutti noi» tuonò Bernardo.

«Domando scusa *a voi,* reverendissimo abate. Sgombro anch'io il campo da alcuni equivoci, così che non venga sperperato invano il vostro tempo, che può essere impiegato in modo molto più proficuo nella preghiera. Rimuovere la scomunica è la premessa indispensabile per proseguire questa trattativa.»

«La legge parla molto chiaro e neppure io posso scavalcarla. Chi osa colpire un funzionario del re è di fatto scomunicato» replicò Bernardo.

«Anche se ha subito le aggressioni di un malfattore per tre lunghi anni, senza reagire?»

«Anche. Avreste dovuto rivolgervi al re e invocare il suo intervento.»

«Pensate che non l'abbia fatto? Nessuno mi ha degnato di una risposta. Tanto meno sono cessate le aggressioni.»

«Eravamo in guerra» intervenne Luigi. «Guerra che voi avevate dichiarato al vostro re, senza alcuna giustificazione. Il mio siniscalco aveva tutte le ragioni di assalirvi.»

«E io di difendermi» ribatté tranquillo Goffredo.

Bernardo alzò una mano per imporre il silenzio.

«Scopo dell'assemblea è raggiungere la pace, non rinfacciarsi le colpe. Propongo a entrambi i nobilissimi signori presenti questa soluzione: Goffredo liberi il prigioniero e tutta la sua famiglia, annullando in perpetuo la pena di morte comminata e restituendolo al suo rango di siniscalco del re di Francia. In cambio, per i poteri che il santo padre mi ha riconosciuto, annullerò la scomunica.»

«Mi rifiuto di graziare il condannato» replicò Goffredo, mentre un mormorio di riprovazione si levava dalla folla, scandalizzata per quell'affronto al santo di Clairvaux.

«Non c'è altra strada, se volete liberarvi della scomunica» lo rintuzzò Bernardo.

«In questo caso, me la terrò.»

Un nuovo e più alto brusio si levò dai presenti, scandalizzati da tanta empietà.

«State attento, conte d'Angiò. Non osate sfidare me e questa assemblea. *Con la misura con la quale avete misurato, verrete a vostra volta misurato.*»

Per tutta risposta, Goffredo gli voltò le spalle e si allontanò, seguito dal figlio Enrico. Giraud Berlai, prima di essere trascinato via in catene, ebbe appena il tempo di inginocchiarsi ai piedi del santo: «Beneditemi padre, e pregate per me. Non temo la morte. Sono solo addolorato per i miei cari, che sono incolpevoli».

«Non disperare» gli confidò Bernardo, stringendo fra le sue le mani strette nei ceppi. «Dio soccorrerà te e i tuoi molto prima di quanto immagini. Sii certo di quanto ti dico: Goffredo morirà entro un mese.»

«Non riesco a credere alla mia fortuna» mormora Enrico d'Angiò, fissando su Aliénore due occhi spalancati e stupiti, senza neppure tentare di dissimulare l'ammirazione, come l'etichetta richiederebbe, ma anzi palesando la forte e istintiva attrazione che quella donna gli suscita. «A cosa debbo il grande onore di essere convocato dalla più bella fra le belle, io umile e sconosciuto cavaliere?» domanda, avvicinandosi a lei più del dovuto.

«Non ai vostri meriti, come avete il buon gusto di riconoscere. E neppure alle vostre maniere. Scrutate sempre con quello sguardo famelico le dame che vi onorano della loro attenzione?»

«No, mia signora. Nemmeno quelle che lo meriterebbero per la loro avvenenza. Sarebbero troppe. Questo sguardo è riservato a una su mille. A colei che, fin dal primo istante, riesce a farmi battere il cuore e a suscitare i più sfrenati e inconfessabili desideri.»

«La modestia non si può ascrivere fra le vostre doti.»

«Ne sono consapevole. Ma non è tutta colpa mia. Ho ereditato questo tratto degli Angioini, come si ereditano gli occhi o il colore dei capelli. Voi però state eludendo la mia domanda. Perché convocare me, fra mille cavalieri, incluso il mio molto ammirato padre?»

«Per via di un uomo che ho molto amato. E che è morto» replica la regina, lo sguardo appannato da un improvviso velo di lacrime, una nota di rimpianto nella voce. «Voi me lo ricordate in modo impressionante.»

Enrico tace e accenna un inchino, come se si sentisse responsabile di quell'improvvisa tristezza.

«Parlatemi di voi. Sono curiosa» proseguì Aliénore, all'apparenza di nuovo gaia.

«Compito arduo e impegnativo.»

«Vi aiuterò io. È vero che avete diciotto anni o poco più?»

«Pessimo inizio di conversazione. Intendete mettermi in difficoltà, sapendo in partenza che sono più giovane di voi. Un trucco per farmi sentire inadeguato e inferiore.»

«Non lo siete?»

«Affatto. Dimenticate la mia età. È come se avessi dieci anni di più.»

«Allora siamo coetanei.»

«Eppure non ne dimostrate nemmeno diciotto. Come si spiega questo mistero?»

«Che adorabile complimento. Comincio a credere che sia vero quel che si dice di voi: che siete un esperto e infaticabile corteggiatore.»

«Errato. La galanteria proprio non è il mio forte, purtroppo, tenetelo a mente, mia signora. Sono sempre sincero, a volte fino alla rudezza. Ammetto invece di essere un incorreggibile seduttore.»

«Molte donne, dunque.»

«Ne perdo il conto. Anche questo vi esorto a tenere a mente.»

«Oh, quante raccomandazioni! Non devo mica acquistarvi, giovanotto.»

«Non si sa mai. La vita è spesso strana e imprevedibile. In ogni caso, per voi sono in vendita. Ci tengo che lo sappiate.»

«Devo considerarla una proposta? Ma io sono già sposata. O almeno, credo.»

«Non di matrimonio. Di... come dire? Incontro intimo. Leggo nei vostri occhi la stessa attrazione che voi leggete nei miei fin da quando ho messo piede in questa stanza.»

«Sfacciato.»

«Sincero. Vi avevo avvertito.»

«Allora mettete in mostra la vostra merce, in modo da invogliarmi all'acquisto.»

«Devo prendervi alla lettera? O è una metafora?»

Aliénore esplode nella sua risata squillante. Un giovane sveglio, che sa stare al gioco, abile e pronto nelle risposte, per nulla intimidito.

«Interrompete questo continuo sfoggio di arroganza o finirò per trovarvi insopportabile.»

Enrico fa una smorfia, a mo' di scusa.

«Il fatto è che le mie doti migliori sono nascoste. Si valorizzano solo quando vengono esibite sul campo.»

«Siete peggio di vostro padre.»

«Ah, questo è un fatto.»

Riesce a mettere *lei* in imbarazzo, piuttosto che il contrario. Un degno avversario.

«Tempo sprecato farmi la corte. Non otterrete nulla.»

«Mi sottovalutate. Sono un lottatore nato e, se ne vale la pena, non rinuncio mai a perseguire il mio intento. Lo considero un pregio, ereditato da mia madre Matilde. Ma, a dire il vero, è anche un tratto tipico degli Angioini.»

«Lottatore nato. Proseguite l'elenco delle virtù.»

«Se state pensando a me come a un possibile marito per le vostre figlie, vi illudete. Luigi non acconsentirà mai. E io nemmeno. Mi piace scegliere.»

«Siete un impertinente.»

«Lo dicono tutti.»

«Cos'altro dicono?»

«Che sono un soldato imbattibile e un comandante eccellente. Che so farmi rispettare senza essere crudele. Che...»

«Ah, non sono interessata agli aspetti militari. Voglio avere informazioni più intime.»

«Ero prontissimo, poc'anzi, a mostrarvi le mie doti più recondite ma sono stato respinto. D'accordo, mia signora, non v'adombrate. I vostri occhi sono così stupendi che per nulla al mondo vorrei vederli incupirsi. Allora, vediamo...» proseguì Enrico, assumendo una posa più comoda e rilassata. «Uno dei miei maestri, Gualtiero di Map, ha scritto di me che sono *una miniera di educazione*.»

«Gesù, una miniera! Inutile dire che voi concordate con questo giudizio.»

«Conosco l'etichetta. Se voglio, posso comportarmi da perfetto damerino.»

«Ciò significa che l'educazione e la raffinatezza non sono connaturate con la vostra indole ma piuttosto una maschera che indossate a vostro piacimento.»

«Più o meno.»

«Siete capriccioso e volubile?»

«Capriccioso, no. Mia madre non me l'ha mai consentito. La sua è stata una scuola rude e severa. Volubile sì, un poco. *Sii libero a letto e incurante negli affari*: questo il motto secondo cui mi ha allevato la generalessa Matilde. Non vi nascondo che ho applicato alla lettera la prima parte della sua massima. D'altro canto, anche in questo caso, il sangue ha fatto la sua parte: noi Angioini siamo famosi per... come dire, senza offendere una dama? Per il nostro robusto appetito sessuale. È abbastanza rispettosa, questa espressione? Io non faccio di sicuro eccezione alla regola. È possibile quindi che le donne non esprimano giudizi lusinghieri sul mio conto. Ma molti miei amici sostengono che io sia generoso e amabile.»

«Sono sinceri?»

«Altri, meno benevoli, sostengono che sarei un opportunista, pronto a tradire la parola data.»

«In linea con l'insegnamento di vostra madre, anche in questo caso: *sii incurante negli affari*.»

Enrico scrolla le spalle.

«A volte le responsabilità che ricopriamo ci impongono comportamenti che la morale comune può giudicare sconvenienti. Io mi assolvo, a patto di aver agito per un utile collettivo e non personale.»

«Avete avuto ottimi maestri» osserva Aliénore, senza apparente logica.

«È una domanda?»

«Una constatazione. Vi esprimete in modo appropriato e disinvolto. Sapete sostenere una conversazione con la giusta ironia e leggerezza, divertendo l'interlocutore con qualche doppio senso che tuttavia non è mai scurrile.»

«A quale impietoso esame vengo sottoposto. Riservate questo trattamento a tutti gli uomini, prima di ammetterli a godere delle vostre grazie, o solo a me, perché sono più giovane?»

«Mi pento dell'elogio che vi ho appena fatto. È un'insinuazione volgare.»

«Esprimevo solo un auspicio, mia signora, un vivissimo desiderio del mio cuore. Fareste di me l'uomo più felice del creato. Ma forse preferite un uomo navigato, come mio padre.»

«Volgare e molto impertinente. Credo sia giunto il momento di congedarvi.»

Enrico si inginocchia ai piedi di Aliénore, le prende una mano e vi depone un bacio.

«Vi chiedo mille volte perdono. Come tutti gli uomini che si innamorano all'improvviso e con cieca passione, divento geloso senza essere autorizzato. So che nutrite – o avete nutrito in passato – dell'ammirazione per mio padre. E temo che questo possa giocare a mio sfavore.»

«Amate la poesia?» domanda Aliénore, mutando ancora una volta in modo repentino l'argomento di conversazione.

«Amo alla follia le leggende intorno alle avventure di Artù e dei suoi cavalieri della Tavola Rotonda, di cui mi parlava il mio maestro Goffredo di Monmouth. Ho trascorso parte della fanciullezza in Inghilterra, alla corte del nonno, il padre di mia madre.»

«Tre difetti che riconoscete a voi stesso. Rispondete con prontezza, senza riflettere troppo.»

«Memoria strabiliante, specie per i volti, in particolare delle donne di cui mi innamoro. È difficile che una persona mi piaccia davvero ma, se questo accade, sono leale e non muto opinione. Non rinvio mai ciò che mi preme raggiungere.»

«Difetti. Non pregi.»

«Sono sobrio, non amo bere né abbandonarmi ad alcun eccesso. Sono invincibile nelle armi. Una donna, con me al fianco, non deve temere nessuno. *Nes-su-no.*»

«La vostra impudenza non ha limiti.»

«Il punto è che faccio fatica a trovarmi dei difetti. Sul serio, non c'è niente da ridere. Mi vengono in mente solo delle qualità e allora ve le elenco, visto che ci tengo molto a impressionarvi. Difetti, dite. Vediamo: spesso vesto in modo trasandato, ho le mani ruvide perché non amo portare i guanti – su una pelle di seta come la vostra, questo potrebbe essere uno svantaggio – e poi... ah, sì! Un difetto piuttosto grave l'ho trovato. Capita che io esploda a volte in uno di quegli irrefrenabili eccessi di collera per i quali noi Angioini andiamo famosi. Mi accade molto di rado, badate bene. Ma è meglio, in quei casi, non essermi a tiro. La mia candidatura alla vostra mano può essere avanzata?»

«Non ho mani da offrirvi, mio ambizioso amico.»

«Allora a vostro difensore. Tutti i cavalieri della Tavola Rotonda possiedono un amore segreto, per il quale si struggono invano e al quale sarebbero pronti a sacrificare la vita. Permettete a me di essere il vostro campione. E voi diventate il mio amore segreto. La dama cui sacrificare la vita, se occorre.»

«Una richiesta che mi lusinga.»

«Ma che non avete ancora accettato.»

«D'accordo. Vi nomino *mio difensore e campione*!» proclama Aliénore sfiorandogli una spalla con le dita come per un'investitura ufficiale, cui Enrico risponde inchinandosi e baciandole un lembo della veste.

«Da questo momento, se mai vi sentiste in pericolo, dovrete chiamarmi al vostro fianco. Contro chiunque. Incluso vostro marito.»

«Vi prendo in parola.»

«Per parte mia, è un giuramento molto serio e impegnativo.»

«Lo terrò ben presente.»

«Ora dobbiamo suggellarlo con un pegno d'amore. Un segreto noto solo a noi due.»

Si china verso Aliénore e la bacia a lungo. Un bacio dapprima delicato, leggero, rispettoso. Poi sempre più intimo e profondo, al quale Aliénore non si sottrae.

Una fatica per entrambi non spingere oltre la conoscenza.

«Stai cercando di fare il damerino con lei, sciocco ragazzetto?»

Enrico fissa con stupore suo padre.

«Stavate forse origliando dietro la porta, padre mio?»

«Tenevo d'occhio te. Ho notato come la fissavi, durante l'assemblea. Eri così preso da dimenticarti di prestarmi qualunque aiuto contro quel gaglioffo di Bernardo e del suo re.»

«Non ne avevate alcuna necessità. Mi siete sembrato molto sicuro di voi. In compenso, ho tenuto le orecchie aperte e sono in grado di svelarvi un segreto. Bernardo ha sussurrato all'orecchio del prigioniero che morirete entro un mese. Dunque, fate attenzione alla vostra salute. I malefici di quel frate hanno colto nel segno più d'una volta.»

«Non cambiare argomento» replica Goffredo, disinteressato alle premonizioni di Bernardo.

«È una donna unica al mondo. Bellezza e fascino ineguagliabili. Ne sono stregato come mai in vita mia.»

Goffredo afferra il figlio per il braccio e lo stringe con forza.

«Limitati ad ammirarla da lontano. Lei non è una delle tue... puttane.»

«Puttane? Non ne ho bisogno, padre mio. Le dame più raffinate si disputano il mio letto e sono così numerose che a volte mi costringono a un vero superlavoro.» Si concede un sorrisetto beffardo. «Ma per fortuna sono giovane, *io*.»

«Per questo motivo, obbedirai al mio ordine senza fiatare.»

«Tanto astio mi sorprende. Fino a oggi non ci siamo mai accapigliati per una donna. Ne abbiamo discusso, riso e fatto a gara.»

«Lei è un'altra cosa.»

«Concordo. Ne siete geloso?»

«Molto.»

«Potete vantare qualche diritto particolare, che vi autorizzi a esserlo?»

«Appartiene a me.»

«*Appartiene*... Che parolone!»

«È la mia amante.»

«Lo è stata, forse. Per una sola volta.»

«Non cambia nulla. Torneremo amanti. E io la desidero tutta per me. Perciò non ronzarle attorno. Dimenticala. È un buon consiglio. Parlo per il tuo bene. Ti risparmierai di soffrire d'amore per la prima volta in vita tua. Aliénore è... non so come dire... pericolosa. Ti ammalia. Ti suscita passioni così accese che ti ritrovi prigioniero nella sua rete senza neppure accorgertene. Non pensi che a lei, non sogni che lei. Ti sembra di non trovare più nelle altre la stessa soddisfazione di un tempo. Sei troppo giovane per queste frustrazioni. Non sapresti dominarle.»

«Forse è già accaduto...»

Goffredo saetta sul figlio uno sguardo di fuoco.

«Attento, ragazzo. Ti proibisco di rivederla, di incontrarla. Sono stato chiaro, mi pare.»

Si scambiano uno sguardo duro, ognuno dei due deciso a non abbassare il proprio.

Enrico ha già deciso: per nulla al mondo intende obbedire al padre.

Alla fine, con riprovevole scortesia, gli volta le spalle e si allontana.

Quel gelido congedo tormenterà la sua coscienza per molto tempo. D'altro canto, non poteva immaginare che era un addio, che non avrebbe più rivisto suo padre vivo, un uomo nel fiore della giovinezza e della possanza fisica.

Goffredo d'Angiò, durante la marcia di ritorno nelle sue terre, si tuffò nelle acque gelide di un ruscello, per rinfrescarsi e fare un bagno.

La sera stessa venne assalito da una febbre fastidiosa.

«Una semplice infreddatura. Domattina sarà tutto passato» assicurò.

Tre giorni dopo moriva delirando, senza riprendere conoscenza e senza che nessun medico trovasse un rimedio.

Era trascorso un mese esatto dalla predizione di morte di Bernardo di Clairvaux.

32

L'annullamento del matrimonio fra Aliénore d'Aquitania e Luigi VII di Francia venne decretato alla vigilia della domenica delle Palme del 1152, da un concilio di vescovi tenuto a Beaugency e presieduto da Bernardo di Clairvaux.

La regina venne convocata quando ormai era tutto deciso e al solo scopo di salvare le apparenze. La sua opinione non interessava a nessuno. Ne avrebbe gioito, se non si fosse sentita offesa in modo grave nella sua dignità di sovrana e duchessa.

Con pari distacco, Luigi l'aveva informata che la sua presenza non era più gradita a corte e che vi sarebbe rimasta solo il tempo necessario per stabilire una nuova sede da destinarle. Le due figlie, Maria e Alice, per espresso ordine del papa, sarebbero rimaste con il padre e allevate alla corte di Francia. Alla madre era proibito rivederle.

«Dubito che vi mancheranno» commentò Luigi. «D'altro canto, vi abbiamo già usato la generosità di annullare il matrimonio per consanguineità e non per il vostro oltraggioso adulterio, come sarebbe stato giusto. Una premura usata non a voi ma alle mie figlie, la cui legittimità avrebbe potuto essere messa in discussione.»

Sciocchezze, ma non replicò. Non intendeva dare a quella gente la soddisfazione di vederla soffrire o, peggio, di mostrarsi spaventata e alla loro mercé. Come sempre, avrebbe chiuso tutto nel cuore e offerto al mondo un volto impassibile. Le figlie non le sarebbero appartenute neppure se fosse rimasta a corte.

Una parte della sua vita si chiudeva per sempre quel giorno. Ne era sollevata ma, allo stesso tempo, amareggiata per il modo crudele e offensivo in cui accadeva. D'altro canto, lei e suo marito non si parlavano più da molto tempo. Inoltre lo conosceva così bene da intuire che quella scortesia era una difesa, per non lasciar trasparire le emozioni che gli stavano lacerando il cuore.

Non ne provò pietà e non lo aiutò in alcun modo in quel compito. Ricambiò la freddezza e non degnò di uno sguardo né lui né Bernardo, artefice e ispiratore di quanto accadeva, il vero padrone della Francia, da quando Sugero era scomparso.

Come rimpiangeva la saggezza del vecchio amico.

Un amico: così lo sentiva. Glielo aveva confessato, al momento dell'addio, pochi istanti prima che spirasse.

«Sto per perdere la persona che più gode della mia stima, in questo paese. Senza il vostro acume, la Francia sarà un paese in balìa di...» Lui le aveva appena stretto le dita, con le pochissime forze rimaste, per impedirle di pronunziare insulti verso chicchessia, nel momento del congedo dal mondo.

«Non abbandonate Luigi...» le aveva bisbigliato, senza trovare la forza di aggiungere altro. Lei aveva taciuto per non rinnovargli un dolore. Ma neppure si sentì di impegnarsi in promesse che non poteva mantenere.

Chissà se, dal luogo in cui si trovava ora, era informato che Luigi – non lei – aveva preso la drastica decisione.

Molto meglio così. Aveva ottenuto ciò che voleva senza doverlo pretendere anzi, con il vantaggio di poter recitare la parte della vittima. Ora si sentiva autorizzata a difendersi e a parare il colpo.

Avrebbe mostrato a Luigi, e soprattutto a Bernardo, di che pasta era fatta Aliénore d'Aquitania.

Voltò le spalle al concilio e al re di Francia senza degnarli nemmeno di un saluto.

Non desiderava incontrarli mai più.

Sedate le emozioni del momento, tuttavia, e ripreso il controllo della ragione, la gravità della sua condizione le apparve sempre più chiara, via via che l'analizzava con la necessaria freddezza.

Nel volgere di pochi istanti, l'avevano trasformata da potente regina di Francia in una donna inerme, priva di protezione, isolata in una terra ostile.

La mossa successiva sarebbe stata imprigionarla in un luogo segreto, per impedirle di contrarre un nuovo matrimonio o, nel migliore dei casi, per imporle con la violenza un candidato a loro gradito. Anzi, era stupefacente che non avessero già provveduto.

Un'ingenuità dovuta al fatto che si sentivano molto sicuri o a motivi di opportunità: preferivano commettere il misfatto quando i vescovi avessero abbandonato la sede del concilio. In ogni caso, la cattura era questione di ore.

Doveva fuggire all'istante.

All'*istante*, mentre ancora non era stata predisposta la sua sorveglianza e la notizia del ripudio non si era diffusa in tutto il territorio francese, trasformandola di fatto in una preda la cui cattura poteva far gola a molti.

Raggiungere la sua terra: questo il primo obiettivo. Poteva riuscirci, ne era quasi certa.

Ma dopo? Non sarebbe stata al sicuro nemmeno in Aquitania. L'avrebbero scomunicata e contestato il suo diritto a regnare sulla terra degli avi per legittimare una guerra. Avrebbero cercato di fomentare rivolte fra i suoi feudatari. Potevano danneggiarla in mille modi.

A meno di avere al suo fianco un alleato forte.

Ma come trovarlo, in tempi così ridotti...

Pensare in fretta, escogitare una soluzione. Se riusciranno a imprigionarla è la fine... la fine.

Sente il respiro diventare affannoso.

No, niente panico...

Calma.

Lucidità.

Usare l'astuzia. Far lavorare la mente.

Lei *deve* salvarsi.

Non per la sua persona, ma per il simbolo che incarna: la dignità di una famiglia, di una storia, di un paese.

Nessuno può insultare la duchessa d'Aquitania e sperare di farla franca. Nessuno.

L'eccitazione le fa battere il cuore, le tinge di rosso le guance.

Idioti.

Dopo tanti anni, non hanno ancora compreso che lei è la nipote di Guglielmo il Trovatore.

Che non esita di fronte a nessuna decisione, per quanto immorale, o spregiudicata possa apparire alla morale comune. Lei risponde solo alla sua intelligenza e alla sua coscienza. Come il nonno.

Una possibilità di salvezza... *esiste!*

Una sola.

Molto rischiosa.

Molto incerta.

E molto, molto spregiudicata.

Ma non c'è tempo per cercare alternative.

È il momento di gettare i dadi e giocare il tutto per tutto.

Di mostrare al mondo e alle generazioni future di che pasta è fatta Aliénore d'Aquitania.

Scivola via nel buio della notte in tutta segretezza, con il pugno di cavalieri aquitani ancora tollerati alla corte di Francia – cinque in tutto – gettandosi alle spalle quindici anni della sua esistenza, senza portare con sé nulla, neppure un ricordo. E senza versare una lacrima.

Il primo ministro del giovane conte Enrico d'Angiò, erede del defunto Goffredo, percorre a passi nervosi la stanza, sotto lo sguardo fermo e severo del messaggero.

«Ripeto che non posso farlo. Non ho l'autorità per entrare nella camera del conte a quest'ora di notte. Troppo irriverente. È necessario aspettare un orario più decente...»

«Signor cancelliere, reco una missiva di una tale urgenza che ogni vostra pretesa di riservatezza è fuori luogo. Il vostro signore si infurierà molto quando saprà che avete temporeggiato e perso minuti preziosi. Siamo in grave pericolo, vi ho detto. A causa di questa vostra lentezza, la nobildonna per la quale imploro l'aiuto del conte potrebbe essere stata già catturata... o addirittura uccisa.»

Persuaso dagli argomenti del messaggero e più ancora dal suo sguardo preoccupato, il cancelliere bussa alla porta del suo signore ma deve ripetere la sgradita operazione più volte e in modo sempre più energico prima di ricevere un cenno che il conte ha udito. I rumori che provengono dalla stanza lo mettono in grandissimo imbarazzo e lo inducono a temere di aver preso la decisione sbagliata.

Ma Enrico, letto il messaggio, pianta in asso sia lui sia la dama che gli tiene compagnia.

«Vi prego di congedarvi» le ordina, recuperando in tutta fretta i suoi abiti sparsi in giro. «Quanto a voi, sir Thomas, introducete alla mia presenza il messaggero della duchessa e ordinate che una scorta armata di cinquecento cavalieri sia pronta a partire in mezz'ora.»

«Mezz'ora, mio signore?»

«Riducete pure il tempo, se vi sembra eccessivo.»

Quando, pochi istanti dopo, il messo viene introdotto alla sua presenza, Enrico d'Angiò si è già rivestito.

«Dove si trova ora la duchessa?» domanda, senza concedere neppure il saluto.

«L'ultima volta che l'ho vista, stava fuggendo su una chiatta lungo il corso della Loira in direzione sud, approfittando del buio.»

«La raggiungeremo per strade diverse. Io viaggerò con cinquecento cavalieri armati ma voi potete essere molto più celere. Riportatele il seguente messaggio: *sì.*»

«Prego, mio signore?»

«Ditele solo questa parola: *sì*. Lei capirà.»

Le acque del fiume Vienne esalano un vapore che si spinge fin sulla terra, velando le prode di una coltre lattiginosa attraverso la quale è impossibile distinguere alcuna forma. Notte ideale per gli agguati, medita Aliénore, stringendosi nel mantello.

Ma Poitiers è ormai vicina e lei si sente ottimista.

In fondo la fuga è stata più rapida e sicura di quanto temesse. Luigi non si aspettava una reazione così fulminea da parte di una donna che immaginava spaventata e sconfitta. Quando è stato informato dell'inattesa sparizione, ne sarà rimasto così sconcertato e furioso da non sapere come affrontare la situazione. Aliénore riesce a figurarsi ogni parola, ogni gesto: ha sperperato tempo a recriminare, inveire, consultare i suoi consiglieri, domandarsi angosciato quale decisione prendere. Magari si sarà pure attardato a pregare...

La sua incorreggibile inettitudine si è rivelata un alleato prezioso. Le ha consentito di percorrere un bel tratto di strada verso sud, prima che la caccia alla fuggitiva prendesse davvero vigore.

A sorpresa, anche viaggiare con appena cinque uomini di scorta – quattro anzi, giacché uno è stato inviato quasi subito presso Enrico d'Angiò – si è rivelato un vantaggio. All'inizio ne era molto preoccupata, pur conoscendo il valore dei suoi cavalieri, la loro assoluta fedeltà e la lunga militanza al suo servizio. Non potendo contare sulla forza, hanno fatto ricorso ad altre armi: la prudenza, l'astuzia, la capacità di mimetizzarsi e rendersi invisibili e, soprattutto, la profonda conoscenza del territorio da parte di Ramon di Foix, cui lei ha sempre affidato le missioni più rischiose e segrete. Ramon ha percorso la Francia palmo a palmo, non utilizzando mai le strade note e battute, che lo avrebbero rallentato e palesato agli occhi dei curiosi, ma sempre scorciatoie e itinerari ignoti a tutti, per accelerare i tempi e salvaguardare la segretezza. Un patrimonio di conoscenza che si è rivelato cruciale in ogni fase del loro avventuroso cammino.

Solo in due circostanze è stata davvero in pericolo: una volta nei pressi di Blois e un'altra a Port-des-Piles, in entrambi i casi per un agguato tesole dal cugino del re di Francia, Teobaldo di Blois, figlio di colui che, anni addietro, era stato il peggior nemico di Luigi.

Ma i tempi erano mutati e i due avevano trovato reciproco vantaggio nell'allearsi ai suoi danni. Se il tentativo di rapimento fosse riuscito, con ogni probabilità sarebbe stata costretta a sposare proprio Teobaldo, il quale avrebbe spartito con Luigi i possedimenti della duchessa d'Aquitania. Alla prima trappola è sfuggita gettandosi su una chiatta utilizzata per trasportare il bestiame e discendendo la Loira col favore delle tenebre. La prontezza d'azione della scorta è stata l'arma vincente, unita a una notevole dose di fortuna. La seconda volta, invece, non avrebbe avuto scampo senza la bravura di Ramon che, al buio, ha guidato il drappello attraverso i boschi fino a un guado sul fiume Vienne e ora li condurrà al sicuro a Poitiers.

Pregusta il disappunto di Luigi, la sua collera, quando verrà informato che ogni tentativo di catturare la duchessa è fallito.

E non è che l'inizio. Neppure immagina quello che ancora lo attende...

Un freddo sorriso le increspa le labbra.

Il suo messaggero è senz'altro giunto da Enrico e gli ha consegnato la missiva con la sua spregiudicata proposta.

Quante critiche si abbatteranno su di lei, se il suo piano dovesse riuscire. E che anatemi pronuncerà Bernardo contro l'immorale duchessa d'Aquitania, degna continuatrice della sua stirpe.

Quelle critiche la riempiranno di orgoglio. È fiera di essere una degna continuatrice della sua stirpe.

Ma forse sta precorrendo i tempi e figurandosi un esito che non è affatto scontato.

Al momento non è in grado di prevedere la reazione di Enrico d'Angiò. Sconcertato? Spaventato da tanta audacia, come quasi sempre capita agli uomini? Quanto tempo lascerà attendere la sua risposta?

Mio signore Enrico,
vi siete sbilanciato in altisonanti vanterie sul vostro coraggio il giorno del nostro incontro e in profferte altrettanto roboanti.

Ora vedremo di che pasta siete fatto.

Vi siete nominato mio difensore e campione.

Ebbene, mi occorre molto di più che un campione.

Mi occorre un marito.

Siete disposto a sposarmi?

Badate bene: se accettate, dovrete essere pronto a sfidare il mondo. Le reazioni saranno furibonde.

Quindici anni or sono, avanzai la stessa proposta a un uomo che mi amava molto e che contraccambiavo con pari ardore. Ciononostante, non ebbe il coraggio di accettarla. Dunque, se mi respingerete, non ve ne farò mai una colpa e non vi porterò rancore.

Se invece accettate, vi attendo alla reggia di Poitiers nel più breve tempo possibile. Quanto a me, non temete: ci sarò, nonostante tentino di impedirmelo. Conosco il territorio. So badare a me stessa e difendermi.

Aliénore

Ha paura, certo.

Però si sente anche eccitata come non le accadeva da tanto tempo, desiderosa di imporsi agli eventi, di sorprendere il mondo e lasciare tutti con un palmo di naso, secondo il suo stile.

Se l'esito sarà quello che auspica, il suo ex marito,

che l'ha ripudiata con sprezzo, resterà stritolato nella morsa di un immenso potentato che si estende dall'Inghilterra fino al Mediterraneo. Proprio l'evento che Sugero paventava e che, fino alla morte, ha tentato di evitare.

Ah, la faccia di Luigi e Bernardo! Cosa darebbe per godersi lo spettacolo del loro livore.

Ride.

Una risata squillante, questa volta, che sale dal cuore, proprio come un tempo.

La scorta la fissa con l'aria sorpresa.

Si sente di nuovo la donna che Raimondo ha tanto amato.

«Sono salva, amore mio. Aliénore è tornata.»

Breve nota dell'autrice

Eleonora d'Aquitania ed Enrico d'Angiò si sposarono il 18 maggio del 1152, domenica di Pentecoste, nella più assoluta riservatezza, senza alcuna pompa o cerimonia. Erano trascorse solo otto settimane da quando Eleonora era stata ripudiata.

In qualità di vassalli del re di Francia, avrebbero dovuto domandare al sovrano l'autorizzazione a contrarre matrimonio. Ma preferirono disattendere gli obblighi feudali e affrontare le conseguenze della loro decisione, pur di salvaguardare la segretezza delle nozze.

Grazie al matrimonio con Eleonora d'Aquitania, Enrico d'Angiò divenne, a soli diciannove anni, il sovrano più potente d'Europa, padrone dell'Inghilterra e signore di uno stato, in territorio francese, grande la metà dell'attuale Francia.

L'unione con Enrico aprì una nuova fase della vita di Eleonora, altrettanto movimentata, avventurosa e affascinante, che un giorno potrebbe diventare oggetto di una nuova narrazione.

Ringraziamenti

Ringrazio tutte le amiche di Piemme, in particolar modo Francesca Lang e Mariagiulia Castagnone, il mio agente Stefano Tettamanti e la mia amica Maria Luisa per il lusinghiero giudizio sul libro.

Della stessa autrice

La sposa normanna

Il cavaliere del giglio

L'amante del Doge

Lola nascerà a diciott'anni

La bastarda degli Sforza

I giorni dell'amore e della guerra

Stampato presso ELCOGRAF S.p.A.
Stabilimento di Cles (TN)

Prova d'acquisto
978-88-6836-791